# Nora Roberts
## *Wo Liebe wahr wird*

### Bei Tag und bei Nacht

Seite 5

---

### Sterne einer Sommernacht

Seite 227

MIRA® TASCHENBUCH

1. Auflage: Februar 2019
Neuausgabe im MIRA Taschenbuch
Copyright © 2019 für die deutsche Ausgabe by MIRA Taschenbuch
in der HarperCollins Germany GmbH, Hamburg

Copyright © 1985 by Nora Roberts
Originaltitel: »One Man's Art«
erschienen bei: Sihouette Books, Toronto

Copyright © 1996 by Nora Roberts
Originaltitel: »The Heart of Devin MacKade«
erschienen bei: Sihouette Books, Toronto

Published by arrangement with
HARLEQUIN ENTERPRISES II B.V./SARL

Umschlaggestaltung: büropecher, Köln
Umschlagabbildung: DenisTangneyJr/Getty Images,
MO_SES_ Premium/Shutterstock
Satz: GGP Media GmbH, Pößneck
Printed in Germany
Dieses Buch wurde auf FSC®-zertifiziertem Papier gedruckt.
ISBN 978-3-95649-860-2

www.mira-taschenbuch.de

Werden Sie Fan von MIRA Taschenbuch auf Facebook!

*Nora Roberts*

# Bei Tag und bei Nacht

Roman

Aus dem Englischen von
Ursel von der Heiden

# 1. Kapitel

Gennie wusste sofort, dass sie endlich gefunden hatte, was sie suchte, als sie die ersten schindelgedeckten Häuser von Windy Point erblickte.

Dieser Ort entsprach ganz ihrer Vorstellung von einem urwüchsigen, verträumten Fischerdorf an der Küste von Maine. Andere Gegenden, durch die sie gefahren war, mochten reizvoller, malerischer und vollkommener sein und aufs Haar den bunten Ansichtskarten gleichen, aber vielleicht hatte gerade ihre Perfektion Gennie gestört.

Der Wunsch, ihr Talent auf einem neuen Gebiet zu prüfen, war die treibende Kraft gewesen, sich zu einem Arbeitsurlaub zu entschließen. Gennies bisherige Bilder waren geprägt von Fantasie und Mystifikation. Doch jetzt sollte die Vorstellungskraft der Realität weichen, ohne Rücksicht darauf, wie sich diese darstellte. Im Kofferraum ihres Wagens stapelten sich schon Skizzen von schroffen Klippen und bewegter See, doch Gennie spürte noch immer das nagende Gefühl der Unzufriedenheit in sich.

Windy Point schien die Antwort auf alle Fragen zu sein. Statt schattenspendender Laubbäume sah man verkümmerte Kiefern und Fichten, knorrig und verwittert. Rechts und links von der mit Schlaglöchern übersäten Straße standen einzelne Häuser, die durch die Sonne und den salzigen Wind alt und verblasst wirkten. An den Fenstern und Türen splitterte die Farbe ab, doch das alles machte keinen ärmlichen oder vernachlässigten Eindruck, sondern schien zäh und widerstandsfähig.

Gennie erkannte die zweckmäßige Schönheit. Es gab keine unrationellen Gebäude oder Schnörkel. Jedes Haus hatte seinen Sinn: ein Kurzwarengeschäft, die Poststelle und die Apotheke. Der Grundriss der Wohnbungalows war einfach und praktisch. Überall umgab ein Garten die weit herabreichenden Schindeldächer. Ihr simples Grau stand in fröhlichem Kontrast zu der bunten Blumenpracht. Der hintere Teil der Gärten bestand aus sehr gepflegten Gemüsebeeten. Die Petunien durften vielleicht ein wenig wild durcheinanderwachsen, doch zwischen den Zwiebeln und Karotten gab es kein einziges Unkrautpflänzchen.

Durch das offene Wagenfenster drang der typische Geruch des Dorfes herein. Es roch ganz eindeutig nach Fisch.

Gennie fuhr bis zum Ende der Siedlung, denn sie wollte einen kompletten Gesamteindruck bekommen. Erst beim Kirchhof hielt sie an. Hier wehte hohes Gras sanft zwischen mächtigen Granitgrabsteinen. Als sie den Wagen wendete, fand sie die alte, holprige Straße erstaunlich geräumig. Man trat hier seinem Nachbarn nicht ohne Weiteres auf die Füße, es sei denn, mit voller Absicht.

Höchst zufrieden parkte Gennie ihren Wagen vor dem Kurzwarenladen. Es war zu erwarten, dass sich hier der Mittelpunkt von Windy Points Mitteilungs- und Nachrichtenwesen befand.

In einem alten, hölzernen Schaukelstuhl saß ein Mann. Natürlich war ihm Gennies Fahrt durch den Ort und wieder hierher zurück keinesfalls entgangen. Aber er tat, als interessierte sie ihn nicht. Ohne die gleichmäßigen Schwingbewegungen zu unterbrechen, reparierte er geschickt einen defekten Hummerfangkorb. Er wandte sein von Sonne und Wind gebräuntes Gesicht keine Sekunde von der Arbeit in den rauen, kräftigen Händen ab.

Gennie nahm sich fest vor, ihn genauso zu zeichnen, wie er jetzt vor ihr saß. Sie stieg aus dem Wagen und klemmte ihre Handtasche unter den Arm. Dann trat sie auf den Mann zu.

»Hallo!«

Der alte Mann nickte nur, ohne sich stören zu lassen. »Brauchen Sie Hilfe?«

»Ja.« Gennie lächelte. Seine bedächtige Art zu sprechen gefiel ihr. »Vielleicht können Sie mir sagen, wo ich ein Zimmer oder ein Häuschen für ein paar Wochen mieten kann.«

Der Ladenbesitzer schaukelte weiter, aber jetzt betrachtete er Gennie prüfend mit schlauen, leicht trüben Augen. Sie kommt aus der Stadt, vermutete er etwas geringschätzig. Wahrscheinlich aus dem Süden. Alles, was weiter entfernt war als Boston, fiel unter diesen Sammelbegriff. Sie sah sauber und hübsch aus, obwohl ihr dunkler Teint mit den hellen Augen fast fremdländisch wirkte. Aber das gehörte wohl dazu, wenn eine aus dem Süden stammte.

Gennie störte ihn nicht, während er nachdachte. Sie strich ihr langes schwarzes Haar zurück und atmete tief die würzige Seeluft ein. Sie hatte in den vergangenen Wochen gelernt, dass die Leute hier in New England zwar im Allgemeinen recht freundlich und großzügig waren, aber alles seine Zeit brauchte.

Wie eine Touristin wirkt sie nicht, dachte er, sie gleicht eher den Märchenwesen in den Bilderbüchern der Enkelkinder. Das schmale Gesicht mit der festen Kinnlinie und den betonten Wangenknochen macht einen guten Eindruck. Wenn sie lächelt, dann strahlen die blaugrünen Augen wie das Meer in der Sonne. »Hierher kommen nicht viele Feriengäste«, entgegnete er schließlich, »und schon gar nicht zu dieser Jahreszeit.«

Gennie wusste, dass er bestimmt keine neugierigen Fragen stellen würde. Doch wenn es ihr nützlich erschien, dann konnte sie mitteilsam sein.

Sie sah ihm direkt in die Augen. »Da haben Sie wohl recht. Ich glaube nicht«, sagte sie ruhig, »dass ich als Feriengast zu bezeichnen bin, Mr. ...«

»Fairfield – Joshua Fairfield.«

»Genevieve Grandeau.« Sie reichte ihm die Hand zu einem angenehm festen Händedruck, wie er zufrieden bemerkte.

»Ich bin Künstlerin und möchte eine Zeit lang hier malen.«

Eine Künstlerin also! Er überlegte weiter. Gegen Bilder hatte er nichts einzuwenden. Als Hobby ließ er die Malerei gelten, aber er bezweifelte, dass man sich damit tatsächlich den Lebensunterhalt verdienen könnte. Trotzdem – die junge Dame hatte ein sehr gewinnendes Lächeln, und sie hielt sich stolz und aufrecht.

»Möglicherweise weiß ich ein kleines Haus«, meinte er. »Es liegt aber ungefähr zwei Meilen außerhalb der Ortschaft.«

Der Schaukelstuhl ächzte, als er sich schneller vor- und rückwärts bewegte. »Die Witwe Lawrence hat's noch nicht verkauft. Vielleicht vermietet sie es Ihnen.«

»Das klingt vielversprechend. Wo kann ich sie erreichen?«

»Gehen Sie einfach über die Straße in die Poststelle.« Er deutete mit dem Finger in die Richtung. Nach einigem Zögern fügte er hinzu: »Sagen Sie ihr, dass ich Sie geschickt habe.«

Gennie lächelte ihm zu. »Vielen Dank, Mr. Fairfield.«

Im Postbüro sah Gennie eine Frau in dunklem Baumwollkleid hinter dem Tresen stehen und Briefe sortieren.

Das muss die Witwe Lawrence sein, dachte Gennie mit Vergnügen und bestaunte die sorgsam aufgesteckten Zöpfe am Hinterkopf der Frau, die sich durch ihr Eintreten nicht stören ließ.

»Entschuldigen Sie bitte! Sind Sie Mrs. Lawrence?«

Die Angesprochene unterbrach ihre Tätigkeit und drehte sich um. Ihr Blick wanderte prüfend über Gennies Gestalt. »Kann ich Ihnen behilflich sein?« Sie trat näher.

»Ich hoffe es. Mr. Fairfield sagte mir, dass Sie vielleicht ein Häuschen zu vermieten hätten.«

Die Frau hob erstaunt eine Augenbraue. »Das Haus steht zum Verkauf.«

»Ja, das weiß ich.« Gennie versuchte es wieder mit ihrem allerschönsten Lächeln. Sie wollte hierbleiben, und die zwei Meilen Entfernung vom Ort erschienen ihr geradezu ideal. »Besteht die Möglichkeit, dass Sie es mir für ein paar Wochen vermieten? Ich kann Ihnen Referenzen geben, wenn Sie Wert darauf legen.«

Mrs. Lawrence studierte Gennie mit kühlem Blick. Sie bildete sich lieber ihr eigenes Urteil. »Wie lange wollen Sie bleiben?«

»Einen Monat, vielleicht sechs Wochen.«

Jetzt betrachtete sie Gennies Hände. Ein schlichter goldener Ring blitzte an der linken Hand auf.

»Sind Sie allein?«, forschte sie.

»Ja.« Gennie lächelte wieder. »Ich bin nicht verheiratet, Mrs. Lawrence. Ich reise für mehrere Monate durch New England und male. Hier in Windy Point möchte ich eine Weile arbeiten.«

»Sie malen?« Die Witwe unterzog Gennie erneut einer kritischen Prüfung.

»Ja.«

Mrs. Lawrence hatte inzwischen festgestellt, dass sie Gennie leiden mochte. Die Fremde redete nicht andauernd und blieb bei der Sache. Dazu kam, dass ein leeres Haus nichts taugte.

»Es ist sauber dort, und die Installation funktioniert.« Offensichtlich war die Entscheidung zu Gennies Gunsten gefallen. »Vor zwei Jahren wurde das Dach neu gedeckt, allerdings hat der Ofen seine Launen. Von den zwei Schlafzimmern ist eines unmöbliert.«

Gennie spürte, dass die Beschreibung Mrs. Lawrence nicht leichtfiel, obwohl ihre Stimme fest blieb.

Sie dachte sicher an all die Jahre, die sie dort gelebt hatte.

»Nachbarn gibt es keine«, fuhr Mrs. Lawrence fort, »und das Telefon ist nicht mehr angeschlossen. Doch das ließe sich machen, wenn Sie es wünschen.«

»Das alles klingt wundervoll, Mrs. Lawrence.«

Aus Gennies Ton klang Mitgefühl und Sympathie. Die ältere Frau räusperte sich. Dann nannte sie eine Summe als monatliche Miete. Der Betrag war wesentlich geringer, als Gennie erwartet hatte. Nun zögerte sie keinen Moment länger.

»Ich nehme es.«

Erstaunen lag in Mrs. Lawrences Blick. »Sie wollen es nicht erst ansehen?«

»Das ist nicht nötig.« Gennie zog ihr Scheckbuch aus der Tasche und schrieb die Summe aus.

Mrs. Lawrence studierte Gennies Unterschrift.

»Genevieve heißt das«, half Gennie, »nach meiner französischen Großmutter. Mich nennt aber fast jeder Gennie.«

Eine Stunde später klapperten die Schlüssel in Gennies Tasche. Zwei Kartons mit Lebensmitteln standen auf dem Rücksitz des Wagens, und sie ließ die Häuser des Ortes hinter sich. Amüsiert dachte sie an den bewundernden Ausdruck im sommersprossigen Gesicht des Ladenhelfers, der gewiss in seinem jungen Leben noch keine leibhaftige Malerin erblickt hatte.

Es wurde schnell dunkler. Die Wolken zogen tief und machten keinen freundlichen Eindruck. Der Wind frischte zusehends auf, und Gennie spürte einen Hauch von Abenteuer. Erwartungsvoll fuhr sie an der Küste entlang und versuchte, den Schlaglöchern so gut wie möglich auszuweichen.

Die Vorliebe für Abenteuer lag ihr im Blut. Wahrscheinlich war sie von ihrem Ur-Urgroßvater vererbt worden, der ein harter, kompromissloser Seeräuber gewesen war. Ohne Gewissensbisse nahm er sich, was er haben wollte. Zu Gennies gehüteten Schätzen gehörte das alte Logbuch, in das Philippe Grandeau seine Untaten ehrlich und mit feinem Sinn für Ironie wahrheitsgetreu niedergeschrieben hatte.

Gennies praktischer Sinn für Ordnung stammte möglicherweise von ihren aristokratischen Vorfahren mütterlicherseits. Aber sie gestand sich offen ein, dass sie ohne Zögern sofort mit dem Piraten Philippe davongesegelt wäre und jede aufregende Minute genossen hätte.

Der Wagen sprang von einem Loch ins andere, doch das machte Gennie nichts aus. Begeistert betrachtete sie die raue, urwüchsige Landschaft, die sich von ihrer Heimatstadt New Orleans so sehr unterschied, als wäre es ein anderer Planet. Das hier war kein Ort für Müßiggang und süßes Leben. In dieser felsigen, stürmischen Natur musste man immer hellwach sein, der kleinste Fehler konnte fatal werden.

Gennie erkannte, wie Land und Wasser einander bekämpften. An jedem Tag rückte das Meer eine Winzigkeit vor. Diese Stimmung musste sie unbedingt in ihren Bildern festhalten.

Obwohl die Schatten länger wurden und der Abend näher rückte, stoppte sie den Wagen und stieg aus, um ein paar Schritte näher an die auflaufenden Wellen zu treten. Der Geruch nach Fisch und Tang war hier viel intensiver, doch das beachtete Gennie ebenso wenig wie den Sturm, der aufzuziehen schien. Es erwartete sie ja niemand, und das Gefühl absoluter Freiheit war herrlich. Mit Skizzenblock und Stift in der Hand suchte Gennie sich einen Platz auf den Felsen. Von dieser wohltuenden Einsamkeit würde sie zu Hause noch oft träumen!

Gennie begann zu zeichnen und war sofort ganz in ihre Arbeit vertieft. Windy Point war ein Glücksfall für ihre Arbeit, und das kleine Haus der Witwe Lawrence bildete die ideale Ergänzung. Erst als sie den Block sinken ließ, merkte Gennie, wie dunkel es inzwischen geworden war, und ging zum Wagen zurück.

Noch viele herrliche Tage lagen vor ihr, niemand würde sie stören oder ablenken. Lächelnd drehte Gennie den Zündschlüssel um und betätigte den Anlasser.

Die einzige Reaktion war ein heiseres Schnarren. Sie probierte es noch einmal, mit dem gleichen Ergebnis. Schon in Bath hatte ihr Auto diese Tücken gezeigt, aber dort war eine Werkstatt in der Nähe gewesen, und man hatte den Schaden angeblich repariert.

So ein Pech! Gennies Kenntnisse von Motor und Elektrik waren äußerst gering, und es würde zu nichts führen, wenn sie die Motorhaube öffnete und an diesem oder jenem Draht zöge. Außerdem war die einzige Lichtquelle eine kleine Taschenlampe aus dem Handschuhfach.

Wie lange war sie gefahren? Sollte sie die Strecke zu Fuß fortsetzen oder in den Ort zurückkehren? Vielleicht hatte sie Glück und begegnete einem Fahrzeug. Doch vorläufig war es weit und breit stockdunkel. Wahrscheinlich hatte sie schon mehr als die Hälfte des Weges hinter sich gebracht und könnte das Haus in einer Viertelstunde erreichen.

Gennie ergab sich in ihr Schicksal, zuckte mit den Schultern und marschierte los.

Im schwachen Licht der Lampe konnte Gennie fast nichts sehen. Sie kam nur langsam voran und stolperte häufig über Wurzeln oder Steine.

Obwohl es inzwischen Nacht geworden war, wurde es keineswegs ruhig und leise. Der Sturm zerrte an Gennies Haar, pfiff und heulte und trieb immer dickere Nebelschwaden vor sich her. Hoffentlich würde sie bald am Ziel sein.

Normalerweise hätte ihr ein kräftiger Regenguss nicht viel ausgemacht, aber jetzt wurde Gennies Abenteuerlust auf eine harte Probe gestellt. Es schüttete wie aus Kannen, das Wasser peitschte in ihr Gesicht, und die nackten Füße glitschten in den vollkommen durchnässten, leichten Sommersandalen schmerzhaft hin und her.

Langsam wurde Unbehagen zu Beschwerlichkeit, und Gennie bekam Angst. Grelles Wetterleuchten ließ die Bäume und Büsche am Rand der Straße wie bizarre Gestalten erscheinen. Saßen hässliche Kobolde hinter den Felsen und lachten sie aus? Gennie summte irgendein albernes Lied und konzentrierte sich auf den winzigen Lichtkegel ihrer Lampe.

Ich bin nass bis auf die Haut, sagte sie sich und strich das Haar aus dem Gesicht, aber daran werde ich nicht sterben. Das Haus muss ganz in der Nähe sein.

Die Schwierigkeit bestand darin, bei Sturm, Nebel und Donner die Kate von Mrs. Lawrence zu finden, die wahrscheinlich ein wenig abseits der Straße lag. Vielleicht war sie schon längst daran vorbeigelaufen. Das fehlte noch! Dann müsste sie wieder zurück zum Wagen gehen. Es wäre tatsächlich ein kleines Wunder, wenn sie bei diesem Wetter das unbewohnte Haus fände.

Ich war dumm, schalt Gennie sich und verschränkte zitternd die Arme. Die einzige Möglichkeit, die ihr jetzt blieb, war, den Rückmarsch anzutreten und im Auto auf das Ende des Sturmes zu warten.

Ein Umherirren im Gewitter erschien ihr wesentlich schlimmer, als eine unbequeme Nacht im Auto zu verbringen. Außerdem befand sich in einem Karton auf dem Rücksitz eine Packung mit Keksen.

Aufseufzend ließ Gennie nochmals den Schein der Taschenlampe kreisen und starrte dann in die Dunkelheit, die nun noch schwärzer wirkte. Sie drehte sich um und wollte zurückgehen, als sie plötzlich ein Licht sah. Gennie blinzelte und wischte den Regen aus den Augen. Es war keine Täuschung. Das bedeutete Schutz, Wärme und menschliche Gesellschaft. Ohne Zögern eilte sie auf den hellen Punkt zu.

Ungefähr eine Meile war Gennie gegangen. Der Wind heulte, und der Weg wurde immer schlechter. Feurige Blitze zuckten über den Himmel. Gennie musste sich auf jeden Schritt konzentrieren, um nicht hinzufallen, und kam nur sehr langsam voran. Würde sie jemals wieder trocken und warm werden?

Allmählich rückte das Licht näher. Das Tosen der Brandung klang böse und unheimlich. Gennies Herz klopfte, am liebsten wäre sie kopflos in die Dunkelheit gerannt. Doch sie bekämpfte ihre Angst und prüfte genau, wohin sie die Füße setzte. Als endlich die Umrisse eines Gebäudes durch den Regen schimmerten, lachte und weinte sie zugleich.

Es war ein alter Leuchtturm, ein steinerner Beweis dafür, dass Menschen einander halfen. Der Lichtschein kam jedoch nicht von der Turmspitze aus starken, sich drehenden Lampen, sondern aus einem erhellten Fenster. Also wohnte hier jemand. Gennie zögerte nicht lange und lief, so schnell sie nur konnte, auf den hohen Turm zu.

Wahrscheinlich saß dort ein knurriger alter Mann, der früher zur See gefahren war. Sicherlich würde er ihr Rum und heißen Tee anbieten. In diesem Moment zuckte ein besonders greller Blitz über den nächtlichen Himmel, und Gennies Sympathie für den Leuchtturmwärter stieg ins Unermessliche.

Mithilfe ihrer kleinen Taschenlampe suchte sie die Mauer nach dem Eingang ab. Das erleuchtete Fenster lag weit oben, ungefähr auf dem dritten Treppenabsatz.

Der Sturm heulte laut und übertönte beinahe Gennies Klopfen an der dicken, harten Holztür, obwohl sie mit der Kraft ihrer Verzweiflung dagegentrommelte. War sie gezwungen, so dicht vor dem Ziel zu kapitulieren? Nein – wer immer hier drinnen war, er musste sie einlassen! Irgendwann würde er den Lärm von hier unten wahrnehmen.

Erschöpft lehnte sich Gennie an das nasse, raue Holz. Ihre Fäuste schmerzten, und die Schläge wurden schwächer. Als sich die Tür plötzlich öffnete, verlor sie das Gleichgewicht und stolperte in den dahinterliegenden Flur. Sie wäre unweigerlich gefallen, hätte nicht jemand mit festem, sicherem Griff ihren Arm gepackt.

»Dem Himmel sei Dank!«, stammelte Gennie. »Ich fürchtete schon, dass Sie mich nie mehr hören würden!« Mit ihrer freien Hand strich sie das tropfnasse Haar aus der Stirn und schaute zu der Person auf, die sie als ihren Lebensretter betrachtete.

Erstaunt erkannte Gennie, dass der Mann weder alt noch knorrig, sondern jung und schlank war. Seine gebräunten, wettergegerbten Züge erinnerten an einen Seefahrer. Er hatte dichtes, dunkles Haar, das vom Sturm zerzaust und achtlos zurückgestrichen war. Der ausdrucksvolle Mund wirkte sinnlich, und die aristokratische Nase passte nicht ganz in das zerklüftete Gesicht.

Gennie stellte fest, dass seine tiefbraunen Augen sie keineswegs neugierig oder gar freundlich musterten. Der Fremde war offensichtlich ärgerlich über die Störung.

»Wie zum Teufel sind Sie hierhergekommen?«

Die Frage entsprach nicht ganz dem Empfang, den Gennie in einer solchen Situation erwartet hatte, aber der furchterregende Marsch durch das Unwetter saß ihr noch in den Gliedern. »Ich bin gelaufen«, sagte sie deshalb einfach.

»Gelaufen?«, wiederholte er ungläubig. »In diesem Wetter? Von woher?«

»Ein paar Meilen von hier entfernt ist mein Wagen stehen geblieben.« Gennie zitterte, einerseits vor Kälte und andererseits, weil sie sich ärgerte. Der Mann hielt sie noch immer fest, und vor Erschöpfung ließ Gennie es geschehen.

»Weshalb sind Sie in einer solchen Nacht unterwegs gewesen?«

»Ich ... ich habe das Haus von Mrs. Lawrence gemietet. Als mein Wagen streikte, bin ich zu Fuß weitergegangen. Aber ich muss wohl die Abzweigung in der Dunkelheit verfehlt haben. Dann sah ich Ihr Licht.« Gennie seufzte und spürte plötzlich, dass sie auf sehr zittrigen Beinen stand. »Darf ich mich setzen?«

Er starrte sie eine Minute lang an, murmelte eine unverständliche Antwort und deutete auf das Sofa im Hintergrund. Gennie sank darauf nieder, lehnte ihren Kopf gegen die Lehne und bemühte sich um Fassung.

Was soll ich nur mit ihr machen? fragte sich Grant. Mit gerunzelter Stirn sah er auf Gennie herab. Das wirre Haar klebte an ihrem Kopf, es war schwarz wie die Nacht, und die Spitzen lockten sich ein wenig. Ihr Gesicht erschien nicht besonders zart oder fein, aber es war schön und erinnerte an die königlichen Damen auf mittelalterlichen Gemälden. Die nasse Kleidung klebte an ihrem Körper und verhüllte wenig von den festen, schlanken Formen.

Normalerweise hätten schon Gesicht und Figur Grant beeindruckt. Was ihn jedoch für einen Moment total verwirrt hatte, waren ihre Augen gewesen: seegrün, unglaublich groß und etwas schräg stehend. Nixenaugen, dachte er. Einen Herzschlag lang – oder einen halben nur – überlegte Grant, ob er es vielleicht mit einem mythischen Wesen zu tun hätte, das vom Sturm ans Ufer geschleudert worden war.

Ihre Stimme klang sanft. Obwohl Grant den Tonfall der Südstaatler erkannte, wirkte ihre Sprache fast fremdländisch im Vergleich zu dem harten Dialekt der Küstenbevölkerung, an den er sich gewöhnt hatte. Grant gehörte aber ganz und gar nicht zu den Männern, die es ausnutzten, wenn der Zufall ihnen leichtes Spiel machte. Als Gennie ihre Augen wieder aufschlug und ihm zulächelte, wünschte er inbrünstig, niemals seine Haustür geöffnet zu haben.

»Es tut mir leid«, begann Gennie, »ich bin ein wenig durcheinander gewesen, nicht wahr? Möglich, dass ich kaum länger als eine Stunde draußen war. Aber es schien mir wie eine Ewigkeit. Ich heiße Gennie.«

Grant hakte die Daumen in seine Hosentaschen und runzelte wieder die Stirn. »Campbell«, erwiderte er, »Grant Campbell.« Das war alles, und sein Blick wurde auch nicht freundlicher.

Gennie versuchte nun, das Gespräch neu zu beginnen. »Mr. Campbell – ich kann Ihnen gar nicht beschreiben, wie erleichtert ich war, als ich in der Dunkelheit ein erleuchtetes Fenster entdeckte.«

Grant betrachtete Gennie genau und überlegte, warum ihr Gesicht ihm bekannt erschien. »Die Abzweigung zum Lawrence'schen Grundstück liegt mehr als eine Meile zurück.«

Erstaunt über den Ton seiner Worte zog Gennie eine Augenbraue hoch. Sollte das tatsächlich heißen, dass er sie in die Nacht zurückschicken wollte? Im Allgemeinen war sie stolz auf ihre Ruhe und Beherrschung, aber jetzt fror sie in den nassen Kleidern, und Grants finstere Miene gab ihr den Rest. »Hören Sie, ich möchte Ihnen eine Tasse Kaffee abkaufen und für den Rest der Nacht dieses Sofa benutzen.«

»Ich nehme keine Pensionsgäste.«

»Und wahrscheinlich würden Sie einem kranken Hund noch einen Tritt verpassen, wenn er Ihnen über den Weg liefe!«, entfuhr es Gennie. »Aber ich denke nicht daran, jetzt wieder hinauszugehen in das Unwetter, und ich möchte Ihnen nicht raten, mich mit Gewalt vor die Tür zu setzen.«

Ihre Worte belustigten Grant, doch sein Gesicht blieb unbewegt. Er wehrte sich nicht gegen Gennies falsche Beschuldigung. Niemals wäre es ihm in den Sinn gekommen, sie zurück in den Sturm zu schicken. Er hatte nur seinem Unbehagen Ausdruck verliehen und feststellen wollen, dass er ihr Geld nicht nehmen würde. Normalerweise – und wenn er nicht so verärgert über diese Störung gewesen wäre – hätte ihm die Haltung des durchnässten, blassen Mädchens sehr imponiert.

Wortlos ging er auf einen großen, altertümlichen Eichenschrank zu und wühlte darin herum. Gennie zwang sich, nicht hinzusehen, obwohl sie hörte, dass er etwas einschenkte.

»Sie brauchen Brandy jetzt nötiger als Kaffee«, meinte er und hielt ihr ein Glas unter die Nase.

»Danke!«, sagte Gennie in dem eisigen Tonfall, den die Frauen aus den Südstaaten weltmeisterlich beherrschten. Sie nippte nicht, sondern trank das Glas in einem Zug aus. Durch den plötzlichen Wärmeschock wurde ihr wohler, und ihr Kreislauf stabilisierte sich.

Grant konnte ein Lächeln nur schwer unterdrücken. »Möchten Sie noch einen?«

»Nein«, erwiderte Gennie kühl, »danke.« Reserviert höflich gab sie das Glas zurück.

Sie hat mich gekonnt zurechtgewiesen, musste Grant sich eingestehen.

Was ist nun zu tun? überlegte Grant. Durch die dicken Wände des Leuchtturmes war das Heulen und Peitschen des Sturmes deutlich zu vernehmen. Sogar die kurze Fahrt zum Haus der Witwe Lawrence könnte ungemütlich, wenn nicht gefährlich werden. Die Fremde hier unterzubringen machte weniger Mühe. Mit einer Verwünschung, die eher resigniert als bösartig klang, wandte er sich von Gennie ab.

»Na gut, dann kommen Sie mit«, befahl er, ohne sich noch einmal nach ihr umzusehen. »So können Sie nicht den Rest der Nacht sitzen bleiben und frieren.«

Gennie überlegte ernsthaft, ob sie mit ihrer Tasche nach ihm werfen sollte.

Der gewendelte Treppenlauf entzückte sie. Fast wäre ihr eine begeisterte Bemerkung entschlüpft, aber sie hielt sich noch rechtzeitig zurück. Die eisernen Stufen liefen rund um eine aufstrebende Säule höher und höher hinauf, ohne dass ein Ende erkennbar war. Grant stieg bis zum zweiten Absatz, der gut zwanzig Fuß über dem ersten liegen mochte. Er bewegte sich im Dunkeln mit der Sicherheit einer Katze, während Gennie sich am Geländer festhielt und wartete, bis er das Licht anknipste. Besonders hell wurde es auch dann nicht, und lange Schatten fielen auf den hölzernen Fußboden.

Durch eine Tür trat Grant in einen Raum, der offensichtlich als Schlafzimmer diente. Nicht sehr groß, auch nicht besonders ordentlich, doch mit einem breiten, antiken Messingbett in der Mitte, in das Gennie sich sofort verliebte.

Er kramte ungeduldig in einer alten Kommode und zog schließlich einen verwaschenen Bademantel hervor.

»Die Dusche befindet sich auf der anderen Seite vom Treppenhaus«, erklärte er kurz und drückte ihr das Kleidungsstück in die Hand. Dann drehte er sich um und verschwand.

»Vielen Dank«, murmelte Gennie. Aber Grants Schritte klapperten bereits wieder die Stufen hinunter. Mit stolz erhobenem Haupt und glänzenden Augen ging Gennie in die angegebene Richtung.

Das Bad war zauberhaft! Zu schneeweißem Porzellan glänzten Armaturen und Ständer aus Messing, die von Grant offensichtlich regelmäßig poliert wurden. Auch dieser Raum war nicht groß, aber irgendwann hatte jemand sich die Mühe gemacht, die Wände mit gelacktem Zedernholz zu verkleiden. Ein Waschbecken stand auf zierlichen Beinen, darüber hing ein hübscher schmaler Kristallspiegel. Das Licht kam von der Decke, man musste an einer langen Seidenkordel ziehen.

Endlich konnte Gennie ihre unangenehm feuchten Kleider ausziehen. Sie kletterte in die Wanne und zog den Vorhang zu. Wundervoll heißes Wasser strömte aus der Dusche, und langsam kehrten Wärme und Wohlbehagen in ihren Körper zurück. Gennie war sicher, dass es im Paradies nicht schöner sein könnte, auch dann nicht, wenn ein Teufel Wache hielt.

Grant stand inzwischen in der Küche und brühte frischen Kaffee auf. Nach kurzem Nachdenken öffnete er eine Dose mit Suppe. Schließlich musste er seinem Gast etwas anbieten. In diesem Raum, an der Rückseite des Turmes, war die tobende See lauter zu vernehmen. Im Allgemeinen beachtete Grant solche Geräusche nicht mehr, denn er hatte sich daran gewöhnt.

Heute aber klang der Sturm besonders stark und böse. Von seiner Arbeit hätte er Grant allerdings nicht abhalten können.

Musste ausgerechnet er ein durchnässtes Mädchen, das sich verlaufen hatte, vor seiner Haustür finden? Die Zeit, die sie ihm stahl, würde er später nachholen müssen. Doch der erste Ärger war vorüber, und Grant hatte sich damit abgefunden. Eine heiße Mahlzeit und ein schützendes Dach musste er ihr anbieten, aber dabei sollte es bleiben.

Wie sie ausgesehen hatte, als sie nass und zitternd auf dem alten Sofa kauerte. Er musste lächeln. Diese Lady war kein Schwächling – glücklicherweise! Denn für solche hatte Grant sehr wenig übrig.

Wenn er Gesellschaft suchte, dann bevorzugte er das Zusammensein mit Menschen, die ihre eigene Meinung sagten und auch dazu standen. Dadurch war erst kürzlich sein selbst auferlegter Zeitplan durcheinandergeraten.

Vor knapp einer Woche war er aus Hyannis Port wiedergekommen. Dort hatte seine Schwester Shelby geheiratet. Grant hatte sie dem Bräutigam Alan MacGregor bei der Zeremonie übergeben. Zu seinem unbehaglichen Erstaunen waren diese Feierlichkeiten ihm mehr als erwartet unter die Haut gegangen. Die MacGregors gefielen ihm, sie hatten keine Mühe, ihn zu überreden, ein paar Tage länger bei ihnen zu bleiben. Besonders der polternde, mächtige Daniel MacGregor war als Familienoberhaupt sehr beeindruckend gewesen. Dabei schloss Grant sich wirklich nicht so leicht an jemanden an. Schon seit seiner Kindheit war er in dieser Beziehung sehr zurückhaltend. Die Familie MacGregor jedoch erwies sich als einfach unwiderstehlich.

Natürlich wäre es die Aufgabe seines Vater gewesen, Shelby dem Ehemann zuzuführen. Aber er war tot, und Grant musste seinen Platz einnehmen. So mischten sich schmerzliche Erinnerungen mit der glücklichen Gegenwart. Das Zusammensein mit den MacGregors lenkte Grant wohltuend von trüben Gedanken ab, und er kehrte entspannt nach Windy Point zurück. Sogar Daniels neugieriges Eindringen in seine geheiligte Privatsphäre hatte Grant amüsiert geduldet. Er war selbst überrascht, wie sehr er sich über eine Einladung zum Wiederkommen freute.

Grants Arbeit war dadurch allerdings liegen geblieben, doch das würde sich trotz dieser erneuten kurzen Unterbrechung aufholen lassen. Für den Rest der Nacht konnte der ungebetene Besuch im Gästezimmer untergebracht werden. Morgen würde Grant sich des Mädchens, so schnell es ging, entledigen.

Trotz des Sturmes und dem Brausen der Wellen hörte Grant Gennie kommen. Er drehte sich um und wollte sie mit einer nichtssagenden Bemerkung begrüßen, aber ihr Anblick wirkte wie ein Schlag unter die Gürtellinie.

Verdammt, diese Frau war schön! Zu schön für sein seelisches Gleichgewicht. Ihre zierliche Gestalt versank beinahe in seinem großen Bademantel, die Ärmel hatte sie fast bis zu den Ellbogen aufgerollt. Das verblichene Blau betonte den honiggelben Schimmer ihrer Haut, und feuchtes, streng zurückgebürstetes Haar umrahmte ihr Gesicht, nur an den Schläfen kringelten sich ein paar widerspenstige Locken. Die blassgrünen Augen hinter tiefschwarzen Wimpern erinnerten ihn wieder an eine Meerjungfrau.

»Setzen Sie sich!«, sagte er barsch. Er war wütend auf sich selbst, weil er Gennie so begehrenswert fand. »Sie können einen Teller Suppe essen.«

Gennie zögerte und musterte die ihr zugekehrte Rückenansicht, doch dann setzte sie sich. »Besten Dank.«

Unverständliches Gemurmel war die Antwort, und ein Teller mit dampfender Suppe landete unsanft vor ihr auf dem einfachen Holztisch. Gennies Hunger siegte über ihren Stolz, und sie griff nach dem Löffel. Erstaunlicherweise nahm Grant ihr gegenüber Platz und aß ebenfalls.

In der kleinen, hell erleuchteten Küche war es sehr ruhig. Nur das Getöse der aufgebrachten Naturgewalten unterbrach gelegentlich die Stille. Zunächst hielt Gennie ihren Blick trotzig auf den Teller gerichtet, doch dann sah sie sich um. Jeder Winkel hier wurde vortrefflich genutzt, eingepasste Hängeschränke aus Eichenholz boten reichlich Platz für Geschirr und Töpfe. Die Arbeitsfläche war aus dem gleichen Material, jedoch glatt gehobelt und poliert. Eine Kaffeemaschine und ein Toaster sorgten für modernen Komfort.

In seiner Küche hielt Grant offensichtlich mehr Ordnung als in den übrigen Räumen. In der Spüle standen weder schmutzige Tassen, noch bemerkte Gennie Staub oder Flecken auf dem Boden. Es roch appetitlich nach Suppe und Kaffee. Nachdem der größte Hunger gestillt war, verflog ihr Ärger.

Schließlich war sie ziemlich unvermittelt in sein Privatleben eingedrungen. Und einen Fremden mit offenen Armen zu empfangen und ihm Gastfreundschaft zu gewähren war eben nicht jedermanns Sache. Er hatte es zwar ungern getan, aber er hatte sie aufgenommen. Der Bademantel war trocken und warm, und Gennie genoss die heiße Suppe. Langsam beruhigte sich ihr verletzter Stolz.

Mit einem kleinen Seufzer ließ Gennie den Blick über den Tisch wandern, bis er an Grants Händen haften blieb. Gütiger Himmel, dachte sie erstaunt, was hat er für schöne Hände! Die schlanken Gelenke wirkten nicht etwa zerbrechlich, sondern rassig, kraftvoll und stark. Die sonnengebräunten Handrücken und die langen Finger erschienen Gennie maskulin und ausdrucksstark.

Einen Augenblick lang vergaß sie den Rest ihres Gegenübers vor Begeisterung angesichts seiner Hände. Und weil sie erstaunt über ihre eigenen Empfindungen war, fühlte sie eine Regung, unterdrückte sie aber. Wahrscheinlich würde sich jede Frau bei diesem Anblick fragen, wie sich das Streicheln der geschmeidigen Finger auf der nackten Haut anfühlte. Ungeduldige Hände – Hände, die einer Frau die Kleider vom Leib reißen oder sie sehr behutsam ausziehen konnten, noch ehe sie sich dessen bewusst war.

Als Gennie merkte, dass ein Prickeln ihr über den Rücken lief, riss sie sich zusammen.

Da sie sich ihrer Erregung bewusst war, hob sie leicht verlegen den Blick. Grant hatte Gennie kühl und sachlich wie ein Wissenschaftler beobachtet. Es war ihm nicht entgangen, dass sie bei der Betrachtung seiner Hände das Essen unterbrochen hatte. Leider verbargen die langen Wimpern den Ausdruck ihrer grünen Augen. Grant wartete geduldig. Er wusste, dass sie früher oder später aufschauen würde. Er war auf eisigen, ablehnenden Zorn oder frostige Höflichkeit in ihren Augen gefasst. Die Benommenheit in ihren Zügen verwirrte ihn, besser gesagt, sie machte ihn neugierig. Das beinahe schmerzhafte Verlangen nach ihr wurde durch die deutliche Verwundbarkeit noch stärker. Als sie vorhin in sein Haus gestolpert war – nass und erschöpft –, war sie ihm nicht so wehrlos erschienen. Was könnte sie wohl tun, wenn er sie jetzt an sich reißen würde? Wie zum Teufel kam er auf solche Gedanken?

Sie starrten einander an. Jeder kämpfte mit höchst unerwünschten Gefühlen. Währenddessen trieb der Sturm den Regen klatschend gegen die Fenster und schirmte ihre Welt gegen die übrige Zivilisation ab. Grant dachte wieder, dass sie wie eine dem Meer entstiegene Versuchung ausschaute. Gennie war sicher, dass er es mit ihrem seeräuberischen Vorfahren hätte aufnehmen können.

Die Stuhlbeine kratzten gegen den Fußboden, als Grant sich erhob. Gennie schreckte zusammen.

»Das Gästezimmer liegt auf dem zweiten Absatz.« Der Ausdruck seiner Augen war hart und verhalten vor Ärger über sich selbst.

Gennie fühlte, dass ihre Hände vor Nervosität feucht waren, und das machte sie wütend.

»Das Sofa reicht mir absolut«, entgegnete sie kühl.

Er zuckte mit den Schultern. »Wie Sie wünschen.« Ohne ein weiteres Wort verließ er die Küche.

Gennie wartete, bis Grants Schritte auf der Treppe verklangen. Wenn ich noch einmal im Dunkeln ein Licht sehe, schwor sie sich, dann lauf ich, so schnell ich nur kann, in die entgegengesetzte Richtung!

## 2. Kapitel

Grant hasste es, wenn man ihn störte. Er tolerierte Verwünschungen, Drohungen und Missachtung, aber er verabscheute jede Art der Unterbrechung. Solange er denken konnte, hatte sein Vater sich um die Gunst anderer Menschen bemühen müssen, weil dies eine Notwendigkeit für die Karriere eines Senators war, dessen Ziel darin bestand, das höchste Amt des Landes zu bekleiden.

Einige liebten den Politiker Campbell, anderen war seine Person verhasst. Auf Wahlreisen verstand er es, seine Mitarbeiter zu erstaunlichen Leistungen zu bewegen. Stets war Grants Vater bereit, sich für andere Menschen einzusetzen. Senator Robert Campbell war ein Mann, der es als seine Pflicht ansah, sich der Öffentlichkeit zu stellen, bis drei Revolverkugeln dem plötzlich ein Ende machten.

Grant hatte nicht allein dem Attentäter oder der politischen Berufung die Schuld gegeben, auch seinem Vater selbst galten seine bittersten Vorwürfe. Robert Campbell hatte sich der Menschheit verschrieben, die ihn letztlich tötete. Wahrscheinlich war dies der Grund, warum Grant es vorzog, für sich allein zu leben.

Er betrachtete den Leuchtturm nicht als Zufluchtsort, sondern als seine Wohnung – sein Heim. Der Abstand zu anderen Menschen gefiel ihm, und er genoss die Rauheit und Harmonie der Elemente. Seiner Arbeit und ihm selbst tat die Einsamkeit gut. Ungestörtes Nachdenken empfand er als persönliches

Recht. Niemand, absolut niemand, durfte sich in sein Leben drängen.

In der vergangenen Nacht war Grant durch Gennies Klopfen bei der Arbeit an seinem gegenwärtigen Projekt gestört worden. Da sein Gedankengang plötzlich wie abgeschnitten war, hatte er die Tür mit dem innigen Wunsch geöffnet, den Eindringling zu strangulieren. Gennie konnte also von Glück reden, dass er sich dann nur auf Grobheiten beschränkte. Einem zufälligen Besucher hatte er einmal gedroht, ihn in den Ozean zu werfen.

Nachdem Gennie in der Küche zurückgeblieben war, dauerte es länger als eine Stunde, bis Grant sich wieder auf seine Tätigkeit konzentrieren konnte. Obwohl bereits die Sonne auf das Fußende seines Bettes schien, hatte er sich keineswegs beruhigt.

Noch benommen nach kaum vier Stunden Schlaf lauschte er der ungewohnten Stimme, die durch das Treppenhaus drang. Gennie sang ein albernes kleines Lied. Er kannte es aus dem Radio. Rundfunksendungen, das Fernsehprogramm und ein Dutzend Zeitungen bildeten Grants tägliche Unterhaltung.

Sie sang nicht übel. Ihre tiefe, weiche Stimme verlieh den törichten Worten des Schlagers etwas Verführerisches. War es nicht schlimm genug, dass sie gestern seine Arbeit unterbrochen hatte? Musste sie nun auch noch seinen Schlaf stören?

Grant zog ein Kissen über den Kopf. Aber seine Gedanken ließen sich nicht so einfach abstellen. Es war leicht, sich mit geschlossenen Augen ihr Bild auszumalen. Fluchend warf Grant die Decke beiseite, sprang aus dem Bett und griff nach seinen verwaschenen, abgeschnittenen Jeans. Halb verschlafen und doch aufgewühlt ging er hinunter.

Er bemerkte, dass sie das Gästezimmer nicht benutzt hatte, und runzelte ärgerlich die Stirn. Dann folgte er der trällernden Stimme in die Küche.

Gennie war barfuß und trug noch immer seinen Bademantel. Das lange Haar, jetzt trocken und voll, fiel in weichen Wellen über ihren Rücken. Grant hätte gern hineingefasst. War der rote Schimmer echt, oder spielte die Sonne mit den Farben? Auf dem Herd brutzelte Frühstücksspeck in der Pfanne, und der frische Kaffee roch herrlich.

»Was zum Teufel tun Sie hier?«

Gennie fuhr herum. Eine Hand griff erschrocken nach dem Herzen, und mit der anderen umklammerte sie die Fleischgabel.

Trotz des unbequemen Sofas war sie in bester Laune und mit riesigem Hunger erwacht. Die Sonne lachte vom Himmel, Möwen schrien, und der Eisschrank enthielt genügend Vorräte. So hatte Gennie beschlossen, Grant Campbell noch einmal eine Chance zu geben. Sie nahm sich beim Herumwirtschaften in seiner Küche fest vor, ihm freundlich und geduldig entgegenzutreten.

Mit zerzaustem Haar, unrasiertem Gesicht und halb nackt stand er vor ihr, offensichtlich äußerst ärgerlich. Gennie schenkte ihm ein strahlendes Lächeln, nachdem sie sich schnell wieder gefasst hatte. »Ich mache das Frühstück. Es schien mir das Mindeste an Dankbarkeit, nachdem ich die letzte Nacht hier verbringen durfte.«

Wieder hatte Grant das Empfinden, sie irgendwo schon einmal gesehen zu haben. Aber sein Stirnrunzeln verstärkte sich. »Ich mag es nicht, wenn jemand morgens Lärm macht und außerdem meine Küche durcheinanderbringt.«

Gennie öffnete den Mund und schloss ihn rasch wieder, bevor eine entsprechende Antwort herausschlüpfen konnte. »Zerbrochen habe ich bisher nur ein Ei«, sagte sie. »Würden Sie uns beiden einen großen Gefallen tun? Nehmen Sie sich eine Tasse Kaffee, setzen Sie sich und seien Sie still.« Mit unnachahmlichem Schwung warf sie den Kopf zurück und drehte Grant den Rücken zu.

In Grants Gesicht war deutlich Überraschung, aber auch Anerkennung zu lesen. Nicht jeder konnte mit samtweicher Stimme einen so nachdrücklich auffordern, den Mund zu halten. Das hatte sie gut gemacht. Er unterdrückte ein Lächeln, holte seinen Kaffeebecher aus dem Schrank und tat genau das, was sie gefordert hatte.

Gennie sang nicht mehr, und Grant bekam das Gefühl, es fiele ihr nicht ganz leicht, einen gelassenen Eindruck zu vermitteln. Doch wahrscheinlich war es besser, wenn sie ihre Gedanken nicht in Worte fasste.

Durch den heißen Kaffee verschwand seine Müdigkeit. Grant fühlte sich ausgeruht und äußerst hungrig. Zum ersten Mal bereitete in dieser Küche eine Frau das Frühstück. Zur Gewohnheit sollte das nicht werden, überlegte Grant, aber ausnahmsweise konnte man es sich gefallen lassen.

Wortlos stellte Gennie Teller und eine Platte mit gebratenem Schinkenspeck und Eiern auf den Tisch.

»Warum wollten Sie zu dem alten Lawrence-Haus fahren?«, erkundigte er sich und lud sich einen Teller voll.

Gennie warf ihm einen kurzen Blick zu. Jetzt wird also höflich Konversation gemacht, dachte sie.

»Ich habe es gemietet«, erwiderte sie kühl und streute Salz auf ihre Eier.

»Ich war der Meinung, dass die Witwe Lawrence es verkaufen möchte.«

»Stimmt.«

»Ist es nicht schon ein bisschen spät für ein Strandhaus?« Grant kaute mit Genuss, da es ihm vorzüglich schmeckte.

Gennie zuckte mit den Schultern und konzentrierte sich auf ihr Frühstück. »Ich bin kein Sommergast.«

»Nein?« Er betrachtete sie eingehend. »Sie kommen aus Louisiana, nicht wahr? New Orleans oder Baton Rouge?«

»New Orleans.« Gennie vergaß ihren Ärger und warf Grant einen neugierigen Blick zu. »Sie stammen ebenfalls nicht aus dieser Gegend, oder?«

»Nein«, antwortete er nur und beließ es dabei.

Das könnte ihm so passen, dachte Gennie. Erst wird eine Unterhaltung angefangen, dann hüllt er sich wieder in Schweigen.

»Warum muss es unbedingt ein Leuchtturm sein?«, forschte sie. »Er ist gar nicht mehr in Betrieb, oder? Ich bin gestern Nacht dem Licht gefolgt, das aus dem Fenster schien. Es war kein Signalscheinwerfer.«

»Die Küstenwache beaufsichtigt diesen Bereich mit Radar. Der Turm ist vor mehr als zehn Jahren stillgelegt worden. War Ihnen das Benzin ausgegangen?«

Seine Gegenfrage kam so schnell, dass Gennie zu spät bemerkte, wie Grant versuchte, einer Antwort auszuweichen.

»Nein. Ich parkte eine Weile am Straßenrand. Als ich weiterfahren wollte, sprang der Wagen nicht wieder an. Ich fürchte, dass er abgeschleppt werden muss.«

Grant stieß einen Laut aus, der fast wie Lachen klang. »Sie könnten sich vielleicht nach Bayside bringen lassen, aber ganz bestimmt nicht nach Windy Point. Ich werde mir die Sache einmal ansehen«, meinte er und beendete sein Frühstück. »Wenn ich nichts machen kann, müssen Sie Buck Gates Bescheid sagen, der repariert den Wagen bestimmt.«

Nachdem sie ihn lange betrachtet hatte, entgegnete Gennie langsam: »Ich danke Ihnen!«

Grant erhob sich und stellte seinen Teller in die Spüle. »Ziehen Sie sich an«, befahl er, »ich habe noch andere Dinge zu tun.« Zum zweiten Mal ließ er Gennie allein in der Küche zurück.

Ein Mal nur möchte ich das letzte Wort haben, wünschte sie sich inständig und stellte ihr Geschirr zu Grants Teller. Dann zog sie heftig den Gürtel des Bademantels fest und machte sich auf den Weg. Natürlich würde sie sich ankleiden, und zwar, bevor er seine Meinung änderte.

Grob oder nicht, Grant hatte ihr Hilfe angeboten, und die würde sie akzeptieren. Dann konnte Grant Campbell zum Teufel gehen, wenigstens, was sie betraf.

Als sie in das Badezimmer schlüpfte, um sich umzuziehen, war von Grant nichts zu sehen. Gennie hängte den Mantel ordentlich an einen Haken bei der Tür. Ihre eigenen Sachen waren trocken. Nur die Sandalen fühlten sich noch ein wenig feucht an. Wenn sie Glück hatte, könnte sie innerhalb einer Stunde das Haus beziehen. Der größte Teil des Nachmittags wäre zum Zeichnen frei.

Diese Hoffnung gab Gennie ihre gute Laune zurück. Fröhlich lief sie die Treppe hinunter. Aber auch dort war von Grant keine Spur zu entdecken. Nach kurzem Kampf mit der schweren Vordertür trat sie ins Freie.

Die Luft war so klar, dass es Gennie beinahe den Atem verschlug. Vom Nebel und Sturm der vergangenen Nacht war nichts mehr zu spüren. Gennie wusste, dass es auf Erden nur wenige Orte gibt, die tatsächlich strahlten: Das hier war einer. Gelbes Sonnenlicht strömte vom wolkenlos blauen Himmel. Direkt neben dem Leuchtturm wuchs derbes Gras mit bunten Blumen dazwischen. Goldruten bogen sich im Wind. Sie deuteten zwar auf das nahe Ende des Sommers hin, aber an diesem Tag war davon noch nichts zu spüren.

Gennie konnte jetzt den engen Weg erkennen, den sie in der Nacht so mühsam entlanggestolpert war. Erstaunlicherweise stand ein dreigeschossiges Bauernhaus nur wenige Hundert Schritte entfernt. Die Schmutzschicht auf den Fenstern und das hüfthohe Gras drumherum ließen erkennen, dass es unbewohnt, wenn auch nicht verfallen war. Sicherlich hatte dort früher, als die Lichtanlage noch in Betrieb war, die Familie des Leuchtturmwärters gewohnt. Gennie stellte sich vor, wie nachts der Sturm heulte und die Brandung an die Felsenküste schlug, wenn der Leuchtturmwärter seinen Dienst tat, während Frau und Kind allein am Feuer saßen und warteten.

Die weiße Farbe blätterte ab, aber die Fensterläden schlössen gut. War es nicht vorstellbar, dass das Haus geduldig darauf wartete, wieder mit Leben erfüllt zu werden?

Neben dem Weg stand ein stabiler kleiner Lieferwagen. Vermutlich gehörte er Grant.

Gennie wandte sich der Seeseite zu. Hinter dem Leuchtturm konnte sie die Wellen der lebendigen See hören. Der Anblick, der sich ihr bot, war so beeindruckend, dass ihr der Atem stockte. Man sah meilenweit die unregelmäßige Küstenlinie entlang, der einige Inseln vorgelagert waren.

Seetüchtige kleine Boote schaukelten auf dem blauen Wasser. Wahrscheinlich wurden sie von Hummerfischern benutzt. Gennie ahnte, dass sich hierher keine Chrom- und Mahagonijachten verirrten. Alles diente einem Zweck, für bloßes Vergnügen war kein Platz. Stärke und Dauerhaftigkeit – diese Begriffe kamen ihr in den Sinn, als sie die Wellen beobachtete, deren weiße Schaumkronen gegen die Felsen tanzten. Seetang trieb in der Brandung, ballte sich und floss mit der Bewegung des Wassers auseinander. Die See herrschte über allem.

Gennies geübter Blick blieb lange an den ausgewaschenen Felswänden hängen, die im Sonnenlicht in den Farben Graugrün bis leuchtend Orange glänzten. Auf dem Sand blitzten weiße Muscheln, achtlos von der Brandung heraufgespült und noch nicht von gleichgültigen Füßen zertreten. Der Geruch von Salz und Fisch mischte sich mit dem frischen Wind, und die Möwen flogen schreiend über Gennies Kopf. Weder Geräusch noch Anblick oder Geruch kamen von irgend etwas anderem als von der unendlichen, zeitlosen See.

War da nicht die geheime Kraft zu spüren, die seit Ewigkeiten Männer und Frauen verzauberte und anlockte? Gennie verlor sich in Träumen und Staunen, als sie, an einen Felsen gelehnt, in die Ferne sah. Gefahr, Reiz und Frieden – das alles fühlte sie und war seltsamerweise wunschlos glücklich.

Sie hatte nicht gehört, dass Grant herangekommen war. Erstaunt beobachtete er das Mädchen. Sie passt hierher, empfand er und hasste sich für diesen Gedanken. Denn sie stand auf seinem Land. Das kleine, abgeschlossene Stück Erdboden, das vom Meer umspült wurde und hoch über die Wellen hinausragte, war seine Zuflucht.

Nie würde er so vermessen sein, sich als Herr über die See zu betrachten. Aber die Felsen, das magere Gras und der Sand gehörten ihm, Grant Campbell. Gennie hatte keinen Grund, auszusehen, als wäre sie am rechten Platz. Fast könnte man befürchten, dass sie seine Klippen nie wieder verlassen würde.

Der Wind drückte ihr die Kleider an den Körper, so wie in der Nacht zuvor der Regen. Ihre schlanken Glieder und die runden, weiblichen Formen waren deutlich zu erkennen. Das lange Haar tanzte heftig und frei in der Luft.

Ehe ihm bewusst wurde, was er tat, ergriff Grant Gennies Arm und drehte sie herum, sodass sie ihn ansehen musste.

In ihrem Gesicht las er nicht Überraschung, sondern Erregung und Spannung durch den Anblick der See. Dieses Gefühl strahlte verführerisch aus den grünen Augen.

»Gestern Abend habe ich mich gewundert, dass jemand freiwillig hier wohnt.« Sie warf den Kopf zurück. »Heute kann ich nicht begreifen, dass man irgendwo anders leben mag.« Auf ein kleines Fischerboot am Steg hinweisend, erkundigte sie sich: »Ist das Ihres?«

Grant starrte sie noch immer an. Plötzlich wurde ihm klar, dass er sie beinahe geküsst hätte, fast glaubte er, ihren Mund auf seinen Lippen zu schmecken. Nur mit Mühe blickte er in die angegebene Richtung. »Ja, es gehört mir.«

»Ich halte Sie von Ihrer Arbeit ab.« Zum ersten Mal schenkte Gennie ihm ein ehrliches, echtes Lächeln. »Wahrscheinlich wären Sie schon seit Sonnenaufgang unterwegs, wenn ich Sie nicht gestört hätte.«

Grant murmelte eine unverständliche Entgegnung und schob Gennie in die Richtung, wo sein Wagen stand. Seufzend gab Gennie alle guten Vorsätze dieses Morgens auf. Es hatte mit ihm wohl doch keinen Zweck. »Müssen Sie eigentlich so unfreundlich sein, Mr. Campbell?«

Grant hielt kurz an und warf ihr einen Blick zu. Lag nicht verhaltene, amüsierte Ironie in ihren Augen? »Ja.«

»Jedenfalls gelingt es Ihnen ausgezeichnet!«

»Das kommt von jahrelanger praktischer Anwendung.« Er ließ Gennie los, als sie den kleinen Lieferwagen erreichten. Dann öffnete er die Tür an der Fahrerseite und stieg ein. Sie musste um die Kühlerhaube herumlaufen, um auch hineinklettern zu können.

Als der Motor dröhnend ansprang, erinnerte das Geräusch so sehr an Städte und Verkehr, dass es Gennie wie ein Verrat an der Landschaft erschien. Einmal schaute sie zurück, und ihr wurde sofort klar, dass sie diesen Ausblick malen würde, nein, malen musste. Fast hätte sie das laut gesagt, aber nach einem kurzen Blinzeln zu Grant ließ sie es lieber bleiben.

Zum Teufel mit ihm! entschied sie. Sie würde hier zeichnen, wenn er zum Hummerfang ausgelaufen war, oder was immer er in seinen Netzen heimzubringen gedachte. Was er nicht wusste, konnte ihn nicht ärgern. Sie setzte sich auf ihrem Platz zurück, faltete artig die Hände und sagte kein Wort.

Nachdem Grant ungefähr eine Meile gefahren war, quälte ihn sein schlechtes Gewissen. Die Straße war kaum besser als ein Graben. Jeder, der während eines Sturmes hier entlangging, würde nur zu bald erschöpft sein und sich elend fühlen. Bei einem Ortsunkundigen käme noch Angst hinzu. Etwas mehr Sympathie und Mitgefühl seinerseits hätte wohl nicht geschadet. Er warf ihr aus den Augenwinkeln einen Blick zu, als sein Truck über die Löcher holperte.

Sie sah zwar nicht zerbrechlich aus, aber man konnte sich nur schwer vorstellen, dass sie diesen ungemütlichen, anstrengenden Marsch bei Sturm und Regen geschafft hatte.

Grant suchte noch immer eine passende Formulierung, um sich zu entschuldigen, als Gennie den Kopf hob und erfreut feststellte: »Dort steht mein Auto!« Ihre Stimme hatte wieder den herablassenden, kühlen Ton, und Grant schluckte sofort seine Entschuldigung hinunter.

Plötzlich drehte er eine scharfe Kurve, sodass Gennie härter gegen die Tür flog, als nötig gewesen wäre. Beide schwiegen, als Grant den Motor ausmachte, und kletterten hinaus.

Während er an ihrem Wagen den Fehler suchte, stand Gennie untätig daneben, die Hände in den hinteren Taschen ihrer Jeans vergraben.

Er öffnete die Haube und fummelte an Drähten und Leitungen herum, wie Männer das unter Motorhauben zu tun pflegten. Dabei redete er leise vor sich hin. Solche Selbstgespräche waren sicherlich ganz normal für Menschen, die allein an einer einsamen Felsenküste hausten.

Nachdem Grant zu seinem Fahrzeug zurückgekehrt war, zog er unter dem Sitz einen Werkzeugkasten hervor. Nach einigem Suchen kam er mit zwei Schraubenschlüsseln zurück und verschwand erneut unter der Kühlerhaube. Gennie trat dicht hinter ihn, um über seine Schulter spähen zu können. Offensichtlich hatte er den Defekt gefunden. Wenn sich der Schaden mit einfachem Werkzeug beheben ließ, war es vielleicht nicht zu kompliziert, und sie könnte beim nächsten Mal selbst ... Unwillkürlich lehnte sie sich vor und stützte ihre Hand auf Grants Rücken, um das Gleichgewicht nicht zu verlieren.

Ohne sich aufzurichten, drehte Grant sich um. Dabei streifte sein Arm deutlich ihre Brust. Mit Fremden im Gedränge passierte so etwas tagtäglich und wurde kaum bemerkt. Doch beide spürten in diesem Moment die gegenseitige Berührung wie einen Stromstoß, der Begehren weckte.

Gennie wäre zurückgewichen, aber ihr Blick hing auf einmal an Grants dunklen, ruhelosen Augen, und warmer Atem streifte ihre Lippen.

Ein paar Zentimeter, dachte sie, nur ein ganz kleines Stück trennt mich von seinem Mund! Unbewusst glitt ihre Hand auf Grants Schulter und hielt sich dort fest.

Er spürte ihren Griff. Doch das war nichts im Vergleich zu dem eigentümlichen Gefühl in seinem Nacken, am Ende der

Wirbelsäule und in der Tiefe seines Körpers. Zugreifen und nehmen, was so verführerisch nahe war – konnte das vielleicht den Druck lösen? Oder würde die Erregung sich erst recht entzünden? Grant wusste in diesem Moment nicht, was ihm lieber wäre.

»Was tun Sie da?«, fragte er, und jetzt klang seine Stimme weder hart noch ärgerlich.

Gennie konnte den Blick nicht von Grants Augen lösen. Sie erkannte sich selbst darin. Wann habe ich mich dorthin verlaufen? überlegte sie benommen.

Beide lehnten noch immer über dem Wagen, und Gennie klammerte sich an Grants Schulter. Er hielt in der einen Hand einen Schraubenschlüssel und in der anderen einen Bolzen. Es wäre leicht gewesen, einander noch näher zu kommen. Er wollte der Versuchung nachgeben und Gennie mit seinem Körper berühren. Aber plötzlich fiel ihm ein, wie unangenehm selbstverständlich sie ausgeschaut hatte, als sie auf seinem Land stand und über das Wasser blickte.

Wenn du das Mädchen berührst, Campbell – warnte eine innere Stimme –, wirst du es bereuen! Eine wie sie bedeutet Schwierigkeiten.

»Ich habe Sie gefragt, was Sie tun.« Geduldig wiederholte er den Satz im gleichen Tonfall und betrachtete dabei Gennies Mund.

»Tun?« Was hatte sie denn getan? »Ich ... ich wollte nur sehen, wie Sie den Fehler beheben, damit ich ...« Sein Blick traf jetzt wieder Gennies Augen und verhinderte jeden zusammenhängenden Gedanken.

»So?«, wiederholte Grant und genoss die Tatsache, dass er sie verwirren konnte.

»So ...« Sein Atem strich leicht über Gennies Lippen. Sie

ertappte sich dabei, wie sie ihn mit der Zunge einfangen wollte.
»Es könnte wieder passieren, dann repariere ich es selbst.«

Grant lächelte – langsam, überlegen. Anmaßend? Sie war sich nicht sicher. Aber immerhin: Er hatte gelächelt. Der Grund war gleichgültig, denn es verlieh seinem Gesicht einen unwiderstehlichen Charme. Gennie dachte, dass ein Barbar so aussehen könnte, bevor er sich sein Opfer über die Schultern warf und in irgendeiner dunklen Höhle damit verschwand. Ganz langsam wandte Grant sich ab und setzte seine Arbeit fort.

Gennie trat zurück und stieß langsam die Luft aus. Das war gefährlich eng gewesen! Sie wusste nicht genau, wo das Risiko lag. Aber jede gescheite Frau würde sich gehörig in Acht nehmen. Sie räusperte sich. »Meinen Sie, dass Sie es schaffen?«

»Hm«, brummte Grant, ohne den Kopf zu heben.

Gennie nahm das als Zustimmung und kam wieder näher. Dabei hielt sie sich wohlweislich an der Seite des Wagens mit ausreichendem Abstand zu Grant. »Er ist vor zwei Wochen schon einmal in einer Werkstatt gewesen.«

»Neue Zündkerzen müsste er haben. An Ihrer Stelle würde ich Buck Gates holen, damit er sich den Wagen einmal vornimmt.«

»Ist er Mechaniker an der Tankstelle?«

Grant richtete sich auf. Er lächelte nicht, aber seine Augen blickten freundlich. »In Windy Point gibt es keine Tankstelle. Wer Treibstoff braucht, fährt zu den Docks hinunter. Wer Ärger mit seinem Fahrzeug hat, der holt Buck Gates. Der repariert normalerweise die Hummerkähne, aber schließlich ist ein Motor ein Motor.« Den letzten Satz sagte er im Dialekt der Küstenbewohner und mit der Andeutung eines Lächelns, ohne damit Geringschätzigkeit auszudrücken. »Starten Sie jetzt einmal.«

Gennie rutschte hinter das Steuer. Ihre Tür blieb offen. Sie drehte den Zündschlüssel, und der Motor erwachte zu neuem Leben. Noch ehe ihr erleichterter Seufzer verklungen war, hatte Grant die Kühlerhaube zugeworfen. Er marschierte zu seinem Lastwagen zurück und verstaute das Werkzeug. Gennie stellte den Motor wieder ab, um zu verstehen, was er sagte.

»Das Lawrence-Haus liegt ungefähr eine dreiviertel Meile weiter nach links. Wenn Sie nicht mitten in der Nacht, nur mit einer Taschenlampe bewaffnet, durch einen Sturm wandern, dann können Sie die Abzweigung nicht verfehlen.«

Gennie verkniff sich ein Schmunzeln. Hoffentlich zeigt er sich nicht zum Schluss von einer besseren Seite, wünschte sie. Ich will ihn lieber als ruppigen, ungezogenen Mann in Erinnerung behalten, der allerdings verdammt sexy ist. »Ich werde es mir merken.«

»Außerdem würde ich hübsch den Mund halten, dass Sie die letzte Nacht im Leuchtturm verbracht haben«, fügte er lässig hinzu, als er seinen Werkzeugkasten schloss. »Ich muss auf meinen guten Ruf achten.«

Jetzt biss Gennie sich doch auf die Lippen, um ein Lächeln zu unterdrücken. »Ach ja?«

»So ist es.« Grant drehte sich um und lehnte sich einen Moment lang an seinen Truck, als er Gennie ansah. »Die Dorfbewohner glauben nämlich, dass ich ein Sonderling sei. Niemand würde von mir etwas anderes annehmen, als dass ich Ihnen die Tür vor der Nase zugeschlagen hätte.« Genauso wäre es ja auch fast gekommen.

Gennie lächelte spitzbübisch. »Sie haben mein Wort! Keine Seele wird erfahren, was Sie für ein guter Samariter sind. Wenn wirklich jemand fragen sollte, dann antworte ich, dass Sie unhöflich sind, streitsüchtig und rundherum unangenehm.«

»Dafür wäre ich Ihnen sehr dankbar.«

Als er sich anschickte, in seinen Wagen einzusteigen, griff Gennie nach ihrer Brieftasche. »Warten Sie, ich habe Sie noch nicht für Ihre Mühe ...«

»Vergessen Sie es!«

Sie hielt den Türgriff fest. »Ich möchte Ihnen nicht irgendwie verpflichtet sein.«

»Ihr Pech.« Grant ließ seinen Wagen an. »Hören Sie, fahren Sie Ihr Auto weg. Ich kann nicht wenden, wenn Sie mir im Weg stehen.«

Mit ärgerlich gerunzelter Stirn drehte Gennie sich um. Dann eben nicht! Die Dorfbewohner hielten ihn also für einen Sonderling, grübelte sie, als sie die Autotür zuschlug.

Sie fuhr vorsichtig die Straße entlang und zwang sich, keinen Blick in den Rückspiegel zu werfen. Bei der Abzweigung hielt sie sich links. Das einzige Zeichen von Grant Campbell war das laute Brummen seines Trucks, als er davonbrauste. Ich werde ihn aus meinem Gedächtnis streichen, nahm Gennie sich vor.

An beiden Seiten des Weges blühten wilde Blumen. Die Aussicht wurde nicht durch Bäume versperrt, und Gennie fand das Haus schnell. Sie war begeistert. In ihrer Fantasie sah sie eine Frau in sauberem Hauskleid, die im Garten Wäsche aufhängte. Ein braun gebrannter Fischer könnte auf der Bank sitzen und sein Netz flicken. Türen und Fensterläden waren wohl ursprünglich blau gewesen, doch das Wetter hatte die Farbe in ein unbestimmtes Grau verwandelt. Von einer geschützten Veranda aus überblickte man die Bucht. Der lange hölzerne Bootssteg, der über das ruhige, seichte Uferwasser hinausreichte, schien etwas wackelig zu sein. Dicht am Strand hatte jemand eine Weide gepflanzt.

Gennie stellte den Motor ab und war überrascht von der plötzlichen Stille. Wie angenehm und friedlich! Hier ließ es sich leben und arbeiten. Es war aber ganz anders als bei Grant mit dem ständigen Brechen und Dröhnen der Wellen.

Oh nein – sie erinnerte sich energisch an ihren Schwur, nicht mehr an Grant zu denken. Dabei sollte es auch bleiben.

Sie stieg aus, klemmte sich einen Karton mit Lebensmitteln unter den Arm und ging die Stufen hinauf zur Vordertür. Das alte Schloss bereitete ihr einige Schwierigkeiten, bis es mit mächtigem Knarren nachgab.

Das Erste, was Gennie bemerkte, war die Ordnung. Mrs. Lawrence hatte mit Recht behauptet, dass ihr Haus in sauberem Zustand sei. Es hingen zwar Staubbezüge über den Möbeln, aber Staub gab es keinen. Offensichtlich kam die Witwe regelmäßig her, um sauber zu machen. Helle Flecken an den Wänden zeigten die Stellen, wo Bilder gehangen hatten, als das Haus noch bewohnt und voller Leben war. Die Küche ließ sich leicht finden. Gennie stellte dort ihre Sachen ab. Auch hier herrschte die gleiche makellose Sauberkeit. Die Spüle aus Porzellan glänzte. Gennie drehte den Wasserhahn auf und stellte fest, dass die Leitung wirklich funktionierte. Durch die Hintertür trat sie hinaus auf die überdachte Veranda. Die Seeluft war warm und feucht. Jemand hatte am Windschutz ein paar Löcher repariert. Die Farbe auf dem Fußboden war rissig geworden.

Für Gennies Empfinden erschien alles zu sauber. Es gab im ganzen Haus keinerlei Anzeichen von Leben. Man konnte sich kaum vorstellen, dass es früher von fröhlichen Menschen bewohnt wurde. Gennie war das geniale Durcheinander in Grants Leuchtturm sympathisch. Dort hauste jemand – und wie! Sie schüttelte den Kopf und verdrängte diese Gedanken.

Hier würde es auch bald anders ausschauen. Dafür wollte sie sorgen. Mit schnellen Schritten lief sie zu ihrem Wagen und begann mit dem Auspacken.

Viel Gepäck hatte Gennie nicht, und ihre Sachen waren nach einem gewissen Schema geordnet. Deshalb dauerte es keine zwei Stunden, und das Einräumen war erledigt. Nur in einem der beiden kleinen Schlafzimmer stand ein Bett.

Als sie es beziehen wollte, merkte sie, dass es ein Federbett war. Entzückt verbrachte sie einige Zeit damit, die Kissen zu schütteln und sich hineinfallen zu lassen. In dem leeren Raum verstaute sie ihre Mal- und Zeichenutensilien. Als die Staubbezüge von den Möbeln abgenommen waren und an den dunkleren Stellen der Wände ein paar ihrer eigenen Bilder hingen, fühlte sie sich schon beinahe zu Hause.

Barfuß und höchst zufrieden inspizierte sie den Bootssteg. Einige der Bretter knarrten, andere wackelten, aber das Gebälk schien stabil zu sein. Sollte sie sich ein kleines Boot besorgen, um die Bucht auszukundschaften? Alles stand ihr frei, sie konnte tun und lassen, was sie wollte. Wahrscheinlich würde ihr altes Leben sie irgendwann wieder nach New Orleans ziehen, aber die Wanderlust, die sie vor sechs Monaten hierher in den Norden getrieben hatte, war noch nicht gestillt. Wirklich Wanderlust? Nein, das war nicht richtig. Schuldgefühl wäre treffender, oder Schmerz. Sie spürte es noch immer. Das würde vielleicht nie mehr anders sein. Dabei war schon mehr als ein Jahr seitdem vergangen: siebzehn Monate, zwei Wochen und drei Tage. Gennie schloss gequält ihre Augen. Angelas Bild stand deutlich vor ihr. Vielleicht sollte sie sogar Dankbarkeit empfinden, dass ihr künstlerisches Vorstellungsvermögen das Antlitz der Schwester jederzeit reproduzieren konnte.

Sie war so jung, schön und voller Leben gewesen. Wie schrecklich dagegen der Anblick der stillen, blutverschmierten Angela, nachdem Gennie sie totgefahren hatte.

Es war nicht deine Schuld! Wie oft war ihr das versichert worden? Du konntest nichts dafür und darfst dich nicht derart damit belasten.

Gennie seufzte. Oh doch! Denn ich habe am Steuer gesessen. Meine Reflexe sind nicht schnell genug gewesen, als ich den Wagen sah, der bei Rot über die Kreuzung raste. Doch niemand kann es ungeschehen machen. Alles Grübeln und Leiden ist umsonst.

Der Kummer schlug wie eine Welle über Gennie zusammen. Sie wusste, dass sie nur durch ihr Talent und ihre Kunst das Unglück verkraftet hatte. Natürlich half auch die Reise. Aber die Erinnerungen waren nicht auszulöschen. Nur wenn sie sich auf ihre Arbeit konzentrierte, wurden sie ganz in den Hintergrund gedrängt.

Während der letzten Jahre war die Kunst für Gennie fast zu einem Geschäft geworden. Ausstellungen und der Verkauf ihrer Bilder hatten viel Zeit beansprucht. Kohle, Öl- und Aquarellfarben sowie viel leere Leinwand warteten darauf, von Gennie mit Leben gefüllt zu werden.

Vielleicht hatte der Verlust ihrer Schwester ihre Arbeit beeinflusst. Denn Gennie versuchte jetzt, Realismus in ihren Bildern auszudrücken. Anscheinend wollte sie sich dadurch zwingen, das Leben sowie den Tod zu akzeptieren.

Bisher kennzeichnete auch ihre abstrakten Gemälde ein geheimnisvoller Hauch. Nun drängte sich der Alltag in den Vordergrund, sachlich und kühl. Diese Realität war keineswegs immer hübsch anzusehen, aber darin lag eine Kraft, die Gennie langsam zu begreifen begann.

Sie atmete tief. Ja, diese ruhige, stille Bucht würde sie malen, wenn die Zeit dafür reif war. Fürs Erste jedoch reizte sie die Herausforderung und Macht des Ozeans. Sie schaute zur Uhr. Es war beinahe Mittag. Jetzt würde Grant bestimmt mit seinem Boot draußen sein und versuchen, die kostbare Zeit aufzuholen, die Gennie ihm gestohlen hatte. Das gab ihr Gelegenheit, den Leuchtturm drei oder vier Stunden lang von verschiedenen Seiten aus zu skizzieren. Er würde es überhaupt nicht merken. Und wenn schon ... Sie zuckte mit den Schultern. Es konnte ihm eigentlich gleichgültig sein. Eine Frau mit Skizzenblock war schließlich nicht gerade als Landplage zu bezeichnen.

Grants Studio lag auf dem dritten Treppenabsatz. Genauer gesagt, es war das dritte Geschoss. Die ursprünglichen drei Zimmer – nicht größer als Taubenschläge – hatte er in einen Raum umgewandelt, in den von allen Seiten, besonders von Norden, viel Licht einfiel. Sein Werkzeug und alle notwendigen Gerätschaften befanden sich in Glasschränken und waren nach einem wohldurchdachten Schema geordnet. Es gab alle Sorten von Füllfederhaltern, Kugelschreibern, Bürsten, Pinseln und Messern, aber auch eine große Auswahl an Bleistiften, Radiergummis, Zirkeln und Winkeln. Ein Ingenieur oder Architekt hätte wahrscheinlich die Qualität des Handwerkszeugs erkannt und geschätzt. Auf das Zeichenbrett hatte Grant einen großen Bogen mattes Skizzenpapier geheftet.

An der weiß getünchten Wand, auf die er von seinem Arbeitsplatz aus blickte, hing ein Spiegel und ein gerahmter Neudruck von »The Yellow Kid«, einem nahezu hundert Jahre alten Comicstrip. An der anderen Seite des Raumes stand ein altmodisches Radio neben einem höchst modernen Farbfernseher. Zeitungen und Magazine stapelten sich in der Ecke hüfthoch. Das Studio machte den Eindruck äußerst praktischer Nutzbarkeit. Das war der einzige Gesichtspunkt, den Grant gelten ließ.

Er arbeitete an diesem Morgen ohne Eile. Manchmal war das anders. Dann raste er förmlich und war nicht zu bremsen. Der Grund war dann keineswegs ein besonderer Termin, denn seinem Zeitplan nach arbeitete er immer einen Monat im Voraus. Ihn trieben eigene Gedanken, Einfälle, Ideen. Die Nacht wurde zum Tag, bis er sicher war, alles auf seinem Papier mit Tinte und Stift festgehalten zu haben, wie sein Kopf es sich erdacht hatte.

Das letzte Projekt war in den frühen Morgenstunden fertig geworden. Nun beschäftigte ihn etwas Neues, noch vage und nicht klar zu umreißen. Dem Drängen seines künstlerischen Schaffens widersetzte Grant sich nur selten. Mit einem blauen Stift unterteilte er das Zeichenblatt durch diagonale Linien, die sich später nicht fotografieren lassen würden, in einzelne Felder. Er wusste ungefähr, worauf er hinauswollte, und die Vorbereitungen waren unerlässlich, wenn auch mühsam und zeitraubend. Diese Mühe würde man der fertigen Arbeit später nicht mehr ansehen. Als Grant die Fläche in fünf Sektionen gegliedert hatte, begann er zu zeichnen. Gedankenverloren erweckte er mit sparsamen, charakteristischen Strichen die Hauptfigur zum Leben, von der seine Schwester meinte, sie sei sein zweites Ich.

Vor zehn Jahren hatte Grant seinen Helden Macintosh erfunden. Er war ein ganz gewöhnlicher Mensch. Durch seine kräftige Nase und die ausdrucksvollen, erstaunten Augen hatte er ein typisches Aussehen, doch stellte er den kleinen Mann dar, der überall anzutreffen ist und kaum auffällt. Weil er immer etwas dünn wirkte, gelangen seine Versuche nie, sich durch modische Kleidung herauszuputzen. Macintosh benahm sich oft ungeschickt und schien sich stets abweisend zu verhalten. Seine Äußerungen waren jedoch treffend, wenn auch ein bisschen spöttisch.

Grant hatte ihm Freunde gegeben. Sympathische Träumer und smarte Burschen, so wie er sie vom College her kannte. Diese Allerweltsfiguren schlugen sich mit alltäglichen Dingen auf höchst ungewöhnliche Weise herum. Das war die Grundidee der Bilderserie.

Der Macintosh war schon während Grants Studienzeit entstanden und hatte dann jahrelang fast vergessen in einer Schublade gelegen, während Grant sich mit Kunst und Malerei beschäftigte. Sein Talent war beachtlich, möglicherweise hatte er eine große Karriere vor sich. Aber er stellte fest, dass ihm die Anfertigung von Karikaturen mehr Spaß machte als das Malen eines Porträts. Schließlich blieb Macintosh Sieger: Grant ließ ihn endgültig wieder aufleben. Seit nunmehr sieben Jahren erschien dieser etwas weltfremde, einfältige Charakter täglich in allen größeren Zeitungen des Landes.

Die Leser folgten Macintoshs Leben und Abenteuern beim Trinken des Morgenkaffees, in der Untergrundbahn, im Bus oder im Bett. Mehr als eine Million Amerikaner öffneten ihre Zeitungen und schauten sich erst einmal an, was Macintosh vorhatte, ehe sie ihren eigenen Tag begannen.

Von einem Cartoonisten wurde verlangt, sein Publikum zu amüsieren. Das musste mit wenigen kurzen Sätzen und durch einfache Zeichnungen gelingen. Man betrachtete einen Comicstrip höchstens zehn oder zwölf Sekunden lang und legte ihn dann beiseite. Grant machte sich keine Illusionen: Das Darüber-lachen-Müssen war wichtig! Die Tatsache, dass es ihm immer wieder gelang, die Leser fröhlich zu stimmen, und das

Gefühl, den eigenen Tagesablauf wiederzuerkennen, war das Geheimnis seines Erfolges.

Grant selbst wollte dabei keineswegs in den Vordergrund treten – im Gegenteil. Man druckte nur seine Initialen. In dem Vertrag mit United Syndicate stand ausdrücklich, dass sein Name niemals im Zusammenhang mit dem Comicstrip genannt werden durfte. Weiterhin brauchte er keine Interviews zu geben oder persönlich zu erscheinen. Diese Anonymität war Grant genauso viel wert wie sein jährliches Einkommen.

Inzwischen war Grant bei der zweiten Sektion angelangt. Er zeichnete Macintosh, der schimpfte, als er durch energisches Klopfen an der Tür bei seinem Hobby gestört wurde. Macintosh beschäftigte sich nämlich mit Briefmarken und hoffte, eines Tages dadurch reich zu werden. Nun musste er öffnen und stand plötzlich einer durchnässten, schlecht gelaunten Frau gegenüber.

Es war für Grant ein Leichtes, mit sicheren Strichen das Bild von Gennie auf das Zeichenblatt zu zaubern. Die Tatsache, dass er sie zu einer Figur in seiner Comicserie machte, würde sie in ihre Schranken zurückweisen. Damit war sie genauso lächerlich und angreifbar wie die übrigen Personen seiner Fantasiewelt. Indem Gennie zu einer Figur der Bildgeschichte wurde, konnte Grant sie nach Belieben erscheinen und wieder verschwinden lassen.

Grant taufte sie auf den Namen Veronica. Der altmodische Name gefiel ihm. Gennies schräg gestellte Augen und die üppige Sinnlichkeit ihres Mundes waren absichtlich übertrieben. Die Geschichten spielten meist in Washington, D.C. Auf ihrem Heimweg von der Arbeit im Weißen Haus hatte Veronica eine Reifenpanne.

Macintosh starrte die Frau vor seiner Tür an.

Zwei Stunden lang arbeitete Grant ununterbrochen. Er vervollständigte den Ablauf der Geschichte sowie die einzelnen Situationen und die Pointe am Schluss.

Macintosh musste Veronicas Reifen wechseln. Dabei gab er sich betont männlich, um ihr zu imponieren. Doch am Ende stand er mit durchnässten Schuhen am Straßenrand und umklammerte verblüfft fünf Dollar, die sie ihm großzügig in die Hand gedrückt hatte, als sie davonbrauste.

Der Rohentwurf der Bilder war fertig, und Grant fühlte sich wesentlich wohler. Er hatte sich von Gennie gelöst, indem er Veronica wegfahren ließ. Gut gelaunt machte er sich daran, mit Tinte und Pinsel in Grau- und Schwarztönen notwendige Einzelheiten auszufeilen. Bei Macintoshs Wohnung fiel ihm das nicht schwer, denn das war reine Routine. Trotzdem erforderte es Zeit und Konzentration. Die Augen der Leser mussten durch unauffällig betonte Details in wenigen Sekunden der Betrachtung genau das erfassen, was tatsächlich wichtig war. Grants Geduld wurde im Allgemeinen durch diese Kleinarbeit sehr strapaziert, sodass für sein tägliches Leben fast nichts mehr übrig blieb.

Die Geschichte war halb fertig, und es wurde bereits Abend, als er den Pinsel sinken ließ. Kaffee wäre schön, dachte er, streckte sich und reckte die verkrampften Schultern. Außerdem war er hungrig, denn seit dem Frühstück hatte er nichts mehr gegessen. Er würde sich ein Brot streichen und an den Strand gehen. Zwei Zeitungen lagen noch unberührt auf der Treppe, und mehrere Fernsehaufzeichnungen wollte er sich eigentlich längst angesehen haben.

Um mit seinen Geschichten auf dem Laufenden zu bleiben, musste Grant die täglichen Neuigkeiten in der Welt verfolgen.

Aber der Spaziergang hatte Vorrang. Er trat an das geöffnete Fenster, die Luft würde ihm guttun.

Langsam sank die Hand herab, mit der Grant sich seinen Nacken massiert hatte. Mit gerunzelter Stirn beugte er sich vor und sah auf die Klippen. Waren die vorüberkommenden Touristen nicht schon schlimm genug? Doch die ließen sich meist durch ein paar kurze Worte verjagen – aber das hier war zu viel. Sogar vom hohen Turmfenster aus konnte er deutlich das dichte, ebenholzschwarze Haar erkennen ...

Veronica war demnach keineswegs aus seinem Leben verschwunden, sondern trieb weiterhin ihr Unwesen.

## 3. Kapitel

Es war wundervoll hier. Ganz gleich, von welcher Stelle aus man sich umsah oder wie das Licht einfiel. Gennie hatte bereits ein halbes Dutzend Skizzen auf ihrem Block, aber um die besondere Schönheit dieses Landstrichs einzufangen war noch viel mehr notwendig. Welch eine Fülle an Farben! Könnte sie das jemals richtig wiedergeben? Auch die Art, wie der Leuchtturm die Küste beherrschte – so solide und unbesiegbar –, war einmalig. Zeit und Salzwasser hatten den Felsblöcken ringsum ihren Stempel aufgedrückt. Aber das war nur der Beweis, wie hoffnungslos der Mensch seinen Kampf gegen die Elemente führte.

Irgendwann wird die See gewinnen, überlegte Gennie, denn der Mensch ist vergänglich. Trotzdem ergeben beide zusammen einen bestechenden Einklang von Beharrlichkeit und Stärke.

Sie hatte vollkommen das Gefühl für Zeit verloren, während sie ungestört malte. Das Sonnenlicht musste so lange wie möglich genutzt werden. In New Orleans war eine solche Einsamkeit unvorstellbar. Sogar außerhalb der Stadt wurde sie neugierige Zuschauer nicht los. Gennie war daran gewöhnt, aber wenn sie eine besonders schwierige Arbeit vorhatte, musste sie zu Hause bleiben. Diese einfache Freiheit des Alleinseins in der Natur hatte sie fast vergessen.

Zufrieden und leicht verträumt skizzierte sie, was sie vor sich sah und was sie empfand.

»Verdammt, was tun Sie hier schon wieder?«

Anerkennend musste gesagt werden, dass Gennie weder hochfuhr noch den Zeichenblock fallen ließ. Das fest vertäute Boot sprach dafür, dass Grant irgendwo in der Nähe sein musste. Doch Gennie hatte sich vorgenommen, sich durch ihn in keiner Weise irritieren zu lassen. Sie wollte ja nur malen, weiter nichts. Eigentlich könnte er sich als Fischer auch ein bisschen mehr um seine Arbeit kümmern, fand sie und drehte sich zu Grant um.

Er ist wütend, stellte sie ruhig fest. Aber anders kannte sie ihn ja kaum. Er passt gut zu Sonne, Wind und See. Ich werde ihn eines Tages so malen. Gennie hielt den Kopf schief und sah Grant prüfend an, wie einen Gegenstand, der ihr Interesse geweckt hatte.

»Guten Tag!«, grüßte sie in reinstem Südstaatendialekt.

»Ich fragte Sie, was Sie hier wollen!«

»Ich mache nur ein paar Skizzen als Vorentwürfe.« Gennie blieb ungerührt auf dem Felsen sitzen und wandte sich wieder der See zu. »Lassen Sie sich durch mich nicht stören.«

Grant kniff böse die Augen zusammen. Wie gut sie das kann! dachte er zornig. Wieder die Von-oben-herab-Tour. »Sie befinden sich aber auf meinem Privatgrundstück.«

»Hm.«

Wenn sie aufsteht, kann ich ihr herunterhelfen. Die Idee gefiel ihm. »Hier ist das Betreten verboten.«

Gennie warf ihm einen nachsichtigen Blick zu. »Sie sollten es mit Stacheldraht und mit Landminen versuchen. Es geht nichts über eine kräftige Explosion, um solch ein Verbot durchzusetzen. Allerdings kann ich es Ihnen nicht verdenken, dass Sie dieses Stück Erde für sich haben wollen, Grant«, fügte sie hinzu und zeichnete weiter. »Ich werde bestimmt nichts verändern und weder Dosen noch Papiertüten oder Zigarettenkippen zurücklassen.«

Trotz des Rauschens der Wellen war ihr herablassender, betont geduldiger Tonfall nicht zu überhören. So etwas ging schon auf die Nerven. Grant war fast so weit, Gennie bei den Haaren zu packen und sie auf die Füße zu stellen. Aber das rasche Hin und Her ihres Stiftes auf dem Zeichenpapier erregte sein Interesse.

Das war mehr als gut. Es war ausgezeichnet. Mit Strichen und Schattierungen hatte sie den Wirbel der Wellen am Klippenrand, den flachen Flug der Möwen und die beständige Dauerhaftigkeit des Leuchtturmes festgehalten. Die Skizze zeigte keine schmeichelhaften Hinweise auf Schönheit, sondern die eckigen Kanten und die Risse der Felsen, aber auch den Kampf der See gegen das Land. Für ein Ansichtskartenbild oder als beruhigender Blickfang über dem Kamin war es nicht geeignet. Doch jeder, der einmal vor stürmischem Meer an einer Felsenküste gestanden hatte, wäre begeistert.

Mit gerunzelter Stirn beugte Grant sich vor. Sein Ärger war konzentriertem Interesse gewichen. Gennie war weder Schülerin noch Amateur. Er wartete ruhig, bis sie ihre Arbeit beendet hatte. Dann nahm er ihr den Skizzenblock aus der Hand und betrachtete ihn intensiv.

»Hey!«, protestierte Gennie und fuhr hoch.

»Halten Sie den Mund.«

Gennie gehorchte. Aber nur deshalb, weil Grant offensichtlich nicht die Absicht hatte, sie ins Wasser zu werfen. Sie setzte sich wieder und beobachtete schweigend, wie Grant die einzelnen Zeichenblätter betrachtete. Manche Seiten schienen ihn sehr zu fesseln, anderen galt nur ein flüchtiger Blick.

Seine Augen wurden ganz dunkel, und der Wind blies ihm

das Haar aus der Stirn. Mit ernstem Gesichtsausdruck begutachtete er kritisch Gennies Arbeiten. Es hätte sie eigentlich amüsieren müssen, dass ein einsam lebender Fischer ihre Arbeit beurteilte. Doch der leichte Druck hinter den Schläfen zeigte, dass sie ungeduldig und gespannt seine Äußerung erwartete. So war es ihr oft vor der Eröffnung einer Ausstellung gegangen.

Grant schaute auf, und ihre Blicke trafen sich. Einen Moment lang hörte man nur das Tosen der Brandung und aus der Ferne den Klang einer Schiffssirene. Grant wusste jetzt, woher das Gefühl stammte, Gennie schon früher gesehen zu haben. Aber die Fotos in den Zeitungen wurden ihr nicht gerecht. »Grandeau«, sagte er schließlich, »Genevieve Grandeau.«

Normalerweise war Gennie nicht überrascht, wenn jemand in New York, Kalifornien oder Atlanta ihre Bilder oder ihren Namen kannte. Doch es war verblüffend, in dieser Gegend einen Menschen zu treffen, der sie ausschließlich durch Betrachtung roher Skizzen auf ihrem Zeichenblock erkannte.

Gennie erhob sich, strich das Haar zurück und hielt es fest. »Woher kennen Sie mich?«

Er klopfte mit dem Block auf die Handfläche und sah sie unverwandt an. »Technik bleibt Technik, ob es sich um Skizzen handelt oder um Öl. Was treibt die Perle von New Orleans nach Windy Point?«

Der Ton seiner Frage ärgerte Gennie. Sie vergaß darüber, mit welcher Leichtigkeit er ihren Stil erkannt hatte. »Ich habe ein Jahr Urlaub genommen.« Sie streckte die Hand nach ihrem Block aus.

Grant übersah die Bewegung. »Ein merkwürdiger Ort für des Landes berühmteste ... Künstlerin. Ihre Bilder wurden in den Zeitschriften beinahe so oft erwähnt wie Ihr Name in den Gesellschaftsnachrichten. Sind Sie nicht im letzten Jahr mit einem italienischen Grafen verlobt gewesen?«

»Es war ein Baron«, verbesserte Gennie ihn kühl, »und wir waren nicht verlobt. Nutzen Sie Ihre Pausen zwischen dem Fischfang damit, die Revolverblätter zu lesen?«

Der Anflug von Gereiztheit in ihren Augen gefiel ihm. »Ich lese eine ganze Menge. Und Sie«, fügte er hinzu, noch bevor Gennie für eine Entgegnung Zeit hatte, »bringen es fertig, genauso oft in der ›New York Times‹ zu erscheinen wie in Gazetten und Gesellschaftsnachrichten.«

Gennie warf den Kopf zurück, und diese Geste hatte so viel von königlichem Unmut an sich, dass Grants Lächeln breiter wurde. »Es scheint so«, meinte sie von oben herab, »dass einige Menschen leben und andere nur darüber lesen.«

»Sie bieten viel Lesestoff, Genevieve.« Grant musste sie einfach reizen, er konnte nicht widerstehen.

Er hakte seine Daumen in die Hosentaschen, und neue Ideen für Veronica schossen ihm durch den Kopf. Es schien unumgänglich zu sein, dass sie zurückkommen würde, um Macintoshs Leben eine Zeit lang durcheinanderzubringen. »Sie sind ein ausgesprochener Liebling der Paparazzi, nicht wahr?«

Gennies Stimme blieb kühl und distanziert, aber mit ihrem Zeichenstift klopfte sie nervös gegen den Fels. »Wahrscheinlich müssen auch die ihren Lebensunterhalt verdienen, wie jeder andere Mensch.«

»Ich entsinne mich an ein Duell, das vor ein paar Jahren Ihretwegen in England stattfand.«

Das vergnügte, fröhliche Lächeln, das über ihr Gesicht huschte, hatte Grant nicht erwartet. »Wenn Sie das glauben ...«

»Zerstören Sie mir nicht meine Illusionen«, meinte Grant sanft. Ihrem Lächeln war schwer zu widerstehen, wenn es echt und so voller selbstkritischem Humor war.

»Wenn Sie den Gerüchten Glauben schenken«, amüsierte sie sich, »warum sollte ich Sie daran hindern?«

»Einige Geschichten sind tatsächlich faszinierend in ihrer Art. Vor dem Grafen gab es noch einen Filmdirektor …«

»Baron!«, warf Gennie ein. »Der Graf, den Sie meinen, war ein Franzose und gehörte zu meinen ersten Mäzenen.«

»Sie scheinen eine ganze Auswahl … Mäzene zu haben.«

Gennies Lächeln zeigte, dass sie sich gut zu amüsieren schien. »Ja. Sind Sie ein Kunstfan, oder lieben Sie nur den Klatsch?«

»Beides«, antwortete Grant leichthin, »aber wenn ich es recht überlege, ist es während der letzten Monate in der Presse stiller um Sie geworden. Sie scheinen Ihren Urlaub sehr ruhig zu verleben. Die letzte Nachricht, an die ich mich erinnere …«

Erschrocken hielt Grant inne. Ihm fiel plötzlich ein, was das gewesen war, und er hätte sich die Zunge abbeißen mögen. Der Autounfall … der Tod ihrer Schwester … ein schönes, deutliches Foto von Gennie bei der Beerdigung. Trotz des Schleiers vor ihrem Gesicht waren ihre Verzweiflung, der Schock und Kummer nicht zu übersehen.

Gennie lächelte nicht mehr und sah zu ihm auf.

»Es tut mir leid!«, sagte Grant leise.

Grants Entschuldigung traf Gennie ins Herz. Von den unterschiedlichsten Menschen hatte sie diese Worte vernommen, doch nie mit so einfacher Ehrlichkeit. Und das von einem Fremden, dachte sie und wandte sich der See zu. Trotzdem sollte man es nicht zu hoch bewerten.

»Schon gut.« Der Wind fühlte sich kühl und voller Lebenskraft an. Hier war nicht der rechte Ort, um über das Sterben nachzugrübeln. Wenn sie sich damit befassen wollte, so würde das allein geschehen. Sie atmete tief die würzige Seeluft ein. »Sie verwenden Ihre Mußestunden also dazu, sich über den Klatsch in unserer verdorbenen Welt zu informieren. Für jemanden, der so viel Interesse an seinen Mitmenschen zeigt, haben Sie sich einen merkwürdigen Ort zum Leben ausgesucht.«

»Interesse ist richtig«, stimmte Grant zu und war froh, dass Gennie mehr Beherrschung zeigte, als er angenommen hatte. »Doch das bedeutet nicht, dass ich viele Menschen um mich haben will.«

»Demnach mögen Sie sie nicht.« Als Gennie sich ihm zuwandte, lag das neckende Lächeln wieder um ihren Mund. »Der unverbesserliche Einsiedler also. In ein paar Jahren haben Sie vielleicht Rost angesetzt.«

»Vor dem fünfzigsten Lebensjahr setzt man keinen Rost an«, gab Grant zurück. »Das ist ein ungeschriebenes Gesetz.«

»Davon weiß ich nichts.« Gennie steckte ihren Bleistift hinters Ohr und neigte den Kopf. »Außerdem kann ich mir nicht vorstellen, dass Sie sich um Gesetze kümmern, seien es geschriebene oder ungeschriebene.«

»Es kommt darauf an«, erwiderte er einfach, »ob sie nützlich sind oder nicht.«

»Sagen Sie ...« Gennie schaute auf den Skizzenblock, den Grant noch immer in der Hand hielt. »... mögen Sie meine Entwürfe?«

Er lachte kurz auf. »Ich kann mir nicht denken, dass Genevieve Grandeau ungebetene Kritik braucht.«

»Genevieve hat ein gewaltiges Geltungsbedürfnis«, verbesserte sie ihn, »außerdem ist es nicht ungebeten, wenn ich Sie danach frage.«

Grant warf ihr einen langen, direkten Blick zu, bevor er antwortete: »Ihre Arbeit hat mich immer angesprochen, ganz persönlich. Die Publizität, die Sie offensichtlich gratis bekommen, ist absolut unnötig.«

»Wahrscheinlich ist das ein Kompliment, da Sie es sagen«, überlegte Gennie. »Geben Sie mir für meine Arbeit hier freie Hand? Oder muss ich mir jeden Schritt erkämpfen?«

Er runzelte wieder die Stirn, und sein Gesicht nahm so rasch den gewohnten, unfreundlichen Ausdruck an, dass Gennie ein Lachen unterdrücken musste. »Warum unbedingt hier?«

»Ich glaubte schon fast, Sie hätten doch Einfühlungsvermögen«, meinte sie und seufzte. Mit einer Handbewegung deutete sie auf die umliegende Landschaft. »Können Sie das denn nicht sehen? Hier ist Leben und Tod. Ein Kampf, der niemals endet. Das möchte ich auf meine Leinwand bringen, wenigstens einen ganz kleinen Teil davon. Und ich kann es! Ich vermag dem nicht zu widerstehen, auch wenn ich es wollte.«

»Das Letzte, was mir hier fehlt, ist eine Bande neugieriger Reporter oder ein paar europäische Adlige.«

Gennie hob gleichzeitig hochmütig und belustigt eine Braue.

Diese selbstverständliche Arroganz ärgerte Grant, und es reizte ihn maßlos, ihr zu beweisen, dass sie nur eine Frau war.

»Ich glaube, dass Sie Ihre Lektüre zu ernst nehmen«, erklärte Gennie in dem langsamen, weichen Dialekt, der Grant auf die Nerven ging. »Aber ich würde Ihnen versprechen – wenn Sie es wünschen –, dass ich weder die Presse benachrichtigen werde noch einen meiner zwei Dutzend Liebhaber, die Sie mir offensichtlich zutrauen.«

»Stimmt das etwa nicht?« Grants mühsam beherrschter Zorn äußerte sich in Sarkasmus. Doch das störte Gennie nicht.

»Jedenfalls geht es Sie nichts an. Trotzdem«, fuhr sie fort,

»könnte ich Ihnen eine angemessene Summe zahlen, da Sie nun einmal der Eigentümer dieses Landstriches sind. Denn ich will hier malen, mit oder ohne Ihre Zustimmung.«

»Mir scheint, dass Sie in Bezug auf Besitzerrechte sehr geringschätzig denken, Genevieve.«

»Das Gleiche gilt für Sie, was die Rechte der Kunst betrifft.«

Grant musste lachen. Es war ein angenehmer Laut, männlich und verwirrend. »Nein«, sagte er dann, »tatsächlich habe ich eine sehr hohe Meinung von den Rechten des Künstlers.«

»Aber nur solange, wie Sie selbst nicht betroffen sind.«

Er seufzte und schien am Ende seiner Weisheit angelangt zu sein. Ihm war klar, dass Gennie ihm noch eine Menge Ärger machen würde. Aber sein Verantwortungsbewusstsein gegenüber der Kunst und den Grenzen der Zensur war zu groß, um ihr den Weg zu versperren. Warum hatte sie sich nicht die Penobscot-Bucht ausgesucht? »Malen Sie«, erwiderte er kurz, »aber bleiben Sie mir vom Leibe.«

Gennie trat einen Schritt vor und sah hinaus auf die See. »Ich möchte Ihre Klippen haben, Ihr Haus und Ihr Wasser.« Ein sehr weibliches Lächeln huschte über ihr Gesicht, als sie ihn wieder anblickte. »Aber Sie selbst sind vor mir ganz sicher, Grant. Mit Ihnen habe ich keine Pläne.«

»Sie beunruhigen mich nicht, Genevieve.«

»Wirklich nicht?« Was soll das? fragte ihr nüchterner Verstand sofort, aber Gennie ignorierte die Warnung geflissentlich. Grant glaubte doch, dass sie eine Art moderne Sirene sei. Warum sollte sie es nicht dabei belassen? Durch den hohen Felsen stand sie über ihm. Er kniff seine Augen zusammen und blinzelte in die Sonne, als er sie anschaute. Gennies Augen strahlten groß und unergründlich. Lachend legte sie ihre Hände auf Grants Schultern. »Ich hätte schwören können, dass ich es tue.«

Er hätte sie am liebsten von ihrem hohen Standort heruntergezogen und in seine Arme gerissen. Das Verlangen nach ihr kam so plötzlich, dass ein bohrender Schmerz blieb. Sie machte sich über ihn lustig, zum Teufel mit ihr! Und sie würde zu guter Letzt auch noch Siegerin bleiben, wenn er sich nicht vorsah. »Hier zeigt sich wieder Ihr Geltungsbedürfnis«, stellte er fest. »Sie sind nicht mein Typ.«

Der unerwartete Ärger in ihren Augen machte sie beinahe unwiderstehlich. »Gibt es denn einen bestimmten Typ?«

»Ich bevorzuge die sanftere Art«, meinte er und wusste gleichzeitig, dass ihre Haut weich genug war, um ihn zum Schmelzen zu bringen, wenn er nachgab und sie berührte. »Und die ruhigere«, log er weiter. »Jemanden, der weniger aggressiv ist.«

Gennie kämpfte mit sich, um die Beherrschung nicht zu verlieren. Am liebsten hätte sie Grant geohrfeigt. »Sie mögen demnach Frauen, die still in der Ecke sitzen und nicht mitdenken.«

»Sie sollten wenigstens mit Ihren Vorzügen nicht so um sich werfen.« Jetzt verspottete er Gennie rundheraus. »Es fällt mir jedenfalls nicht schwer, Ihnen zu widerstehen.«

Die Versuchung war wieder da, und diesmal schluckte Gennie den Köder in einem Stück. »Wirklich? Das wollen wir doch einmal sehen.«

Sie beugte sich herab und küsste Grant, noch ehe sie selbst wusste, was sie tat, oder Zeit hatte, über mögliche Konsequenzen nachzudenken. Ihre Hände lagen noch auf Grants Schultern, seine steckten tief in den Hosentaschen. Aber die Berührung ihrer Lippen verursachte eine Art Explosion. Heiß und schnell durchfuhr es Grant mit der Wucht einer Rakete, und seine Finger ballten sich zu Fäusten.

Was um Himmels willen geschah mit ihm? Nur mit äußerster Kraft widerstand er der Versuchung, Gennie an sich zu ziehen. Instinktiv wusste er, dass er diesem Angriff standhalten musste.

Aber weshalb trat er dann nicht einfach zurück? Er war nicht angekettet. Er befahl es sich. Er versuchte es. Aber hilflos blieb er stehen und fühlte Gennies Mund.

Vorstellungen und Fantasien rasten durch seinen Kopf, bis er fast darin unterging. Hexe! dachte er, und ihm wurde leicht schwindlig. Er hatte demnach recht gehabt. Würde der Erdboden sich auftun und ihn verschlingen? Die See ihn hinabziehen? Einen Moment lang glaubte er tatsächlich, dass ihn nur ein kleiner Schritt von dem Geheimnisvollen trennte, was Menschen noch immer verborgen geblieben war. Irgendwo, mit einem Rest seines Verstandes, begriff er, dass er für eine kurze Zeit vollkommen hilflos war.

Gennie ließ ihn los. Grant glaubte, ihre Hände noch immer mit leichtem Zittern auf seinen Schultern zu spüren. Ihre Augen blickten benommen, die Lippen waren leicht geöffnet. Große Verwunderung stand ihr ins Gesicht geschrieben. Trotz seines eigenen Schocks merkte Grant, dass sie genauso erschrocken und hilflos war wie er.

»Ich ... ich muss gehen.« Sie stammelte und biss sich auf die Lippen, als sie es merkte. Das war ihr während der letzten vierundzwanzig Stunden schon öfter passiert. Sie vergaß ihren Block, kletterte von dem Felsen und wollte überstürzt zu ihrem Wagen fliehen. Doch im nächsten Augenblick fühlte sie sich herumgewirbelt.

Grants Züge waren angespannt. Sein Atem ging stoßweise. »Ich habe mich geirrt.« Seine Stimme verdrängte ihre klare Überlegung. »Es fällt mir verdammt schwer, Ihnen zu widerstehen.«

Was habe ich getan? überlegte Gennie krampfhaft, was habe ich uns beiden angetan? Sie bemerkte, dass sie zitterte. Aus Angst? Lieber Himmel, ja! Dunkelheit und Sturm waren gar nichts im Vergleich zu diesem hier. »Ich denke, dass wir besser ...«

»Das fürchte ich auch«, flüsterte er mit rauer Stimme und zog Gennie eng an seine Brust. »Aber dafür ist es zu spät.«

Hart und ungeduldig drückte Grant die Lippen auf Gennies Mund. Sie bemühte sich, ihm Widerstand zu leisten, und wollte kämpfen, um nicht unterzugehen. Hatte sie sich jemals eingebildet, etwas über Gefühle und Sinneswahrnehmung zu wissen? Mit Farbe Empfindungen auszudrücken war ein schwacher Versuch gegenüber diesem Ansturm von Verlangen.

Ihre Hand, die Grant wegstoßen sollte, zog ihn noch näher heran, und seine Finger wühlten ungestüm in ihrem Haar. Die Wildheit der Klippen, der See und des Windes zerrte an ihnen und beherrschte sie. Grant bog Gennies Kopf zurück, als wolle er dadurch beweisen, dass er seiner Sinne noch mächtig war. Er öffnete die Lippen, und Gennies Zungenspitze kam ihm bereitwillig entgegen.

Ist es das, fragte sie sich verwundert, wonach ich mich immer sehnte? Diese herrliche Befreiung, das Brennen und schmerzhafte Begehren?

Sie hatte vom ersten Augenblick an geahnt, dass eine geheime Kraft in Grant steckte. Jetzt spürte Gennie, wie er sie gefangen nahm und dass sie Stärke und Schwäche nicht mehr zu unterscheiden vermochte.

Sein raues Kinn rieb an ihrer Haut, als er seinen Mund in eine andere Stellung drehte. Gennie stöhnte leise vor Wonne über diesen kleinen, delikaten Schmerz. Mit der Hand wühlte er noch immer in ihrem langen Haar, während ihre Lippen sich in gegenseitigem Angriff trafen.

Gib dich auf, lass dich gehen, klang es verlockend aus Gennies tiefstem Inneren, und sie wehrte sich nicht mehr, sondern lag hilflos in Grants Armen. Der Schrei der Möwen war nicht mehr klagend, sondern voller Romantik. Gebieterisch schlugen die Wellen gegen das Land. Gennie spürte die magnetischen Kräfte, während Grant sie küsste. Ein Schritt nur oder zwei, und sie würde stürzen und auf den nassen, steinigen Strand fallen. Aber die wenigen Sekunden schwindelerregender Freiheit wären das Risiko wert. Ihr Seufzen klang nach Verlockung und Triumph.

Grant murmelte eine Verwünschung gegen Gennies Lippen, als er sich zwang, sie loszulassen. Trotz aller guten Vorsätze war genau das eingetreten, was nicht hätte geschehen dürfen.

Gennies Gesicht war weich und glühte voller Leidenschaft. Sie legte ihren Kopf zurück, und das schwarze Haar flatterte im Wind. Es drängte Grant, seine Lippen auf die goldbraune Haut ihres Halses zu pressen. Aus ihren halb geschlossenen Augen schimmerte die zeitlose Macht der Frau über den Mann.

Diese plötzliche Erkenntnis stärkte Grants Widerstand. Es war eine Falle, und er würde nicht hineintappen, wer auch immer den Köder auslegte. Seine Stimme klang leise, als er mit zornigem Blick sagte: »Kann sein, dass ich dich begehre. Vielleicht nehme ich dich sogar. Aber es wird dann sein, wenn es mir passt und wenn ich Lust dazu habe. Wenn du den Ton angeben möchtest und die Spielregeln festsetzen willst, dann bleib bei deinen Grafen und Baronen.« Er drehte sich um und ging laut fluchend davon.

Gennie war viel zu verdutzt, um sich zu bewegen. Sie schaute Grant nach, bis er im Leuchtturm verschwunden war. Mehr hatte es ihm nicht bedeutet? Einfach nur ein Mann und eine Frau und dazu etwas Leidenschaft? Hatte er nicht den quecksilbrigen Schmerz gespürt, der Vereinigung anzeigte, Vertrautheit, Schicksal?

Spielregeln! Wie konnte er so etwas nach diesen Minuten sagen? Gennie schloss die Augen und strich unsicher das Haar aus der Stirn.

Nein, der Fehler lag bei ihr. Sie bewertete den Vorfall zu hoch. Zwischen zwei Menschen, die sich kaum kannten, gab es keine Vereinigung. Und Vertrautheit war nur eine Entschuldigung für körperliches Begehren.

Sie hatte geträumt und verwandelte etwas völlig Normales in ein spezielles Wunder, weil sie es sich wünschte.

Ach was, sollte er doch gehen. Gennie bückte sich, hob ihren Block auf und fand auch den Bleistift, der heruntergefallen war. Konzentrier dich auf deine Arbeit, schalt sie sich. Es war die Stimmung hier, die dich überwältigt hatte, und nicht die Person. Ohne sich umzusehen, ging sie zu ihrem Wagen.

Ihre Hände zitterten noch immer, als sie die Abzweigung zu ihrem Haus erreichte. Gennie lauschte dem gleichmäßigen Schwappen des hereinfließenden Wassers und dem freundlichen Zwitschern der Schwalben, die ihr Nest aufsuchten. Frieden lag über allem, und sie merkte, dass ihre Ruhe zurückkehrte. An diesem Ort musste sie bleiben und sich von Ruhe und Einsamkeit beeinflussen lassen. Wer die Naturgewalten herausforderte, hatte wenig Chancen zu gewinnen. Nur ein Narr ließ sich auf diesen ungleichen Kampf ein.

Müdigkeit überkam Gennie. Langsam stieg sie aus dem Auto und spazierte zum Ende des Seestegs. Dort setzte sie sich auf die raue Anlegestufe und ließ ihre Füße über den Rand baumeln. Wenn sie hier bliebe und nicht zum Leuchtturm fahren würde, wäre sie sicher.

Gennie beobachtete den Sonnenuntergang, während sie auf ihren Lippen noch immer Grants herrischen Mund fühlte. So leidenschaftlich und voller Begierde hatte sie noch kein Mann geküsst. Fast wäre auch er schwach geworden, aber vielleicht bildete sie sich das nur ein. Denn so erfahren, wie Grant meinte, war sie gewiss nicht.

Sie kannte zwar eine Menge Männer, war mit ihnen ausgegangen und genoss männliche Gesellschaft, aber stets war ihre künstlerische Arbeit wichtiger gewesen. Deshalb störte Gennie auch das Image nicht, das die Presse ihr angehängt hatte.

Würden die Zeitungen schockiert reagieren, wenn herauskam, dass Genevieve Grandeau aus New Orleans, die erfolgreiche Künstlerin und Mitglied der oberen Zehntausend, noch nie einen Liebhaber gehabt hatte?

Lächelnd stützte sie sich auf ihre Ellbogen. Schon seit Jahren war sie mit der Malerei verheiratet, sodass ein Liebhaber ganz überflüssig geworden war. Bis heute. Gennie wollte den Gedanken verdrängen, schalt sich dann einen Feigling und gestand es sich ein. Bis heute, bis zu Grant Campbell.

Noch einmal fühlte sie die Erregung und das Begehren, das Grant in ihr geweckt hatte. Ohne darüber nachzudenken, würde sie sich ihm dort zwischen den Klippen hingegeben haben. Aber er hatte sie zurückgewiesen.

Nein, eigentlich noch schlimmer. Die Erinnerung ließ Ärger in ihr aufkommen. Jemanden zurückweisen ist eine Sache, auch wehtun und beleidigen wäre zu ertragen. Doch damit nicht genug! Seine unverschämte Arroganz war der Gipfel.

Er würde sie nehmen, wenn es ihm passt, hatte Grant gesagt. Als ginge es um eine Tafel Schokolade im Warenhaus.

Gennies Augen verengten sich und blitzten blassgrün vor Zorn. Das werden wir sehen! Darüber sprechen wir noch, Grant Campbell.

Sie sprang auf und klopfte sich energisch die Jeans ab. Niemand weist Genevieve Grandeau ohne Weiteres ab, und niemand nimmt sie sich. Wenn ihm nach Spielerei zumute war, dann wollte sie ihm das Spielen schon beibringen.

## 4. Kapitel

Als Gennie am nächsten Morgen ihre Malutensilien zusammenpackte, war sie grimmig entschlossen, sich nicht wegjagen zu lassen. Und bestimmt nicht von einem ungezogenen, arroganten Idioten. Sie würde sozusagen auf Grant Campbells Türschwelle sitzen, bis sie fertig war und von allein aufstand. Natürlich kam die Arbeit an erster Stelle, überlegte sie beim Ordnen der Pinsel, aber wenn sich die Gelegenheit bot, würde sie diesem schrecklichen Menschen gern eine Lektion erteilen. Das sollte ihm guttun!

Sie warf den Kopf zurück und schloss den Malkasten. In ihrem ganzen bisherigen Leben hatte sie niemanden kennengelernt, der einen kräftigen Rippenstoß mehr verdiente als Grant Campbell. Und genau das zu tun, nahm Gennie sich vor.

Er glaubte also, dass sie herumspielen wollte. Sie ließ den Riegel zuschnappen, dass es in dem leeren Häuschen wie ein Schuss hallte. Warum nicht? Aber nach ihren Regeln!

Gennie hatte sechsundzwanzig Jahre lang bei ihrer Großmutter beobachten können, wie man die männliche Spezies bezauberte und verführte. Was war das für eine erstaunliche Frau! dachte Gennie liebevoll. Mit siebzig noch gut aussehend und voller Temperament, wickelte sie Männer jeden Alters um den kleinen Finger. Nun, schließlich war sie auch eine Grandeau. Unternehmungslustig stützte Gennie ihre Hände in die Hüften. Grant Campbell würde über kurz oder lang von seinem hohen Ross herunterpurzeln.

Nehmen will er mich? Die Erinnerung trieb ihr die Röte ins Gesicht. So eine Frechheit! Er wird noch vor mir auf den Knien liegen.

Über Nacht hatte Gennie sich so sehr in den Ärger hineingesteigert, dass es ihr gelungen war, die eigene Reaktion und die Tatsache, dass Grant leicht sein Ziel hätte erreichen können, zu vergessen. Zornig zu sein war leichter als niedergeschlagen zu sein, und Rache war süß!

Im Spiegel über der alten Kommode prüfte sie kritisch ihr Aussehen. Wie ein Krieger, der sich für die Schlacht vorbereitete, griff sie nach einem Töpfchen mit mattgrünem Lidschatten. Wenn man ungewöhnliche Gesichtszüge hat, überlegte Gennie und trug das Make-up auf, dann sollte man sie betonen. Das Ergebnis gefiel ihr. Ein wenig exotisch, aber nicht aufdringlich. Auch die Lippen erhielten etwas Farbe, das wirkte verführerisch. Hintergründig lächelnd, tupfte sie noch Parfum an die Ohrläppchen. Selbstverständlich würde sie es darauf anlegen, Grant zu reizen und herauszufordern. Wenn er dann auf den Knien lag und bettelte, würde sie spöttisch davonspazieren.

Schade, dass ein Malkittel überhaupt nicht sexy war. Gennie schürzte die Lippen und drehte sich hin und her. Aber die Arbeit ging vor. Wenn sie auf einem Felsen sitzen musste, konnte sie wirklich nichts Hautenges tragen. Die Jeans und das T-Shirt mussten bleiben.

Erwartungsvoll und zufrieden mit ihrem Äußeren ergriff Gennie ihren Malkasten. In diesem Augenblick hörte sie, wie ein Auto näher kam.

Grant? Sofort klopfte ihr Herz, und jeder Nerv flatterte. Ärgerlich mit sich selbst schaute sie aus dem Fenster. Es war nicht Grants Lieferwagen, sondern ein kleiner, alter Kombi.

Die Witwe Lawrence stieg aus, sauber und ordentlich wie immer. In der Hand hielt sie eine zugedeckte Schüssel. Erstaunt öffnete Gennie ihrer Vermieterin die Tür.

»Guten Morgen!« Gennie lächelte. Sie ignorierte das peinliche Gefühl, jemanden hereinzubitten, der jahrelang im gleichen Haus gewohnt, geschlafen und gearbeitet hatte.

»Sie sind ja schon früh auf den Beinen.« Die Witwe zögerte an der Schwelle und sah Gennie prüfend mit ihren kleinen dunklen Augen an.

»Ja. Treten Sie ein, Mrs. Lawrence.«

»Ich will Sie nicht stören. Aber vielleicht mögen Sie einen frischen Kuchen.«

»Sehr gern!« Gennie vergaß alle Pläne, öffnete die Tür weit und machte Platz. »Vor allem, wenn Sie mit mir einen Kaffee trinken.«

»Das tue ich gern.« Die Witwe betrat schließlich das Haus. »Ich kann aber nicht lange bleiben, das Postamt ... Sie verstehen!« Aufmerksam blickte sie sich um.

»Das riecht ja wundervoll.« Gennie nahm die Schüssel und eilte zur Küche. Sie war froh, einen Vorwand zu haben. »Für mich allein backe ich nur selten, das lohnt sich einfach nicht.«

»Stimmt, für eine Familie macht es mehr Spaß.«

Gennie spürte Mitgefühl, aber sie schwieg, als sie den Kaffee aufsetzte.

»Sie haben sich schon gut eingerichtet.«

»Ja.« Gennie deckte den Tisch. »Das Haus ist genau das, was mir vorschwebte, Mrs. Lawrence. Es ist perfekt.« Die Hände voll mit Tassen und Untertassen, drehte sie sich zu der älteren Frau um. »Es ist Ihnen bestimmt sehr schwergefallen, hier auszuziehen.« Mrs. Lawrence zuckte fast unmerklich mit den

Schultern. »Die Dinge ändern sich eben. Hat das Dach dem Sturm standgehalten?« Gennie verschluckte im letzten Moment eine vorschnelle Antwort.

»Ich hatte keinen Ärger damit«, sagte sie dann. Ob sie der Witwe durch ein mitfühlendes Wort helfen konnte? Als das mit Angela passiert war, hatte jeder ihr den Rat gegeben, sich auszusprechen. Aber sie hatte es nicht getan. Jetzt war sie nicht sicher, wie Mrs. Lawrence reagieren würde und ob ein verständnisvoller Mensch willkommen war. »Haben Sie lange hier gelebt?«, fragte Gennie vorsichtig.

»Sechsundzwanzig Jahre«, antwortete die Frau zögernd. »Wir zogen ein, nachdem mein zweiter Junge geboren war. Er ist jetzt Doktor in Bangor.« Man konnte ihr ansehen, wie stolz sie war. »Sein Bruder hat einen Job auf einer Bohrinsel. Er kann die See nicht lassen.«

Gennie setzte sich zu ihr an den Tisch. »Sie haben tüchtige Söhne. War Ihr Mann Fischer?«

»Hummerfischer.« Ihre Stimme klang freundlich. »Ein guter. Er starb auf seinem Boot. Sie sagten, dass es ein Herzschlag war.«

Mrs. Lawrence nahm etwas Sahne in ihren Kaffee. »Er hatte sich immer gewünscht, auf seinem Boot zu sterben.«

Gennie wollte fragen, wann das gewesen war. Aber sie brachte keinen Ton über die Lippen. Würde sie jemals über den Verlust ihrer Schwester so selbstverständlich reden können? »Leben Sie gern in Windy Point?«, fragte sie stattdessen.

»Inzwischen habe ich mich daran gewöhnt. Ein paar Freunde sind dort. Die Straße hierher ist auch nicht jedermanns Sache.« Zum ersten Mal erschien ein Lächeln auf ihren Zügen. Das stand ihr sehr gut. »Mein Matthew hat immer furchtbar auf den Weg geschimpft.«

»Das glaube ich gern.« Gennie zog das Tuch von der Schüssel. »Heidelbeerkuchen!«, rief sie begeistert. »Ich sah wilde Heidelbeerbüsche zwischen den Felsen.«

»Man findet genug, wenn man die richtigen Plätze kennt.« Die Witwe beobachtete zufrieden, wie Gennie herzhaft zulangte. »Ein junges Mädchen wie Sie könnte hier draußen einsam sein.«

Gennie schüttelte den Kopf und kaute weiter. »Nein«, erklärte sie schließlich, »ich bin zum Malen gern allein.«

»Sind die Bilder, die im vorderen Zimmer hängen, von Ihnen?«

»Ja, hoffentlich haben Sie nichts dagegen.«

»Ich hatte schon immer eine Vorliebe für Malerei. Es sind gute Bilder.«

Gennie freute sich über diese einfache Feststellung mehr als über schwärmerische Begeisterung. »Danke! Es gibt viele schöne Motive hier. Mehr als ich zuerst dachte.« Grant kam ihr in den Sinn. »Vielleicht bleibe ich ein paar Wochen länger.«

»Sagen Sie es nur. Ich würde mich freuen.«

Gennie betrachtete ihren Gast aufmerksam. »Sie kennen sicherlich den Leuchtturm ...«, versuchte sie einen Vorstoß und wusste nicht, wie sie es am besten anstellen sollte, interessante Informationen zu bekommen.

»Früher hat Charlie Dees die Station gewartet«, erzählte Mrs. Lawrence. »Solange ich denken kann, wohnte er dort mit seiner Frau. Jetzt wird mit Radar gearbeitet. Aber mein Vater und mein Großvater mussten sich früher schon auf das Licht verlassen können, sonst wären sie auf die Felsen gestoßen.«

Sicher gab es viele Geschichten, und eines Tages würde sich die Zeit finden, sie zu erzählen, dachte Gennie. Doch im Augenblick war sie weit mehr mit der Gegenwart beschäftigt.

Speziell mit dem jetzigen Besitzer. »Ich traf den Mann, der den Turm bewohnt«, erwähnte sie möglichst unauffällig über den Rand ihrer Kaffeetasse hinweg. »Dort will ich auch arbeiten, es ist ein herrlicher Fleck Erde.«

Mrs. Lawrence hob erstaunt die Augenbrauen. »Haben Sie ihm das gesagt?«

Aha! dachte Gennie, man kennt ihn also im Ort. »Wir haben eine Art Übereinkommen getroffen.«

»Der junge Campbell hat den Leuchtturm vor ungefähr fünf Jahren gekauft.«

Der Witwe entging das Leuchten in Gennies Augen nicht, aber sie fuhr ruhig fort: »Er lebt sehr zurückgezogen. Ein paar Fremden hat er schnell Beine gemacht.«

»Das kann ich mir denken«, murmelte Gennie. »Er ist nicht von der liebenswürdigen Sorte.«

»Dadurch vermeidet er Ärger.« Jetzt warf die ältere Frau der jüngeren unmissverständlich einen scharfen Blick zu. »Der Bursche sieht gut aus. Manchmal fährt er mit den Männern auf den Booten hinaus. Aber er beobachtet mehr, als dass er spricht.«

Gennie schluckte den letzten Bissen vom Heidelbeerkuchen hinunter und fragte überrascht: »Lebt er denn nicht auch vom Fischfang?«

»Das weiß ich nicht. Doch seine Rechnungen zahlt er pünktlich.«

Gennie runzelte die Stirn. Das hatte sie nicht erwartet. »Komisch. Ich hatte den Eindruck …« Welchen denn? überlegte sie. »Sicher bekommt er wenig Post.« Das war ein Schuss ins Ungewisse.

Die Witwe lächelte schlau. »So wenig nun auch nicht«, meinte sie nur. »Vielen Dank für den Kaffee, Miss Grandeau«, sagte sie und erhob sich. »Es würde mich freuen, wenn es Ihnen hier gefällt. Bleiben Sie nur, solange Sie wollen.«

»Vielen Dank«, entgegnete Gennie, der klar war, dass sie mit den mageren Informationen zufrieden sein musste. »Hoffentlich kommen Sie recht bald wieder, Mrs. Lawrence.«

Die Witwe nickte und machte sich auf den Weg. »Sollten Sie irgendwelche Probleme haben, dann sagen Sie nur Bescheid. Wenn es kälter wird, müssen Sie den Ofen heizen. Er zieht gut, aber er ist ein bisschen laut.«

Als Gennie ihr nachblickte, dachte sie an Grant. Er war also kein Einheimischer. Doch Mrs. Lawrence schien ihn zu mögen. Er blieb für sich, das respektierten die Leute in Windy Point. Fünf Jahre! Eine lange Zeit, um sich in einem Leuchtturm zu verkriechen. Was tat er dort?

Achselzuckend belud sich Gennie mit ihrem Zeichengerät. Es war seine eigene Angelegenheit. Sie wollte ihm nur eine Lehre erteilen, nicht mehr und nicht weniger.

Die einzige Mahlzeit, die Grant regelmäßig zu sich nahm, war das Frühstück. Tagsüber aß er, wenn er Appetit hatte, und war dabei nicht wählerisch. Heute hatte er sich nur an den Tisch gesetzt, weil er nicht mehr schlafen konnte. Anschließend war er mit dem Boot hinausgefahren, weil er nicht arbeiten mochte. Die Vorstellung, dass Gennie kaum zwei Meilen entfernt in ihr Bett geschlüpft war, beunruhigte ihn.

Normalerweise genoss er das Meer in der Morgendämmerung: die rötliche Beleuchtung, das Treiben der Fischer und die kühle, saubere Luft. Oft versuchte auch er sein Anglerglück, und manchmal gelang es ihm, das Abendessen zu fangen. Wenn nicht, dann musste er sich mit einer Dose oder einem Steak begnügen.

An diesem Morgen wäre ihm Schlaf willkommener gewesen, und gearbeitet hätte er auch gern. Der Sinn stand ihm nicht nach Angeln, und als Ablenkung taugte es auch wenig. Die Sonne stand noch tief, als er sich schon wieder auf dem Heimweg befand.

Jetzt, zur Mittagszeit, hatte sich seine Stimmung kaum gebessert. Nur die Disziplin, die er sich im Laufe der Jahre selbst auferlegt hatte, hielt Grant am Zeichenbrett fest, wo er die Serie vom Tag vorher perfektionierte und ausarbeitete. Sie hat mich aus meiner Ordnung gerissen, dachte er grimmig, und sie lässt mich nicht los.

An sich beschäftigte er sich oft mit seinen Geschöpfen, aber das war etwas anderes, dann zog er die Fäden. Gennie ließ sich in keine Rolle zwängen.

Genevieve – grübelte Grant, als er peinlich genau Veronicas langes, volles Haar nachzeichnete. Ihre Arbeit hatte ihm sehr gefallen. Da gab es keinen Schnickschnack. Das war klasse. Sie zeichnete mit Stil, und man spürte im Hintergrund stets die Andeutung von Leidenschaft, die sie geschickt mit einem Hauch Fantasie kaschierte. Die Bilder forderten heraus, reizten die Vorstellungskraft und wiesen auf natürliche Schönheit hin.

Wahrscheinlich bot Gennies Privatleben reichlich Gelegenheit zum Studium menschlicher Gefühle. Grants Züge wurden hart. Wenn er sie nicht persönlich getroffen hätte und ein Opfer ihrer Anziehungskraft geworden wäre, könnte er tatsächlich glauben, was Gennie behauptete. Nämlich, dass es sich bei neunzig Prozent der gedruckten Storys nur um dumme Gerüchte handelte.

Jetzt war Grant jedoch davon überzeugt, dass jeder Mann, der in ihre Nähe kam, verrückt nach ihr werden musste. In Gennies Wesen schlummerte die gleiche Leidenschaft, die aus ihren Bildern sprach. Darüber hinaus wusste sie sehr wohl, dass sie sich jeden Mann zum Sklaven machen konnte, und genoss es.

Grant legte den Pinsel beiseite und massierte die verkrampften Finger. Er jedenfalls hatte die Genugtuung, sie abgewiesen zu haben. Abgewiesen? Er lachte höhnisch, zum Teufel auch! Wäre das wirklich der Fall, warum saß er dann hier und erinnerte sich so deutlich, wie sie in seinen Armen gelegen hatte? War die Welt um ihn nicht für Sekunden ausgelöscht gewesen, um sich dann neu zu füllen – nur mit Gennie?

Eine Sirene? Wahrhaftig, so könnte man sagen. Mühelos würde sie jeden Mann mit ihrem Lächeln, ihrem Singen und ihrem Zauber gegen eine Felsenküste führen. Aber nicht Grant Campbell! Er war nicht der Mann, der sich durch eine verführerische Stimme und ein Paar verlockender Augen verhexen ließ. Wahrscheinlich würde sie nach seiner Abschiedsbemerkung gar nicht wiederkommen. Grant schaute zum Fenster hinüber, aber er beherrschte sich und sah nicht hinaus. Stattdessen nahm er einen Pinsel und arbeitete fast eine Stunde lang ununterbrochen. Und Gennie geisterte im Hintergrund seiner Gedanken.

Später säuberte er Bürsten und sonstiges Werkzeug. Er war zufrieden, dass die Bildserie doch noch planmäßig fertig geworden war. In Grants Vorstellung formte sich bereits eine Fortsetzung. Das trug sehr zur Besserung seiner Stimmung bei.

Gewissenhaft wie in keinem anderen Bereich seines täglichen Lebens, räumte er sein Studio auf. Jedes Teil hatte in dieser wohlüberlegten Ordnung seinen Platz. Die Flaschen und Gefäße standen glänzend in den verschlossenen Glasschränken. Der fertige Bildstreifen blieb auf dem Zeichenbrett, bis er ganz trocken war.

Grant nahm sich Zeit, um in der Küche herumzuwirtschaften und nach Essbarem zu suchen. Aus dem tragbaren Radio drangen Nachrichten und Musik und hielten Grant auf dem Laufenden, was die Geschehnisse draußen in der Welt anging.

Die Erwähnung des Komitees für Ethik und ein Senator, der Grant immer zu satirischen Skizzen reizte, gaben ihm Ideen für neue Strips. In einigen Zeitungen wurden seine Arbeiten auf der Leitartikelseite platziert. Seine Kenntnisse von Politik und die Ähnlichkeit der Personen und Namen zusammen mit Pointen, die immer ins Schwarze trafen, erfreuten sich ungemeiner Beliebtheit.

Jetzt lehnte Grant an der Anrichte, kaute Plätzchen mit Erdnussbutter und lauschte dem Ende des Berichtes. Eine genaue Kenntnis der Trends, der Stimmungen und der Begebenheiten war ein ebenso unentbehrlicher Bestandteil seiner Kunst wie Tinte und Feder. Sein Gedächtnis ordnete und sammelte Nachrichten, um sie zu gegebener Zeit parat zu haben. Doch jetzt lockten frische Luft und Sonnenschein.

Natürlich würde er nicht etwa ausgehen wollen, beruhigte Grant sein Gewissen, um vielleicht Gennie zu treffen. Kein Gedanke! Aber Gennie war da. Er versuchte sich einzureden, dass er sich durch ihre Gegenwart belästigt fühlte. Jede Störung seiner Einsamkeit empfand er normalerweise als Hausfriedensbruch. Deshalb würde es wahrscheinlich das Beste sein, sie zu ignorieren.

Wie hübsch der Wind ihr Haar zur Seite strich und den schlanken Nacken freigab!

Gennies nackte Arme schimmerten wie mattes Gold! Wenn er ihr den Rücken zudrehen würde und auf die andere Seite der Klippen kletterte, könnte er vergessen, dass es sie überhaupt gab.

Grant fluchte leise und ging auf Gennie zu. Natürlich hatte sie ihn schon gesehen, als er den ersten Schritt vor seine Tür setzte. Ihr Pinsel hatte jedoch nur eine Sekunde lang gezögert, dann fuhr sie unbeirrt mit ihrer Arbeit fort. Ihr beschleunigter Puls deutete bestimmt nur auf das nächste Gefecht hin, welches sie diesmal gewinnen würde.

Allerdings fiel es ihr plötzlich schwer, sich zu konzentrieren. Deshalb klopfte sie mit dem Pinselstiel nachdenklich gegen ihre Lippen und betrachtete kritisch, was sie in den vergangenen Stunden gemalt hatte.

Zufriedenstellend, fand sie. Die Umrisse auf der Leinwand zeigten deutlich, worauf sie hinauswollte. Das Farbengemisch schien vorzüglich gelungen. Leise summte sie eine Melodie, als Grant näher kam.

»So«, sagte Gennie und neigte den Kopf, um ihre Staffelei aus einem anderen Winkel zu betrachten, »Sie haben sich also entschlossen, aus Ihrer Höhle herauszukommen.«

Grant schob die Fäuste in die Hosentaschen und blieb bewusst an einer Stelle stehen, die ihm keinen Blick auf Gennies angefangene Arbeit erlaubte. »Ich dachte, Sie sehen heute nicht so aus, als wollten Sie Ärger machen.«

Gennie drehte ihr Gesicht so weit in seine Richtung, dass sie ihn anschauen konnte. Ihr Lächeln war nur angedeutet, aber äußerst spöttisch. »Dann muss ich annehmen, dass Sie ein schlechter Menschenkenner sind.«

Grant wusste, dass sie ihn reizen wollte. Doch trotzdem verfehlte ihr Blick keineswegs seine Wirkung. Das Verlangen nach ihr erwachte, sein Körper ließ sich von seinem Verstand nicht beirren. »Oder Sie sind eine Närrin«, murmelte er.

»Ich habe Ihnen gesagt, Grant, dass ich wiederkomme.« Gennie ließ ihren Blick zu seinen Lippen wandern. »Im Allgemeinen halte ich mein Wort. Möchten Sie sehen, wie weit ich bin?«

Grant schwor sich, dass sie und ihr Bild ihm gestohlen bleiben könnten. »Nein.«

Gennie verzog bedauernd den Mund. »Wie schade! Ich dachte, Sie sind ein echter Kunstkenner.« Betont langsam legte sie den Pinsel beiseite und strich durch ihr dichtes Haar. »Was sind Sie eigentlich, Grant Campbell?« Die grünen Augen blitzten verführerisch.

»Was ich sein möchte.«

»Schön für Sie.« Gennie erhob sich. Nicht sonderlich schnell schlüpfte sie aus ihrem kurzärmeligen Kittel und ließ ihn auf den Felsen gleiten. Sie beobachtete Grant dabei. Sein musternder Blick, der bis zu ihren Füßen wanderte, blieb ihr nicht verborgen. Dann strich sie behutsam mit dem Finger über Grants Hemd. »Wollen Sie wissen, was ich sehe?« Er schwieg, schaute sie aber unverwandt an. Wenn ich ihm meine Hand auf die Brust lege, ob sein Herz dann wohl schneller schlägt? »Einen Einsamen sehe ich«, fuhr sie fort, »mit dem Gesicht eines Freibeuters und den Händen eines Poeten.« Jetzt lachte Gennie leise. »Und den Manieren eines Flegels. Mir scheint, dass Sie nur bei den Manieren eine Wahl gehabt haben.«

Es war schwer, dem Glitzern und der Herausforderung ihrer Augen zu widerstehen oder dem Reiz der weichen, vollen Lippen, die ein Lächeln beabsichtigter weiblicher Koketterie trugen.

»Wenn es Ihnen so gefällt!« Grant verkrampfte seine Hände in den Taschen, denn nur zu gern hätte er Gennie berührt.

»Das möchte ich nicht sagen.« Gennie ging ein paar Schritte auf die Klippen zu, wo die Wasserspritzer der Brandung sie fast erreichten. »Doch andererseits haben Ihre Umgangsformen auch einen gewissen urwüchsigen Charme.« Sie warf ihm über die Schulter einen Blick zu. »Wahrscheinlich will man es als Frau nicht immer mit einem Gentleman zu tun haben. Und Sie sind sicher kein Mann, der nach einer Lady Ausschau hält.«

Das blaugrüne Wasser im Hintergrund reflektierte ihre Augenfarbe. »Sind Sie eine Lady, Genevieve?«

Gennie lachte. Der Ausdruck von Wut und Enttäuschung in seinem Blick gefiel ihr. »Das kommt darauf an«, sagte sie im gleichen Tonfall wie Grant, »ob es mir passt oder nicht.«

Er trat auf sie zu, unterdrückte aber den heißen Wunsch, sie zu schütteln, bis ihre Zähne aufeinanderschlugen. Sie waren sich so nahe, dass nur ein Lufthauch sie trennte. »Was zum Teufel haben Sie vor?«

Unschuldig schaute sie zu ihm auf. »Nur eine Unterhaltung, was sonst? Aber Sie sind sicherlich aus der Übung.«

Nach einem kurzen Blick aus zusammengekniffenen Augen drehte Grant sich um. »Ich gehe spazieren.«

»Fein!« Gennie hakte sich bei ihm unter. »Ich komme mit.«

»Dazu habe ich Sie nicht aufgefordert.« Er blieb stehen.

»Oh.« Gennie zwinkerte gut gelaunt. »Sie versuchen schon wieder Ihren herben Charme an mir. Dem kann ich so schwer widerstehen.«

Grant hätte beinahe gelächelt, doch er beherrschte sich. Das geschieht mir recht, dachte er. »Also gut, gehen wir.« In seiner Miene lag etwas Undefinierbares, dem Gennie misstraute. Unschlüssig zauderte sie. »Nun, kommen Sie schon!«

Grant lief Gennie voran und nahm dabei keine Rücksicht auf sie, die mit ihm nicht Schritt halten konnte. Doch sie war fest entschlossen, den Kampf nicht aufzugeben, und bemühte sich, an seiner Seite zu bleiben. Nachdem sie den Leuchtturm hinter sich gelassen hatten, sprang Grant die Klippen mit einer Leichtigkeit hinab, die aus jahrelanger Kenntnis der Bodenverhältnisse stammte. Gennie zögerte, holte dann tief Luft und folgte ihm. So einfach würde er sie nicht loswerden.

Ganz wohl war ihr jedoch nicht dabei. Doch je näher sie dem sandigen Strand kamen, umso mehr gefiel ihr die Kletterpartie. Grant war inzwischen am Fuß der steilen Felsen angelangt, und als er sich umdrehte, hoffte er, Gennie möge noch oben stehen und ihn in Ruhe lassen. Aber im Inneren wusste er es besser. Sie war keine Treibhausmagnolie, auch wenn er sie gar zu gern in diese Kategorie eingeordnet hätte. Sie war viel zu lebendig, um sich nur aus der Ferne bewundern zu lassen.

Unwillkürlich streckte er die Hand aus, um ihr beim letzten Sprung behilflich zu sein. Ihre Körper berührten sich, und als Gennie den Kopf herausfordernd zurücklegte, kitzelte ihr Parfum seine Nase. Sie roch nicht mehr nach Regenwasser, es war ein zarter, sehr erotischer Duft. Im hellen Licht der hoch stehenden Sonne roch sie nach nächtlichen Stunden mit all den leisen, geheimnisvollen Versprechungen, die erst nach Einbruch der Dunkelheit erblühten.

Wütend, dass er auf eine derart offensichtliche Taktik hereinfiel, ließ Grant sie los. Schweigend setzte er seinen Weg entlang der spitzen Klippen am steinigen, schmalen Strand fort, wo die Wellen sich brachen und hoch in der Luft die Möwen schrien.

Selbstzufrieden und zuversichtlich durch ihren Anfangserfolg lief Gennie hinter ihm her. Warte nur, Grant Campbell, dachte sie, es kommt noch besser! Ich habe noch nicht einmal richtig angefangen. »Verbringen Sie so Ihre Zeit«, fragte sie laut, »wenn Sie sich nicht gerade in Ihrem Turm einschließen?«

»Verbringen Sie so Ihre Zeit, wenn Sie nicht an den Brennpunkten von Bourbon Street flanieren?«

Gennie warf das Haar zurück und hängte sich wieder bei ihm ein. »Gestern sprachen wir hauptsächlich über mich. Erzählen Sie mir etwas über Grant Campbell. Sie sind ein verrückter Wissenschaftler, der fürchterliche Experimente unter strikter behördlicher Geheimhaltung durchführt?«

Er drehte sich um und warf ihr ein seltsames Lächeln zu. »Im Augenblick sammle ich Briefmarken.«

Diese Entgegnung verwirrte Gennie, und sie vergaß darüber ihr planmäßiges Vorgehen. »Wie ist es möglich, dass Ihre Antwort fast nach Wahrheit klingt?«

Achselzuckend marschierte Grant weiter und wunderte sich, dass er seine ungebetene Begleiterin nicht schon längst abgeschüttelt hatte. Sonst kam er hier allein her. Niemals hatte er jemanden mitgenommen, nicht einmal seine selbst erfundenen Geschöpfe durften ihn hierher begleiten. Warum nur störte ihn Gennies Gegenwart nicht? Im Gegenteil, er war beinahe zufrieden.

»Ein verborgener Ort«, flüsterte Gennie leise.

Zerstreut blickte Grant auf: »Wie bitte?«

»Das!« Sie beschrieb mit der freien Hand einen weiten Bogen. »Es ist ein geheimer Platz.« Sie bückte sich und hob eine Muschel auf, die von der Sonne schneeweiß gebleicht war. »Meine Großmutter besitzt ein wunderschönes altes Kolonialhaus, das voller Antiquitäten und Seidenkissen ist. Oben unter dem Dach gibt es ein halbdunkles, staubiges Giebelzimmer. Dort steht ein zerbrochener Schaukelstuhl und eine Kiste voll absolut unnützer Dinge. Stunden könnte ich da zubringen.« Lächelnd sah sie zu Grant auf: »Einem Geheimplatz konnte ich noch nie widerstehen.«

Grant erinnerte sich plötzlich ganz deutlich an eine kleine Abstellkammer in seinem Elternhaus in Georgetown, wo er als

Kind neben anderen Schätzen sein Skizzenbuch versteckt hielt.

»Er ist nur so lange geheim, bis jemand davon erfährt.«

Gennie lachte und fasste ihn unwillkürlich bei der Hand. »Oh nein, man kann ein Geheimnis auch teilen, manchmal wird es dadurch sogar besser.« Sie hielt an und schaute dem waghalsigen Flug einer Möwe nach. »Wie heißen die Inseln dahinten?«

Grant fühlte sich unbehaglich. Gennies Hand bewegte sich in seiner, als gehörte sie dahin. Er runzelte die Stirn und antwortete unwirsch: »Die haben keinen Namen, meist sind es nur Felsen.«

»Schade!« Sie war enttäuscht. »Keine verblichenen Knochen oder Wrackteile?«

Grant musste gegen seinen Willen lachen. »Man sagt, dass ein Schädel dort liegt und stöhnt, wenn ein Sturm aufzieht.«

»Wessen Schädel?« Gennie wartete begierig auf die Fortsetzung.

»Der Schädel eines Seemanns«, improvisierte Grant. »Der war der Kapitänsfrau nachgestiegen, die Augen hatte wie eine Meerhexe und mitternachtsschwarzes Haar.« Ohne es zu wollen, spielte er mit Gennies windzerzausten Locken. »Sie umgarnte ihn, machte ihm scheinheilige Versprechen, wenn er das Gold und das Beiboot stehlen würde. Er tat es, weil sie eine Frau war, die einen Mann zum Äußersten treiben konnte – nur durch ihren Blick. Sie fuhr mit ihm davon.« Gennies Haar wickelte sich wie von selbst um seine Finger.

»Er ruderte mit ihr zwei Tage und zwei Nächte lang«, fuhr Grant fort, »denn er glaubte, dass er sie haben könnte, wenn sie das Land erreichten. Als die Küste in Sicht kam, hat sie ihm mit einem Säbel den Kopf abgeschlagen. Jetzt steckt sein Schädel auf einer Felsspitze und stöhnt vor unbefriedigtem Verlangen.«

»Und was wurde mit der Frau?«, fragte Gennie ernsthaft.

»Sie investierte das Gold, machte großen Gewinn und wurde schließlich ein geachtetes Mitglied der Gemeinde.«

Gennie lachte laut, und sie setzten ihren Weg fort. »Die Moral der Geschichte ist dann wohl, dass man nie den Versprechungen einer Frau trauen sollte.«

»Bestimmt nicht den Versprechungen einer schönen Frau.«

»Hat man Ihnen den Kopf schon einmal abgeschlagen, Grant?«

Er lachte kurz: »Nein.«

»Wie schade.« Sie seufzte. »Das bedeutet wahrscheinlich, dass Sie es sich in Ihrem Leben zur Gewohnheit gemacht haben, Verlockungen zu widerstehen.«

»Das muss man nicht, wenn man ein wachsames Auge behält«, konterte er.

»Sehr romantisch ist das aber nicht.«

»Vielen Dank! Doch für meinen Kopf habe ich andere Verwendung.«

Nachdenklich fragte sie: »Briefmarken sammeln?«

»Zum Beispiel.«

Schweigend spazierten Gennie und Grant zwischen der schäumenden Brandung und den steilen Klippen weiter. Weit draußen waren einzelne Boote zu erkennen. Doch dadurch wurde die Verlassenheit und Einsamkeit des Küstenstriches nur noch betont.

»Woher kommen Sie?«, fragte Gennie impulsiv.

»Von da, wo auch Sie herkommen.«

Sie stutzte. Dann lachte sie leise. »Nicht biologisch, geografisch, meine ich.«

Grant hob die Schultern, um gleichgültig zu erscheinen. »Südlich von hier.«

»So genau wollte ich es nicht wissen«, sagte sie spöttisch, machte aber einen neuen Vorstoß: »Aus welcher Familie kommen Sie? Haben Sie Angehörige?«

Grant blieb stehen und betrachtete Gennie prüfend. »Warum?«

Sie seufzte übertrieben und schüttelte den Kopf. »Das wird als freundliche Konversation bezeichnet. Ein neuer Trend, aber es soll angeblich rasch Mode werden.«

»Ich bin kein Unterhalter.«

»Nein? Was Sie nicht sagen.«

»Diese großen, erstaunten Unschuldsaugen stehen Ihnen gut, Genevieve.«

»Danke.« Sie spielte mit der Muschel in ihrer Hand und schaute dann mit scheuem Lächeln zu Grant auf. »Ich will Ihnen etwas von meiner Familie erzählen, nur um den Anfang zu machen.« Einen Augenblick lang dachte sie nach. Plötzlich schien ihr etwas Bestimmtes einzufallen. »Es geht um einen entfernten Vetter. Ich fand immer, dass er das faszinierendste Familienmitglied ist, obwohl er nicht gerade Grandeau genannt werden dürfte.«

»Wie denn?«

»Schwarzes Schaf«, erklärte sie genüsslich. »Er hat alles nach seinem eigenen Geschmack getan und sich nie darum gekümmert, was die anderen davon hielten. Von Zeit zu Zeit hörte ich über ihn Geschichten, die natürlich nicht für meine Ohren bestimmt gewesen sind. Ich habe ihn erst kennengelernt, als ich erwachsen war. Wir mochten uns sofort leiden und sind während der letzten zwei Jahre immer in Verbindung geblieben. Er hat sich mit ausgefallenen Dingen recht erfolgreich beschäftigt, sehr zum Missfallen anderer Grandeaus. Schließlich hat er uns alle dadurch verblüfft, dass er geheiratet hat.«

»Sicher eine Bauchtänzerin.«

»Nein.« Gennie freute sich, dass Grant auf ihre Geschichte einging und Humor zeigte. »Eine hochanständige Partie: intelligent, gute Familie, vermögend ...« Sie rollte theatralisch mit den Augen. »Das schwarze Schaf! Wer hätte es für möglich gehalten? Der eine Zeit lang im Gefängnis saß und dann durch Glücksspiel ein Vermögen machte. Er hat sie alle übertroffen.«

»Ich liebe Geschichten mit Happy End!«, meinte Grant trocken.

Gennie sah ihn stirnrunzelnd an: »Ist Ihnen nicht bekannt, dass man auf eine Geschichte mit einer anderen antworten muss? Denken Sie sich lieber etwas aus.«

»Ich bin das jüngste von zwölf Kindern eines afrikanischen Missionars!« Es kam ihm so leicht von den Lippen, dass Gennie ihm beinahe glaubte. »Als ich sechs war, bin ich in den Dschungel gelaufen und von zwei prächtigen Löwen adoptiert worden. Noch heute habe ich eine Vorliebe für Zebrafleisch. Mit achtzehn fiel ich Jägern in die Hände, die mich an einen Zirkus verkauft haben. Fünf Jahre lang war ich der Star der Pausenfüller.«

»Der Löwenboy!«, bemerkte sie andächtig.

»Natürlich. Eines Nachts fing das Zelt beim Sturm Feuer. Im allgemeinen Durcheinander konnte ich fliehen. Ich wanderte durch die Welt, bis mich ein alter Einsiedler aufnahm, den ich vor einem Grizzlybären gerettet hatte.«

»Nur durch die Kraft Ihrer bloßen Hände.«

»Ich erzähle die Geschichte!«, erinnerte Grant. »Er hat mich das Lesen und Schreiben gelehrt. Auf dem Totenbett vertraute er mir an, wo sein Schatz verborgen war: eine Viertelmillion in Golddukaten. Nachdem ich seinem Wunsch nach einer Wikingerbestattung entsprochen hatte, musste ich mich entscheiden, ob ich Börsenmakler werden oder in die Wildnis zurückgehen wollte.«

»Demnach entschieden Sie sich gegen die Wall Street, kamen hierher und begannen mit Briefmarkensammeln.«

»So ungefähr.«

»Na ja«, meinte Gennie nachdenklich, »es leuchtet mir ein, dass Sie eine derart langweilige Geschichte nicht jedem erzählen mögen.«

»Sie haben mich danach gefragt.«

»Sie hätten sich etwas ausdenken können.«

»Keine Fantasie.«

Gennie vermochte nicht länger ernst zu bleiben. Lachend lehnte sie ihren Kopf an Grants Schulter. »Nun weiß ich, dass Sie ein wahrheitsliebender Mensch sind.«

Ihr Lachen beschleunigte seinen Herzschlag, und die zufällige Berührung ihres Kopfes an seiner Schulter schoss ihm bis hinab in die Fußsohlen. Ich sollte sie abschütteln, ermahnte er sich. Warum dulde ich ihre Begleitung? Es gefällt mir sogar.

»Ich habe zu tun«, verkündete er plötzlich. »Wir können den Weg hier hinaufsteigen.«

Der Wechsel seines Tonfalls erinnerte Gennie an ihr ursprüngliches Vorhaben. Danach sollte es nicht damit enden, ihn nett zu finden.

Der Rückweg war keine so halsbrecherische Kletterei. Trotzdem streckte Gennie ihre Hand nach Grant aus und blickte erwartungsvoll zu ihm auf. Grant murmelte eine Verwünschung, dann zog er sie das letzte Stück über den Rand der Steilküste.

Oben angekommen, berührten sich ihre Körper wieder, und keiner ließ den anderen los. Grants Atem hatte sich während des Aufstiegs nicht beschleunigt, aber jetzt wurde er unregelmäßig. Zufrieden mit ihrem Erfolg sah Gennie ihm tief in die Augen.

»Zurück zu den Briefmarken?«, fragte sie leise. Absichtlich streifte sie mit den Lippen sein Kinn. »Viel Vergnügen!« Dann löste sie sich aus Grants Griff und wandte sich ab. Keine drei Schritte weit war sie gekommen, als er sie am Arm packte. »Ist etwas?«, erkundigte sie sich mit tiefer, freundlicher Stimme.

An seinem Gesicht konnte sie erkennen, wie er um Fassung rang. Ihr Herz begann zu klopfen, als sie Begehren in Grants Augen aufleuchten sah. Ihre Kehle wurde trocken.

Ich habe beinahe gewonnen, redete sie sich ein, nur jetzt nicht zurückweichen. Es ist ja nicht Angst oder gar Leidenschaft, was ich fühle. Es ist reine Genugtuung.

»Scheinbar wollen Sie doch etwas«, sagte sie und bemühte sich um einen leichten Umgangston, doch ihre Arme glitten wie von selbst um Grants Hals.

Als sein Mund sich hart auf ihre Lippen presste, waren plötzlich alle Vorsätze vergessen. Von dem Zweck, den sie verfolgt hatte – ihrer Kriegslist und dem Wunsch nach Rache –, blieb nichts mehr übrig. Es war genau wie beim ersten Mal: Sie spürte Leidenschaft, eine verwirrende Sehnsucht und wildes Verlangen.

Es schien das Natürlichste von der Welt zu sein, sich Grant anzuvertrauen. Gennie tat es mit solcher Offenheit, dass Grant sie aufstöhnend noch enger an sich zog.

Seine Zunge bewegte sich vorfühlend über ihre Lippen, seine Hände lagen fest auf ihren Hüften. Es waren starke Hände, die in Gennie die Sehnsucht entfachten, dass sie ihre prickelnde Haut überall berührten. Gennie drängte sich an Grant, gab sich ihm, forderte aber gleichzeitig alles von ihm, was er im Kuss ausdrücken konnte. Ihre ganze Leidenschaft konzentrierte sich auf diesen Kuss, was sie beide sehr erregte.

Erst das Gefühl grenzenloser Schwäche, welches Gennie zu fürchten gelernt hatte, ließ sie zu sich kommen. Das hatte sie nicht beabsichtigt. Oder hatte sie das …? Nein, sie war nicht hierhergekommen, um diese erschreckenden Empfindungen von Lust zu erleben, dieses schmerzende, quälende Verlangen, sich hinzugeben, wie sie es noch nie vorher gespürt hatte.

Panik kam in ihr auf. Sie sammelte alle Energie, die ihr geblieben war, und zog sich zurück, fest entschlossen, sich weder die Leidenschaft noch die Angst, die sie empfand, anmerken zu lassen. »Sehr hübsch«, flüsterte sie und hoffte inbrünstig, Grant möge nicht merken, wie atemlos ihre Stimme klang. »Obwohl Ihre Technik für meinen Geschmack ein wenig … zu rau ist.«

Grants Atem ging schnell und stoßweise. Er sprach nicht, denn er wusste, dass er nur Unfreundlichkeiten herausbringen würde. Zum zweiten Mal hatte sie es fertiggebracht, dass er alle Beherrschung verlor und nur noch Begehren in sich verspürte. Sein ganzer Körper war vollkommen von heißem Drängen erfüllt. Er starrte Gennie an und hoffte, dass dieses Gefühl abklingen möge. Aber sosehr er es sich auch wünschte, das tat es nicht.

Du bist stärker als sie! sagte er sich, als er sie beim T-Shirt packte. Er spürte Gennies Herzschlag an seinen Fingern. Nichts konnte ihn daran hindern … Als ob er sich verbrüht hätte, zuckte seine Hand zurück. Niemand sollte ihn so weit bringen, dachte er zornbebend, während sie zurückstarrte. Niemand!

»Sie spazieren auf dünnem Eis, Genevieve«, sagte er leise.

Sie warf den Kopf zurück: »Ich passe schon auf.«

Lächelnd wandte sie sich ab und ging zu ihrer Staffelei. Dabei zählte sie jeden Schritt. Vielleicht zitterten ihre Hände, mit denen sie das Malgerät einpackte, vielleicht würde das Blut in ihren Ohren noch lange dröhnen. Aber diese Runde hatte sie gewonnen. Die Tür zum Leuchtturm schlug zu ... Dem Himmel sei Dank.

Die erste Runde, wiederholte sie. Warum nur fieberte sie schon der nächsten Runde entgegen?

# 5. Kapitel

Grant brachte das Kunststück fertig, Gennie drei Tage lang aus dem Weg zu gehen. Sie kam jeden Morgen und malte. Doch obgleich sie stundenlang vor ihrer Staffelei saß, war von Grant nichts zu sehen. Der Leuchtturm schien wie ausgestorben, nur die Fenster blitzten im Sonnenlicht.

Einmal lag das Boot nicht am Steg, als sie schon sehr früh eintraf. Mittags war es immer noch nicht zurück. Die Versuchung war groß, Grant an dem einsamen Küstenstreifen zu suchen. Doch Gennie wäre eher uneingeladen in sein Haus geschlendert, als ohne seine Zustimmung an den Geheimplatz zu gehen. Der Gedanke, dort einzudringen, war so abwegig, dass sie sogar den Wunsch unterdrückte, die reizvolle Landschaft zu malen.

Sie arbeitete in Ruhe und Frieden und redete sich ein, dass sie alle Gedanken an Grant verbannen konnte. Schließlich wusste er jetzt, dass mit ihr nicht zu spaßen war. Doch je weiter das Bild fortschritt, um so deutlicher wurde die Erinnerung an ihn. Sie würde diesen Platz niemals betrachten können, weder in Wirklichkeit noch auf der Leinwand, ohne Grant dabei zu sehen. Er gehörte hierher, als wäre er aus den Felsen gesprungen oder dem Meer entstiegen. Gennie spürte die Kraft seiner Persönlichkeit, als ihr Pinsel sich hin und her bewegte. Es drückte sich in ihrer Malerei aus, die eigentlich nur ein Spiegelbild der urwüchsigen Natur ringsum sein sollte.

Jedem ihrer Bilder hatte Gennie ein Stückchen Seele gegeben. Bei diesem würde sie auch ein wenig von Grants Seele einfangen, ob er wollte oder nicht.

Die fortschreitende Arbeit erregte sie. Sie wusste, was hier entstand, war etwas Besonderes. Niemals durfte es einem anderen gehören. Darum wollte sie es ihm schenken.

Natürlich wäre es nicht als Geschenk der Liebe anzusehen, beruhigte sie die warnende Stimme in ihrem Herzen. Es war eine Geste der Freundschaft, nichts weiter. Und mit reinem Gewissen hätte sie es ohnehin nicht verkaufen können. Andererseits würde es nicht ratsam sein, das Bild zu behalten, denn dann käme sie nie zur Ruhe.

Kurz vor ihrer Abreise von Windy Point sollte Grant das Bild bekommen. Vielleicht würde ihn dann die Erinnerung quälen?

Gennies Tage waren angefüllt mit dem Drang, das Bild zu vollenden. Immer wieder musste sie sich zu Ruhe und Geduld zwingen, um nichts von Wichtigkeit zu übersehen. Sie war sich klar darüber, wie wesentlich es war, langsam zu arbeiten, jede Kleinigkeit aufzunehmen und in das Bild einzubringen. Nur widerwillig trennte sie sich nachmittags von dem Platz an Grants Leuchtturm, aber der unterschiedliche Lichteinfall durfte nicht ignoriert werden, so gern sie länger dort gesessen hätte.

Die Ruhelosigkeit trieb sie nach Windy Point. Sie machte allerhand Skizzen. Später konnte sie dann entscheiden, was sie malen würde. Gennie machte sich vor, dass ihr nach menschlicher Gesellschaft zumute wäre und dass sie dabei nicht auf Grant zurückgreifen wollte. Vergessen konnte sie ihn ohnehin nicht.

Um die Mittagszeit wirkte Windy Point schläfrig und ruhig. Die Boote waren auf See, und die Sommerhitze brachte die Luft zum Flimmern. Eine Frau saß auf der Bank vor ihrem Haus und pulte Bohnen. Um sie herum scharrten Hühner.

Gennie parkte ihren Wagen am Ende der Straße und stieg aus. Diese Umgebung hatte nichts gemeinsam mit der rauen Felsenküste bei Windy Points Leuchtturmstation. Sie unterschied sich auch vom ruhigen Hinterland rings um Gennies Häuschen. Aber es bestand zwischen allem ein Zusammenhang. Die See hatte ihre unmissverständlichen Spuren hinterlassen.

Auf ihrem Spazierweg durch den Ort freute sich Gennie, wenn sie Stimmen hörte, obwohl sie die Menschen nicht kannte. Nirgendwo auf ihrer Fahrt quer durch New England hatte es ihr so gut gefallen wie in Windy Point. Lag es am Meer mit seinem geheimnisvoll stimulierenden Einfluss? Oder an dem Mann, der hier lebte?

Gennie fragte sich, wann sie ihn wiedersehen würde. Sie musste sich eingestehen, dass er ihr fehlte. Sie vermisste die barschen Worte, das Stirnrunzeln und das versteckte Lächeln sowie den unerwarteten Humor und das amüsierte oder spöttische Aufleuchten seiner Augen. Am schwersten fiel es ihr zuzugeben, dass sie Sehnsucht nach der zornigen Leidenschaft hatte, die so plötzlich auflodern konnte.

Gennie lehnte sich an die raue Mauer eines Gebäudes und überlegte, ob irgendein anderer Mann auf der Welt wie Grant war. Sie konnte es sich nicht vorstellen. Nie war es ihr in den Sinn gekommen, nach einem Ritter in schimmernder Rüstung zu suchen. Wie mühsam, sich als hilflose Lady aufzuführen. Das würde sie bestimmt nicht tun. Und übertriebene Höflichkeit stand einer intelligenten Beziehung meist im Weg. Grant Campbell hätte dazu kein Talent, und ein anlehnungsbedürftiges weibliches Wesen wäre ihm ein Gräuel.

Sie erinnerte sich an ihre erste Begegnung und lächelte.

Wahrhaftig, eine Lady in Bedrängnis sollte ihn besser meiden. Doch zu ihr passte die Rolle der hilfsbedürftigen Frau auch nicht. Dafür war sie – wie auch er – zu unabhängig.

Nein, Grant suchte keine Lady, und sie suchte zwar keinen Ritter, aber auch keinen Menschenfresser. In letztere Kategorie passte er schon eher. So wohl sie sich in männlicher Gesellschaft auch fühlte, wollte sie doch keinen, der ihr Leben durcheinanderbrachte, es sei denn, sie wäre dafür bereit. Ganz sicher wollte sie nichts mit einem Ungetüm zu tun haben. Wer mochte schon verschlungen werden?

Gennie schüttelte den Kopf und betrachtete den Block. Sie hatte nicht nur an Grant gedacht, sondern ihn auch gezeichnet. Kritisch betrachtete sie ihr Werk. Die Ähnlichkeit war groß. Das Gesicht schien ein wenig ärgerlich. Über der Nase zeigte sich die typische, senkrechte Falte. Sie hatte es gut getroffen. Die glatten Flächen und die Schatten, die aristokratische Nase und das zerzauste Haar. Und den Mund …

Erstaunlicherweise und höchst überflüssig schlug ihr Herz schneller. Genauso hatte sein Mund ausgesehen, bevor er sie küsste: sinnlich und rücksichtslos. Fast konnte sie seine Lippen fühlen und schmecken, hier in der ruhigen Ortschaft mit dem Geruch nach Fisch und dem Duft nach frischen Blumen.

Sorgfältig deckte Gennie den Skizzenblock zu. Es wäre bestimmt wesentlich besser, sich an das Zeichnen von Gebäuden zu halten. Darum war sie ja hier. Gennie steckte ihren Bleistift hinters Ohr, überquerte die Straße und betrat das Postamt. Ein magerer Bursche, an den sie sich noch gut erinnerte, starrte sie bewundernd an. Sie lächelte ihm freundlich zu und ging zum Schalter. Es entging ihr nicht, dass sein Adamsapfel vor Nervosität auf und ab hüpfte.

»Will!«, mahnte Mrs. Lawrence. »Du solltest besser Mr. Fairfield seine Post bringen. Sonst verlierst du deinen Job.«

»Ja, Ma'am.« Er steckte die Briefe zusammen und ließ Gennie nicht aus den Augen. Das Bündel entglitt seinen Händen, und Gennie half ihm, die Umschläge vom Boden aufzusammeln. Er bekam einen feuerroten Kopf und stotterte etwas Unverständliches.

»Will Turner«, erklang erneut Mrs. Lawrences Stimme mit dem ungeduldigen Unterton einer Schullehrerin, »heb die Briefe auf und sieh zu, dass du dich auf den Weg machst.«

»Hier«, sagte Gennie und streckte ihre Hand aus, »du hast einen vergessen!«

Der Junge ließ den Blick nicht von ihr, als er schließlich mit Mühe aus der Tür stolperte.

Mrs. Lawrence lachte trocken: »Hoffentlich stolpert er nicht über den Kantstein.«

»Wahrscheinlich sollte ich mich geschmeichelt fühlen«, überlegte Gennie. »Ich kann mich nicht erinnern, dass jemand so von mir beeindruckt war.«

»Für Jungens ist es ein schlimmes Alter, wenn ihnen auffällt, dass weibliche Wesen etwas anderes sind als sie selber.«

Gennie lachte und lehnte sich auf den Tresen. »Ich wollte mich nochmals bei Ihnen bedanken, dass Sie mich neulich besucht haben. Ich habe beim Leuchtturm gemalt und bin deshalb nicht eher vorbeigekommen.«

Mrs. Lawrences Blick fiel auf Gennies Skizzenblock. »Hat Ihnen bei uns etwas gefallen, was Sie malen möchten?«

»Ja!« Impulsiv blätterte Gennie durch die Seiten. »Die Stadt hat mich vom ersten Augenblick an interessiert. Sie vermittelt das Gefühl von Dauer und Zweckmäßigkeit.«

Prüfend betrachtete die Witwe die einzelnen Skizzen.

Gennie nagte ungeduldig an ihrer Unterlippe und wartete auf das Urteil.

»Sie verstehen Ihr Handwerk«, meinte Mrs. Lawrence endlich und hielt ihren Finger auf die Zeichnung von Grant. »Er sieht ein bisschen heftig aus«, fand sie und lächelte fast unmerklich.

»Das ist er auch meiner Meinung nach«, gab Gennie zurück.

»Manche Frau mag einen Schuss Essig in einem Mann.« Ihr Gesicht hatte einen freundlichen, beinahe belustigten Ausdruck. »Ich gehöre zu denen.« Mit einem letzten, prüfenden Blick klappte sie den Block zu, dann schaute sie über Gennies Schulter zur Tür. »Guten Tag, Mr. Campbell!«

Eine Sekunde lang starrte Gennie mit ähnlich intelligentem Ausdruck die Witwe an wie vorher der Junge sie selbst. Dann fasste sie sich und legte ihre Hand auf den Block.

»Guten Tag, Mrs. Lawrence.« Grant stellte sich neben Gennie an den Tresen, der Geruch von See und Wind stieg ihr in die Nase. »Genevieve«, sagte er bedächtig und sah sie mit einem langen rätselhaften Blick an.

In den letzten drei Tagen war er oft an sein Studiofenster getreten und hatte sie bei der Arbeit beobachtet. Er wusste, dass eine weitere Berührung mit Gennie der Beginn einer Straße ohne Umkehr wäre. Nur deshalb war er ihr all die Tage ferngeblieben. Trotzdem war er keineswegs sicher, ob sie beide das Ende ihrer Beziehung erreicht hatten.

Gennie dachte an den stotternden, errötenden Burschen und richtete sich unwillkürlich auf. »Hallo, Grant!« Sie versuchte, in ihr Lächeln mehr Spott als warme Wiedersehensfreude zu legen. »Ich dachte, Sie hielten schon Ihren Winterschlaf.«

»Ich hatte zu tun«, entgegnete er leichthin, »und wusste nicht, dass Sie noch hier sind.« Zufrieden beobachtete er, wie Gennie gegen ihren aufsteigenden Ärger ankämpfte.

»Ich werde noch eine ganze Weile länger bleiben.«

Mrs. Lawrence legte ein dickes Bündel Postsachen für Grant auf den Tresen. Daneben packte sie einen Stapel Zeitschriften. Auf dem obersten Brief und der Banderole mit der »Washington Post« konnte Gennie eine Absenderadresse in Chicago erkennen, bevor Grant alles einsteckte. »Danke.«

Nachdenklich blickte Gennie ihm nach, als er das Postamt verließ. Es waren mindestens ein Dutzend Briefe und genauso viele Zeitungen gewesen. Was tat ein Mann, dessen Heim ein verlassener Leuchtturm auf einer Felsenklippe war, mit Korrespondenz aus Chicago und Washington?

»Ein gut aussehender junger Mann«, hörte sie die Witwe sagen.

Gennie murmelte eine Antwort und wandte sich auch dem Ausgang zu. »Auf Wiedersehen, Mrs. Lawrence.«

Die Witwe klopfte nachdenklich mit den Fingern auf den Tresen. So viel Spannung in der Luft hatte es seit dem letzten Sturm nicht gegeben. Vielleicht braute sich wieder einer zusammen.

Ein wenig verwirrt setzte Gennie die Wanderung durch den Ort fort. Es ging sie natürlich nichts an, weshalb ein merkwürdiger Einsiedler so eine Menge Post bekam. Vielleicht hatten sich die Sendungen seit Monaten gestapelt, wer wusste das schon. Andererseits war es nur die gestrige Zeitung gewesen. Sie schüttelte den Kopf und kämpfte gegen ihre Neugier an. Das war nicht wichtig. Jedenfalls hatte sie sich Grant gegenüber keine Blöße gegeben.

An einer Hausecke blieb sie stehen und begann eine neue Skizze.

Ich sollte mir überlegen, was ich noch einkaufen muss, rief sie sich zur Ordnung, als ihre Gedanken immer wieder abschweiften. Aber die rechte Stimmung war verflogen. Seit Grant neben ihr am Postschalter gestanden hatte, waren Ruhe und Gelassenheit der vergangenen Stunden wie weggeblasen. Gennie versuchte mit aller Kraft, sich zu konzentrieren. Es wäre besser, ihre Ausgeglichenheit wiederzufinden, bevor sie sich auf den Heimweg machte und eine weitere einsame Nacht anbrach.

Ziellos spazierte sie fast bis zum Ende der Ortschaft, als ihr der Kirchhof einfiel. Dort gab es genügend Motive, um sich müde zu arbeiten. Anschließend würde sie heimfahren.

Ein Lastwagen ratterte vorüber. Es mochte das dritte Fahrzeug an diesem Nachmittag sein. Gennie ließ ihn passieren und überquerte die Straße. Das hohe Gras auf dem Friedhof bog sich im Wind. Von ferne war das Geschrei der Möwen zu hören, die auf dem Weg zum Wasser waren. Sonst lag tiefe Stille über den Gräbern. An dem hohen Zaun blätterte die Farbe ab, und wilder Efeu wucherte zwischen den Mauerritzen.

Die Kirche selbst war klein und weiß getüncht, mit einem einzigen bunten Glasfenster oben am Giebel. Die anderen Fenster hatten normales, viereckiges Glas. Die Eingangstür wirkte stabil, wenn auch verwittert. Gennie ging zu einer Stelle, wo kürzlich das Gras gemäht worden war – sie konnte es noch riechen –, und setzte sich. Flüchtig kam ihr der Gedanke, wieso ein einziges Fleckchen auf der Landkarte so viele malenswerte Motive haben konnte. Auch in sechs Monaten fleißiger Arbeit wäre sie nicht in der Lage, alles einzufangen.

Die Ruhelosigkeit verging, als der Stift über das Papier flog. Wenn sie auch nicht jedes Motiv in Öl oder Wasserfarben vor der Abreise übertragen würde, so könnte sie doch immer wieder auf ihre Skizzen zurückgreifen. Vielleicht ergäbe sich dadurch die Notwendigkeit und die Lust, wieder herzukommen.

Gennie war ganz in ihre Arbeit vertieft, als ein Schatten auf das weiße Blatt fiel. Die Beschleunigung ihres Pulsschlags und eine Welle aufsteigender Hitze zeigten deutlich, wer hinter ihr stand. Sie hob schützend die Hand gegen die grellen Sonnenstrahlen und schaute zu Grant auf. »Na«, sagte sie dann leichthin, »das zweite Mal an einem Tag.«

»Der Ort ist klein.« Grant deutete auf die Skizze. »Demnach sind Sie beim Leuchtturm fertig.«

»Nein, aber das Licht ist zu dieser Tageszeit nicht günstig dort. Nicht so, wie ich es brauche.«

Eigentlich hätte er über diese Antwort ärgerlich sein sollen und nicht erleichtert. Lässig ließ er sich neben Gennie ins Gras nieder. »So, Sie wollen also Windy Point unsterblich machen.«

»Auf meine bescheidene Weise – ja.« Sie zeichnete weiter. War sie froh, dass er gekommen war? »Spielen Sie noch immer mit Ihren Briefmarken?«

»Nein, ich habe mit klassischer Musik angefangen.« Als Gennie ihm den Kopf zuwandte, lächelte er. »Sie sind damit wahrscheinlich aufgewachsen: ein kleiner Brahms nach dem Essen.«

»Ich bevorzuge Chopin.« Gennie klopfte unbewusst mit dem Stift gegen ihr Kinn. »Was haben Sie mit Ihrer Post gemacht?«

»Weggepackt.«

»Ihren Kombi habe ich nicht gesehen.«

»Ich bin mit dem Boot gekommen.« Grant nahm ihr das Skizzenbuch aus den Händen und blätterte durch die Seiten.

»Für jemanden, dem seine Privatsphäre so heilig ist«, fuhr Gennie ihn an, »haben Sie bei anderen Leuten wenig Respekt davor.«

»Mag sein.« Er schob ihre Hand einfach beiseite, als sie nach dem Buch griff. Es brodelte in ihr, während er sich ihre Skizzen

in aller Ruhe ansah, bei dem einen oder anderen Bild länger verweilte – bis er auf sein skizziertes Bild stieß. Er betrachtete es eine Weile schweigend, dann lächelte er zu ihrem Erstaunen.
»Nicht schlecht!«, urteilte er.

»Ich bin überwältigt von Ihrer Schmeichelei.«

Grant sah sie einen Augenblick lang an, dann entgegnete er impulsiv: »Eine Liebe ist der anderen ebenbürtig!«

Er zog den Bleistift aus Gennies Fingern, schlug ein neues Blatt auf und begann zu zeichnen. Verblüfft beobachtete sie seine leichte, sichere Stiftführung, die auf lange Praxis schließen ließ. Mit offenem Mund schaute Gennie zu, wie Grant das Papier mit Linien und Kurven bedeckte, während er leise vor sich hinpfiff. Er kniff die Augen zusammen, überlegte einen Moment, fügte dann ein wenig Schatten hinzu und warf den Block schließlich in Gennies Schoß. Sie starrte Grant an, bevor sie einen Blick auf das Bild warf.

Es stellte zweifellos sie dar, in einer cleveren, mitleidlosen Karikatur: ihre Augen übertrieben – fast unschön schräg, ihre Wangenknochen vernichtend aristokratisch, ihr Kinn betont eigensinnig. Mit den leicht geöffneten Lippen und dem zurückgelegten Kopf wirkte sie wie eine ungnädige Dame der höheren Gesellschaft. Gennie betrachtete die Karikatur volle zehn Sekunden lang, bevor sie in ein vergnügtes Lachen ausbrach.

»Sie Ekel!«, rief sie und lachte erneut. »Ich sehe aus, als ließe ich soeben einen Untertan enthaupten.«

Warum tat sie ihm nicht den Gefallen und wurde böse oder war beleidigt? Dann hätte er sie als eingebildet und humorlos abschreiben können, seiner Beachtung nicht wert. Es wäre zumindest ein Versuch gewesen. Aber ihr fröhliches Lachen und ihre strahlenden Augen ließen ihn machtlos werden.

»Gennie!« Grant flüsterte ihren Namen und berührte sachte ihr Gesicht. Das Lachen verstummte.

Vielleicht hätte Gennie etwas erwidert, aber die Kehle war ihr wie zugeschnürt. Die Zeit schien plötzlich stillzustehen. Sanft strich Grant ihr Haar aus dem Gesicht. Das einzige Geräusch war ihr unregelmäßiger Atem. Als er seinen Kopf zu ihr hinunterbeugte, bewegte Gennie sich nicht. Sie wartete ...

Grant zögerte fast unmerklich, ehe seine Lippen ihren Mund berührten – zart, abwartend, und doch löste diese Berührung feurige Schauer aus, die über Gennies Rücken liefen. Wie sie erkannte, erging es ihm nicht anders, denn der Griff seiner Finger in ihrem Nacken verkrampfte sich, ganz kurz nur, dann entspannten sie sich wieder. Er musste das Gleiche wie sie fühlen, diese plötzliche Gewalt, die sie zueinanderdrängte und der dann eine betäubende Schwäche folgte.

Woher hätte sie wissen sollen, dass die Lippen eines Mannes eine derartige Vielfalt an Gefühlen auslösen konnten? Vielleicht war sie niemals zuvor geküsst worden und hatte es sich nur eingebildet und geglaubt, es sei ein Kuss gewesen. Der Kuss jetzt war Wirklichkeit.

Gennie konnte es schmecken – seinen warmen Atem. Sie konnte es fühlen – seine Lippen, weich und doch fest und erfahren. Sie konnte ihn riechen – den herben Duft von Wind und See. Durch ihre Wimpern konnte sie sein Gesicht sehen, so nah und doch verwischt. Und als er ihren Namen stöhnte, hörte sie ihn.

Als Antwort darauf ließ sie sich langsam und voller Genuss in seine Arme sinken. Ein eigenartiges Gefühl, unerwartet und scharf, ließ sie zittern. Was konnte wehtun, wenn der ganze Körper so entspannt und glücklich ist? Doch es kam wieder und schüttelte sie. Ein Rest von Klarheit in ihrem Kopf erinnerte sie daran, dass Liebe auch Schmerz bedeutete.

Aber nein, Gennie schob den Gedanken an Schmerz von sich, während er sie küsste. Es konnte nicht sein. Sie hatte sich nicht verliebt. Nicht jetzt und nicht in Grant. Das wollte sie keinesfalls. Was wollte sie? Ihn!

Die Antwort war klar und so einfach. Gennie geriet in Panik.

»Grant ... nein!« Sie versuchte, sich ihm zu entziehen, aber die Hand in ihrem Nacken hielt sie fest.

»Nein – was?« Seine Stimme klang gefährlich ruhig.

»Ich wollte nicht ... Das sollten wir nicht ... Ich hatte nicht ... Oh ...« Gennie schloss die Augen. War sie das, die so unverständlich stotterte?

»Könntest du das noch mal wiederholen?«

Der Anflug von Humor in seinem Ton und das vertraute Du halfen ihr auf die Beine. Um sie herum drehte sich der Kirchhof. Sicher war sie nur zu rasch aufgesprungen.

»Das ist kaum der richtige Ort für solche Sachen.«

»Was für Sachen?«, warf er ein und erhob sich mit lässiger Grazie. »Wir haben uns nur geküsst. Das ist gebräuchlicher als freundliche Konversation. Dich zu küssen ist zur Gewohnheit geworden.« Er griff nach Gennies Haar und ließ es durch seine Finger gleiten. »Ich halte mich meist an meine Gewohnheiten.«

»In diesem Fall ...«, sie hielt inne, um Luft zu holen, »solltest du dich lieber zu einer Ausnahme entschließen.«

Grant betrachtete Gennie genau. »Du bist eine merkwürdige Mischung, Genevieve. In einem Augenblick gibst du die erfahrene Verführerin und im nächsten die keusche, erschrockene Jungfrau. Du weißt schon, wie man einen Mann fasziniert.«

Gennie fühlte sich in ihrem Stolz verletzt. »Manche Männer sind leichter zu faszinieren als andere.«

»Das stimmt.« Grant konnte sich nicht erklären, was in ihm vorging, doch er fühlte sich unbehaglich. »Verdammt will ich sein, wenn ich mich dir noch einmal nähern sollte«, stieß er leise hervor.

Grants Schritte entfernten sich, und Gennie lauschte ihrem Klang. Dann bückte sie sich nach ihrem Skizzenbuch. Durch einen boshaften Zufall lag Grants Bild zuoberst. Sie schaute hin und zog eine Grimasse. »Du kannst von mir aus sofort verschwinden.«

Sie schlug das Buch zu, klopfte umständlich ihre Jeans ab und schickte sich an, den Kirchhof mit Würde zu verlassen.

Zum Teufel damit!

»Grant!«, rief sie und sprang, so schnell sie konnte, die Stufen zur Straße hinunter. Dann lief sie ihm nach. »Grant, warte!«

Mit allen Anzeichen von Ungeduld drehte er sich um und blieb stehen. »Was ist?«

Außer Atem hielt Gennie an und überlegte, was sie ihm eigentlich hatte sagen wollen. Dass sie ihn keineswegs nie mehr wiedersehen wollte? Wenn sie auch den Grund noch nicht verstand, sollte er ihr doch die Chance geben, es herauszufinden.

»Waffenstillstand!« Gennie streckte ihm die Hand entgegen. Als er sie nur unfreundlich anstarrte, gab sie sich einen Ruck und schluckte noch ein bisschen mehr von ihrem Stolz herunter. »Bitte!«

Das eine Wort gab den Ausschlag. Grant ergriff die dargebotene Hand und hielt sie fest. »In Ordnung. Weshalb?«

»Ich weiß nicht.« Gennie war unsicher. »Wahrscheinlich ist es ein verzweifelter Versuch, sich mit einem Menschenfresser zu vertragen.« Grant hob ironisch eine Augenbraue, und

Gennie seufzte. »Okay. Das ist mir so herausgerutscht. Ich nehme es zurück.«

Unbewusst spielte Grant mit dem schmalen Goldring an Gennies Finger. »Und was jetzt?«

Ja, was jetzt? überlegte sie und spürte die elektrisierende Wirkung seiner leichten Berührung. Klein beigeben wollte sie nicht, aber auch keine Furcht zeigen wie ein verstörtes Kaninchen.

»Wie wäre das: Ich bin dir eine Mahlzeit schuldig.« Das Du-Sagen ging wie von selbst. »Wenn ich mich revanchiere, dann sind wir quitt.«

»Und wie?«

»Ich koche das Abendessen.«

»Du hast schon Frühstück gemacht.«

»Ja, aber das war bei dir.« Gennie war in Gedanken schon einen Schritt weiter und überlegte, was sie noch besorgen müsste.

Grant betrachtete sie prüfend. »Willst du alles zum Leuchtturm bringen?«

Ganz bestimmt nicht! fuhr es Gennie durch den Sinn. Die Atmosphäre von See und Naturkraft war zu riskant. »Wir essen in meinem Haus. Dort ist ein Grill auf der Veranda, wenn du Steaks magst.«

Grant hätte liebend gern erfahren, was hinter ihrer Stirn vorging, und er wusste genau, dass er das herausfinden musste.

»Gegen ein gutes Steak habe ich nichts einzuwenden.«

»Fein!« Gennie nickte entschlossen und nahm seine Hand. »Dann gehen wir jetzt einkaufen.«

»Moment mal«, protestierte Grant, als Gennie ihn die Straße entlangziehen wollte.

»Fang nicht schon wieder mit Einwänden an. Wo kann man gute Steaks bekommen?«

»Im Ort«, meinte er trocken. »Das ist aber die andere Richtung.«

»Oh!« Gennie kehrte um.

Grant musste über ihren verdutzten Gesichtsausdruck lachen und legte seinen Arm um ihre Schultern. »Bei Leeman's kann man recht ordentliches Fleisch kaufen.«

Gennie war nicht sicher, ob er sich über sie lustig machte. Doch es stellte sich heraus, dass er recht hatte. Zusätzlich erstand sie noch frischen Salat und allerlei Grünzeug, dann zog sie Grant wieder hinaus auf die Straße.

»Das hätten wir. Wo kann ich eine Flasche Wein bekommen?«

»Wahrscheinlich bei Fairfield. Er ist der Einzige, der alkoholische Getränke führt. Du darfst aber nicht anspruchsvoll in Bezug auf die Marke sein.«

Als sie die Straße überquerten, kam ein Junge auf seinem Fahrrad vorüber. Er warf Grant einen schnellen Blick zu, drückte das Kinn auf die Brust und machte, dass er weiterkam.

»Einer deiner Bewunderer?«, fragte Gennie mit Unschuldsmiene.

»Ihn und drei seiner Freunde habe ich vor ein paar Wochen von den Klippen weggejagt.«

»Das war aber nicht sehr kameradschaftlich.«

Grant lachte nur und erinnerte sich daran, dass er zwar zuerst böse über die Störung seines geheiligten Friedens war, dann jedoch Angst um die Burschen bekommen hatte, weil die gar zu waghalsig auf den Felsen herumkletterten.

»Würdest du auch einen kranken Hund treten?«

»Nur dann, wenn er mich auf meinem Grundstück stört.«

Seufzend schüttelte Gennie den Kopf und öffnete die Tür von Fairfields Laden. An der gegenüberliegenden Seite stand

Will und packte Dosen in ein Regal. Er ließ alles stehen und eilte mit hochroten Ohren herbei. »Kann ich Ihnen helfen?« Seine Stimme überschlug sich beinahe.

»Ich brauche eine Tüte Holzkohle«, erklärte Gennie, »und eine Flasche Wein.«

»Holzkohle ist ... ist im Hof«, stammelte er und trat einen Schritt zurück, als Gennie näher kam. Mit dem Ellbogen stieß er an einen kunstvoll aufgebauten Berg aus Milchdosen. Polternd rollten sie über den Steinfußboden. »Wie ... wie viel soll es denn sein?«

Gennie verbiss sich ein Lachen. »Fünf Pfund würden genügen.«

»Hole ich sofort!« Der Junge verschwand, und Gennie hörte die ärgerliche Stimme seines Chefs, den er fast umgerannt hätte. Sie musste die Hand auf ihren Mund pressen, um nicht loszulachen.

Grant erinnerte sich an Macintoshs Reaktion auf Veronica und empfand Mitgefühl. »Der arme Kerl wird mindestens einen Monat lang schrecklich leiden. Musstest du ihn so ansehen?«

»Wirklich, Grant! Er kann nicht älter sein als fünfzehn.«

»Das reicht schon, um in Schweiß auszubrechen«, stellte er fest.

»Hormone«, seufzte Gennie und studierte Fairfields begrenzte Auswahl an Weinen. »Mit der Zeit gibt sich das.«

Grants Blick folgte ihr, als sie sich bückte. »Es dauert höchstens dreißig bis vierzig Jahre«, murmelte er.

Gennie hatte einen einheimischen Burgunder gefunden und zog die Flasche aus dem Regal. »Das Fest ist gerettet.«

Will kam mit einer Tüte Holzkohle zurück und stolperte nur einmal über seine eigenen Füße. »Hier sind auch Anzünder«, sagte er eifrig, »wenn Sie ...« Weiter kam er nicht.

»Fein, danke!« Gennie stellte die Weinflasche auf den Tresen und zog ihr Portemonnaie hervor.

»Sie müssen volljährig sein, wenn Sie Alkohol kaufen wollen«, begann Will von Neuem. Er bemerkte Gennies Lachen und wurde noch verlegener. »Aber das sind Sie doch, oder?«

Gennie konnte nicht widerstehen. Sie drehte sich zu Grant um und zeigte auf ihn: »Er ist volljährig.«

Hingerissen schaute Will zu ihr auf, bis Gennie sich freundlich erkundigte, was sie zu zahlen hätte. Dadurch kam er so weit wieder zur Besinnung, um mehrere Zahlen in die Kasse einzutippen. »Es macht fünf Dollar.« Er holte tief Luft.

Gennie hätte ihm gern die Wange gestreichelt, aber sie beherrschte sich und zählte das Geld in seine Hand. »Vielen Dank, Will.«

Seine Finger schlossen sich fest um die Scheine. »Bitte sehr!«

Zum ersten Mal fiel sein Blick auf Grant. So viel Ehrfurcht und Neid lag in den kindlichen Augen, dass Grant nicht wusste, ob er sich etwas darauf einbilden oder sich entschuldigen sollte. Freundschaftlich drückte er Wills magere Schulter. »Sie kann einem schon den Kopf verdrehen, nicht wahr?«, sagte er leise und folgte Gennie zum Ausgang.

Will seufzte aus tiefem Herzen. »Oh ja.« Dann lief er hinter Grant her und zupfte ihn am Ärmel. »Werden Sie mit ihr essen und so?«

Grant hob erstaunt die Augenbrauen, bewahrte aber seine Fassung. »... und so«, erinnerte er sich, konnte bei verschiedenen Leuten sehr unterschiedliche Bedeutung haben. In seine Fantasie zum Beispiel drängten sich jetzt recht reizvolle Vorstellungen. »Vorläufig ist noch alles offen«, flüsterte er und gebrauchte unwillkürlich den Lieblingsausdruck seines

Macintosh. Dann fügte er verständlicher hinzu: »Ja, wir werden zusammen zu Abend essen.«

Während Grant auf der Straße Gennie folgte, murmelte er leise »... und so!«

»Was wollte er von dir?«

»Ein Männergespräch.«

»Oh, Entschuldigung.«

So, wie sie das sagte, klang es distinguiert und von oben herab; es brachte Grant zum Lachen, und er zog mitten in Windy Point und vor allen Leuten Gennie an sich und küsste sie – bis er den Knall vernahm, mit dem die Tür von Fairfields Laden geschlossen wurde.

»Armer Will«, murmelte Grant. »Ich weiß, wie er leidet.« Seine Augen blitzten vergnügt. »Ich sollte wohl lieber mein Boot in Schwung bringen, damit ich mich nicht verspäte zum Essen – und so.«

Seine ungewöhnlich gute Stimmung verwirrte Gennie, überrascht schaute sie zu Grant auf. »Na, gut«, sagte sie schließlich, »wir treffen uns dann später.«

## 6. Kapitel

Es war albern, sich wie ein kleines Mädchen vor dem ersten Rendezvous zu fühlen. Als sie die Tür ihres Häuschens aufschloss, rief Gennie sich zur Ordnung. Aber das hatte sie bereits mehrmals auf dem Heimweg im Wagen getan.

War die Idee mit dem Barbecue gut gewesen? Zwei erwachsene Menschen, Steaks und eine Flasche Burgunder – was könnte dabei herauskommen? Man muss sich Mühe geben, um in Holzkohle, Anzünder und grünem Salat eine Spur Romantik zu finden. Oder war ihre Vorstellungskraft nicht stark genug?

Im Kirchhof hatte die Fantasie ihr zweifellos etwas vorgegaukelt. Ein wenig unerwartete Zärtlichkeit, lauer Sommerwind – das hatte genügt, um in ihrem Herzen Glocken erklingen zu lassen. Wie töricht!

Gennie stellte die Tüten auf den Küchentisch und ärgerte sich, dass sie keine Kerzen mitgebracht hatte. Dadurch wäre vielleicht etwas Zauber in die kleine, praktische Küche eingezogen. Auch ein Radio mit stimmungsvoller Musik fehlte.

Gennie verdrehte die Augen. Was um Himmels willen war los mit ihr? Für so offensichtliche, konventionelle Fallenstellerei hatte sie doch nie etwas übrig gehabt, und eine Romanze mit Grant war das Letzte, was ihr vorschwebte. Sie könnte ihm auf halbem Weg für eine Freundschaft entgegenkommen – eine sehr vorsichtige Freundschaft –, doch das wäre schon alles.

Zum Essen hatte sie ihn nur eingeladen, um sich zu revanchieren. Außerdem konnte man sich mit Grant gut unterhalten, trotz seiner spitzen Zunge. Sie würde schon aufpassen, dass sie nicht am Schluss in seinen Armen landete. Wenn es tatsächlich irgendwo in ihrem Inneren ein Körnchen Sehnsucht gäbe, das nach einer Wiederholung der Zärtlichkeiten auf dem Kirchhof verlangte, so könnte ihr normaler Menschenverstand sich mühelos dagegen behaupten. Grant Campbell war nicht nur durch und durch unerfreulich, er war einfach zu kompliziert. Gennie hatte in dieser Hinsicht mit sich selbst genug zu tun.

Entschlossen ergriff sie die Tüte mit der Holzkohle und den Anzündern und ging nach draußen, um den Grill vorzubereiten. Wie ruhig es hier ist, stellte sie fest. Grants Ankunft würde nicht zu überhören sein.

Jetzt war die beste Tageszeit für eine Bootsfahrt. Die Schatten wurden länger, und die Hitze des Tages flaute ab. Das Licht war zu dieser Stunde weich und wirkte beruhigend. Sie konnte deutlich das Schwappen des Wassers gegen den Steg vernehmen und das Rascheln und Zirpen der Insekten im Gras hören. Von Ferne näherte sich Motorengeräusch.

Gennie schrak auf und hätte beinahe die Tüte fallen lassen. Ernüchtert machte sie sich daran, die Kohle aufzuschichten. Das ist also die kühle, kultivierte Genevieve Grandeau, dachte sie und verzog das Gesicht, ein anerkanntes Mitglied der künstlerischen Welt und der auserlesenen Gesellschaft von New Orleans. Weil ein grober, unhöflicher Mann zum Abendessen zu ihr kommt, verliert sie fast die Nerven. Wie tief man doch sinken kann! Trotzdem lief sie zum Steg, um Grant dort zu erwarten.

Er nahm die Kurve mit so viel Tempo, dass das Wasser hoch aufsprühte. Gennie reckte sich auf ihre Zehenspitzen und winkte ihm lachend zu. Erst jetzt gestand sie sich ein, wie sehr sie sich vor einem einsamen Abend gefürchtet hatte und doch niemanden anderes um sich haben mochte. Allerdings war ziemlich sicher, dass Grant sie wütend machen würde, noch ehe die Nacht anbrach. Aber das schreckte sie überhaupt nicht.

Grant drosselte die Maschine zu leisem Blubbern und lenkte das Boot an den Steg. Als die Geräusche des Motors ganz erstarben, legte sich die wohltuende Ruhe wieder über Wasser, Gras und Landschaft.

»Wann nimmst du mich einmal mit?«, erkundigte sich Gennie, als Grant ihr die Leine zuwarf.

Er sprang leichtfüßig auf den Pier und beobachtete, wie Gennie geschickt das Tau festmachte. »Wollte ich das denn?«

»Vielleicht bisher noch nicht, aber jetzt willst du es.« Gennie richtete sich auf und wischte ihre Hände an den Jeans ab. »Ich habe mir vorgenommen, für die Bucht hier ein Ruderboot zu mieten. Aber ich möchte viel lieber auf das Meer hinausfahren.«

»Ein Ruderboot?« Grant schmunzelte und stellte sich vor, wie Gennie sich abmühen würde.

»Schließlich bin ich an einem Fluss aufgewachsen«, erinnerte sie ihn. »Seefahrt liegt mir im Blut.«

»Tatsächlich?« Grant nahm ihre Hand und drehte die Innenfläche nach oben, um sie genau zu betrachten. Weich, glatt und kräftig, stellte er fest. »Sieht nicht aus, als ob schon viele Toppsegel damit hochgehievt wurden.«

»Ich habe mein Teil getan, keine Sorge.« Ohne besonderen Grund und wie selbstverständlich verschränkten sich ihre Finger mit Grants. »In meiner Familie hat es immer Seefahrer gegeben. Mein Urururgroßvater war ein … Freibeuter.«

»Also ein Pirat.« Interessiert fing Grant eine von Gennies wehenden Locken und hielt sie fest. »Ich habe den Eindruck, dass dir daran mehr gelegen ist als an den Grafen und Herzögen, die in deinem Stammbaum herumschwirren.«

»Aber ja! Fast jeder findet einen Adligen irgendwo in seiner

Ahnenreihe, wenn er sich Mühe gibt. Und mein Vorfahr ist ein sehr guter Seeräuber gewesen.«

»Gutherzig?«

»Erfolgreich«, verbesserte sie mit schalkhaftem Lächeln. »Er war schon fast sechzig, als er sich in New Orleans zur Ruhe setzte. Meine Großmutter lebt noch heute in dem Haus, das er damals gebaut hat.«

»Von Geld, das er unglücklichen Kaufleuten abnahm«, vollendete Grant lachend.

»Das Meer kennt keine Gesetze«, meinte Gennie und zuckte mit den Schultern. »Man nützt seine Chance. Vielleicht bekommt man, was man will«, jetzt lachte auch sie, »oder man kann auch den Kopf verlieren.«

»Vielleicht war es klüger, dich an Land zu lassen«, murmelte er und zog sie an ihrem Haar näher heran.

Gennie legte ihre Hand auf Grants Brust, um die Balance zu halten, aber ihre Finger wanderten höher. Sein Mund war sehr verführerisch. Es wäre schlauer, ihm zu widerstehen, dachte Gennie, aber sie stellte sich auf die Zehen und kam Grant entgegen.

Fast ohne jeden Druck berührte Grant ihre Lippen, er war sich nicht klar darüber, wie viel er diesmal riskieren sollte. Nur ein ermunternder Seufzer, und sie läge fest in seinem Arm. Aber beide bewahrten den kleinen Abstand voneinander – als Barriere oder nur zur Sicherheit. Noch ließ sich die auflaufende Flut bekämpfen, die sie näher und näher zusammentrieb bis zum Punkt ohne Wiederkehr.

Gleichzeitig lösten sich die beiden voneinander und traten einen Schritt zurück.

»Ich entzünde wohl besser die Holzkohle«, sagte Gennie nach einer winzigen Pause.

»Bisher habe ich nicht gefragt«, hörte sie Grant, der dicht hinter ihr auf dem Steg ging, »aber kannst du wirklich kochen?«

»Mein lieber Mr. Campbell!« Gennies Südstaatendialekt war nicht zu überbieten. »Sie scheinen allerlei Vorurteile gegenüber den Frauen aus meiner Heimat zu haben. Ich koche auf einem heißen Stein, wenn es sein muss.«

»Und wasche Hemden im reißenden Fluss«, ergänzte er.

»Jedenfalls ebenso gut wie du. In mechanischer Hinsicht wirst du mir überlegen sein, aber das mache ich in anderer Beziehung wieder wett.«

»Vertrittst du die Frauenbewegung?«

Gennie runzelte die Stirn. »Solltest du im Begriff sein, etwas Bissiges und Dummes von dir zu geben?«

»Nein.« Grant hob die Flasche mit Spiritus und reichte sie Gennie. »Als Geschlecht habt ihr seit mehreren Hundert Jahren ein legitimes Anrecht, das auf zweierlei Art gehandhabt worden ist, nämlich insgesamt und individuell. Unglücklicherweise sind den Frauen im Allgemeinen noch eine ganze Reihe von Türen versperrt. Dagegen hat manche einzelne Frau fast ohne jeden Laut hier und da ein Schloss gesprengt. Hast du schon einmal von Winnie Winkle gehört?«

Fasziniert sah Gennie Grant an. »Zum Beispiel in Wee Willie?«

Grant schüttelte lächelnd den Kopf und lehnte sich an die Seite des gemauerten Ziegelgrills. »Nein, ›Winnie Winkle the Breadwinner‹. Das ist ein Cartoon aus den Zwanzigerjahren. Er befasste sich schon damals mit der Befreiung der Frauen, lange bevor jedermann von Gleichberechtigung sprach. Hast du ein Streichholz?«

»Hm.« Gennie suchte in ihrer Jeanstasche. »War das nicht ein wenig vor deiner Zeit?«

»Ich habe auf der Universität allerlei Studien über kritische Anmerkungen zur Gesellschaft gemacht.«

»Tatsächlich?« Wieder hatte Gennie den Eindruck, der Wahrheit näherzukommen. Sie entzündete die angefeuchtete Holzkohle und trat zurück, als die Flammen hochflackerten. »Auf welcher Uni warst du?«

Grant atmete tief den scharfen Geruch ein, der ihn plötzlich an Sommerfreuden seiner Kindheit erinnerte. »Georgetown.«

»Dort gibt es eine ausgezeichnete Fakultät für Kunstwissenschaften.«

»Ja, das ist richtig.«

»Dann hast du also Kunst studiert?«, bohrte Gennie weiter.

Grant blickte dem Rauch nach und beobachtete, wie die Hitze die Luft zum Flimmern brachte. »Warum fragst du?«

»Weil es offensichtlich ist, dass du Talent besitzt, welches gefördert wurde. Denk an die boshafte kleine Karikatur, die du von mir gezeichnet hast. Wie wendest du es an?«

»Was?«

Gennie runzelte ärgerlich die Stirn. »Dein geschultes Talent! Wenn du malen würdest, dann hätte ich bestimmt von dir gehört.«

»Ich male nicht«, sagte er kurz angebunden.

»Was tust du dann?«

»Was mir Spaß macht. Wolltest du mir nicht einen Salat servieren?«

»Hör mal, Grant ...«

»Schon gut! Sei nicht empfindlich. Ich kümmere mich um den Salat.«

Als er die Richtung zur Küchentür einschlug, entschlüpfte ihr ein nicht unbedingt salonfähiges Wort, und sie griff nach seinem Arm. »Ich verstehe dich nicht.«

Seine Miene war undurchdringlich. »Ich kann mich nicht entsinnen, das verlangt zu haben.«

In Gennies enttäuschtem Gesicht erkannte er, dass er sie verletzt hatte. Warum wollte er sich auf einmal entschuldigen? Hatte sie sich nicht in sein Privatleben drängen wollen? »Gennie, lass mich etwas erklären.« Mit ungewöhnlicher Zartheit glitten seine Finger über ihren Nacken. »Ich wäre jetzt nicht hier, wenn es mir möglich wäre, dich zu meiden. Genügt dir das?«

Ja, wollte sie sagen, und Nein. Hätte sie nicht gefürchtet, ihn zu erschrecken, wäre alles leichter gewesen. Sie hätte dann ihre Gefühle nicht zu verstecken brauchen. Liebe – oder auch nur das erste Anzeichen davon – wuchs langsam in ihrem Herzen. Gennie zwang sich zu einem fröhlichen Lachen und nahm Grant bei der Hand.

»Komm«, sagte sie, »der Salat ist meine Sache.«

Es war herrlich unkompliziert. Gemeinsam putzten Gennie und Grant den Salat, schnitten die feinen Kräuter und debattierten über die Kunst der Zubereitung einer würzigen Soße. Das Fleisch brutzelte auf dem rauchenden Grill, und die warmen Strahlen der Nachmittagssonne ließen nicht erkennen, dass sich der Sommer dem Ende zuneigte. Appetitliche Gerüche, ein paar Worte und verständnisvolles, friedliches Stillschweigen. Würde die Erinnerung daran manch trüben Regentag versüßen müssen? Gennie spürte den eigenartigen Zauber und überlegte, ob dies der Grund sein könnte, dass sie sich entgegen allen Regeln der Vernunft verliebt hatte.

»Woran denkst du?«, fragte Grant.

Gennie lächelte und neigte den Kopf. »Dass ich mich um das Steak kümmern sollte.«

Grant griff ihren Arm und zog sie auf den Rasen. »Oh ja?«

»Magst du verbranntes Fleisch?«

»Daran hast du nicht gedacht«, behauptete er. Mit dem Finger strich er über Gennies Lippen, und sie spürte die leichte Berührung in jeder Pore ihrer Haut.

»Nein, ich dachte an den Sommer«, gab sie leise zu, »und dass er immer viel zu früh zu Ende geht.«

Als sie ihre Hand an sein Gesicht legte, hielt Grant sie dort fest. »Das scheint bei den besten Dingen immer so zu sein.«

Ihr sanftes Lächeln erweckte Begehren in ihm. Alle Gedanken waren ausgelöscht, als Grant seinen Mund auf Gennies Lippen presste. Ihre Lippen waren weich und warm und nachgiebig unter seinem Kuss. Alles, was er sich wünschte und was er fühlte, vereinigte sich in diesem Kuss. Es war wie verhext, er verfiel Gennie immer mehr, bis er nicht mehr wusste, auf welchem Weg er sich befand. Nur dass Gennie bei ihm war zählte.

Grant konnte das Gras zwischen ihnen riechen, ein süßer, trockener Sommerduft, und den Rauch, der sich in der lauen Luft kräuselte. Er wollte Gennie fühlen, jeden Zentimeter dieses schlanken, fraulichen Körpers entdecken, der ihn in seinen Träumen vom ersten Tag an quälte. Könnte er danach jemals wieder Frieden finden? Würde der Geschmack von wilden Früchten und süßem Honig ihn an den Rand seines gesunden Menschenverstandes treiben?

Die Begierde nach ihr war so stark und so schön wie der Sommer. Es musste enden, ehe es richtig angefangen hatte. Grant hob den Kopf und sah in Gennies Augen, die ein wenig schräg standen und im Augenblick nur halb geöffnet waren. Wenn er sich nicht vorsah, würde sie ihn bald unterworfen haben, allein mit diesem Blick. Vorsichtig erhob er sich und zog Gennie mit sich.

»Wenn wir uns nicht mit einem Salat begnügen wollen, müssen wir das Steak retten.«

Gennies Knie waren weich. Sie hätte schwören können, dass so etwas im wirklichen Leben nicht vorkommen konnte. Aber sie fühlte sich auf eine so unbekannte Weise lebendig. Sie drehte sich zum Grill um, stach mit der Gabel in das Fleisch und legte es auf eine Platte.

»Es hat Feuer gefangen«, murmelte sie.

»Das fürchte ich auch«, stimmte Grant ihr leise zu, als sie zusammen ins Haus gingen.

In unausgesprochener Übereinstimmung hielten sie während des Essens eine leichte, unbedeutende Konversation aufrecht. Was immer sie auch bei dem kurzen, intensiven Kuss im Garten gespürt hatten – es wurde sorgsam verdrängt.

Ich bin nicht auf der Suche nach einer Beziehung, überlegten beide im Stillen.

Wir passen auch gar nicht zusammen ... und haben keine Zeit für so etwas.

Gütiger Himmel! Ich verliebe mich doch nicht!

Mit zitternder Hand hob Gennie ihr Glas und nahm einen großen Schluck, während Grant mit finsterem Gesicht auf seinen Teller blickte.

»Wie ist das Steak?«, fragte Gennie, weil ihr nichts anderes einfiel, um ein Gespräch in Gang zu bringen.

»Wie bitte? Oh, gut.« Er schob energisch die unangenehmen Gedanken beiseite und konzentrierte sich auf das Essen. »Du kochst fast so gut, wie du malst. Wo hast du das gelernt?«

Gennie zuckte mit den Achseln. »Auf Mamis Schoß.«

Diese typische Redewendung der Südstaatler erheiterte Grant. »Du hast eine charmante Ausdrucksweise, Genevieve.« Er griff nach der Flasche und schenkte die handfesten Wassergläser, die Gennie eigentlich für andere Zwecke erstanden hatte, wieder voll. »Ich habe mich schon gewundert, dass ein Mädchen wie du, mit einem Haufen Dienerschaft groß geworden, ein Steak zu grillen versteht.« Er lächelte breit und dachte an seine Schwester Shelby, die nur dann selbst kochte, wenn ihr gar nichts anderes übrig blieb.

»Erstens«, erklärte Gennie, »haben wir Barbecues von jeher als Familienangelegenheit betrachtet. Zweitens muss man es lernen, wenn man allein lebt, oder man ist auf Restaurants angewiesen.«

Grant konnte der Versuchung nicht widerstehen, sie ein wenig zu ärgern. »Du wurdest in oder vor fast jedem Restaurant der freien Welt fotografiert.«

Ungerührt blinzelte Gennie ihm über den Rand ihres Glases hinweg zu und fragte mit Unschuldsmiene: »Lässt du dir deshalb ein Dutzend Zeitungen schicken? Damit du weißt, wie die Leute leben, während du dein Einsiedlerdasein fristest?«

Grant überlegte einen Augenblick. »Jaaa.« Besser hätte er es nicht auszudrücken vermocht.

»Findest du nicht, dass das ein arroganter Standpunkt ist?«

Wieder überlegte er die Antwort, blickte in den tiefroten Wein in seinem Glas. »Jaaa.«

Gennie musste lachen. »Grant! Was hast du gegen deine Mitmenschen?«

Verblüfft sah er Gennie an. »Gegen einzelne überhaupt nichts, auch manchmal nicht gegen Mitmenschen im Allgemeinen. Sie sollen mich nur nicht bedrängen.«

Das war ehrlich gemeint, erkannte Gennie und erhob sich, um den Tisch abzuräumen. Er war nur schwer zu verstehen. »Möchtest du niemals in einer Menge stehen? Nie das Gewirr von unzähligen Stimmen hören?«

Davon hatte ich mehr als genug, dachte Grant bitter, und ich war damals noch keine siebzehn. Vielleicht brauche ich aber gelegentlich auch heute noch menschliche Nähe mit allen Fehlern und Komplikationen – für meine Arbeit und für mich selbst. Er erinnerte sich an die Woche bei den MacGregors. Es war schön dort gewesen, allerdings war ihm das erst richtig aufgefallen, als er wieder in seinen Leuchtturm zurückgekehrt war.

»Ich habe meine schwachen Momente«, murmelte er. Dann stand er auf und trug ganz selbstverständlich das Geschirr zum Spültisch, während Gennie heißes Wasser einlaufen ließ. »Gibt es keinen Nachtisch?« Sie warf ihm über die Schulter einen Blick zu, um sicherzugehen, dass er die Frage ernst meinte. Sein Appetit ähnelte dem eines Schwerarbeiters, trotzdem war er schlank und sportlich. Nervöser Kräfteverbrauch? Stoffwechselstörungen? Sie schüttelte den Kopf und beschloss, sich nicht darum zu kümmern. »In der Truhe liegt eine Packung Eis.«

Grant bediente sich und fragte freundlich, ob Gennie auch etwas haben wolle.

»Nein. Isst du davon, weil du noch hungrig bist, oder versuchst du, dich dadurch vorm Abtrocknen zu drücken?« Sie wies auf den Stapel tropfnassen Geschirrs.

»Sowohl als auch.«

Grant lehnte sich gegen den Tisch und löffelte sein Eis. »Als Kind konnte ich Unmengen davon vertilgen.« Gennie ließ sich nicht beim Abwasch stören. »Und jetzt?«

Gemächlich aß Grant weiter. »Du hast ja nur diese eine Packung.«

»Ein höflicher Mensch würde etwas abgeben.«

»Ja?«

Lachend spritzte Gennie mit Wasser nach Grant. »Mach schon!«

Langsam schob er ihr eine Kostprobe vor die Lippen, aber nicht nahe genug. Gennie hatte ihre Arme im Seifenwasser und öffnete bereitwillig den Mund. »Nur nicht gierig werden«, mahnte er und zog die Hand zurück. Aber Gennie war schneller, flink beugte sie sich vor und erwischte noch ein bisschen vom Schokoladeneis.

»Das reicht mir schon«, rief sie lachend. »Du kannst den Rest haben. Bei Schokoladeneis kann ich nur schlecht widerstehen.«

Grant schleckte weiter. »Gibt es noch andere ... Schwächen?«

Gennie fühlte, wie ihr heiß wurde, und sie ging auf die offene Veranda zu. »Einige wenige.« Sie seufzte, als sie das Zwitschern der Schwalben vernahm, die in ihre Nester zurückkehrten. »Die Tage werden kürzer«, murmelte sie.

Die untergehende Sonne hatte den Rand der Wolken bereits in rotgoldenen Glanz getaucht. Letzte dünne Rauchfahnen stiegen aus dem Grill. Am Rande der Bucht stand ein dürrer Busch. Die wenigen Blätter waren bereits verfärbt.

Als Grant seine Hände auf ihre Schultern legte, lehnte sie sich unwillkürlich zurück. Zusammen und schweigend betrachteten sie den Anbruch der Nacht.

Grant konnte sich nicht erinnern, wann er mit jemandem zusammen den Sonnenuntergang erlebt hatte. Wann er die Sehnsucht danach verspürt hatte. Nun schien es so einfach. Auf eine erschreckende Art einfach. Würde er von jetzt ab bei jedem Sonnenuntergang an Gennie denken müssen?

»Erzähl mir von deinem Lieblingssommer«, bat er abrupt.

Gennie überlegte: Ihr fiel ein Sommer in Südfrankreich ein

und ein anderer auf ihres Vaters Jacht in der Ägäis. Lächelnd beobachtete sie, wie das Rot der Wolken dunkler wurde.

»Ich war vierzehn Tage bei meiner Großmutter, während meine Eltern ihre zweite Hochzeitsreise in Venedig verlebten. Das waren lange, faule Tage mit Bienengesumm um Geißblattblüten. Vor meinem Zimmerfenster stand eine alte Eiche. Sie war ganz mit Moos bewachsen. Eines Nachts bin ich hinausgeklettert auf einen dicken Ast. Von dort aus habe ich die Sterne betrachtet. Ich muss damals zwölf gewesen sein. In den Pferdeställen arbeitete ein junger Bursche.« Gennie lachte leise, als sie sich daran erinnerte, und schmiegte sich noch enger an Grant. »Lieber Himmel! Er hatte Ähnlichkeit mit Will: so eckig und unbeholfen.«

»Du warst verrückt nach ihm.«

»Stundenlang habe ich mich in den Ställen aufgehalten, habe sie ausgemistet und Pferde geputzt, nur um einen Blick von ihm zu erhaschen. In mein Tagebuch schrieb ich endlose Seiten über ihn und ein sehr rührseliges Gedicht.«

»Das du unter deinem Kopfkissen verstecktest.«

»Offensichtlich kennst du Zwölfjährige, wenn auch nur oberflächlich, wie mir scheint.«

Grant dachte an Shelby und lächelte breit. Sein Kinn hatte er auf Gennies Kopf gestützt. Ihr Haar duftete nach wilden Blumen. Seine Arme hatte er um ihre Schultern gelegt. »Wie lange hat es gedauert, bis du ihn endlich dazu gebracht hast, dich zu küssen?«

»Ganze zehn Tage! Danach glaubte ich die Antwort gefunden zu haben auf alle Geheimnisse des Universums. Nun war ich ja eine Frau.«

»Kein weibliches Wesen ist davon mehr überzeugt als eine Zwölfjährige.«

Gennie lächelte in den Abendhimmel. »Deine Erfahrungen scheinen doch nicht nur oberflächlich zu sein«, stellte sie fest. »Eines Nachmittags fand ich Angela. Sie saß kichernd über meinem Tagebuch. Durch das ganze Haus habe ich sie gejagt! Sie war damals …« Gennie versteifte sich, als die alte Wunde schmerzhaft aufbrach. Bevor Grant sie festhalten konnte, hatte sie sich ihm entzogen. »Sie war zehn«, fuhr Gennie leise fort. »Ich drohte, ihr die Haare vom Kopf zu rasieren, wenn sie auch nur ein Sterbenswörtchen von dem verlauten ließe, was im Tagebuch stand.«

»Gennie!«

Sie schüttelte den Kopf und wich Grants Hand aus, die ihr durchs Haar fahren wollte. »Es wird schnell dunkel. Man kann die Grillen schon hören. Du solltest dich auf den Heimweg machen.«

Grant litt, als er Schmerz und Tränen in Gennies Stimme hörte. Es wäre besser, sie jetzt allein zu lassen, einfach wegzugehen. Im Trösten hatte er keine Übung. Zärtlich massierte er ihre Schultern. »Das Boot hat Scheinwerfer. Komm, setz dich zu mir.« Er ignorierte ihren Widerstand und zog sie auf die Verandaschaukel. »Meine Großmutter hatte so eine Schaukel«, sagte er in leichtem Ton, während er die Schaukel zum Schwingen brachte. »Ihr gehörte ein kleines Strandhaus an der Ostküste von Maryland. Ein ruhiger kleiner Ort. Das Land ist so flach, als wäre es abgehobelt worden. Bist du schon in Chesapeake gewesen?«

»Nein.« Gennie entspannte sich und schloss die Augen. Die gleichmäßige Bewegung wirkte beruhigend, und Grants Stimme klang außergewöhnlich weich. Sie hatte nicht gewusst, dass er in so sanftem Ton sprechen konnte.

»Weichschalenkrabben gibt es dort und unendliche Tabakfelder.« Grant spürte, wie der Krampf aus Gennies Schultern wich. »Wir mussten eine Fähre nehmen, um zum Haus zu kommen. Es war dem hier sehr ähnlich, nur zweigeschossig. Mein Vater nahm mich mit zum Fischen. Wir brauchten nur die Straße zu überqueren. Mit einem Stück Käse als Köder habe ich meine erste Forelle gefangen.«

Grant sprach weiter. Unwichtige, längst vergessene Dinge fielen ihm wieder ein, und er erzählte alles, was ihm in den Sinn kam. Es schien im Augenblick für Gennie das Richtige zu sein. Er war sich nicht sicher, ob er ihr mehr bieten könnte.

Er hielt die Schaukel in Gang, und Gennies Kopf lehnte an seiner Schulter. Mit Erstaunen stellte er fest, wie viel friedlicher und schöner die Dämmerung sein konnte, wenn man mit jemandem zusammen hineinträumte.

Gennie seufzte schließlich. Sie hatte mehr dem Klang von Grants Stimme gelauscht als seinen Worten. Sie schloss die Augen, und langsam stellten sich Erinnerungen wieder ein …

»Oh Gennie, du hättest dort sein sollen!« Angela drehte sich auf ihrem Sitz zur Schwester um, lebhaft und lachend wie immer. Gennie lenkte den Wagen durch den aufkommenden Verkehr in der Innenstadt von New Orleans. Die Straßen waren feucht von unangenehm kaltem Februarregen, aber nichts konnte Angelas Laune dämpfen. Sie war Sonnenlicht und Frühlingsblume in einem.

»Ich wäre auch lieber zu dieser Einladung mitgegangen, als in New York zu erfrieren«, gab Gennie zurück.

»Wie kann man frieren, wenn man im Rampenlicht badet!«, schwärmte Angela und rückte noch näher.

»Wollen wir wetten?«

»Du erlebst so aufregende Dinge, Gennie.«

»Erzähl mir von deiner Party.«

»Es war fantastisch! Der Lärm und die Musik. Es war so voll, dass man keinen Schritt tun konnte, ohne jemanden anzurempeln. Wenn Cousin Frank wieder eine Party auf seinem Hausboot schmeißt, musst du kommen.«

Gennie warf der jüngeren Schwester einen belustigten Blick zu. »Es hört sich nicht an, als wäre ich vermisst worden.«

Angelas helles Lachen wirkte ansteckend. »Nun, ich wurde ein wenig müde vom Beantworten all der Fragen nach meiner talentierten Schwester.«

Gennie schnaubte verächtlich, während sie vor der roten Ampel an einer Kreuzung hielt. Die Scheibenwischer verzerrten das Licht durch ihr schnelles Hin-und-Hergleiten. »Das ist nur ein vorgeschützter Grund, um sich an dich ranzumachen.«

»Na ja. Einer war dort ...« Angelas Stimme versiegte, und Gennie blickte erstaunt zu ihr hin. Wie schön sie doch ist! dachte sie. Wie Milch und Honig – und die großen, lebhaften Augen.

»Einer?«

»Oh Gennie!« Angelas Wangen glühten vor Aufregung. »Er ist wundervoll. Ich konnte kaum einen verständlichen Satz herausbringen, als er mich ansprach.«

»Du?«

»Ja, ich. Mir war, als ob mein Kopf plötzlich leer wäre. Und seitdem haben wir uns eine Woche lang täglich getroffen. Ich glaube, ich bin verliebt.«

»Schon nach einer Woche?«, wunderte sich Gennie.

»Nach fünf Sekunden! Sei nicht so nüchtern, Gennie. Ich habe mich verliebt. Du musst ihn kennenlernen.«

Gennie legte den ersten Gang ein und wartete auf grünes Licht. »Soll ich ihn begutachten?«

Angela schüttelte ihr langes goldblondes Haar und lachte,

während die Ampel auf Grün schaltete. »Ich fühle mich herrlich, Gennie, rundherum glücklich.«

Ihr Lachen war das Letzte, was Gennie hörte, bevor das Kreischen von Bremsen ertönte. Sie sah den Wagen, wie er über die Kreuzung rutschte. Im Traum ging das ganz langsam, wie in entsetzlich grausamem Zeitlupentempo. Wasser sprühte in glitzernder Fontäne und schien in der Luft hängen zu bleiben.

Es gab keine Spanne Zeit für einen Atemzug, keine Zeit, zu reagieren oder etwas zu verhindern, bevor das Geräusch von Metall, das auf Metall stieß, die Explosion blendender Blitze alles auslöschte. Grauen. Schmerz. Und Dunkelheit.

»Nein!« Gennie fuhr hoch, starr vor Furcht und Schock. Arme umfingen sie, hielten sie fest … sicher. Grillen? Wo kamen die her? Die Scheinwerfer, der Wagen. Angela.

Gennie rang nach Luft und starrte zur nächtlichen Bucht, während Grants Stimme ihr irgendetwas Beruhigendes ins Ohr murmelte.

»Es tut mir leid.« Sie machte ein paar Schritte von ihm weg und fuhr sich nervös mit den Händen durch das Haar. »Ich muss eingeschlafen sein. Reizende Gastgeberin«, versuchte sie zu scherzen. »Du hättest mich anstoßen sollen und …«

»Gennie.« Er erhob sich und griff nach ihrem Arm. »Hör auf damit!«

Sie krümmte sich, verlor ihre Selbstbeherrschung. Grant hatte das nicht erwartet und konnte sich nicht dagegen schützen. »Gennie, weine nicht. Es ist ja jetzt alles vorbei.«

»Oh Gott, mir ist das seit Wochen nicht mehr passiert.« Sie barg ihren Kopf an seiner Brust, während der Schmerz sie überfiel, als wären seitdem nicht viele Monate vergangen. »Zuerst, gleich nach dem Unfall, habe ich noch einmal alles durchlebt, sobald ich nur die Augen schloss.«

»Komm.« Er küsste sie auf die Stirn. »Setz dich.«

»Nein, das kann ich nicht. Ich muss laufen.« Eine Sekunde noch klammerte sie sich an Grant, als wollte sie Kraft sammeln. »Können wir einen Spaziergang machen?«

»Sicher.« Er trat an Gennies Seite und öffnete die Gartentür. Eine Zeit lang sagte er nichts, hatte den Arm fest um ihre Schultern gelegt, während sie die Bucht entlanggingen. Doch er wusste, dass es ihr guttun würde zu reden.

»Erzähl mir alles, Gennie.«

»Ich musste an den Unfall denken«, sagte Gennie langsam, aber ihre Stimme war ruhiger geworden. »Manchmal, wenn ich davon träume, bin ich schnell genug, um dem Wagen auszuweichen. Dann ist alles in Ordnung. Nur beim Erwachen ist gar nichts mehr in Ordnung.«

»Eine ganz natürliche Reaktion«, sagte Grant, obwohl der Gedanke an die Albträume, die Gennie heimsuchten, ihn zu quälen begann. Er hatte einige Albträume selbst durchlebt. »Es verliert sich nach einer Weile.«

»Ich weiß. Es ist schon viel besser geworden.« Gennie atmete tief ein. »Wenn ich träume, sehe ich alles ganz deutlich vor mir. Ich kann den Regen auf der Windschutzscheibe und die Pfützen auf der Straße erkennen. Und ich höre Angelas Stimme. Sie war so voller Leben, Grant, nicht nur ihr Gesicht, sondern alles an ihr. Sie hatte sich die Süße der ganz Jungen bewahrt. Auf einer Party hatte sie jemanden kennengelernt, in den sie sich verliebt hatte. Ihre letzten Worte waren, wie wundervoll sie sich fühle. Dann habe ich Angela getötet.«

Grant nahm Gennie bei den Schultern und schüttelte sie heftig. »Was für ein Unsinn ist das!«

»Es war mein Fehler«, fuhr Gennie mit erschreckender Ruhe fort. »Wenn ich den Wagen nur eine Sekunde eher gesehen hätte! Oder wenn ich gebremst hätte, aufs Gaspedal getreten, irgendetwas. Der Zusammenstoß traf nur ihre Seite. Ich bin mit einer leichten Gehirnerschütterung davongekommen, ein paar blaue Flecken, aber Angela ...«

»Würdest du dich besser fühlen, wenn du auch schwer verletzt worden wärest?«, fragte Grant ungehalten. »Du kannst um deine Schwester trauern, um sie weinen, aber du kannst nicht die Schuld auf dich nehmen.«

»Ich fuhr doch den Wagen, Grant. Wie könnte ich das jemals vergessen?«

»Nicht vergessen«, entgegnete er heftig, vom dumpfen Schmerz in Gennies Stimme gereizt. »Aber du musst es aus der richtigen Perspektive sehen! Du weißt ganz genau, dass du absolut nichts machen konntest.«

»Du verstehst mich nicht, Grant.« Gennie schluckte die aufsteigenden Tränen hinunter. »Ich liebte sie so sehr. Sie war ein Teil von mir, und ich brauchte sie. Wenn man jemanden verliert, der einem so nahesteht, dann klafft eine schreckliche Lücke.«

Grant verstand – den Schmerz, die Not und die Vorwürfe. Gennie gab sich die Schuld am Tod ihrer Schwester. Grant gab seinem Vater die Schuld, dass er sich der Gefahr ausgesetzt hatte. Doch der Verlust blieb gleich groß. »Dann musst du lernen, mit dieser Lücke zu leben.«

»Woher willst du wissen, wie das ist?«

»Mein Vater wurde getötet, als ich siebzehn war«, sagte er und hätte diese Worte doch lieber unausgesprochen gelassen.

Gennie ließ den Kopf an seine Brust sinken. Sie wusste, dass Grant keine tröstenden Worte hören mochte. »Was hast du getan?«

»Gehasst – eine lange Zeit. Das war einfach.« Ohne sich dessen bewusst zu sein, hielt er Gennie wieder fest an sich gedrückt, suchte und gab – auf diese Weise – zugleich Trost. »Sich damit abzufinden ist schwerer. Jeder macht es auf seine Weise.«

»Wie hast du es schließlich bewältigt?«

»Mir wurde klar, dass ich nichts hätte tun können, um es zu verhindern.« Grant schob Gennie so weit von sich, dass er in ihr Gesicht sehen konnte. »Genauso wenig, wie du es verhindern konntest.«

»Danke. Ich weiß, dass du darüber mit mir nicht sprechen wolltest, wie ich auch nicht mit dir darüber sprechen wollte. Man kann sehr selbstsüchtig seinen Kummer hüten – und sein Schuldgefühl.«

Grant strich ihr das Haar an den Schläfen zurück. Er küsste ihre Wangen, die noch feucht von Tränen waren. Eine starke Welle der Zärtlichkeit ließ ihn erzittern. Gennie machte ihn wehrlos und verletzlich. Würde er sie jetzt küssen – richtig küssen –, hätte sie alle Macht der Welt über ihn errungen. Er musste mehr Kraft aufbringen, um sich von ihr zurückzuziehen, als er sich das hätte vorstellen können.

»Ich muss zurück«, sagte er und steckte die Hände absichtlich tief in die Taschen. »Kann ich dich allein lassen?«

»Ja, aber es wäre schön, wenn du bliebest.« Die Worte waren heraus, noch ehe Gennie darüber hatte nachdenken können. Etwas flackerte in seinen Augen auf. Sehnsucht, Verlangen und noch etwas, das er rasch verbarg, indem er die Augen niederschlug.

»Nicht heute.«

Der Ton seiner Antwort verwirrte Gennie. »Grant«, begann sie und streckte die Hand aus.

»Heute Abend nicht«, wiederholte er.

Gennies Hand zuckte zurück, als ob er darauf geschlagen hätte. »Gut.« Ihr Stolz half ihr, sich nicht anmerken zu lassen, wie weh die Zurückweisung tat. »Es war nett, dich hiergehabt zu haben.« Sie drehte sich um und ging zum Haus.

Grant schaute Gennie nach, murmelte eine Verwünschung und machte Anstalten, ihr zu folgen. »Gennie!«

»Gute Nacht, Grant.« Die Tür fiel hinter ihr zu.

# 7. Kapitel

Das Licht wurde schlechter. Gennie warf einen wütenden Blick auf die Wolken, die von Norden heranpeitschten. Verdammt, sie war noch lange nicht fertig. Dabei war sie sicher, dass die gegenwärtige Stunde zu den seltenen gehörte, die ein Künstler als begnadet bezeichnete. Alles klappte auf Anhieb. Die Kraft floss aus ihrer Seele und ihrem Herzen direkt in die Hand, die den Pinsel führte. Was in diesem Augenblick auf der Leinwand entstand, würde bleibend sein, beeindruckend und gut. Sie müsste sich nur treiben lassen. Und gerade jetzt braute sich ein Sturm zusammen und jagte sie in dieses Wettrennen mit den Wolken.

Das Licht würde höchstens noch dreißig Minuten bleiben. In spätestens einer Stunde regnete es bestimmt in Strömen, und an Arbeit war dann nicht mehr zu denken. Gelegentlich übertönte schon fernes Donnergrollen das Rauschen der Brandung. Wieder sah Gennie zum Himmel. Ob sie es trotzdem schaffen konnte?

Der Impuls weiterzumachen drängte sie – denn heute würde es ihr gelingen. Alles! Was sie an den Tagen vorher gemalt hatte, die Skizzen und Entwürfe auf der Staffelei, es waren nur Vorbereitungen gewesen für das, was sie heute schuf.

Der sich verstärkende Wind war ein Spiegelbild von Gennies innerem Aufruhr, in den sie eigentlich bereits seit der vergangenen Nacht, nachdem Grant gegangen war, versetzt worden war. Das Aufgewühltsein beflügelte ihr künstlerisches

Schaffen. Gennie ließ es in ihre Malerei einströmen. Dadurch konnte sie sich davon befreien, und sie spürte erleichtert, wie der Druck in ihrem Herzen nachließ.

Brauchte sie Grant? Die Antwort war Nein. Weder ihn noch jemand anderen. Sie strich mit dem Pinsel über die Leinwand, während sie darüber nachdachte. Die Kunst füllte ihr Leben ganz aus und reinigte alle Wunden. Solange ihre Augen sehen konnten und ihre Hand einen Stift oder einen Pinsel zu halten vermochte, würde sich daran nichts ändern.

Schon während ihrer Kindheit war die Arbeit ein Freund gewesen. Später wurde ihr Talent fordernd, wie ein Geliebter, und genauso begierig nach ihrer Leidenschaft.

Das war auch jetzt so: Vibrierende, körperliche Erregung trieb Gennie vorwärts. Die Stunde war reif, und die elektrische Spannung in der Luft verstärkte noch das kreative Drängen, das in ihr brodelte. Wenn nicht heute, dann niemals!

Die Wolken rasten näher, doch Gennie war sicher, sie besiegen zu können.

Grant trat aus dem Turm. Er ahnte, dass etwas in der Luft lag. Wie ein Tier hatte er eine unbestimmte Witterung aufgenommen und konnte nun von der Spur nicht ablassen, deren Ziel ungewiss war. Schon seit früher Morgenstunde hatte er es gespürt und war voller Unruhe hin und her gelaufen. Ein Sturm zieht auf, sagte er sich immer wieder, nur deshalb kann ich nicht schlafen. Er wusste aber, ohne dafür eine Erklärung zu finden, dass seine Unrast nur zum Teil auf das Wetter zurückzuführen war. Irgendetwas braute sich zusammen und würde heftiger werden als der Hexenkessel am Himmel.

Grant war hungrig, wollte aber nichts essen. Er war unzufrieden und wusste nicht, weshalb. Im Studio beengten ihn die Wände, störten die Glasschränke und sogar der Zeichentisch.

Schließlich suchte er instinktiv den Weg nach draußen, wo der Wind die See peitschte und schwarze Wolken vor sich hertrieb. Und wo er Gennie vermutete.

Grant hatte nicht an sie denken wollen und war überzeugt davon, dass es ihm auch gelungen wäre. Im Unterbewusstsein jedoch hatte er deutlich ihre Nähe gespürt. Trotzdem traf ihn ihr Anblick wie ein Blitz – wie das silbrige Wetterleuchten am Horizont.

So hatte er sie noch nie gesehen. Aufrecht stand sie vor der Staffelei, den Kopf zurückgeworfen und vollkommen versunken in ihre Arbeit. Natürliche Wildheit lag in ihrer Haltung, den wehenden schwarzen Haaren und den leuchtend grünen Augen. Mit starkem, sicherem Strich führte sie den Pinsel über die Leinwand. Eine Königin, die in ihr Reich blickte? Oder eine Frau, die den Liebsten erwartete? Grant war sicher, dass es beides war, und sein Herz klopfte schneller, als Verlangen in seinem Blut erwachte.

Wo war die Frau geblieben, die noch vor wenigen Stunden hilflos in seinen Armen geweint hatte? Das zerbrechliche, wehrlose Geschöpf, das ihn unsicher machte und erschreckte? Er hatte Gennie getröstet, so gut er es verstand. Aber seine Erfahrungen mit weinenden Frauen waren gering. Er hatte über Dinge gesprochen, die seit fünfzehn Jahren vergraben waren, nur um ihr zu helfen. Dann hatte er Angst bekommen, dass er in etwas hineingezogen würde, und war feige vor dem Unvermeidlichen davongelaufen.

Jetzt sah sie großartig aus, gar nicht mehr verletzlich. Dieser Frau konnte kein Mann widerstehen. Mit einer einzigen Handbewegung akzeptierte sie einen Liebhaber oder warf ihn weg. Grants Furcht verflog. Er spürte die Herausforderung und ein so heftiges Verlangen, dass er fast daran erstickte.

Als der Donner grollte, unterbrach Gennie einen Moment lang ihre Arbeit, schaute mit einer herausfordernden Kopfbewegung zum Himmel hinauf, als wollte sie Wind und Wetter trotzen. Grant spürte von Neuem, wie ihr Anblick auf ihn wirkte. Wer, um Himmels willen, ist sie? stöhnte er, und warum kann ich ihr nicht aus dem Weg gehen?

Ich habe es geschafft, frohlockte Gennie triumphierend und atemlos. Die Erregung ließ nach, der Druck wich langsam von ihr. Aber dennoch verspürte sie nicht die gewohnte, wohltuende Entspannung nach vollbrachter Arbeit. Was störte noch und ließ ihr keine Ruhe? Dann sah sie Grant. Hinter ihm stürmte die aufgebrachte See, der Wind blies immer stärker. Gennie hörte in ihren Ohren das Blut rauschen. Einen Augenblick starrten sie sich an, während das Unwetter näher rückte.

Gennie ignorierte Grant und unterdrückte den innigen Wunsch, auf ihn zuzugehen. Stattdessen blickte sie wieder auf ihre Leinwand. Allein die Kunst hatte ein Anrecht auf ihre leidenschaftliche Hingabe. Und das – nur das – war es, was Gennie brauchte.

Grant beobachtete, wie sie ihre Sachen packte. Es lag etwas Hoheitsvolles und gleichzeitig Herausforderndes in der Art, wie sie das tat. Gennie hatte ihm den Rücken zugekehrt, und ihre Blicke konnten sich nicht mehr treffen. Als die Erde unter dem nächsten, gewaltigen Donnerschlag erbebte, ging er zu ihr.

Wolken verdunkelten die Sonne, die Luft schien sich elektrisch aufzuladen und Funken zu sprühen. Mit schnellen, sicheren Bewegungen hatte Gennie ihre Sachen verstaut. Heute war es ihr gelungen, den Sturm zu besiegen. Von nun an würde sie alles besiegen können.

»Genevieve!« Sie war im Augenblick nicht Gennie. Im

Kirchhof, wo sie fröhlich war wie ein junges Mädchen, und auch später, als sie weinend in seinen Armen lag ... da war sie Gennie gewesen. Diese Frau hier konnte tief und verführerisch lachen und würde keine Tränen vergießen. Ganz gleich, wen von beiden er vor sich hatte, Grant fühlte sich von ihr unwiderstehlich angezogen.

»Grant!« Gennie schloss ihren Malkasten, ehe sie sich zu ihm umwandte. »Du bist früh aufgestanden.«

»Du hast es geschafft. Das Bild ist fertig.«

»Ja.« Der Sturm blies ihm das Haar in die Stirn. Sein Gesicht war beherrscht, doch die Augen blickten ruhelos. Gennie wusste, dass ihre Gefühle auch seine Gefühle waren. »Ich habe es geschafft.«

»Du wirst jetzt fortgehen.« Er beobachtete das Aufleuchten ihrer Augen, das er nicht zu deuten vermochte.

»Von hier?« Sie warf den Kopf in den Nacken und blickte auf die See. Höher und höher türmten sich die Wellen. Kein Boot wagte sich hinaus. »Ja. Ich habe noch andere Motive, die ich malen möchte.«

Hatte er sich das nicht gewünscht? Er wollte sie doch vom ersten Augenblick an loswerden.

»Du bekommst deine Einsamkeit zurück.« Gennie lächelte kurz und spöttisch. »Das ist für dich am wichtigsten, nicht wahr? Und ich habe auch das bekommen, was ich wollte.«

Seine Augen verengten sich. »Hast du das tatsächlich?«

»Sieh es dir an!« Mit einer großzügigen Handbewegung lud sie ihn ein.

Grant hatte das Bild nicht betrachten wollen. Mit voller Absicht hatte er jeden Blick darauf vermieden. Doch Gennies Geste war zu anmaßend, um ignoriert zu werden. Die Daumen fest in seine Hosentaschen gehakt, wandte er sich der Leinwand zu. Er sah die Kraft der grenzenlosen See, ihren Ruhm und die immerwährende Verlockung. Gennie hatte gedämpfte Farben vermieden und leuchtende verwendet. Zugunsten von Kraft hatte sie auf Zartheit verzichtet.

Was einstmals eine tote Leinwand gewesen war, spiegelte jetzt die Gewalt und Turbulenz des Atlantischen Ozeans mit allen unerforschten Geheimnissen der Natur wider. Der einsame Leuchtturm dagegen war Menschenwerk. Er wachte über die See als Sinnbild von ewiger, zeitloser Harmonie.

Das Bild bewegte, störte und beunruhigte ihn gleichermaßen. Genauso wie seine Schöpferin.

Gennie fühlte eine fast unerträgliche Spannung, als Grant schweigend und stirnrunzelnd ihr Werk betrachtete. Sie hatte alle Kraft hineingegeben, möglicherweise war es das Beste, was sie jemals gemalt hatte. Aber das änderte nichts daran, dass es seine Welt darstellte.

Sein Leben und seine Geheimnisse waren für sie dominierend gewesen, als sie es malte. Es gehörte ihm.

Grant trat einen Schritt zurück und blickte auf die See. Hinter den drohenden, dunklen Wolken wetterleuchtete es. Er war sonst um Worte nie verlegen, doch jetzt wusste er nicht, was er sagen sollte. Er dachte nur an Gennie und spürte das Verlangen nach ihr schmerzhaft wie einen Krampf im Leib. »Es ist hübsch«, sagte er nur.

Ein Schlag ins Gesicht hätte weniger wehgetan. Gennies tiefer Atemzug wurde vom Wind übertönt. Wieder diese Zurückweisung! Konnte sie niemals aufhören, Grants Ablehnung herauszufordern?

Innerhalb von Sekunden verwandelte sich der Schmerz in Ärger. Sie hatte weder seine Zustimmung noch sein Lob oder sein Verständnis nötig. Ihr eigenes Urteilsvermögen genügte vollkommen. Wortlos schob sie die Leinwand in das schützende Futteral. Dann klappte sie die Staffelei zusammen. Als alles beieinanderlag, wandte sie sich langsam Grant zu.

»Bevor ich gehe, möchte ich dir noch etwas sagen.« Ihre Stimme klang kühl und beherrscht. »Man findet es nicht oft, dass der erste Eindruck sich als absolut richtig erweist. In der Gewitternacht, als du mir endlich die Tür geöffnet hast, hielt ich dich für ungezogen und arrogant, ohne irgendwelche ausgleichenden Qualitäten.« Der Wind blies ihr das Haar ins Gesicht, und mit heftiger Kopfbewegung warf sie es zurück, sodass sie ihren eiskalten Blick nicht von ihm abzuwenden brauchte. »Es befriedigt mich, dass diese Meinung sich bestätigt hat und dass ich allen Grund für meine tiefe Abneigung dir gegenüber habe.« Mit stolz erhobenem Kopf machte sie sich auf den Weg zu ihrem Wagen.

Gennie riss den Kofferraum auf, legte die Malutensilien hinein und genoss es, hierdurch ihre Wut abzureagieren. Als Grants Hand besitzergreifend ihren Arm nahm, warf sie ungestüm die Klappe zu, fuhr herum und war zu jedem Kampf bereit, ganz gleich, wo und wie er stattfinden sollte. Aufgewühlt, wie sie im Augenblick war, erkannte sie nicht das Aufblitzen in seinen Augen und hörte nicht sein unregelmäßiges Atmen.

»Bildest du dir wirklich ein, dass ich dich einfach gehen lasse?«, fuhr er sie an. »Meinst du, du kannst in mein Leben eindringen, dir das nehmen, wonach dir gerade der Sinn steht, und dann einfach verschwinden, ohne etwas zurückzulassen?«

Mit berechneter Geringschätzigkeit blickte sie auf die Hand, die ihren Arm umklammerte. »Nimm deine Hand weg!«, forderte sie ihn auf und betonte aufreizend jedes einzelne Wort.

Blitze zuckten über den Himmel, während sie sich anstarrten. Das betäubende Krachen des Donners übertönte Grants

Verwünschung. Ein Moment tödlicher Ruhe folgte, dann schlug der Wind wie ein Peitschenhieb zu und heulte noch stärker als zuvor.

»Du hättest meinem Rat folgen«, stieß Grant zwischen zusammengebissenen Zähnen hervor, »und bei deinen Grafen und Herzögen bleiben sollen.« Mit einer einzigen Bewegung zog er Gennie an sich heran.

»Was zum Teufel fällt dir ein?«

»Was ich schon in der ersten Minute hätte tun sollen, als du in mein Leben eingedrungen bist.«

Mord? Gennie warf einen Blick auf die Klippen und die tobende See darunter. Grant sah – weiß der Himmel – in diesem Augenblick aus, als wäre er dazu fähig. Vielleicht wollte er sie auch nur glauben machen, dass er sie hinabstürzen würde. Aber Gennie wusste genau, worauf seine Gewalttätigkeit beruhte und wohin der Sturm sie beide führte. Mit aller Kraft wehrte sie sich, als Grant sie zum Leuchtturm zog.

»Bist du verrückt geworden?«

»Das bin ich wohl«, gab er unbeirrt zu. Beim nächsten Blitz öffnete sich der Himmel, und Regen stürzte zur Erde.

»Lass mich los!«

Grant riss sie an sich. Sein Gesicht wirkte hart im undeutlichen Halbdunkel des entfesselten Sturmes. »Dazu ist es zu spät.«

Er musste schreien, um sich Gehör zu verschaffen. »Verdammt, das weißt du doch genauso gut wie ich. Schon in der allerersten Minute war es zu spät.« In Sekundenschnelle waren sie vollkommen durchnässt.

»Ich lass mich nicht in dein Bett zerren, verstehst du?« Zitternd vor Wut und Erregung packte Gennie Grants Hemd mit ihrer freien Hand. »Denkst du wirklich, dass du mir deinen Willen aufzwingen kannst, nur weil du plötzlich mit jemandem schlafen willst?«

Grants Atem ging stoßweise, seine Augen glühten vor Leidenschaft. »Nicht mit irgendjemandem.« Er zog sie eng an sich. Ihre klatschnassen Kleider klebten an ihren Körpern. »Du bist es, die ich will, Gennie! Sonst keine.«

Ihre Gesichter waren sich nahe, ihre Augen hielten einander fest. Beide hatten den Sturm vergessen. Herz schlug an Herz, Verlangen gegen Verlangen. Gennie warf den Kopf zurück, sie wusste selbst nicht, was größer war – ihr Triumph oder die Angst vor dem Ungewissen.

»Dann zeig es mir!«

»Das werde ich«, seine Stimme war rau, »bei Gott – hier und jetzt.«

Seine Lippen pressten sich auf Gennies Mund, und sie reagierte überraschend nachgiebig. Er küsste ihr Gesicht, ihren Hals. Gennie stöhnte und zog Grant mit sich auf den Rasen.

Heftiger Wind, starker Regen, tobende See – und doch war all das zusammengenommen nichts gegen die Leidenschaft, die diese beiden Menschen erfasst hatte. Grant vergaß die entfesselte Natur, als er Gennie an sich presste, jede Linie und Kurve ihres Körpers fühlte, als ob sie bereits nackt wäre. Ihr Herz schlug im Rhythmus mit seinem Herzen, sodass er nicht mehr wusste, ob es ihres oder seines war, das er spürte.

Von ihrem Körper ging eine Hitze aus, die der Regen eigentlich hätte abkühlen sollen. Sie bewegte sich fieberhaft unter Grant, ihre Hände fuhren rastlos über seinen Körper, ihr Mund ließ seine Lippen nicht los.

Es war allein Gier, Verlangen und ein primitiver Drang, was Grants Verhalten bestimmte. Gennie hatte ihn vom ersten

Augenblick an verhext, und nun – endlich – war sie ihm unterlegen. Mit beiden Händen griff er in ihr Haar, presste seinen Mund auf ihren, immer wieder und immer wieder, bis sie nach Atem rang.

Sie rollten sich auf dem nassen Gras, bis Gennie auf ihm lag. Sogleich zog sie ihm das Hemd über den Kopf, warf es neben sich und fuhr aufstöhnend mit den Händen über seine nackte Brust. Grants Denken setzte aus.

Er packte Gennie rau und drängte sie auf den Rücken, küsste sie wild, während Blitze zuckten und der Donner grollte. Ohne sich die Zeit zu nehmen, ihr die Bluse aufzuknöpfen, zerrte er sie ihr über die Schultern in der verzweifelten Sehnsucht, das zu berühren, was er sich seit Tagen versagt hatte. Mit beiden Händen strich er über ihre nasse Haut, massierte die weichen Rundungen ihrer Brüste, und als Gennie sich ihm voller Verlangen entgegenbog, presste er seinen Kopf zwischen ihre Brüste.

Er schmeckte den Regen auf ihrer Haut, atmete ihren Duft ein und klammerte sich wie ein Verdurstender an sie. Eine Frau zu begehren war ihm nicht unbekannt, aber nicht mit dieser … Gier. Sehnsucht konnte kontrolliert werden, doch hier wollte er alles von Gennie, und er wollte es sofort.

Als er ihr die Jeans herunterzog, fühlte er eine ungeheure Erregung und Frustration zugleich, als es ihm nicht schnell genug gelang. Jedem Zentimeter ihres Körpers, den er von dem nassen Stoff entblößt hatte, folgte er mit dem Mund, und es entzückte ihn, Gennie vor Lust aufstöhnen zu hören.

Mit der Zunge brachte er sie an den Rand der Ekstase. Sie wand sich unter der Berührung. Der Regen klatschte auf seinen Rücken, rann von seinem Haar in kleinen Bächen auf ihre erhitzte Haut, aber das kühle Nass vermochte nicht, die

Leidenschaft wegzuschwemmen, die beide dem Höhepunkt näher und näher brachte.

Dann entledigte Grant sich rasch seiner Jeans und kniete sich über Gennie. Als der weiße Blitz ihr Gesicht für den Bruchteil einer Sekunde erhellte, sah er ihre hohen Wangenknochen, ihre schrägen Augen, die halb geschlossen waren, die weichen vollen Lippen. In diesem Augenblick war sie eine Hexe und er ihr williges, verzaubertes Opfer.

Während er den Mund an den hämmernden Puls an ihrem Hals presste, drang er in sie ein, nahm sie in einer Mischung von Gewalt und Zärtlichkeit, die er selbst nicht verstand. Gennie versteifte sich und schrie auf. Grant kämpfte darum, wieder klar denken zu können. Aber Gennie schlang ihre Beine um ihn und zog ihn in die seidenweiche Finsternis.

Atemlos, benommen und leer blieb Grant liegen und vergrub sein Gesicht in Gennies Haar. Es regnete noch immer, aber weit weniger heftig. Der Sturm war vorüber. Er spürte, wie Gennies Herz unter ihm klopfte und wie sie zitterte. Er schloss die Augen und versuchte genug Kraft zu sammeln, um Klarheit zu bekommen.

»Gütiger Himmel!« Seine Stimme war rau. Jede Entschuldigung würde sinnlos sein. »Warum hast du mir das nicht gesagt?«, murmelte er, als er sich von ihr rollte und sich mit dem Rücken auf das nasse Gras legte. »Verdammt, Gennie, warum hast du mir das nicht gesagt?«

Gennie hielt die Augen geschlossen, sodass der Regen auf ihre Glieder, ihr Gesicht und ihren Körper fiel. Fühlte man sich immer so danach? fragte sie sich verwundert. So matt, so geschwächt, während ihre Haut noch immer da zu glühen schien, wo Grant sie berührt hatte. Es gab kein letztes Geheimnis mehr, aber auch das Bedürfnis danach war vergangen.

Und doch. Grants Frage, die sich so deutlich wie ein Vorwurf anhörte, schmerzte mehr als der Verlust ihrer Unschuld. Sie schwieg.

»Gennie, du hast mich glauben lassen, dass du …«

»Was?«, fragte sie und öffnete die Augen. Die Wolken zogen immer noch über den dunklen Himmel, aber es blitzte nicht mehr.

Grant stieß eine Verwünschung aus und fuhr sich mit der Hand durch das wirre Haar. »Gennie, du hättest mir sagen sollen, dass du noch nie mit einem Mann zusammen warst.« Wie war es ihr möglich gewesen, unberührt zu bleiben? Es war unglaublich. Er war der erste Mann für Gennie … Der Einzige!

Gennie wünschte, Grant würde gehen oder sie fände die Kraft aufzustehen und ihn alleinzulassen. »Es ging nur mich etwas an.«

Grant richtete sich auf und beugte sich über sie. Seine dunklen Augen blitzten ärgerlich. Als sie sich ihm entziehen wollte, hielt er sie fest. »Ich bin nicht sehr zartfühlend«, sagte er und rang offensichtlich um Fassung. »Aber trotzdem hätte ich alles getan, um dir mehr zu geben.« Als Gennie ihn nur anstarrte, legte er seine Stirn gegen ihre. »Gennie …«

Ihre Zweifel und alle Furcht schmolzen beim Klang dieses Wortes dahin. »Ich wollte keine Zärtlichkeit haben – vorhin«, wisperte sie und nahm sein Gesicht zwischen ihr Hände. »Aber jetzt …« Sie lächelte und bemerkte, wie seine Züge sich glätteten.

Grant küsste sie weich. Dann stand er auf und zog Gennie mit sich hoch. Sie lachte über das Gefühl der Schwerelosigkeit. »Was wirst du jetzt tun?«

»Ich bringe dich ins Haus, damit du wieder warm und

trocken wirst und wir uns wieder lieben können – vielleicht nicht in dieser Reihenfolge.«

Gennie schlang die Arme um seinen Hals. »Deine Vorschläge beginnen mir zu gefallen. Was geschieht mit unseren Sachen?«

»Was davon noch brauchbar ist, sammeln wir später ein.« Mit dem Fuß stieß er die Tür zum Leuchtturm auf. »Wir werden sie für eine Weile nicht brauchen.«

»Auch diese Idee ist nicht schlecht.« Sie küsste ihn leicht auf den Hals. »Willst du mich tatsächlich all die vielen Stufen hinauftragen?«

»Ja.«

Gennie warf einen abschätzenden Blick auf die Wendeltreppe und hielt sich fester. »Ich möchte nur bemerken, dass es nicht besonders romantisch wäre, wenn du stolpern würdest und mich fallen ließest.«

»Das Weib beschmutzt meine Männlichkeit mit ihrem Zweifel.«

»Nur deine Balance«, verbesserte sie, als er sich anschickte, den Weg nach oben anzutreten. Gennie zitterte. Sie war nass und fror, aber plötzlich lachte sie hell auf. »Was glaubst du, wie unsere verschiedenen Kleidungsstücke auf jemanden wirken, der zufällig vorbeikommt?«

»Der Eindruck würde der Wahrheit entsprechen.« Nach kurzem Überlegen setzte er hinzu: »Außerdem dürfte ihr Anblick jeden zurückschrecken, der hier eindringen will. Daran hätte ich schon früher denken sollen. Das ist viel besser als ein Schild mit ›bissiger Hund‹.«

Gennie seufzte erleichtert, als sie den Absatz erreicht hatten.

»Du bist hoffnungslos. Jeder könnte denken, dass du Clark Kent bist.«

Grant blieb an der Badezimmerschwelle stehen und schaute sie verständnislos an. »Noch mal, bitte.«

»Du weißt schon ... eine mysteriöse Identität verheimlichen. Obwohl du alles andere bist als weichherzig.« Sie strich ihm eine feuchte Strähne aus der Stirn. »Du siehst diesen Leuchtturm doch wie die Festung der Einsamkeit.«

Grant lachte und küsste sie mit Nachdruck. »Du überraschst mich immer wieder, Genevieve. Ich glaube, ich bin ziemlich verrückt nach dir.«

Die Worte waren leicht dahingesagt, aber sie gingen direkt in Gennies Herz und rührten es. »Weil ich Clark Kent kenne, den Superman?«

Grant rieb seine Wange an ihrem Gesicht, und diese Geste war von solcher Zärtlichkeit, dass Gennie sich in diesem Moment so hoffnungslos an ihn verlor wie noch niemals an einen Mann zuvor.

Grant fühlte, dass sie zitterte, und hielt sie fester. »Komm schnell unter die heiße Dusche, du erfrierst mir sonst.«

Eng aneinandergeschmiegt standen sie in der Badewanne und spürten den kräftigen heißen Strahl. Neckend streichelte Grant anzüglich über Gennies Hüfte. »Tut gut, nicht wahr?«

»Du hättest nicht sofort voll aufdrehen müssen«, wehrte sie sich, als sie wieder zu Atem kam.

»Das Leben ist voller Überraschungen.«

Das stimmt, dachte Gennie, ich hatte bestimmt nicht die Absicht, mich zu verlieben. Sie lächelte, weil ihre Arme ganz von selbst um Grants Hals geglitten waren.

»Weißt du«, Grants Zunge fuhr spielerisch über Gennies Mund, »ich gewöhne mich erstaunlich schnell an deinen Geschmack und an das Gefühl deiner Haut, wenn du nass bist.

Die Versuchung ist groß, die nächsten zwei Stunden hier stehen zu bleiben.«

Gennie schmiegte sich an ihn, während seine Hände ihren Rücken liebkosten. Es waren starke, feste Hände trotz der feingliedrigen, langen Finger. Sie konnte sich nicht vorstellen, dass jemand anderes sie so berühren würde.

Der Raum war bald von feuchtem Dampf erfüllt, Gennie lag anschmiegsam und hingebungsvoll in Grants Arm, und er spürte, dass die Erregung wieder in ihm wuchs. Seine Muskeln zogen sich zusammen, spannten sich und bereiteten sich vor.

»Diesmal nicht«, murmelte er und drückte seinen Mund an Gennies Schulter. Jetzt war er sich bewusst, wie zerbrechlich sie war. Er würde die wunderbare Tatsache nicht vergessen, dass er der einzige Mann war, der sie jemals besitzen durfte. Was immer er an Zärtlichkeit aufzubringen vermochte, gehörte Gennie.

»Du solltest dich jetzt abtrocknen.« Grants Zähne knabberten vorsichtig an Gennies Unterlippe, dann ließ er sie los. Obwohl sie lächelte, lag Unsicherheit in ihrem Blick. Grant drehte das Wasser ab und bemühte sich, durch das Wissen um Gennies Unerfahrenheit nicht ängstlich zu werden. Er nahm ein großes Frotteetuch vom Ständer und wickelte es um ihren Körper.

»Heb die Arme hoch«, bat er und knotete die Enden lose über ihren Brüsten zusammen. Zwischendurch berührte er federleicht Gennies feuchtes Gesicht mit seinen Lippen. Sie schloss die Augen, denn so ließ sich seine Fürsorge besser genießen.

Mit einem anderen Tuch trocknete Grant ihr Haar. Seine gleichmäßigen, langsamen Bewegungen wirkten beschleunigend auf Gennies Herzschlag. Bange Erwartung, Unsicherheit und Verlangen mischten sich und ließen sie erbeben.

»Warm?«, hörte sie ihn fragen. »Du zitterst noch immer.«

Wie könnte sie ihm erklären, dass ihr Herz bis zum Hals hinauf schlug? Dass Hitze in ihr aufstieg, wenn sein Mund sie berührte, und dass sie ihm gehören würde für immer und ewig?

»Ich wollte dich haben«, flüsterte Grant, »schon von Anfang an.« Seine Zungenspitze berührte flüchtig ihr Ohr. »Wusstest du das nicht?«

»Doch.« Atemlos klang es, wie ein Seufzer.

»Mein Verlangen nach dir ist jetzt noch viel stärker, als es vorhin gewesen ist. Kannst du dir das vorstellen?« Sein Mund auf ihren Lippen erstickte die Antwort. »Komm ins Bett, Gennie.«

Er nahm Gennie bei der Hand und führte sie in das dämmrige Schlafzimmer. Ihr Puls raste. Beim ersten Mal war zum Nachdenken keine Zeit gewesen. Leidenschaft hatte jeden Zweifel erstickt. Jetzt, bei klarem Verstand, war sie aufgeregt und gereizt wegen ihrer Unerfahrenheit. Außerdem hatte sie Angst. Aber sie war Grant verfallen. Das, wovor sie sich fürchtete, wünschte sie sich gleichzeitig sehnlichst.

»Grant ...«

Er berührte sie sachte, nahm ihr Gesicht in seine Hände und sagte leise: »Du bist wunderschön.« Seine Augen bestätigten es. »Beim ersten Mal, als ich dich sah, war ich ganz atemlos. Daran hat sich kaum etwas geändert.«

Gennie ergriff seine Handgelenke. »Ich brauche keine Worte. Ich will nur bei dir sein.«

»Es ist die Wahrheit, Gennie, sonst würde ich schweigen.« Seine Fingerspitzen strichen über Gennies Gesicht, verweilten an ihrem Mund und glitten herab zu der weichen Haut ihres Halses.

Ihr Kopf wurde leicht, und ihr Körper fühlte sich schwer an. Sie spürte kaum, wie sie auf das Bett sanken.

Doch plötzlich war ihre Haut empfindlich wie die eines Babys. Im Laken fühlte sie die kleinen Falten, Grants feste Handflächen und die gekräuselten Haare auf seiner Brust. Er behandelte sie zart. Seine vorsichtigen Berührungen erregten sie und brachten die fließende Schwerelosigkeit zurück, die sie im Kirchhof gefühlt hatte. Gennie seufzte tief. Sie wusste nun, wohin die Leidenschaft sie beide führen würde. Doch diesmal sollte die Reise genussvoll sein, langsam und zärtlich.

Gedämpftes Licht drang durch das Fenster, denn die Sonne versteckte sich weiter hinter den grauen Wolken. Von ferne konnte Gennie das Rauschen der Brandung hören. Grants leise Worte gehörten dazu, wie das Plätschern der Wellen. Das ungewisse Sehnen war ruhigem Genießen gewichen. Grant war bei ihr, er würde sie führen und beschützen, sie hegen und pflegen auf seine raue, herbe Art. Unter all der fordernden Ungeduld versteckte sich ein selbstloser, liebevoller Mann. Nur wer das wusste, kannte ihn.

Berühre mich und hör nie damit auf! Grant schien die stumme Bitte verstanden zu haben, denn er liebkoste sie, verweilte und erforschte. Der Genuss war fließend und leicht, wie ein langsamer Fluss, wie schwebende Nebel. Es gab nicht mehr ihren Körper oder Grants, aus zwei Teilen war ein Ganzes geworden.

Leises Flüstern und tiefe Seufzer begleiteten das Gefühl der wohligen Wärme, die nur dann entstand, wenn Körper sich an Körper drängte. Unter Grants rauer Schale verbarg sich der zärtlichste, sensibelste Mann.

Gennie bemerkte kaum, wie er spielerisch begann, das Verlangen anzustacheln, aber er tat es. Ihre Bewegungen, das raschere Atmen und gelegentliche, genussvolle Schauer zeigten ihm, dass er sich auf dem richtigen Weg befand. Im Halbdunkel beobachtete Grant Gennies Gesicht. Die Erkenntnis, dass vor ihm noch kein Mann sie so wie er berührt hatte, steigerte seine Erregung. Sie gehörte nur ihm. Lange Jahre war er bemüht gewesen, niemanden in seine Nähe zu lassen und sich keinem Menschen anzuschließen. Obwohl ihn seine Eigentumsansprüche Gennie gegenüber beunruhigten, war er dagegen machtlos. Er würde sie nie einem anderen Mann überlassen. Bedeutete das nun auch, dass er genauso an Gennie verloren war? Grant ließ diese Frage unbeantwortet.

Zärtlich und geduldig küsste er Gennies weiche Haut immer wieder und überall. Indem er sie langsam und behutsam vorbereitete, genoss er selbst ungeahnte Freuden. Er wartete, bis sie sich ihm öffnete, sich ihm völlig hingab. Dann erst glitt er in sie hinein.

Gennie hörte, wie Grant aufstöhnte und erzitterte. Er atmete keuchend an ihrem Ohr, aber seine Bewegungen waren wunderbar langsam. Sie wusste, dass Grant sich um ihretwillen beherrschte und überließ sich seiner Führung, ließ sich ganz in die Sinnenwelt fallen. Ihre Hände glitten über die harten angespannten Muskeln seiner Schultern, und Empfindungen kamen in ihr auf, die hundertmal stärker waren als Leidenschaft.

»Grant.« Sein Name war nur ein Wispern, während ihre Arme sich enger um ihn schlossen. »Jetzt. Nimm mich jetzt.«

»Gennie...« Er hob den Kopf und suchte Gennies Mund. Als würden durch diese Berührung alle Kontrollen ausgeschaltet, beschleunigte er das Tempo, und zusammen erreichten sie den Höhepunkt. Weder Gedanken noch erklärende Worte waren nötig.

# 8. Kapitel

Wie sie es gewohnt war, erwachte Gennie früh am Morgen. Sie gähnte und reckte sich. Für den Bruchteil einer Sekunde stutzte sie. Die Sonne lachte durch ein fremdes Fenster, aber Gennie erinnerte sich sehr schnell daran, wo sie sich befand.

Die Morgenwärme wirkte anheimelnd. Körper drängte sich an Körper, Liebhaber an Geliebte. Empfindungen der Zufriedenheit und der Erregung machten sich gleichzeitig bemerkbar und jagten letzte Reste von Schlaftrunkenheit davon. Gennie drehte sich um und beobachtete Grant, der noch schlief.

Er streckte Arme und Beine von sich, bemerkte sie belustigt, und beanspruchte drei Viertel des Bettes für sich. Während der Nacht hatte er sie ziemlich an den Rand gedrängt. Seinen Arm hatte er achtlos über Gennie gelegt, nicht liebevoll, sondern aus Bequemlichkeit. Ihr Kissen lag unter seinem Kopf.

Gegen das weiße Leinen des Bezuges erschien sein Gesicht noch dunkler, sonnengebräunter und etwas verwildert durch die Bartstoppeln. Gennie bemerkte, dass er tief atmete und ganz entspannt war. So hatte sie ihn nur damals bei ihrem gemeinsamen Strandspaziergang gesehen.

Was geht in dir vor, Grant? überlegte sie und konnte nicht widerstehen, mit seinem zerzausten Haar zu spielen. Warum bist du so misstrauisch und so einsam? Wie ist es nur möglich, dass es mein sehnlichster Wunsch ist, dich zu verstehen und mit dir zu teilen, was dich im Geheimen belastet?

Behutsam führte sie ihre Fingerspitze um Grants Kinn herum. Welch hartes, männliches Gesicht er hatte! Trotzdem kam manchmal unerwartet Humor und Zärtlichkeit in seinen Blick. Dann verging die Härte, und nur die männliche Stärke blieb.

Grob konnte er auch sein und verschlossen und arrogant. Aber all das gehörte zu ihm, und sie liebte ihn trotzdem – oder vielleicht gerade deswegen. Durch seine Zärtlichkeit hatte sie sich erlaubt, es einzugestehen. Im Inneren wusste sie es schon lange.

Die Sehnsucht, es ihm zu sagen, war groß. Er hatte ihren Körper besessen, ihre Unschuld genommen, und sie vertraute ihm. Auch ihre Gefühle wollte sie mit ihm teilen. Musste man Liebe nicht freiwillig geben, anspruchslos und ohne Bedingungen? Aber Gennie kannte Grant. Dieser Schritt musste zuerst von seiner Seite aus kommen. Das verlangte sein Naturell. Ein anderer Mann wäre möglicherweise geschmeichelt und erfreut, sogar erleichtert, dass sich die Frau ihm offenbarte. Grant – das wusste Gennie genau – würde sich eingeengt fühlen, herausgefordert.

Gennie lag ganz still neben dem schlafenden Grant. War er durch eine Frau so verletzt worden und hatte deshalb die Einsamkeit als Konsequenz gewählt? Es musste Schmerz gewesen sein und maßlose Enttäuschung, dessen war sie sicher. Im Inneren seines Herzens war er freundlich, versteckte es aber. Warum? Hoffentlich brachte sie Geduld genug auf, sich nicht in seine Geheimnisse zu drängen, sondern zu warten, bis er ihr freiwillig Vertrauen schenken würde.

Warm und glücklich schmiegte Gennie sich an ihn und flüsterte seinen Namen. Grants Antwort war unverständliches Murmeln, er drehte sich auf den Bauch und verbarg sein Gesicht im Kissen. Diese Bewegung engte Gennies Platz im Bett noch mehr ein.

»Hey!«, rief sie und stupste ihn lachend an der Schulter. »Du machst dich sehr breit.«

Keine Reaktion.

Du romantischer Teufel! dachte sie. Dann küsste sie ihn auf die nächstliegende Stelle und schlüpfte aus dem Bett. Sofort ergriff er Besitz von dem frei gewordenen Platz.

Ein Einzelgänger, überlegte Gennie, während sie ihn eingehend und zärtlich betrachtete. So wie er quer über dem Bett lag, hatte er noch nie Rücksicht auf einen anderen nehmen müssen. Nach einem letzten gedankenvollen Blick ging sie zum Badezimmer, das auf der anderen Seite des Flurs lag.

Das Geräusch des laufenden Wassers weckte ihn. Ganz still blieb er liegen und erwog ernsthaft, wie viel Anstrengung es kosten würde, jetzt die Augen zu öffnen. Das war ein allmorgendliches Ritual. Sein Kissen duftete nach Gennie. Sanfte, verlockende Bilder drängten sich in seine Gedanken, die ihn zugleich erregten und beunruhigten. Grant bewegte sich, immer noch im Halbschlaf, und musste feststellen, dass er allein im Bett lag. Er spürte ihre Wärme auf dem Laken und an seiner Haut und wusste nicht, warum das so selbstverständlich schien. Er wollte es auch nicht wissen.

Er erinnerte sich, wie sie roch und schmeckte, wie ihr Puls sich unter der Berührung seiner Finger beschleunigte. Benommen setzte er sich auf und fuhr sich mit der Hand über das Gesicht, als Gennie zurückkam.

»Guten Morgen!« Um den Kopf hatte sie ein Handtuch gewickelt, und sein viel zu großer Bademantel hing lose um ihre Hüften. Sie setzte sich auf den Bettrand, verschränkte ihre Hände in seinem Nacken und küsste ihn. »Noch nicht munter?«

Sie duftete nach Seife und Shampoo. Grant wollte sie greifen, doch geschickt wich Gennie aus.

»Beinahe.« Er zog das Tuch von ihrem Kopf. »Bist du schon lange wach?« Ihr Haar war noch feucht.

»Seitdem du mich aus dem Bett gestoßen hast. Wie ist es mit Kaffee?«

Grant ergriff Gennies Hand und zögerte. »Ja«, meinte er dann, »in einer Minute bin ich unten. Das Frühstück ist heute meine Sache.« Eigentlich wollte er etwas anderes sagen. Aber wie sich ausdrücken? Gennie spürte seine Unentschlossenheit, fragte aber nicht, sondern ließ ihn allein. Ihre Schritte verklangen.

Grant blieb noch einen Augenblick im Bett und hörte ihren Schritten nach. Ihre Schritte – meine Treppe. Irgendwie schien sich die Demarkationslinie zwischen ihnen beiden zu verschieben. Würde er jemals wieder in seinem Bett liegen können, ohne sich an Gennie zu erinnern?

Er hatte andere Frauen gehabt. Er genoss die Freuden, die sie ihm schenkten, war auch dankbar dafür, aber dann hatte er sie schnell wieder vergessen. Weshalb war er sicher, dass er Gennie nie würde vergessen können? Auf ihrer Hüfte hatte er ein Muttermal entdeckt, einen winzigen Halbmond. Es bereitete ihm große Genugtuung, dass kein anderer Mann es bisher berührt hatte, so albern er es auch fand.

Ich benehme mich wie ein Idiot, schalt er sich und genoss das Gefühl, Gennies erster Liebhaber zu sein – und einziger, wie er sich leidenschaftlich vornahm. Was war mit ihm los? Wahrscheinlich müsste er eine Weile allein bleiben, um mit seinen Gedanken ins Reine zu kommen. Nie würde er Gennie anbinden wollen, und umgekehrt wollte er auch nicht von ihr angebunden werden.

Grant stand auf und wühlte im Schrank, bis er eine abgeschnittene Jeans fand. Nach dem Frühstück sollte Gennie ihrer Wege gehen, damit er sich seiner täglichen Arbeit zuwenden konnte.

Schon am Fuße der Treppe roch er den Kaffee, hörte Gennie singen. Genauso war es am ersten Tag gewesen. Wieder durchdrang ihn das Gefühl der Selbstverständlichkeit. Auch wenn er hundertmal in seine Küche käme, Jahr für Jahr, es könnte niemals mehr richtig sein, wenn Gennie nicht dort auf ihn warten würde.

Grant blieb im Türrahmen stehen und beobachtete sie. Der heiße Kaffee stand auf dem Tisch. Sie streckte sich nach den Bechern, die für ihn mühelos erreichbar waren. Sonnenstrahlen spielten wieder mit ihrem Haar. Als Gennie ihn sah, zögerte sie. Dann lächelte sie ihm zu.

»Ich habe dich nicht kommen hören.« Sie warf das lange Haar zurück auf die Schultern und goss Kaffee ein. »Draußen ist es wundervoll. Der Regen hat alles blank geputzt, und das Meer leuchtet blau und nicht grün. Nichts erinnert noch an den Sturm.«

Als Gennie seinen Becher über den Tisch schob, trafen sich ihre Blicke, und sie verhielt mitten in der Bewegung. Sie war verwirrt. War Grant ärgerlich? Warum? Vielleicht tat ihm schon leid, was geschehen war. Törichterweise hatte sie sich eingebildet, dass die gestrige Nacht auch für ihn ein besonderes, einmaliges Erlebnis gewesen sein müsste.

Gennies Finger krampften sich um den Henkel. Entschuldigungen oder Ausflüchte waren nicht nötig. Sie würde ihm keine Szene machen. Obwohl sie echten, körperlichen Schmerz verspürte, ließ sie sich nichts anmerken. Damit könnte sie sich später befassen, wenn sie allein wäre. Er sollte keine Tränen sehen und erst recht keine Klagen hören.

»Stimmt etwas nicht?« Ihre Frage klang ruhig und beherrscht.

»Ja, etwas stimmt nicht.«

Gennies Finger umklammerten den Becher so fest, dass er beinahe zerbrach. Aber dadurch sah Grant nicht, wie sie zitterte. »Dann sollten wir uns besser setzen.«

»Ich will mich nicht setzen.« Das kam wie ein Peitschenschlag, aber Gennie zuckte nicht zusammen. Ihr Blick folgte ihm, als er murmelnd und fluchend zum Spülbecken ging. Gennie hoffte inständig, es möge schnell gehen, solange sie sich in der Gewalt hatte. Mit einer heftigen Bewegung drehte Grant sich um und starrte Gennie vorwurfsvoll an. »Verdammt, Gennie, ich habe den Kopf verloren.«

Verblüfft schaute Gennie hoch. Ihre Finger, die den Becher hielten, waren weiß und gefühllos. Ihr Puls schlug laut und unregelmäßig. Im blassen Gesicht leuchteten die Augen übergroß. Grant fluchte wieder und fuhr sich durch das Haar.

»Du schüttest den Kaffee über«, murmelte er und steckte die Hände in die Taschen.

»Oh!« Gennie betrachtete verwirrt die zwei kleinen Pfützen auf dem Fußboden und stellte ihren Becher ab. »Das ... das wische ich sofort auf.«

»Lass es.« Grant ergriff ihren Arm. »Hör mal: Ich fühle mich, als hätte mir jemand mit voller Kraft in die Magengrube geschlagen. Und so geht es mir andauernd, wenn ich dich sehe.« Als sie schwieg, nahm Grant auch ihren anderen Arm und schüttelte sie. »Erstens habe ich nie darum gebeten, dass du in mein Leben einbrichst und mir den Kopf verdrehst. Aber du hast es fertiggebacht. Zweitens: Jetzt bin ich in dich verliebt – und glaube mir, dieser Gedanke gefällt mir überhaupt nicht.«

Gennie fand ihre Stimme wieder, obwohl sie nicht recht wusste, was sie damit anfangen sollte. »Schön«, meinte sie nach einer Pause. »Jetzt hast du mich in die Schranken verwiesen.«

»Soll das ein Witz sein?« Wütend machte er sich über seinen Kaffee her, trank den Becher halb aus und freute sich fast, als er sich die Kehle verbrühte. »Lach du nur«, fuhr er auf und setzte den Becher hart auf den Tisch. »Du wirst gefälligst hierbleiben, bis ich weiß, was ich mit dir machen soll.«

Gennie kämpfte gegen unterschiedliche Gefühle wie Belustigung, Ärger und Erstaunen. Energisch stützte sie die Hände in die Hüften. Durch diese Bewegung teilte sich der große Bademantel und drohte, von ihrer Schulter zu gleiten. »Tatsächlich? Du wirst dir also überlegen, was du gegen mich tun kannst, als wäre ich eine lästige, unbequeme Kopfgrippe.«

»Verdammt unbequem.«

»Vielleicht hast du es noch nicht bemerkt, doch ich bin eine erwachsene Frau mit eigenem Willen. Und ich bin gewohnt, Entscheidungen selbst zu treffen. Du wirst überhaupt nichts mit mir machen.« Zorn gewann die Oberhand. Sie drohte ihm mit dem Finger, und der Mantel öffnete sich noch mehr. »Wenn du dich in mich verliebt hast, so ist das dein Problem. Ich habe ein eigenes: Ich bin in dich verliebt.«

»Fantastisch!«, schrie er sie an. »Das ist ja fabelhaft. Es würde uns beiden besser gehen, wenn du die Sturmnacht in einem Graben abgewartet hättest, anstatt hierherzukommen.«

»Damit sagst du mir nichts, was ich nicht längst weiß.« Gennie drehte sich brüsk um und wollte die Küche verlassen.

»Moment mal.« Er hielt sie am Arm fest und drückte sie gegen die Wand. »Du wirst nirgendwohin gehen, bevor das nicht beigelegt ist.«

»Es ist beigelegt.« Gennie hob den Kopf und sah Grant fest in die Augen. »Gut, wir haben uns ineinander verliebt, und ich wünschte, du würdest über die Klippen ins Meer springen und verschwinden. Besäßest du auch nur ein bisschen Taktgefühl ...«

»Habe ich aber nicht.«

»... oder Einfühlungsvermögen«, fuhr sie unbeirrt fort, »würdest du mir eine Liebeserklärung nicht im gleichen Ton machen, mit dem du kleine Kinder zum Fürchten bringst.«

»Das ist keine banale Liebeserklärung«, herrschte er sie an, weil er wütend war und weil Gennie recht hatte. »Ich liebe dich, und verdammt noch mal, das passt mir nicht.«

»Letzteres hast du mir zur Genüge klargemacht.« Gennie reckte die Schultern und hob das Kinn.

»Komm mir nicht mit deiner hochnäsigen Art«, konterte Grant. Mit ihren grünen Augen blitzte sie ihn an, und Grant begann plötzlich zu lachen. Als Gennie den Kopf auch noch zurückwarf, nahm er sie lachend in den Arm. »Oh Gennie! Ich halte es nicht aus, wenn du mich ansiehst, als würdest du mich ins Burgverlies werfen lassen.«

»Lass mich los, du Dummkopf!« Sie war wütend und beleidigt. Mit aller Kraft versuchte sie, ihn wegzuschieben, aber er hielt sie nur noch fester. Nur seine schnellen Reflexe retteten ihn vor einem wohlgezielten Knie an die strategische Stelle.

»Warte doch.« Er schüttelte sich noch immer vor Lachen, aber es gelang ihm, den Mund auf Gennies Lippen zu pressen. Das Lachen erstarb. So zärtlich, wie er nur selten war, umfasste er ihr Gesicht, und Gennie war verloren. »Gennie!« Sie spürte ihren Namen mehr, als dass sie ihn hörte. »Ich liebe dich.« Grant schob seine Hand in ihr Haar und zog ihren Kopf zurück, damit er sie ansehen konnte. »Ich möchte es nicht, und ich werde mich nie daran gewöhnen. Aber ich liebe dich.« Er seufzte tief und drückte ihr Gesicht an seine Brust. »Du bringst mich völlig durcheinander.«

Gennie schloss die Augen und schmiegte die Wange dicht an seine Brust. »Nimm dir Zeit, dich daran zu gewöhnen«, murmelte sie. »Versprich mir nur, dass dir nie leidtun wird, dass es geschehen ist.«

»Tut mir nicht leid«, versprach er. »Ein bisschen verrückt ist es, aber es tut mir nicht leid.« Er strich über ihren Rücken und fühlte, dass neue Sehnsucht nach ihr erwachte, weicher und ruhiger, aber nicht weniger stark. »Liebst du mich wirklich? Oder hast du das nur gesagt, weil ich dich wütend machte?«

»Beides. Ich hatte mich heute Morgen dazu durchgerungen, deinem Ego Vortritt zu lassen. Du solltest es zuerst aussprechen.«

»Stimmt das auch?« Mit gerunzelter Stirn betrachtete er sie. »Mein Ego?«

»Es hat die Eigenschaft, sich durch seine Übergröße in den Weg zu stellen.« Gennie lächelte aufreizend. Als Strafe küsste er sie wild.

»Weißt du«, flüsterte Grant nach einer Weile, »mein Appetit auf Frühstück ist irgendwie verflogen.«

»Ach ja?«

»Hm. Und ich erwähne es nicht gern«, Grant spielte mit dem Kragen des Bademantels, dann schob er ihn über Gennies Schultern bis herab zur Taille, »aber habe ich dir erlaubt, meinen Mantel zu benutzen?«

»Oh, wie ungezogen von mir.« Gennies Lächeln wurde keck. »Willst du ihn sofort wiederhaben?«

»Keine Eile.« Er nahm Gennie bei der Hand und führte sie zur Treppe. »Es hat Zeit, bis wir oben sind.«

Vom Schlafzimmerfenster aus blickte Grant Gennies Wagen nach, als sie davonfuhr. Es war Nachmittag geworden, und die Sonne strahlte. Grant brauchte das Alleinsein, wahrscheinlich ging es Gennie ebenso. Der Gedanke beruhigte ihn, gleichzeitig überlegte er, wie lange er die Trennung aushalten würde.

Oben im Studio wartete die Arbeit auf ihn. Die Routine und Disziplin, die er sich dabei auferlegt hatte, waren ein Teil seines Lebens geworden. Doch wie sollte er arbeiten, wenn sich alles in seinem Kopf nur um Gennie drehte und sein Körper noch ihre Wärme spürte?

So viele Jahre war es ihm gelungen, der Liebe aus dem Weg zu gehen, und dann hatte er unbedacht die Haustür geöffnet. Könnte er seinen Lebensrhythmus ändern? Seine Regeln umstoßen und Kompromisse schließen? Am Ende würde er Gennie wehtun, und wie ein Bumerang käme der Schmerz zu ihm zurück. Im Augenblick war die Leidenschaft vorherrschend, doch würden nicht Forderungen kommen und Bindungen? Könnte er sich einsperren lassen?

Er hatte kein Recht, sich in jemanden wie Gennie zu verlieben. Ihr Lebensstil war Lichtjahre entfernt von seinem, und ihre Unschuld machte sie nur noch verletzlicher.

Sie würde niemals zufrieden sein, hier in der Einsamkeit mit ihm zu leben, und er würde sie nie darum bitten. Für ihn dagegen wäre es unmöglich, seine Ruhe aufzugeben für Partys, Blitzlichter und all den gesellschaftlichen Wirbel. Wäre er so wie Shelby ...

Grant dachte an seine Schwester, die Menschenansammlungen liebte, Einladungen und Lärm. Jeder von ihnen hatte auf seine Weise den Schock kompensiert, der mit dem grässlichen öffentlichen Sterben des Vaters einherging. Doch auch nach fünfzehn Jahren waren die Narben noch zu frisch. Vielleicht hatte Shelby durch ihre Liebe zu Alan MacGregor die Furcht vor Gefahr, Verlust und Abhängigkeit überwunden.

Grant erinnerte sich an Shelbys Besuch in Windy Point, bevor sie sich zur Heirat mit Alan entschloss. Wie elend, verstört und voller Zweifel war sie hier aufgetaucht. »Willst du dich dem Leben verschließen«, hatte er sie gefragt, »wegen einer Sache, die vor fünfzehn Jahren passiert ist?« Sie hatten in der Küche gesessen, und Shelbys Entgegnung mit großen, verweinten Augen hatte gelautet: »Und was tust du?«

In gewissem Sinn stimmte das. Aber durch seine Arbeit, die er liebte und gewissenhaft verrichtete, war er immer mit der Außenwelt verbunden. Er zeichnete für Menschen, zu ihrem Vergnügen und ihrer Unterhaltung, weil er sie auf seine Art verstand und gernhatte. Er mochte nur nicht bedrängt werden und niemanden an sich heranlassen.

Nun war er doch in die Fallgrube gestolpert – und in was für eine! Wartete er nicht jetzt schon wieder ungeduldig auf Gennies Rückkehr, auf den Klang ihrer Stimme und ihre lächelnden Augen? Hatte sie das neue Bild schon angefangen? Trug sie noch sein Hemd? Es würde ihr bis zu den Knien reichen und im Wind flattern. Sie konnte arbeiten, und er stand herum und träumte wie ein Teenager. Grant verzog das Gesicht und verließ das Zimmer. In diesem Moment klingelte das Telefon.

Zuerst wollte er es ignorieren. Das tat er oft, doch dann sprang er eilig die Stufen hinunter. Der einzige Apparat befand sich in der Küche. Dadurch gelang es ihm, ungestört zu arbeiten und zu schlafen. Er riss den Hörer von der Gabel.

»Ja?«

»Grant Campbell?«

Obwohl er ihn nur einmal getroffen hatte, erkannte er die Stimme dieses Mannes sofort. »Hallo, Daniel!«

»Dich zu erreichen ist ein Kunststück. Warst du verreist?«
»Nein.« Grant lachte. »Ich gehe nicht immer ran.«
Daniels missbilligendes Schnauben amüsierte ihn. Sicher saß er in seinem Privatturm am riesigen Schreibtisch und rauchte eine der geliebten, verbotenen Zigarren.
»Wie geht es dir?«
»Gut, bestens!« Daniels Stimme schwoll an vor Stolz. »Vor zwei Wochen bin ich Großvater geworden.«
»Herzlichen Glückwunsch.«
»Ein Junge.« Daniel zog tief an seiner dicken kubanischen Zigarre. »Sieben Pfund schwer, stark wie ein Bulle: Robert MacGregor-Blade. Sie nennen ihn Mac. Gutes Blut.« Er streckte sich. »Der Junge hat meine Ohren.«
Grant hörte zu und freute sich. Seine Schwester hatte in diese Familie eingeheiratet, und er persönlich fand die ganze Familie unwiderstehlich. Irgendetwas von ihnen tauchte immer wieder in seinen Bildgeschichten auf. »Wie geht es Rena?«
»Sie hat sich durchgeboxt wie ein Weltmeister. Aber anders hatte ich es auch nicht erwartet. Ihre Mutter war sehr besorgt. Na ja, Frauen!«
Er ließ unerwähnt, dass er selbst darauf bestanden hatte, ein Flugzeug zu chartern und zu seiner Tochter Serena zu fliegen, als die Wehen einsetzten. Wie ein Wahnsinniger war er im Wartezimmer umhergelaufen, wohingegen seine Frau Anna in aller Ruhe an einer Babydecke strickte.
»Justin ist während der ganzen Zeit bei ihr geblieben.« In seinem Ton lag Bedauern. Wahrscheinlich hatte das Krankenhauspersonal seine liebe Not gehabt, Daniel MacGregor vom Entbindungssaal fernzuhalten.
»Hat Shelby ihren Neffen schon gesehen?«
»Die sind auf Hochzeitsreise gewesen.« Man hörte den

tadelnden Schnaufer. »Aber nun kommen sie am nächsten Wochenende her. Das ist auch der Grund meines Anrufs. Wir möchten dich auch hierhaben, mein Junge. Die Familie soll vollzählig sein, auch das Baby ist da. Anna wird unleidlich, wenn sie ihre Kinder nicht gelegentlich um sich hat. Du weißt ja, wie Frauen sind.«

Grant wusste, wie Daniel war. Aber freundlich entgegnete er: »Alle Mütter sind gleich.«

»Also abgemacht, wir erwarten dich Freitag.«

Grant überschlug in Gedanken seinen Zeitplan. Er hatte Sehnsucht nach seiner Schwester und den MacGregors. Außerdem wollte er Gennie gern die Menschen vorstellen, die er als seine Familie betrachtete. »Ich könnte mich freimachen, Daniel«, sagte er. »Darf ich jemanden mitbringen?«

»Jemanden?« Daniel wurde hellhörig und vergaß sogar seine Zigarre. »Und wer könnte das sein?«

Grant lachte in sich hinein. »Eine Künstlerin aus New England. Sie malt augenblicklich hier in Windy Point. Euer Haus würde ihr sehr gefallen.«

Daniel war begeistert. Junge Menschen zusammenzubringen war sein liebstes Hobby. Bedurften sie nicht der Weisheit und des Rates der älteren Generation? Und Grant – obwohl er ein Campbell war – gehörte schließlich zur Familie. »Eine Künstlerin. Wie interessant! Selbstverständlich kommt sie mit. Das Haus ist mehr als groß genug. Vielleicht ist sie jung und hübsch?«

»Sie ist beinahe siebzig«, sagte Grant ruhig und lehnte sich zufrieden an die Küchentür. »Etwas untersetzt, Gesicht wie ein Frosch, aber enorm talentiert und überaus gefühlsbetont. Ich muss zugeben, dass ich verrückt bin nach ihr.«

Schade, dachte er, dass ich Daniels Gesicht nicht sehen kann.

»Echte Herzensbindung wiegt doch Alter und körperliche Schönheit auf, meinst du nicht auch?«

Daniel räusperte sich, dann fand er seine Stimme wieder. Der Junge schien tatsächlich in einer schlimmen Situation zu sein. Er brauchte Hilfe – viel Hilfe. »Komm, so früh du kannst, Grant. Darüber müssen wir ausführlich sprechen.« Er verdrehte die Augen: »Siebzig, sagst du?«

»Ja, beinahe. Aber wahre Erotik kennt kein Alter. Gerade in der letzten Nacht haben wir …«

»Nein, nein«, wehrte Daniel entsetzt ab, »das musst du mir jetzt nicht erzählen. Wir werden ein langes Männergespräch führen, wenn du hier bist.« Er atmete tief. »Weiß Shelby schon …? Ach was, bis Freitag also. Dann sehen wir weiter.«

»Wir sind rechtzeitig bei euch.« Grant legte den Hörer auf und amüsierte sich königlich. Das würde dem Familienoberhaupt zu denken geben. Fürs Erste hatte Daniel seinen Kopf voll.

In bester Laune stieg Grant die Treppen hinauf zum Studio. Jetzt war er in richtiger Stimmung. Nun konnte er arbeiten bis zum Abend – und bis Gennie wiederkäme.

# 9. Kapitel

Noch nie hatte Gennie sich so schnell zu etwas überreden lassen. Im Handumdrehen erklärte sie ihr Einverständnis, packte die Malsachen und einen Handkoffer und saß auch schon im Flugzeug.

Grant liebte die MacGregors. Ein so starkes Gefühl anderen gegenüber war bei ihm eine Seltenheit. Gennie begleitete Grant in erster Linie, um in seiner Nähe zu bleiben. Außerdem wollte sie seine Freude teilen. Sie war gespannt, wie er sich in einer Umgebung verhalten würde, die weit entfernt von seinem Turm war – und unter vielen Menschen.

Zu ihrem Erstaunen hatte sie vernommen, dass Grant eine Schwester hatte, die auch dort sein würde. Gennie hätte gern mehr über Grants Jugend erfahren, mochte aber nicht fragen und hoffte, dass er eines Tages von selbst sprechen würde. Über seine Liebe war sie glücklich, doch seine Verschlossenheit bekümmerte sie. Lag die Möglichkeit einer gemeinsamen Zukunft nicht in weiter Ferne, wenn keine Offenheit herrschte?

Grant saß am Steuer des Wagens, den sie bei der Ankunft auf dem Flugplatz gemietet hatten. Nach etwa einer Stunde bog er von der Küstenstraße ab und fuhr zwischen steilen Klippen die Zufahrt zum MacGregor'schen Besitz hinauf.

Gennie hielt die Augen halb geschlossen und war tief in Gedanken versunken.

»Was überlegst du?«, fragte Grant.

Sie schaute ihn an, und ein Lächeln verscheuchte sofort den Schimmer von Traurigkeit. »Dass ich dich liebe!«

So einfach klang das, doch es drang Grant bis ins Herz. An einer Ausweichstelle brachte er den Wagen zum Halten. Dann nahm er Gennies Gesicht zwischen seine Hände und küsste sie. Seine Lippen glitten wie ein Hauch über ihre Lider, ihre Stirn und ihren Mund. Diese behutsame Zärtlichkeit band sie fester an ihn als tausend Ketten. Grant spürte ihr Zittern, und alle Gedanken begannen sich zu drehen.

»Ich habe Sehnsucht nach dir«, hörte er Gennie sagen, und sein Griff wurde fester. Danach begrub er das Gesicht in ihrem Haar.

»Gennie, noch ein paar Minuten, und ich vergesse, dass heller Tag ist und wir auf einem öffentlichen Weg halten.«

Zärtlich massierte sie seinen Nacken. »Ich habe es schon vergessen.«

Grant atmete schwer. »Sei vorsichtig!«, warnte er ruhig. »Es fällt mir schwerer, an meine Erziehung zu denken, als mich unzivilisiert zu benehmen. Im Moment würde ich dich gern auf den Rücksitz ziehen, dir die Kleider vom Leib reißen und dich lieben, bis dir die Sinne vergehen.«

Gennie fühlte angenehm sinnliche Schauer über ihren Rücken rieseln. Sie schmiegte sich an ihn und raunte verführerisch: »Muss man der Natur nicht freien Lauf lassen?«

»Gennie …«

Das Geräusch eines näher kommenden Fahrzeugs half Grant, seine Beherrschung zu bewahren. Zögernd schaute er auf. Über seine Schulter hinweg konnte Gennie erkennen, dass dicht neben ihnen ein Mercedes hielt. Den Fahrer konnte sie nicht sehen, aber daneben saß eine hübsche junge Frau mit üppigem, leuchtend rotem Haar. Sie lehnte sich aus dem Fenster und fragte anzüglich: »Haben Sie sich verfahren?«

Grant warf ihr einen drohenden Blick zu, griff dann zu Gennies grenzenlosem Erstaunen mit der Hand in die wehenden Locken und zog daran. »Verschwinde!«

»Manche Leute sind es einfach nicht wert, dass man ihnen helfen will!« Der rote Schopf verschwand ins Innere der Limousine, die weiterfuhr.

»Grant!«

Gennie wusste nicht, ob sie lachen oder ihn schelten sollte. »Selbst für dich war das mehr als unhöflich.«

»Neugierige Menschen sind mir ein Gräuel«, bemerkte er leichthin und startete den Motor.

Gennie lehnte sich im Sitz zurück. »Das hast du deutlich genug gezeigt. Mehr und mehr erscheint es wie ein Wunder, dass du mir in der Nacht deine Tür geöffnet hast.«

»Es war eben ein schwacher Moment.«

Sie warf ihm einen Seitenblick zu und gab es auf. »Wie weit ist es noch? Vielleicht könntest du mir ein paar Tipps geben zu den Leuten …« Sie vollendete den Satz nicht, sondern rief überwältigt: »Gütiger Himmel!«

Es war unglaublich, unmöglich – wundervoll. Dunkelgrau im letzten Licht der untergehenden Sonne erhob sich plötzlich vor ihnen ein Märchenschloss. Wie man es fertiggebracht hatte, es dort hinzusetzen – direkt zwischen Felsen und schäumende Brandung –, war rätselhaft. Aber da stand es, beherrschte die Steilküste und bewachte das Meer. Eine Vielzahl bunter Blumen säumte die Mauern und schmückte die Fenster, leuchtete verschwenderisch in allen Farben des Hochsommers. Die dunklen Kronen der hohen Bäume landeinwärts ließen dagegen einen Hauch des nahenden Herbstes ahnen.

Es war klar für Gennie, dass sie hier malen musste, ob sie wollte oder nicht.

»Dachte ich es mir doch!« Grants frohlockende Stimme drang undeutlich an ihr Ohr.

»Was?« Gennie konnte den Blick nicht abwenden.

»Warum hast du deinen Pinsel noch nicht in der Hand?«

»Ich wünschte, es wäre so.«

»Wenn du das hier mit nur halb so viel Kraft und Können einfangen kannst, wie es dir bei dem Klippenbild gelungen ist, dann müsste ein großartiges Gemälde entstehen.«

Verdutzt wandte Gennie sich ihm zu. »Ich hatte den Eindruck, als gefiele dir das Bild nicht?«

Grant schnaubte missbilligend und nahm mit Schwung die letzte Kurve. »Wie dumm kann der Mensch sein.« Es wäre ihm nie in den Sinn gekommen, dass Gennie auf Anerkennung und Lob gewartet hatte. Grant war sich seiner Begabung wohlbewusst und akzeptierte die Tatsache als Selbstverständlichkeit, dass er auf seinem Gebiet zu den Allerbesten gehörte. Was andere dachten, das interessierte ihn nicht. Bei Gennie hatte er die gleiche Einstellung vorausgesetzt.

Hätte er nur im Entferntesten gewusst, durch welche Höllenqualen sie vor jeder neuen Ausstellungseröffnung ging, wäre er höchst erstaunt gewesen. Dass er sie neulich mit seiner hingeworfenen Bemerkung zutiefst verletzt hatte, konnte er sich überhaupt nicht vorstellen.

»Dann hat es dir also gefallen?«

»Was denn?«

»Das Bild!« Gennie wurde ungeduldig. »Das, was ich für dich bei deinem Turm gemalt habe.«

Grant konnte Gennies Gedankengang nicht folgen, und er hörte auch nicht ihre stumme Bitte um Bestätigung. »Weil es ein anderes Gebiet ist«, meinte er kühl, »bedeutet das schließlich noch nicht, dass ich zu blind bin, um ein Genie zu erkennen.«

Beide hatten einander missverstanden und schwiegen.

Warum sagt er nicht einfach seine Meinung? fragte sich Gennie. Alles muss man aus ihm herausholen.

Grant überlegte unsicher, ob für Gennie nur ernste Malerei als Kunst galt. Was zum Teufel würde sie darüber denken, wie er sich seinen Lebensunterhalt verdiente? Waren Cartoons für sie nur komische Geschichten? Wie würde sie auf Veronica reagieren, die in ein paar Wochen im »New York Daily« ihren ersten Auftritt hatte? Mit quietschenden Bremsen hielt der Wagen vor dem großen Tor.

»Du wirst Augen machen«, Grants Ton war freundlicher, »ich dachte auch zuerst, es kann nicht wahr sein.«

»Es scheint demnach alles zu stimmen, was ich über Daniel MacGregor gelesen habe.« Gennie stieg aus. »Mächtig ist er und exzentrisch. Ein Mann, der seinen eigenen Weg geht. Ist seine Frau tatsächlich Ärztin?«

»Eine bekannte Chirurgin, und sie haben drei Kinder. Du wirst unaufhörlich Daniels Klagen vernehmen, dass erst ein Enkel da ist. Meine Schwester ist mit dem ältesten Sohn Alan verheiratet.«

»Alan MacGregor...«

»... der Senator, das stimmt. Er hat noch viel vor sich.«

»Würde dir ein direkter Draht ins Weiße Haus gefallen?« Gennie lachte ihm zu.

Grant dachte an Macintosh. »Noch ist nichts bestimmt«, meinte er vage. »Aber ich hatte schon immer eine etwas ... verzerrte Zuneigung für Politiker im Allgemeinen.« Er griff nach Gennies Hand und zog sie die roh behauenen Steinstufen hinauf zum Tor.

»Dann gibt es noch Caine, Sohn Nummer zwei und Rechtsanwalt von Beruf. Er heiratete kürzlich eine Anwältin, die zufälligerweise die Schwester vom Ehemann der jüngsten Tochter ist.«

»Ich bin nicht sicher, ob ich alles verstanden habe.« Gennie interessierte augenblicklich viel mehr der schwere Türklopfer in Form eines Löwenkopfes aus massivem Messing.

»Du wirst keine Schwierigkeiten haben.« Grant hob den Löwenkopf hoch und ließ ihn fallen, dass es dröhnte. »Rena – die Tochter – heiratete einen Spieler. Ihnen beiden gehört eine Reihe von Casinos mit allem Drumherum in Atlantic City.«

Gennie betrachtete Grant mit Erstaunen. »Du bist gut informiert.«

»Ja.« Grant schmunzelte, als die Tür sich öffnete.

Der Rotkopf aus dem Mercedes lehnte am Türrahmen und musterte Grant von oben herab. »Noch immer verirrt?«

Dieses Mal umarmte Grant sie und gab ihr einen deftigen Kuss. »Es sieht so aus, als hättest du den ersten Monat als Ehefrau überstanden. Dicker bist du nicht geworden.«

»Und von deiner Zunge rollen nach wie vor schönste Komplimente wie Wassertropfen«, gab sie zurück und erwiderte seine Begrüßung. »Ich sage es nicht gern, aber es tut gut, dich wiederzusehen.« Über Grants Schulter hinweg blickte sie zu Gennie. »Ich bin Shelby.«

Also das ist seine Schwester! Gennie konnte keinerlei Ähnlichkeit zwischen beiden entdecken. Shelby schien ein Energiebündel zu sein. Sie hatte eine schlanke, elegante Figur und wildes rotes Haar. Grants Schwester war eine Kombination aus weißem Porzellan und leuchtenden Flammen.

»Ich bin Gennie, und ich freue mich, dich kennenzulernen.«

»Um die siebzig, oder?«, meinte Shelby vielsagend zu ihrem Bruder und griff Gennies Hand. »Wir müssen uns schnell anfreunden, und dann verrätst du mir, wie du die Gesellschaft dieses Menschen länger als fünf Minuten ertragen kannst. Alan ist übrigens im Thronsaal bei MacGregor.« Grant versuchte vergeblich zu Wort zu kommen. »Hat er dir wenigstens die Zusammenhänge erklärt?« Shelby hatte nur noch Augen für Gennie.

»In Kurzfassung«, antwortete Gennie, der Grants Schwester sofort sympathisch war.

»Typisch.« Shelby hakte Gennie unter. »Aber manchmal ist es besser, wenn man einfach reinspringt. Hauptsache ist, du lässt dich von Daniel nicht einschüchtern. Welcher Herkunft bist du?«

»Französischer, überwiegend. Warum?«

»Wirst schon sehen.«

»Wie war die Hochzeitsreise?«, warf Grant ein.

Shelby lächelte strahlend. »Ich sag dir Bescheid, wenn sie vorüber ist! Wie geht es deinen Klippen?«

»Sie stehen noch.« Grant wurde abgelenkt durch Justins Erscheinen. Dessen neugierige Miene veränderte sich plötzlich, sein meist verschlossenes Gesicht leuchtete vor freudiger Überraschung.

»Gennie!« Mit einem Sprung nahm er die letzten Stufen, ergriff sie und wirbelte sie herum.

»Justin!«, rief Gennie und warf ihre Arme um seinen Hals. »Was tust du denn hier?«, fragten beide gleichzeitig.

»Schön bist du – wie immer«, stellte er fest.

Grant hatte die Szene aus zusammengekniffenen Augen beobachtet.

Zum ersten Mal in seinem Leben war Grant eifersüchtig – eine wenig angenehme Erfahrung. »Offensichtlich kennt ihr euch.« Sein Ton war übermäßig ruhig, und Shelby sah ihn erstaunt an.

»Aber ja!«, rief Gennie. »Natürlich, Justin, du bist der Spieler!« Sie begriff die Zusammenhänge plötzlich. »Und Rena ist deine Frau: Rena – Serena, darauf wäre ich nie gekommen. Deine Heirat kam sehr überraschend. Ich war gerade in Europa und habe die großartige Sache verpasst. Dann bin ich hier also umgeben von Verwandtschaft.«

»Wieso das?«, fragte Grant misstrauisch.

»Die französische Linie«, erklärte Justin zögernd, »ist etwas abenteuerlich und teilweise ... recht schwierig.«

»Nur Tante Adelaide ist ein alter Drachen«, half Gennie ihm.

»Verstehst du das?« Shelby blickte fragend zu Grant.

»Kaum«, murmelte der.

»Ganz einfach«, lachte Gennie, »Justin und ich sind Cousins dritten Grades. Vor fünf Jahren lernten wir uns kennen, als ich in New York ausstellte.«

»Ich war nicht überall besonders beliebt«, warf Justin ein. Er lächelte Gennie zu, und Grant bemerkte, dass er die gleichen grünen Augen hatte. Gennies Geschichte kam ihm in den Sinn, und seine Spannung wich. Das ist demnach das schwarze Schaf, dachte er.

»Wie aufregend«, mischte Shelby sich ein. »Gennie ist mit Grant gekommen. Die Welt ist wirklich ein Dorf.«

»Oh.« Justin bemerkte jetzt Grant, den er von Shelbys Hochzeit her kannte. Auf ihre verschlossene, zurückhaltende Art hatten beide sich gut verstanden. Daniels Vorwarnung bezüglich der zu erwartenden Begleiterin von Grant kam ihm in den Sinn. Mit undurchsichtigem Lächeln bemerkte er: »Daniel hat schon gesagt, dass du eine ... Künstlerin mitbringst.«

Grant erkannte eine Spur von Humor in Justins Augen. »Das dachte ich mir«, sagte er im gleichen Konversationston. »Ich muss dir noch gratulieren, dass du die Fortsetzung der Linie sichergestellt hast.«

»Dadurch hat er von uns anderen den Druck etwas genommen«, meinte Shelby.

»Damit solltest du nicht rechnen«, warnte eine weiche Stimme. Die Stufen herab kam eine blonde Frau, in ihren Armen trug sie ein Bündel in einer blauen Wolldecke.

»Hallo, Grant! Schön, dich zu sehen.« Serena hielt ihren Sohn mit einem Arm fest, lehnte sich vor und küsste Grant auf die Wange. »Es war nett von dir, der königlichen Aufforderung zu folgen.«

»Das Vergnügen ist meinerseits.« Vorsichtig schob er die Decke beiseite, und ein Köpfchen kam zum Vorschein. Das Baby mochte Daniels Ohren und Serenas Augen haben, der Rest aber war ausgesprochen Blade. Ein Häuptlingsgesicht hat er, dachte Grant, und das schwarze Haar seiner indianerblütigen Ahnen.

Während Gennie den Blick nicht von Grant lassen konnte, wurde sie selbst von Serena prüfend betrachtet. Die war erstaunt, dass Gennies Augen denen ihres Ehemannes glichen. Als Gennie dann aufsah, lächelte sie: »Ich bin Serena.«

»Gennie ist eine Freundin von Grant«, erklärte Justin und legte liebevoll den Arm um die Schultern seiner Frau. »Außerdem ist sie meine Cousine: Genevieve Grandeau.«

»Ich kenne deine herrlichen Bilder!«, rief Serena erfreut, und Shelbys verblüfftes Gesicht zeigte deutlich die gelungene Überraschung.

»Du bist ein Scheusal, Grant!« Schwesterlich stieß sie ihn in die Rippen, dann sagte sie zu Gennie: »Unsere Mutter hat zwei

Landschaften von dir. Eine davon musste sie mir zur Hochzeit schenken.«

Gennie freute sich und bat Shelby: »Hilfst du mir dann, Mr. MacGregor davon zu überzeugen, dass ich auch sein Haus unbedingt malen muss?«

»Kein Problem!« Shelby lachte. »Wir werden ihn um den Finger wickeln.«

»Ist das hier ein Gipfeltreffen?«, fragte Alan, aus der Halle kommend. »Will mich denn niemand unterstützen? Dad stöhnt und jammert herzerweichend, dass seine Familie so selten versammelt ist.« Liebevoll glitt Alans Hand unter die rote Haarflut und umfasste Shelbys Nacken. Dann fiel sein Blick auf Gennie. »Wir trafen uns schon.« Seine ausdrucksvollen, dunklen Augen verengten sich, als er überlegte. »Ich hab's: Genevieve Grandeau.«

Gennie lächelte überrascht zurück. »Es war nur ein Moment und in einem völlig überfüllten Saal. Eine Wohltätigkeitsveranstaltung vor zwei Jahren, Senator.«

»Alan«, verbesserte er. »Und du bist also Grants Künstlerin.«

Amüsiert wandte er sich an Grant. »Ich muss gestehen, dass sie deine Beschreibung um ein Vielfaches übertrifft. Wollen wir nicht jetzt alle zu MacGregor gehen, bevor er anfängt, nach uns zu rufen?«

»Komm!« Justin nahm das Baby aus Serenas Arm. »Robert wird ihn beruhigen.«

Gennie erkannte sofort, warum Shelby vom Thronsaal gesprochen hatte. Der riesige Raum war ganz mit rotem Teppich ausgelegt. Überall hingen wertvolle Gemälde, die durch das sanfte Licht großer Kandelaber geschickt zur Geltung kamen. Durch die vielfach unterteilten Fenster drangen gedämpfte

Sonnenstrahlen ein. Es roch deutlich nach Bienenwachs. Große, schwere Möbel verschwanden fast in diesem wundervollen Raum. Vor dem Kamin, in dem ein aufrecht stehender Mensch Platz gefunden hätte, lag ein Stapel mächtiger Buchenscheite.

Mittelpunkt der imponierenden Umgebung war zweifellos Daniel MacGregor. Er füllte den hochlehnigen gotischen Sessel mühelos aus, umfasste mit mächtigen Händen die MacGregor'schen Löwenköpfe an den Armlehnen und blickte mit strahlend blauen Augen erwartungsvoll zur Tür, durch welche die Mitglieder seiner Familie jetzt nacheinander den Saal betraten. Die schottische Herkunft konnte er wahrhaftig nicht leugnen, denn ungebärdiges rotes Haar bedeckte als dichter Schopf seinen kantigen Schädel.

»Nun!« Das kleine Wort wurde zur Anschuldigung. Die tiefe, grollende Stimme passte vorzüglich zu Daniel MacGregor.

Ungerührt – Gennie hielt es für mutig – spazierte Shelby zu ihm hin und gab ihm einen kräftigen Kuss. »Hi, Großvater!«

Die Anrede gefiel ihm, aber er bemühte sich, seine finstere Miene beizubehalten. »Es sieht aus, als hättet ihr großzügig beschlossen, mir eine Minute eurer Zeit zu opfern.«

»Ich fühlte mich verpflichtet, zuerst dem jüngsten MacGregor meine Aufwartung zu machen.«

Als wäre dies sein Stichwort, betrat Justin den Raum und legte dem großen Daniel den eingebündelten Klein Robert auf den Schoß. Gennie beobachtete, wie sich der grimmige Riese in ein Sahnebonbon verwandelte. Er kitzelte das Baby unter dem Kinn, und als die winzige Hand seinen Zeigefinger umklammerte, strahlte er über das ganze Gesicht. »Stark wie ein Ochse!«, stellte er voller Stolz fest und blickte Beifall heischend in die Runde. Dabei bemerkte er Grant. »Hallo, Campbell, da bist du ja. Hier ist ein Beweis dafür«, Robert wurde hochgehoben, »dass die MacGregors unbesiegbar sind. Starker Stamm!«

»Gutes Blut«, vollendete Serena leise und nahm ihr Baby aus des Großvaters Händen.

»Gebt dem Campbell etwas zu trinken«, ordnete Daniel an. »Wo ist die Künstlerin?«, fragte er im gleichen Atemzug. Sein Blick wanderte über die Köpfe der anderen, landeten bei Gennie und blieb dort hängen. War er überrascht oder amüsiert?

»Daniel MacGregor«, Grant übernahm das förmliche Bekanntmachen, »Genevieve Grandeau.«

Es zuckte verräterisch um Daniels Mundwinkel, dann erhob er sich zu seiner ganzen, beeindruckenden Größe und streckte die Hand aus. »Willkommen!«

Gennies halber Unterarm verschwand zwischen seinen Fingern. Sie hatte gleichzeitig den Eindruck von Kraft, Mitgefühl und Eigensinn.

»Sie bewohnen ein fantastisches Haus, Mr. MacGregor«, sagte Gennie und sah ihn fest an, »es passt zu Ihnen.«

Er lachte, dass die Fenster klirrten. »Jawohl, und drei Ihrer Bilder hängen im Westflügel.« Sein Blick streifte Grant, dann wandte er sich wieder Gennie zu. »Sie sehen gut aus für Ihr Alter.«

Gennie verstand weder seine Bemerkung noch dass Grant sich beinahe an seinem Scotch verschluckt hätte. »Vielen Dank«, entgegnete sie unsicher.

»Gennie ist zufälligerweise eine Cousine von mir«, mischte sich Justin ein, »aus der französischen Adelslinie.«

»Eine Cousine?« Daniel überlegte einen Moment lang, dann huschte ein vergnügtes, listiges Lächeln über sein Gesicht. »Somit bleibt alles in der Familie. Grandeau ist ein guter, alter

Name. Du ...«, ohne Übergang hatte er die Anrede gewechselt, »erinnerst mich an eine Königin, die sich mit Zauberei auskennt.«

»Ähnliches hörte ich schon.« Gennie warf Grant einen Blick zu und fuhr fort: »Einer meiner Ahnen war übrigens mit einer Zigeunerin liiert. Das Ergebnis waren Zwillinge.«

»Außerdem ist ein Seeräuber in ihrem Stammbaum«, warf Justin ein.

»Sehr gut!« Daniel nickte anerkennend. »Die Campbells brauchen so viel frisches Blut wie möglich.«

»Vorsicht, MacGregor!«, warnte Shelby, denn Grant sah zwischenzeitlich ziemlich ärgerlich aus. Gennie spürte die angespannte Atmosphäre, die allerdings keiner besonders ernst zu nehmen schien. Er will uns verkuppeln, dachte sie amüsiert und registrierte schadenfroh Grants finstere Miene.

Alan fühlte Mitleid mit seinem Schwager. Um den Vater abzulenken, fragte er leichthin: »Wo bleibt nur Caine?«

Sein Versuch wurde ein voller Erfolg. »Ha!«, schnaubte Daniel und leerte in einem Zug sein Glas, »dem Jungen geht sein Beruf über seine Mutter.«

»Sie ist noch im Krankenhaus«, erklärte Serena und fuhr ironisch fort: »Sie wird zusammenbrechen, wenn sie vor ihm heimkommt.«

»Spotte nicht«, mahnte Daniel. »Sie begreift eben nicht, dass ihr euer eigenes Leben lebt. Eine Mutter bleibt eine Mutter.«

Serena verdrehte die Augen, und das Geräusch des Türklopfers übertönte Daniels Antwort. Alan sprang auf, um zu öffnen.

Gleichzeitig konnte er Caine vorbereiten, dass das Barometer auf Sturm stand. Selbst Grant fühlte sich verpflichtet, Caine aus der Schusslinie zu bringen.

»Gennie ist fasziniert von dem Haus«, begann er. »Sie hofft, dass sie es malen darf.«

Daniel reagierte sofort. Er fühlte sich höchst geschmeichelt. »Es wird sich bestimmt eine Lösung finden, die uns beiden gefällt«, sagte er. Im Stillen frohlockte er. Ein Grandeau von der MacGregor'schen Festung! Abgesehen vom finanziellen Wert des Gemäldes würde sein Stolz ins Unermessliche wachsen. Und welch ein Vermächtnis für die Enkelkinder! »Wir sprechen noch darüber«, stimmte er zu, denn in diesem Augenblick betrat sein jüngster Sohn den Saal.

Gennie schaute auf. Caine war ein schlanker, hochgewachsener Mann mit dem Äußeren eines intelligenten Salonlöwen. Sie war nun sehr gespannt auf die Mutter dieser bemerkenswerten Exemplare der menschlichen Rasse, denn nicht alles wies auf MacGregor'sches Erbgut hin.

Mit Caine zusammen war seine junge Frau hereingekommen, Justins Schwester. Gennie bemerkte, dass beide sich einen kurzen Blick zuwarfen und dass eine steile Falte auf Justins Stirn erschien. Plötzlich lag spürbar Spannung in der Luft.

»Wir wurden in Boston aufgehalten«, meinte Caine und ging direkten Weges zu seinem Neffen. Beim Anblick des Babys wurde sein Gesicht weich. »Hast du fein gemacht, Rena!«, lobte er.

»Wenn du dich verspätest, könntest du wenigstens anrufen, damit sich deine Mutter nicht ängstigt«, grollte Daniel.

Caine hob ironisch eine Augenbraue, schwieg aber.

»Es ist meine Schuld gewesen«, mischte sich Diana ein.

»Ihr erinnert euch an Grant?« Serena überspielte geschickt die Peinlichkeit. »Er hat einen Gast mitgebracht, Genevieve

Grandeau, sie ist eure Cousine.« Was ist mit Diana los? dachte Serena. Ich muss sie schnell allein sprechen.

»Eine Cousine?«, fragte Caine neugierig und freundlich, während Dianas ablehnendes Gesicht noch kühler wurde.

»Ja.« Gennie erhob sich, die verklemmte Atmosphäre war ihr unangenehm. »Aber getroffen haben wir uns nur selten. Ein Mal in Boston beim Kindergeburtstag.«

»Ich erinnere mich«, sagte Diana kurz.

Hatten wir damals Streit? überlegte Gennie fieberhaft, jedoch ohne Ergebnis. Nun, nicht jeder ist einem sympathisch. Sie verfiel unbewusst in die – wie Grant es nannte – hoheitsvolle Haltung und nippte an ihrem Sherry. »Wie Shelby schon sagte: Die Welt ist klein.«

Caine ärgerte sich über seine Frau und legte die Hand beruhigend auf Dianas Schulter. »Willkommen, Cousine!«, begrüßte er Gennie mit charmantem Lächeln und wandte sich dann Grant zu. »Wir beide müssen uns eingehend über Frösche unterhalten.«

Grant schmunzelte: »Jederzeit.«

Alle lachten, nur Gennie verstand die letzte Bemerkung nicht. Als sie Grant fragen wollte, trat eine zierliche dunkelhaarige Dame ein. Ihr ernstes, attraktives Gesicht erinnerte an Alan. Ihre Ruhe und Würde verliehen ihr eine starke Ausstrahlung.

»Ich freue mich sehr, dass Sie mitgekommen sind«, begrüßte sie Gennie. »Es tut mir leid, dass ich nicht zu Hause war. Ich wurde im Krankenhaus ... gebraucht«, vollendete sie den Satz zögernd.

Ein Todesfall, vermutete Gennie. Instinktiv erwiderte sie den festen Händedruck besonders herzlich. »Sie haben eine wundervolle Familie, Mrs. MacGregor«, entgegnete sie, »und einen besonders hübschen Enkelsohn.«

Über Anna MacGregors Züge huschte ein kleines Lächeln. »Danke«, sagte sie, ging weiter zu ihrem Mann und küsste ihn auf die Wange. »Wir sollten gleich mit dem Essen beginnen. Ihr seid sicher schon halb verhungert.«

An Grants Seite betrat Gennie das Esszimmer. Damit wären die MacGregors also komplett, dachte sie. Das Wochenende versprach recht interessant zu werden.

# 10. Kapitel

Es war spät, als Gennie endlich in einer übergroßen Badewanne mit heißem, duftendem Wasser lag. Von Daniel bis hin zu Klein Robert hatte niemand früh zu Bett gehen wollen. Eine prächtige Familie, und sehr außergewöhnlich, fand Gennie. Mit Ausnahme von Diana. War Diana Blade-MacGregor von Natur aus verschlossen, oder stimmte in der Ehe irgendetwas nicht? Hatte die Reserviertheit Gennie gegenüber vielleicht doch persönliche Gründe? Lass mich in Ruhe! Glasklar hatte sie das signalisiert, und Gennie würde es beachten. Aber es beunruhigte sie, dass Diana weder freundlich noch deutlich feindselig gewesen war, sondern einfach verschlossen.

Kopfschüttelnd zog Gennie den Stöpsel hoch, der an einer altmodischen Kette hing. Morgen würde sie so viel wie möglich zeichnen und skizzieren. Vielleicht ließ sich ein Spaziergang mit Grant einrichten oder ein Bad im Swimmingpool.

So entspannt wie heute und über einen längeren Zeitraum hinweg hatte sie Grant noch nie erlebt. Er fühlte sich äußerst wohl zwischen den vielen lauten MacGregors. Nach dem Abendessen hatte Gennie Teile eines Gesprächs zwischen Grant und Alan gehört. Es ging um Politik, und sie redeten darüber sehr ausführlich, was Gennie erstaunte. Noch überraschter war sie, als sie ihn dabei beobachtete, wie er Serenas Baby auf den Knien schaukelte und sich dabei ganz locker mit Caine über gegensätzliche Urteilsauslegungen am Gericht in Boston unterhielt. Seine Schwester Shelby schließlich hatte Grant in eine hitzige Auseinandersetzung über den sozialpolitischen Wert der nachmittäglichen Fernsehserie verwickelt.

Gennie trocknete sich ab. Warum fand ein Mann mit so ausgesuchtem Geschmack Gefallen am Einsiedlerleben in Windy Point? Hier bewegte Grant sich mit absoluter Sicherheit auf dem gesellschaftlichen Parkett, von seinem Leuchtturm jedoch scheuchte er jeden Fremden davon. Eine rätselhafte Sache. Je mehr sie über Grant in Erfahrung brachte, umso dringender war das Bedürfnis, alles über ihn zu wissen. »Du musst Geduld haben«, sagte sie zu ihrem Spiegelbild. Dann betrachtete sie eingehend das breite Doppelbett, welches im Hintergrund des Zimmers stand. Es stammte mit Sicherheit aus dem achtzehnten Jahrhundert, war sorgfältig restauriert und aufgearbeitet worden bis hin zu den geschnitzten pausbäckigen kleinen Engelsfiguren aus Holz.

Gerade hatte Gennie damit begonnen, ihr Haar zu bürsten, als Grant leise eintrat. Ihre Augen trafen sich im Spiegel, und sie lächelten sich zu. »Hast du dich verlaufen?«

»Nein, hier bin ich richtig.« Er zog die Tür hinter sich zu und verschloss sie.

»Soso.« Gennie klopfte mit der Bürste auf die Handfläche und zog die Augenbrauen hoch. »Liegt dein Zimmer nicht hinter der Halle?«

»Die MacGregors haben vergessen, etwas Wichtiges hineinzutun.« Grant blieb einen Augenblick an der Tür stehen und freute sich an Gennies Anblick.

»Oh, und was ist es?«

»Dich.« Mit ein paar Schritten war er bei ihr und nahm ihr die Bürste aus der Hand. Dann fing er an, ihr Haar zu bürsten. »So weich«, flüsterte er, »wie alles an dir.«

Wenn Grant sanft und zärtlich war, konnte Gennie ihm nie widerstehen. Ihr Herz klopfte schneller. »Lass mich dich lieben«, wisperte sie und griff nach seiner Hand.

Sie hatten alle Zeit der Welt füreinander. Keiner von beiden hörte die alte Uhr, die irgendwo im Haus mit mächtigen Schlägen die Stunden anzeigte. Aus spielerischen Liebkosungen wurde nur zu schnell stürmische Leidenschaft, die sie von einem Gipfel zum anderen hob, bis sie schließlich erschöpft und befriedigt nebeneinander einschliefen.

Die Luft war mild, eine weiche Brise wehte angenehm kühl bei strahlend heller Sommersonne – einer der seltenen perfekten Tage. Gennie kostete nur vom reichhaltigen Frühstücksbüfett, Grant dagegen aß für zwei. Dann verzog er sich, murmelte etwas von einem Pokerspiel, und Gennie blieb sich selbst überlassen. Frohgemut suchte sie ihr Werkzeug zusammen und lief ins Freie.

Zuerst sollte das Haus aus dem Blickwinkel erstehen, wie es sich von der Auffahrt her darbot. Gennie zwängte sich zwischen dornigen Rosenbüschen hindurch und setzte sich auf den Rasen neben der alten Kastanie. Gennie arbeitete, kam gut voran und fühlte sich rundherum glücklich, als plötzlich Shelby neben ihr stand.

»Guten Morgen! Störe ich dich?«

»Nein.« Gennie ließ das Skizzenbuch sinken. »Ich würde hier nie wieder aufhören, wenn mich nicht jemand bremst.«

Mit der gleichen Geschmeidigkeit wie Grant ließ Shelby sich neben Gennie ins Gras fallen. Interessiert betrachtete sie das Blatt. »Du und Grant, ihr habt eine Menge gemeinsam.«

Die Bemerkung gefiel Gennie. »Er ist sehr talentiert, nicht wahr? Natürlich kann ich das nicht richtig beurteilen, ich habe bisher nur eine Karikatur von ihm gesehen, aber sein Talent war offensichtlich. Warum nützt er es nicht aus?«

Das war eine direkte Frage, und beide wussten es. Aber gleichzeitig wurde Shelby klar, dass Grant sich Gennie noch nicht anvertraut hatte, obwohl er sie offensichtlich liebte. Warum zum Teufel benahm er sich wie ein dickköpfiger Esel? Aber die Loyalität dem Bruder gegenüber gewann die Oberhand. »Grant hat immer nur gemacht, was ihm gerade passte. Kennt ihr euch schon lange?«

»Eigentlich nicht. Erst seit ein paar Wochen.« Gennie pflückte einen Grashalm und drehte ihn um den Finger. »In einer Sturmnacht hatte ich eine Panne und sah zufällig Licht in seinem Turm.« Sie lachte in sich hinein, als sie sich Grants Gesicht in Erinnerung rief. »Er war nicht allzu erfreut, mich auf seiner Türschwelle zu sehen.«

»Du meinst, dass er grob war, sauer und unmöglich.« Shelby lächelte breit. »Verändern wird er sich nie, aber er ist verrückt nach dir.«

»Ich weiß nicht, wer von uns beiden mehr schockiert ist darüber – er oder ich ...« Gennie wusste, dass sie nicht allzu neugierig sein durfte, aber sie wollte mehr über Grant erfahren, um ihn besser verstehen zu können. »Wie war er als Junge?«

Shelby blickte sinnend auf zu den Wolken, die als weiße Tupfer über den Himmel wanderten. »Grant war gern und viel allein. Gelegentlich tolerierte er mich, wenn ich ihn aufstöberte. Er war schon immer Menschen zugetan, aber es geschah auf seine sehr eigene Weise.«

Shelby dachte an ihre Kinderzeit, die Sicherheitsvorschriften, die Wahlreisen und die Presse. Durch ihren Mann Alan war sie wieder in das quirlige, rastlose Leben hineingeraten. Sie seufzte leise.

»Grant hatte ein aufbrausendes Temperament, feste Ansichten darüber, was falsch und was richtig war – bei ihm selbst und bei der Gesellschaft im Allgemeinen. Trotzdem war er umgänglich und freundlich – meistens jedenfalls – als älterer Bruder.«

Gennie beobachtete Shelby, die äußerlich so wenig mit Grant gemeinsam hatte. »Grant ist aufnahmebereit für Liebe und Freundlichkeit«, fuhr Shelby fort, »aber er verteilt sie nur spärlich. Er mag es nicht, von jemandem abhängig zu sein.« Sie zögerte, dann sah sie in Gennies klares Gesicht mit den ausdrucksvollen Augen und fand, dass sie ihr einen Einblick geben sollte. »Wir haben unseren Vater verloren. Grant war siebzehn, kein Junge mehr und noch kein Mann. Es hat uns fast zerstört. Als er getötet wurde, sind wir beide dabei gewesen.«

Gennie schloss die Augen, dachte an Grant und erinnerte sich an Angela. »Wie wurde er getötet?«

»Das sollte Grant dir erzählen«, antwortete Shelby ruhig.

»Ja«, Gennie öffnete die Augen, »das sollte er.«

Um die traurige Stimmung zu verjagen, griff Shelby nach Gennies Hand. »Du tust ihm gut, das sah ich sofort. Bist du ein geduldiger Mensch, Gennie?«

»Ich bin mir nicht mehr sicher.«

»Sei nicht zu geduldig«, riet Shelby ihr mit einem Lächeln. »Grant braucht gelegentlich einen recht kräftigen Anstoß. Als ich Alan kennenlernte, wollte ich absolut nichts mit ihm zu tun haben …«

»Das klingt bekannt.«

Shelby lachte leise. »Alan war fest entschlossen, mich vom Gegenteil zu überzeugen. Er war geduldig, aber …«, in Erinnerung daran musste sie lächeln, »… aber nicht zu geduldig. Und ich bin nicht halb so ungezogen wie Grant.«

Gennie lachte, dann schlug sie ein Skizzenblatt um und fing

an, Shelby zu zeichnen. »Wie hast du Alan kennengelernt?«

»Oh, auf einer Party in Washington.«

»Stammst du von dort?«

»Ich lebe in Georgetown, wir beide vielmehr, und mein Laden ist auch dort.«

Gennie warf ihr einen kurzen überraschten Blick zu, während sie Shelbys Nase mit wenigen feinen Strichen skizzierte. »Was für ein Laden?«

»Ich bin Töpferin.«

»Tatsächlich?« Gennie ließ den Block sinken. »Da ist eine Schale in seinem Schlafzimmer«, erinnerte sie sich, »in hellem Hennaton mit eingravierten Wiesenblumen. Ist das deine Arbeit?«

»Ich hab sie ihm vor einigen Jahren zu Weihnachten geschenkt. Ich wusste nicht, was er damit gemacht hat.« Shelby war beides: überrascht und erfreut.

»Sie gehört zu den wenigen Sachen, die er abstaubt.«

»Er ist so unordentlich«, meinte Shelby liebevoll. »Willst du ihn ändern?«

»Nicht unbedingt.«

»Das freut mich. Er darf es nicht hören, aber ich mag ihn so, wie er ist.« Sie streckte sich und stand auf. »Jetzt gehe ich und verliere ein paar Dollar an Justin. Hast du schon einmal mit ihm Karten gespielt?«

»Ein einziges Mal«, gab Gennie lachend zu, »das hat mir gereicht.«

»Meistens gelingt es mir, aus Daniel so viel herauszubluffen, dass es sich wieder ausgleicht.« Sie winkte und verschwand.

Gennie betrachtete nachdenklich Shelbys Bild in ihrer Hand und sortierte die wenigen Informationen, um die sie klüger geworden war.

»Du hast Dad mächtig auf die Schippe genommen«, sagte Caine, als er Grant in der Halle traf. »Er rief uns alle nacheinander an und erklärte, dass es den Campbell ganz fürchterlich erwischt habe und dass es die Pflicht der ganzen Familie sei, ihm zu helfen.«

Grant nickte anerkennend. »Beim letzten Mal wollte er mich mit einer Miss Judson verkuppeln. Deshalb musste ich mich absichern.«

»Dad glaubt fest an Heirat und Zeugung.« Caines Lächeln verblasste, als er an seine Frau dachte. »Es ist komisch, dass deine Gennie eine Cousine von Diana ist.«

»Zufall«, meinte Grant. Er hatte Caines besorgten Ausdruck bemerkt. »Ich habe Diana heute noch nicht gesehen.«

»Ich auch nicht«, sagte Caine und zuckte die Schultern. »Wir sind nicht einer Meinung hinsichtlich eines Falles, den sie übernommen hat.« Er blickte betrübt drein. »Manchmal stört es, wenn Eheleute den gleichen Beruf haben, aber verschiedene Ansichten.«

Grant dachte an Gennie und sich selbst. Könnten zwei Menschen gegensätzlichere Auffassungen haben von Kunst? »Das ist wohl so. Es schien mir, dass Gennie sie verlegen machte.«

»Diana hatte eine schwere Kindheit. Darunter leidet sie noch immer. Tut mir leid.«

»Du musst dich nicht bei mir entschuldigen, und Gennie ist sehr wohl in der Lage, auf sich selbst aufzupassen.«

Caine gab sich einen Ruck und lächelte wieder. »Ich werde mich mal nach Diana umsehen. Oben ...«, er wies mit dem Kopf zur Treppe, »gewinnt Justin, wie üblich. Willst du es riskieren?«

Diana lief ziellos durch den Garten und stand auf einmal neben Gennie. Am liebsten wäre sie umgekehrt, aber Gennie hatte sie bereits gesehen. Zögernd trat Diana näher. »Guten Morgen.«

Gennie blieb gelassen. »Guten Morgen«, sagte sie kühl, »die Rosen sind herrlich.«

»Ja, leider ist die Zeit bald vorbei.« Diana steckte ihre Hände tief in die Taschen ihrer grauen Hose. »Du malst das Haus?«

»Ja.« Gennie hielt das Blatt in die Höhe. »Was meinst du dazu?«

Diana erkannte deutlich, wie gut Gennie den Charakter des Gebäudes getroffen hatte. »Du bist sehr talentiert«, sagte sie leise. »Tante Adelaide sang dein Lob schon immer in höchsten Tönen.«

Gennie musste lachen. »Tante Adelaide hätte keinen Rubens von einem Rembrandt unterscheiden können.« Dann biss sie sich auf die Lippen. Diana war von der Tante erzogen worden. Vielleicht hing sie an ihr. »Hast du sie kürzlich gesehen?«

»Nein«, erwiderte Diana kurz und gab Gennie die Skizze zurück. Beiläufig schlug Gennie ein neues Blatt auf und zeichnete Diana, so wie vorher Shelby. »Du magst mich nicht.«

»Ich kenne dich nicht«, erwiderte Diana kühl.

»Stimmt. Umso merkwürdiger finde ich dein Benehmen. Ich dachte, dass du Justin ähnlicher wärst.«

»Wir sind so verschieden, weil sich unser Lebensstil grundlegend unterscheidet.« Diana war wütend, weil Gennies Worte sie verletzten, obwohl sie recht damit hatte. »Justin mag dich«, sagte sie und wandte sich halb zum Gehen. »Deshalb möchte ich mich entschuldigen«, fuhr sie nach einer kleinen Pause fort.

»Nicht nötig«, meinte Gennie, die Mitleid fühlte, denn Diana hatte offensichtlich Probleme. »Warum erzählst du mir nicht einfach, warum du so unfreundlich gewesen bist?«

»Mir liegt die Grandeau-Linie nun einmal nicht.«

»Das scheint mir ungewöhnlich für eine Juristin. Schließlich waren wir noch Kinder bei unserem einzigen Zusammentreffen.«

»Du passt so perfekt in diese Familie hinein«, sagte Diana, bevor sie sich ihre Worte überlegt hatte. »Tante Adelaide hat mir bestimmt ein Dutzend Mal vorgehalten, ich solle mich nach dir richten und versuchen, mich so zu benehmen, wie du dich benimmst.«

»Adelaide ist schon immer eine törichte, eingebildete Person gewesen«, gab Gennie zurück.

Diana starrte Gennie verblüfft an. Sie hatte es also auch gemerkt. »Du kanntest dort jeden ...« Das musste sie loswerden, obwohl es ihr selbst dumm vorkam. »Und im Haar trugst du ein Band von gleicher Farbe wie dein Kleid: pfefferminzgrüner Organdy. Ich hatte bis dahin nicht einmal gewusst, was Organdy ist.«

Gennie stand auf. Ihre Sympathie für Diana war erwacht, obwohl sie ihr noch nicht die Hand reichte. Dafür war es wohl noch zu früh. »Man hatte mir gesagt, dass du eine Komantschin bist. Während dieser ganzen dummen Party wartete ich darauf, dass du einen Kriegstanz vorführen würdest. Meine Enttäuschung war groß, als nichts dergleichen passierte.«

Diana fühlte Tränen aufsteigen. Das geschah in letzter Zeit immer öfter, doch sie beherrschte sich und lächelte. »Schade, dass ich es nicht wusste ... und nicht konnte. Tante Adelaide wäre in Ohnmacht gefallen.« Sie trat einen Schritt auf Gennie zu und streckte ihre Hand aus: »Ich freue mich, dir wiederzubegegnen ... Cousine.«

Gennie nahm ihre Hand und küsste sie auf die Wange.

»Gib uns eine Chance. Vielleicht sind die Grandeaus genauso menschlich wie die MacGregors.« Sie folgte Dianas Blick, der sich verdunkelte. Caine stand am Rosenbeet. »Ich muss für meine nächste Skizze eine andere Position einnehmen«, sagte sie leichthin, hob ihre Sachen auf und wanderte davon.

Caine hatte gewartet, bis Gennie außer Hörweite war, dann ging er zu seiner Frau. »Du bist zu früh aufgestanden, Diana. Du siehst müde aus.«

»Mir geht es gut«, erwiderte sie ein wenig zu schnell. »Mach dir um mich keine Sorgen.« Sie wandte sich zum Gehen.

Frustriert hielt Caine sie am Arm fest. »Verdammt, warum verschließt du dich mir?«

»Willst du damit aufhören!«, schrie sie ihn an. »Ich weiß schon, was ich tue.«

»Mag sein ...« Caine nahm sich zusammen. »Wenn es um den Mordfall geht – du hast noch nie einen Mörder verteidigt. Jedenfalls ist die Anklage überzeugt davon, dass er einer ist«, fügte er hinzu.

»Schade, dass du meinen Fähigkeiten als Juristin nicht traust.«

»Wenn es nur darum ginge! Aber du kapselst dich ab, sprichst nicht mit mir, und ich möchte endlich wissen, was der Grund ist.«

»Ich bin schwanger!«, schrie sie und presste die Hand auf den Mund, als wollte sie die Worte zurückholen.

Caine starrte sie verblüfft an. »Schwanger?« Nach dem ersten Schock kam die überströmende Freude. »Diana!« Er wollte sie an sich ziehen, aber Diana wich zurück. Und die Freude verwandelte sich in Schmerz. Caine steckte die Hände in die Hosentaschen. »Seit wann weißt du es?«

»Seit zwei Wochen.« Ihre Stimme zitterte.

Caine drehte sich um und starrte auf die Rosen. »Zwei Wochen«, wiederholte er. »Und du hast es nicht für nötig gehalten, es mir zu sagen?«

»Ich wusste doch nicht, was ich tun sollte!« Verzweiflung stand in ihren Augen. »Wir wollten doch noch nicht ... ich dachte, dass es ein Versehen wäre und ... und ...« Sie schwieg und sah bittend auf Caines Rücken.

»Hast du irgendwelche Pläne gemacht?«

»Pläne?« Sie verstand seine Frage nicht. »Was meinst du? Ich kenne mich doch gar nicht mit Kindern aus, hatte kaum eine Chance, selbst ein Kind zu sein!«

»Soll das heißen, dass du das Kind nicht willst?«

»Wie kommst du darauf? Ist es nicht ein Teil von uns? Wie könnte ich dein Baby nicht wollen? Ich liebe es jetzt schon, aber es erschreckt mich ganz furchtbar.«

»Oh Diana!« Caine ging auf sie zu und nahm ihr Gesicht zwischen seine Hände. »Du hast zwei Wochen vergehen lassen, in denen wir uns zusammen hätten erschrecken können.«

»Wieso du?«

»Das scheint ein normaler Vorgang zu sein«, antwortete Caine lachend, »denn einige Monate vor Macs Geburt hatte Justin mir das Gleiche gestanden. Jetzt kann ich es ihm nachfühlen.« Er legte die Hände vorsichtig auf Dianas Leib. »Ich liebe dich, liebe euch beide.«

»Caine«, flüsterte sie gegen seinen Mund, »ich muss noch so viel lernen in diesen sieben Monaten.«

»Wir beide«, verbesserte Caine seine Frau. »Komm, ich bringe dich nach oben. Werdende Mütter müssen viel liegen.«

Diana strahlte vor Glück, als Caine sie aufhob und zum Haus trug.

Gennie war weit genug entfernt gewesen und hatte dem Gespräch nicht folgen können. Als Caine mit seiner Frau im Arm verschwunden war, lächelte sie froh. Was immer beide belastet hatte, es schien beigelegt zu sein.

»Welch eine Wohltat.«

Erstaunt schaute Gennie sich um. Hinter ihr standen Serena und Justin. Das Baby lag in einem Tuch, das Serena sich über die Schulter und den einen Arm geschlungen hatte. Gennie war entzückt und lugte vorsichtig zwischen die Falten des Stoffes. Klein Robert schlief tief und zufrieden an Mutters Brust.

»Wie weit bist du mit den Skizzen?«, fragte Serena und betrachtete Gennies Blätter voller Interesse.

»Wie fühlst du dich?«, fragte Justin fast gleichzeitig.

Gennie wusste, was er damit meinte. Das letzte Mal hatten sie sich bei Angelas Begräbnis getroffen. »Besser«, antwortete sie wahrheitsgemäß, »viel besser. Es war richtig, dass ich für eine Weile weggefahren bin.« Dann dachte sie an Grant. »Einiges andere hat auch dazu beigetragen.«

»Du liebst ihn.« Das war eine simple Feststellung.

»Wer ist hier neugierig?«, neckte Serena ihren Mann.

»Ich habe ja nicht gefragt, sondern beobachtet«, wehrte sich Justin. »Macht er dich glücklich?«, fragte er, und an Serena gewandt betonte er: »Das ist reine Anteilnahme.«

Gennie lächelte und steckte den Bleistift hinters Ohr. »Ja, er macht mich glücklich – und er macht mich unglücklich. Das gehört wohl zusammen, nicht wahr?«

»Oh ja.« Serena lehnte ihren Kopf an Justins Schulter. Sie erblickte Grant, der aus dem Haus getreten war und auf sie zukam. »Gennie«, flüsterte sie. »Wenn er sehr entschlusslos ist – das kommt bei Männern manchmal vor –, dann sag mir

Bescheid. Ich kann dir eine Münze leihen.« Gennies verständnislose Miene brachte sie zum Lachen. »Frage mich gelegentlich danach.«

Dann hakte sie sich bei Justin ein, schlug ihm ein paar Runden im Swimmingpool vor, und gemächlich schlenderten sie davon.

Schön war es, auf solche Weise zu einer Familie zu kommen, überlegte Gennie. Vielleicht würde das gegenseitige Band sie noch näher zu Grant bringen. Leichten Herzens lief sie über den Rasen auf ihn zu und warf sich in seine Arme.

»Was ist los?«, erkundigte er sich.

»Ich liebe dich«, rief Gennie atemlos. »Genügt das?«

Sein Griff wurde fester. »Ja«, antwortete er, »das genügt.«

## 11. Kapitel

Gennies Leben war immer angefüllt gewesen mit allen möglichen Menschen. Aber noch nie hatte sie solche getroffen wie den MacGregor-Clan. Das halbe Wochenende lag noch vor ihr, trotzdem hatte sie das Gefühl, als kenne man sich schon ewig.

Daniel war laut, aufbrausend und gewitzt, dabei von grenzenloser Güte und Sanftmut, wenn es sich um seine Familie handelte. Offensichtlich hingen alle mit solcher Liebe an ihm, dass sie ihn glauben ließen, er habe sie im Griff.

Der ruhende Pol war Anna MacGregor. Intuitiv wusste Gennie, dass diese warmherzige Frau stark genug war, um ihre Sippe durch jede kritische Situation zu führen und zusammenzuhalten. Ihren Mann wickelte sie liebevoll um den kleinen Finger, was er – ungeachtet allen Lärmens und Polterns – insgeheim längst erkannt hatte.

Unter den Geschwistern waren sich Caine und Serena am ähnlichsten. Lebhaft, fröhlich und gefühlsbetont, hatten sie des Vaters Temperament geerbt. Bei Alan spürte Gennie hinter dem ernsten, ruhigen Wesen, das er zweifellos von der Mutter hatte, ungeheure Kraft schlummern und ein nicht zu unterschätzendes Temperament. Shelby Campbell war für Alan eine passende Partnerin.

Alle drei MacGregors hatten sich Lebensgefährten mit sehr gegensätzlichen Eigenschaften ausgesucht. Justin der Spieler – beherrscht und geheimnisvoll; Diana – gefühlvoll und verschlossen; Shelby – freimütig, klug und absolut ehrlich. Sie waren schon alles in allem eine faszinierende Gruppe.

Gennie brauchte keine große Überredungskunst, um sie alle für ein Familienbild zusammenzubekommen. Obwohl sie sofort begeistert zustimmten, hatte Gennie ihre liebe Not, sie zum Stillhalten zu bringen. Im Thronsaal wollte Gennie sie zeichnen, um den väterlichen Stuhl herum sitzend und dahinter stehend. Die Diskussion war äußerst lebhaft, wer was tun sollte und wo.

»Das Baby halte ich«, erklärte Daniel und schaute sich kampfbereit um, ob etwa jemand etwas dagegen einzuwenden hätte. »Und im nächsten Jahr halte ich zwei«, sagte er zu Gennie und lächelte zuerst in Dianas Richtung, dann in Shelbys. »Oder drei.«

»Mutter setzt sich neben dich.« Alan rückte ihr den Stuhl zurecht. »Deine Handarbeit musst du auch halten, sonst fehlt etwas.«

»Und die Frauen sitzen zu Füßen ihrer Ehemänner«, meinte Caine schmunzelnd, »so wie es sich gehört.«

Das fand Zustimmung bei den Männern, erregte aber Protest bei den Frauen.

»Ich denke«, sagte Gennie ruhig, »wir mischen das alles etwas durcheinander.« Kurz und bündig und mit der Energie eines Feldwebels arrangierte sie alle Beteiligten so, wie sie es sich vorgestellt hatte.

»Alan hier«, sie platzierte ihn zwischen seinen Eltern, »und Shelby daneben. Caine sitzt auf dem Teppich.« Das war nicht ganz einfach, aber schließlich gehorchte er und rief lachend: »Diana muss auf meinen Schoß kommen.« Das war schnell geschehen. Gennie trat einen Schritt zurück, neigte den Kopf zur Seite und war zufrieden. »Justin und Rena dann links. Grant, du …«

»Ich werde nicht …«, begann er.

»Keine Widerrede, mein Junge!« Daniels Stimme übertönte ihn mühelos. Zu seinem Enkel gebeugt, meinte er: »Natürlich wieder ein Campbell, der Schwierigkeiten macht.«

Grollend nahm Grant den angewiesenen Platz hinter Daniels Stuhl ein und beugte sich zu dessen Ohr hinunter: »Großartig – ein Campbell erscheint auf dem Familienporträt der MacGregors.«

»Zwei Campbells!«, ergänzte Shelby. »Und wie will Gennie uns malen und gleichzeitig auch hier sitzen?«

Erstaunt sah Gennie zu Shelby hin, doch auch dafür fand Daniel eine Lösung, wie er lautstark verkündete. »Sie zeichnet sich mit hinein. Sie ist ein kluges Mädchen.«

»Gut«, stimmte Gennie zu und freute sich, dass man sie in die Familienszene einbezog. »Jetzt entspannt euch alle. Es dauert nicht zu lange. Und es ist ja nicht wie bei einem Foto, ihr müsst also nicht unbedingt still sitzen.«

Im nächsten Moment stand sie schon vor ihrer transportablen Staffelei, die sie mitgebracht hatte. »Eine farbenprächtige Gruppe«, entschied sie, während sie eine Pastellkohle aus dem Farbkasten wählte. »Ich muss es irgendwann einmal in Öl machen.«

»Ja, das ist gut!« Daniel war begeistert. »Für die Galerie, nicht wahr, Anna? Und schön groß!« Zufrieden kitzelte er seinen Enkel unter dem winzigen Kinn.

»Wolltest du schon immer malen, Gennie?«, fragte Anna MacGregor und schob die Nadel durch ihren Stickrahmen.

»Ich glaube schon, jedenfalls kann ich mich nicht erinnern, dass es anders gewesen ist.«

»Caine wollte Arzt werden«, meinte Serena mit unschuldigem Gesicht. »Zumindest hat er es immer den kleinen Mädchen erzählt.«

»Es war ein natürliches Bestreben«, verteidigte sich Caine und blickte zu seiner Mutter auf.

»Grant suchte einen anderen Zugang zum späteren Beruf«, erinnerte sich Shelby. »Ich glaube, er war vierzehn, als er Dee Dee O'Brian dazu überredete, ihm Modell zu stehen – nackt.«

»Das geschah aus rein künstlerischen Motiven«, konterte Grant, als Gennie ihn mit hochgezogenen Augenbrauen ansah. »Außerdem war ich fünfzehn.«

»Körperstudien gehören zu jeder Kunstausbildung«, sagte Gennie, während sie zeichnete. »Ich erinnere mich besonders an ein männliches Modell ...« Sie brach ab, als sie Grants Reaktion bemerkte. »Dein Stirnrunzeln ist sehr charakteristisch, Grant. Versuch doch, diesen Ausdruck einen Moment beizubehalten.«

»Du malst also auch, Junge?« Daniel war neugierig geworden. Er hatte weder von Grant noch von Shelby bisher erfahren können, womit Grant sich seinen Lebensunterhalt verdiente.

»So hin und wieder.«

»Ein Künstler also?«

»Ich ... male nicht«, sagte Grant und lehnte sich gegen Daniels Stuhl.

»Es ist eine gute Sache, wenn Mann und Frau die gleichen Interessen haben«, verkündete Daniel mit einer Stimme wie ein Prediger. »Das festigt die Ehe.«

»Ich könnte allerdings nicht behaupten, du hättest mir oft in der Chirurgie geholfen«, spottete Anna milde.

Daniel räusperte sich. »Bei unseren Kindern habe ich schon ein paar blutige Knie verbunden.«

»Und dann, als Rena Alan die Nase gebrochen hat«, warf Caine ein.

»Dabei sollte es deine sein«, erinnerte ihn seine Schwester.

»Warum hat Rena denn Alan die Nase gebrochen, wenn sie dich meinte?«, erkundigte sich Diana lachend.

»Ich habe mich geduckt«, erklärte Caine.

Gennie folgte der Unterhaltung und zeichnete derweil. Welch eine Familie, dachte sie und spürte, dass das Bild ihr gelang. Grant sagte etwas zu Shelby, die protestierte und dann lachte. Einen neuen Vorstoß von Daniel überhörte er. Schließlich machte er eine Bemerkung über den Regierungssprecher, und Alan lachte dröhnend.

Grant gehört zu ihnen, fand Gennie, als käme er aus der gleichen Kiste. Witzig, intelligent und aufgeschlossen – und doch sah sie ihn noch immer auf dem Leuchtturm, wie er jeden in die Flucht trieb, der sich dorthin verlief. Er hatte sich der veränderten Situation vollkommen angepasst, aber von seiner Persönlichkeit dabei nichts verloren. Er war zugänglich, wenn er es sein wollte – und damit hatte es sich.

Nach einem letzten Blick signierte Gennie das Bild. »Fertig!«, rief sie, drehte die Staffelei um und gab ihr Werk zur Besichtigung frei. »Die MacGregors und Company.«

Sie umringten Gennie fröhlich und aufgeregt, jeder von ihnen hatte seine sehr bestimmte Meinung über die Ähnlichkeit der anderen auf der Skizze.

Gennie spürte eine Hand auf ihrer Schulter und wusste sofort, wessen Hand es war.

»Es ist wunderschön«, murmelte Grant und prüfte die Art und Weise, wie Gennie sich selbst an seine Seite gemalt hatte. Er beugte sich herab und küsste ihr Ohr. »Und das bist auch du.«

Gennie lachte, und das kostbare Gefühl der Zusammengehörigkeit mit Grant und diesen Menschen hier blieb ihr noch tagelang.

Der September brachte einen herrlichen Altweibersommer. Es blühte noch überall, und das Laub der Blaubeerbüsche färbte sich flammend rot. Gennie konnte nicht genug von diesem Naturschauspiel bekommen und saß stundenlang vor ihrer Staffelei.

Grants tägliche Routine hatte sich unmerklich verändert. Er arbeitete intensiver und über kürzere Zeiträume. Zum ersten Mal seit Jahren verlangte ihn nach Gesellschaft – nach Gennies Gesellschaft.

Sie malte, und er zeichnete. Später trafen sie sich. Manche Nächte verbrachten sie in dem riesigen Federbett in Gennies kleinem Haus. An anderen Tagen erwachten sie morgens zusammen im Leuchtturm vom Geschrei der Möwen und dem Brausen der Brandung. Manchmal besuchte Grant sie unerwartet tagsüber, brachte eine Flasche Wein oder Kartoffelchips mit.

Einmal brachte er eine Handvoll Wildblumen. Gennie war so gerührt, dass sie weinen musste, bis Grant sie in das Haus zog und sie liebte.

Es war eine friedliche Zeit für beide. Warme Tage und kühle Nächte ... Wie aber würde es weitergehen, wenn der wolkenlose Himmel den Herbststürmen wich?

»Das ist perfekt!«, rief Gennie, um den Lärm des Motors von Grants Boot zu übertönen. Blaues Meer lag endlos vor ihnen. »Man könnte ungestört bis nach Europa schippern.«

Grant lachte und spielte mit ihrem windzerzausten Haar. »Warum sagst du das erst jetzt? Ich hätte volltanken müssen.«

»Sei nicht so nüchtern! Stell dir nur vor, wir wären viele Tage auf See.«

»Und Nächte.« Grant beugte sich herab und knabberte an Gennies Ohr. »Bei Vollmond und zwischen Haien.«

Spielerisch hielt Gennie sich an Grant fest. »Wer beschützt dann wen?«

»Wir Schotten sind zu zäh. Haie bevorzugen die zartere französische Delikatesse.« Seine Liebkosungen wurden eindeutiger. Genussvoll schmiegte sich Gennie an Grant.

Vielleicht endet dieser Sommer niemals, wünschte sie. Oder wir könnten weiter und weiter fahren, ohne dass uns etwas zurückruft. Aber der November rückte näher, und damit die fest geplante Ausstellung in New York. Ach was, bis dahin haben wir noch volle zwei Monate Zeit, dachte Gennie. Weshalb sich jetzt schon Kopfzerbrechen machen! Der Augenblick gilt, und der ist wunderschön.

Würde sie New Orleans für Grant aufgeben? Ein Leben zusammen hier in Windy Point war leicht vorstellbar in dem alten Bauernhaus neben dem Turm. In den großen, hellen Räumen würde Platz genug sein für Kinder, das Obergeschoss wäre ideal als Studio, und Grant hätte jederzeit seine Ruhe im Turm.

Vor den Ausstellungen würde seine Nähe sie beruhigen, bis die Nerven nicht mehr zitterten. Viele bunte Blumen würden sie im Garten pflanzen und in der Nacht der Brandung und Grants ruhigen Atemzügen lauschen.

»Was ist los mit dir, schläfst du ein?«, hörte sie ihn fragen und spürte gleichzeitig seinen Kuss.

»Ich träume vor mich hin«, antwortete sie leise. »Der Sommer soll nicht so schnell zu Ende gehen.«

Grant fröstelte plötzlich und zog Gennie enger an sich. »Es wird sich nicht vermeiden lassen. Das Meer ist auch im Winter schön.«

Wird Gennie dann noch hier sein? Grant wünschte es sich, denn mit ihr weggehen konnte er nicht. Sein Leben war so sehr auf Alleinsein und Einsamkeit abgestellt, dass er einen wichtigen Teil seiner Persönlichkeit aufgeben müsste, wollte er das grundlegend ändern. Gennie hatte immer im Rampenlicht gestanden. War das schon zu ihrer zweiten Natur geworden? Könnte er von ihr verlangen, ihm zuliebe darauf zu verzichten? Der Gedanke an ein Leben ohne Gennie schmerzte.

Es hätte nie so weit kommen dürfen. Trotzdem mochte er keine Minute ihres Zusammenseins missen. Gennie hier festhalten? Gennie fortgehen lassen? Eine Entscheidung schien unmöglich. Er drehte das Boot um und fuhr zur Küste zurück. Kleine Schaumkronen blitzten im Sonnenlicht. Nein, der Sommer sollte nie enden. Aber er würde enden.

»Du bist still«, sagte Gennie, als sie am Steg anlegten.

»Ich habe darüber nachgedacht …« Grant sprang an Land, zog die Leine fest und reichte Gennie die Hand, »dass ich mir diesen Ort ohne dich nicht mehr vorstellen kann.«

Gennie verlor beinahe das Gleichgewicht, als sie einen Schritt auf den Steg zumachte. »Er ist mir fast zur Heimat geworden.«

Grant ließ ihre Hand nicht los, als sie zum Leuchtturm gingen. »Erzähl mir von deiner Wohnung in New Orleans«, bat er abrupt.

»Sie liegt im französischen Teil. Ich kann den Jackson Square vom Balkon aus sehen. Dort ist immer Betrieb: Künstler, Studenten und Touristen. Es ist laut.« Gennie lachte, als sie davon sprach. »Mein Studio ist schalldicht, aber manchmal gehe ich auf die Straße, um unter Menschen zu sein und Musik zu hören.«

Sie kletterten den steilen Pfad zwischen den Klippen hinauf, wo es kein Geräusch gab außer dem der Möwen und der See.

»Manchmal gehe ich nachts spazieren, nur um der Musik zu lauschen, die aus den Türen und Fenstern dringt.« Sie atmete tief die salzige, tangige Luft ein. »Dort riecht es nach Whisky, dem Mississippi und scharfen Gewürzen.«

»Du hast das vermisst«, murmelte Grant.

»Ich bin schon lange weg.« Sie gingen auf den Leuchtturm zu. »Seit fast sieben Monaten schon. Alles erinnerte mich an Angela, das hielt ich nicht mehr aus.« Sie seufzte.

»Du wirst zurückfahren«, sagte Grant nüchtern, »und damit fertigwerden müssen.«

»Das bin ich schon.« Gennie wartete, während Grant die schwere Tür öffnete. »Damit fertigwerden – ja, doch Angela fehlt mir schrecklich. Mit New Orleans hängen tausend Erinnerungen zusammen. An solchen Orten hängt man. So wie du an Windy Point.« Sie lächelte zu Grant auf, als sie den Turm betraten.

»Ja.« Grant fühlte auf einmal Winterkälte in sich hochsteigen und zog Gennie eng an sich. »Hier ist alles, was ich brauche.«

Grant küsste Gennie wild und leidenschaftlich, als könnte er dadurch die Angst vertreiben. Ungeduldig riss er an ihrem T-Shirt, und als seine Hände ihren Weg fanden, verlor er alle Beherrschung. Gennie reagierte mit gleicher Heftigkeit, ihr war genauso zumute wie Grant.

»Komm hinauf«, flüsterte er mit rauer Stimme.

Wie Ertrinkende klammerten sie sich aneinander, versuchten festzuhalten, was ihnen zu entgleiten drohte. Nur nicht nachdenken müssen, sondern die Angst besiegen und einander fühlen. Neben Leidenschaft und Liebe war in dieser Nacht Verzweiflung ihr stummer Begleiter.

Die Sonne ging gerade erst auf, als Gennie erwachte. Trotz der rosigen, warmen Strahlen lag ein frostiger Schleier über dem

Fenster. Sie war allein, das Laken neben ihr kalt. Gennie fühlte sich entspannt und zufrieden nach dieser langen, leidenschaftlichen Liebesnacht. Aber die Tatsache, dass Grant heute vor ihr das Bett verlassen hatte, beunruhigte sie.

Kopfschüttelnd dachte Gennie an seine unersättliche, unermüdliche Zärtlichkeit. Immer wieder hatte er sie in seine Arme genommen, geküsst und gestreichelt, als wollte er die Erinnerung auf eine lange Reise mitnehmen.

Er hatte nicht schlafen können, und um sie nicht zu stören, war er aufgestanden. Hätte er sie doch geweckt!

Er ist sicher in der Küche, sitzt am Tisch, trinkt Kaffee und wartet auf mich.

Als sie das Treppenhaus betrat, hörte sie leise und undeutlich Radiomusik. Aber die kam nicht von unten. Verblüfft sah Gennie auf – die Musik kam von oben. Seltsam, Grant hat nie erwähnt, dass er das dritte Geschoss benutzte.

Getrieben von ihrer Neugier, begann Gennie, die Wendeltreppe aufwärts zu klettern. Ein Sprecher verlas Nachrichten, das hörte sich gespenstisch und unpassend in dem stillen Leuchtturm an. Erst in diesem Moment wurde Gennie klar, wie vollkommen sie die Außenwelt vergessen hatte. Abgesehen vom Wochenende bei den MacGregors war ihr Sommer eine isolierte, sich nur um Grant drehende Zeit gewesen.

Im Türrahmen eines sonnenüberfluteten Raumes blieb sie stehen. Es war ein Studio, großzügig angelegt und auf den nördlichen Lichteinfall hin ausgerichtet. Gennies Blick streifte die Regale, vollgestopft mit Zeitschriften und Magazinen. In der Ecke stand ein Fernseher und an der gegenüberliegenden Wand eine alte, durchgesessene Couch. Sie sah weder Staffelei noch Leinwand, doch zweifellos war das hier das Atelier eines Künstlers.

Grant saß, den Rücken zu ihr gewandt, vor einem Zeichentisch. Es roch nach Tinte und Leim. Die Vitrine neben Grant enthielt eine Vielzahl wohlgeordneter Geräte und Hilfsmittel.

Ein Architekt? überlegte Gennie verwirrt. Doch diese Idee verwarf sie schnell wieder. Kein Architekt hätte der Versuchung widerstehen können, das alte Bauernhaus zu restaurieren, welches direkt neben dem Turm stand. Grant beugte sich über seine Arbeit und sprach leise mit sich selbst. Das hätte Gennie amüsiert, wäre sie nicht so verblüfft gewesen. Als er sich bewegte, erkannte sie einen Malpinsel in seiner Hand. Nerzhaar und sehr teuer. Er hielt ihn ganz selbstverständlich, wie nach langjähriger Praxis.

Hatte er nicht abgestritten, dass er malte? Und wozu brauchte ein Maler den Zirkel und verschiedene Winkel?

Grant hob den Kopf, und ihre Augen trafen sich im Spiegel, der an der Wand gegenüber seinem Arbeitsplatz hing.

Er hatte tatsächlich nicht schlafen können. Irgendwann mitten in der Nacht war in ihm der Entschluss gereift, dass ihre Wege sich trennen müssten. Mehr noch: dass er diese Trennung auch würde verkraften können. Gennie lebte weit weg von Windy Point. Glanz und Ruhm waren Teil ihres Lebens, so wie Öffentlichkeit und Bestätigung. Er dagegen brauchte die Einsamkeit, schlichte Natürlichkeit und Anonymität. Das ließ sich nicht miteinander vereinbaren.

Noch im Dunkeln war er aufgestanden und hatte sich eingebildet, er würde arbeiten können. Nach fast zwei Stunden vergeblichen Bemühens ließen sich endlich ein paar Fortschritte erkennen. Und nun stand Gennie hinter ihm, hier in seinem Heiligtum, was er als Einziges für sich allein hatte behalten wollen.

Viel zu aufgeregt, um Grants Verstimmung zu bemerken, kam sie näher. »Was machst du hier?« Er schwieg, und Gennie stellte sich neben ihn und betrachtete stirnrunzelnd den großen Bogen Zeichenpapier auf seinem Brett. Er war kreuzweise schraffiert und durch hellblaue Linien in verschiedene Abschnitte eingeteilt. Gennie sah, wo Grant mit Stift und Tinte die Zeichnung angefangen hatte, aber sie erkannte noch immer nicht, was es darstellte.

Keine Blaupause, überlegte sie, etwas Mechanisches – vielleicht als kommerzielle Kunst? Fasziniert beugte sie sich tiefer, sah die Figuren – und wusste plötzlich Bescheid.

»Oh! Cartoons.« Erfreut über ihre Entdeckung schob sie Grant ein wenig beiseite. »Hundertmal habe ich den Strip schon gesehen. Ich finde ihn wunderbar!« Sie lachte und schob das Haar zurück auf die Schulter. »Du bist Cartoonist, Grant!«

»Das stimmt.« Ihre Begeisterung gefiel ihm nicht. Das war nun einmal sein Beruf, nichts weiter. Gleichzeitig war ihm klar, dass jetzt und hier die letzte Möglichkeit wäre, sich von Gennie zu lösen. Mit Bedacht legte er seinen Pinsel beiseite.

»So entwirfst du also eine Bildergeschichte.« Gennie war viel zu interessiert an Grants Arbeit, um sein merkwürdiges Benehmen zu beachten. »Sind die blauen Striche perspektivisch? Wie ist es dir nur möglich, an sieben Wochentagen immer etwas Neues zu bringen?«

Grant wollte nicht, dass Gennie seine Arbeit verstand. Wenn das geschah, würde es so gut wie unmöglich sein, sie fortzuschieben und wegzuschicken.

»Das ist mein Job«, sagte er kurz. »Ich habe zu tun, Gennie, ich bin in Zeitdruck.«

»Das tut mir leid«, entschuldigte sie sich spontan. Dann erkannte sie den kühlen, verschlossenen Ausdruck in seinen Augen. Es kam ihr plötzlich in den Sinn, dass Grant diesen wichtigen Teil seines Lebens absichtlich vor ihr verborgen hatte. Das tat weh, und die anfängliche Freude über die Entdeckung verflog. Es tat sehr weh. »Warum hast du mir nie davon erzählt?«

Obwohl Grant ihre Frage erwartet hatte, war ihm keine gute Antwort darauf eingefallen. Er zuckte mit den Schultern. »Dazu bestand kein Grund.«

»Kein Grund!«, erwiderte Gennie verletzt und sah ihn an. »Ich möchte eher annehmen, dass du es nicht wolltest. Warum?«

Wie könnte er ihr erklären, dass Verschwiegenheit für ihn ganz selbstverständlich geworden war? Er hatte sich so sehr daran gewöhnt, alles für sich zu behalten. Jede Erklärung müsste ein Geständnis enthalten, eine Begründung – und davor schreckte er zurück. Nein, dazu war es auch schon zu spät. Grant hatte sich noch gerade rechtzeitig auf seine Zurückhaltung besonnen.

»Weshalb sollte ich mit dir darüber sprechen?«, gab er die Frage zurück. »Es ist mein Beruf und hat mit dir absolut nichts zu tun.«

Aus Gennies Gesicht war alle Farbe gewichen. Aber Grant hatte sich von ihr abgewandt, als er aufstand, deshalb entging es ihm.

»Nichts mit mir zu tun ...«, wiederholte Gennie fast unhörbar. »Deine Arbeit ist für dich doch wichtig, oder?«

»Natürlich ist sie das.« Grants Ton war barsch. »Die Arbeit gehört zu mir.«

»Ja, das glaube ich dir.« Gennie spürte, wie eisige Kälte ihren Körper gefühllos machte. »Ich habe dein Bett teilen dürfen, aber das hier nicht.«

Grant fuhr herum. Der verletzte Ausdruck in Gennies Augen war kaum zu ertragen. »Was zum Teufel hat das eine mit dem anderen zu tun? Welchen Unterschied macht es, womit ich meinen Lebensunterhalt verdiene?«

»Es wäre mir gleichgültig gewesen, wenn du nichts getan hättest. Aber du hast mich belogen!«

»Ich habe dich niemals belogen!«, schrie Grant.

»Vielleicht verstehe ich den feinen Unterschied zwischen Täuschung und Unehrlichkeit nicht.«

»Hör mir zu: Meine Arbeit ist Privatsache. Und so will ich es auch.« Die Erklärung war unüberlegt, weil er ärgerlich und gereizt war. »Ich zeichne die Figuren, weil ich das gern tue, nicht weil ich es muss, nicht weil ich Anerkennung brauche. Anerkennung wäre das Letzte, was ich brauche.« Grants Augen waren fast schwarz vor Erregung. »Ich halte keine Vorlesungen, schreibe keine Aufsätze oder gebe Presseinterviews. Ich hasse es nämlich, wenn mir Leute zu nahekommen. Ich habe die Anonymität gewählt, genauso wie du das Rampenlicht wähltest. Ich fühle mich so am wohlsten. Das hier ist meine Kunst, das hier ist mein Leben. Und ich beabsichtige nicht, daran etwas zu ändern.«

»Ich verstehe.« Gennie war steif vor Schmerz und zitterte vor innerer Kälte. Sie wusste, was Leid bedeutete, und sie litt. »Und mit mir darüber zu sprechen, mich Anteil nehmen zu lassen wäre gleichbedeutend gewesen mit Zurschaustellung. Die Wahrheit ist, dass du mir nicht vertraust. Du hast mir nicht zugetraut, dass ich dein kostbares Geheimnis für mich behalte oder dass ich deine kostbare Art zu leben respektiere.«

»Tatsache ist, dass sich unsere Lebensweisen vollkommen voneinander unterscheiden.« Seine eigenen Worte zerrissen Grant das Herz. Er stieß Gennie von sich, das konnte er fühlen. »Man kann deine und meine Bedürfnisse nicht auf einen Nenner bringen. Das hat mit Vertrauen überhaupt nichts zu tun.«

»Vertrauen ist die Grundlage für alles«, entgegnete Gennie. Grant sah sie so an, wie er es das erste Mal in der Sturmnacht getan hatte. Sie war ein Eindringling hier, eine Fremde, und er wollte sie loswerden. Nur hatte sie ihn damals nicht geliebt. »Du hättest das Wort ›Liebe‹ nicht aussprechen dürfen, Grant, nicht bevor du seine Bedeutung verstehst. Oder vielleicht hätten wir unsere Auffassungen darüber vorher abstimmen sollen. Für mich bedeutet Liebe so viel wie Vertrauen und Kompromiss und Notwendigkeit. Die Begriffe aber sagen dir gar nichts.«

»Verdammt, erklär mir nicht, was ich denken soll. Kompromiss?«, entgegnete er, während er ruhelos im Zimmer hin und her lief. »Welche Art von Kompromiss hätten wir schließen können? Würdest du mich etwa heiraten, um dich dann hier zu vergraben? Zum Teufel, wir wissen beide doch ganz genau, dass dich die Presse auch ohne dein Dazutun ausfindig machen würde. Würdest du von mir erwarten, dass ich in New Orleans lebe, bis meine Arbeit nichts mehr taugt und ich mir nichts sehnlicher wünschen könnte, als dort wegzukommen?« Grant drehte sich zu ihr um, ballte zornig die Hände zu Fäusten und blitzte Gennie an. »Wie lange würde es dauern, bis jemand das aus meinem Leben aufdeckt, was ich aus gutem Grund für mich behalten möchte und worüber ich niemandem Rechenschaft schuldig bin?«

»Das bist du ja gar nicht.« Wenn ich jetzt weinen muss, dachte Gennie, kann ich nie wieder aufhören. »Aber du wirst auf keine dieser Fragen eine Antwort finden, nicht wahr? Weil du dir die Mühe nicht gemacht hast, mich teilhaben zu lassen, weder an den Fragen noch an deinen Gründen. Das dürfte Antwort genug sein.«

Sie verließ das Studio und stieg mit festen Schritten die geschwungene Treppe hinunter. Erst als sie im Freien war, rannte sie.

# 12. Kapitel

Gennie sah die Karten in ihrer Hand an und überlegte. Es waren eine Neun und eine Acht. Mit siebzehn auf Nummer sicher gehen? Noch eine Karte nehmen wäre riskant. Trotzdem nickte sie dem Croupier zu. Dann lächelte sie ironisch: eine Vier. Glück im Spiel ...

Warum in aller Welt spielte sie Blackjack um sieben Uhr fünfzehn am Sonntagmorgen? Nun, es war eine Möglichkeit, sich die Zeit zu vertreiben, und produktiver, als im Zimmer umherzulaufen oder schlaflos im Bett zu liegen. Beides hatte sie lange genug versucht. Doch auch die Glückssträhne der letzten Stunden konnte ihre Stimmung nicht verbessern. Fast wäre ihr ein kräftiger Verlust lieber gewesen, dann hätte sie sich wenigstens geärgert.

Gennie wechselte die Chips ein und steckte den Gewinn in ihre Handtasche. Beim Würfeln später würde sie das Geld vielleicht wieder verlieren. Um diese Tageszeit war das Casino fast leer. Der hohe, elegante Raum wirkte noch imposanter.

Sie trat an eines der riesigen Fenster und schaute hinaus. War das Meer der Grund, warum sie nicht zurück nach New Orleans gefahren war? Sie hatte gepackt und sich unverzüglich auf den Weg gemacht. Zu Hause würde sie ihr altes Leben wieder aufnehmen. Dann hatte sie sich, ohne viel nachzudenken, anders entschieden und war hierher zu Serena und Justin gekommen.

Die Wellen trugen kleine Schaumkronen, der Wind blies heute stürmisch. Vor mehr als zwei Wochen war sie hier eingetroffen, aber zu einem Strandspaziergang hatte sie sich bisher noch nicht entschließen können. Warum quälte sie sich und setzte keinen dicken Strich unter die ganze, hoffnungslose Sache? Hatte Grant sie nicht eindeutig abgewiesen und weggeschickt? Aber der Schmerz über die Trennung von ihm höhlte sie immer mehr aus.

»Ich liebe dich«, hatte er gesagt, »aber ...«

Das würde Gennie nie verstehen. Liebe bedeutete, dass alles möglich war, dass man alles möglich machen konnte. Wenn seine Liebe aufrichtig gewesen wäre, dann hätte er das begriffen.

Vielleicht wäre es besser, nicht täglich den Macintosh in der Zeitung zu verfolgen. In Macintoshs Leben war Veronica getreten. Dieser lächerliche und beißende Cartoon-Strip gefiel Gennie, sie musste über das Liebesduell der beiden Cartoonfiguren lachen. Dann kamen die Erinnerungen, und sie musste weinen.

Mit welchem Recht benutzte Grant sie – Gennie – als Vorlage für seine Arbeit? Über das ganze Land verbreitet, konnten die Leser in Dutzenden von Zeitungen Macintoshs beginnende Romanze verfolgen: seine Verliebtheit bis über beide Ohren und seine Verwirrung durch die sinnliche, reizvolle Veronica. Die Strips waren komisch, ein Hauch von Spott und Zynismus machte sie noch anziehender, noch menschlicher. Gennie entdeckte alles wieder, was sie beide gesagt und getan hatten, obwohl Grant sehr geschickt war im Verdrehen und Lächerlichmachen.

Trotz seiner Vorliebe für Zurückgezogenheit teilte er die komplizierte Berg-und-Tal-Bahn seiner Gefühle aller Welt mit. Es tat weh, täglich den Macintosh zu betrachten. Aber Gennie stürzte sich auf die Zeitung, sobald sie erschien.

»Früh aufgestanden, Gennie?«

Justin stand hinter ihr und legte die Hand auf ihren Arm.
»Ich war schon immer ein Morgenmensch«, wich Gennie seiner Frage aus, doch dann setzte sie lächelnd hinzu: »Ich habe deine Tische leer gemacht.«

Justin gab das Lächeln zurück, aber seine Augen musterten sie prüfend. Sie war blass und sah genauso elend aus wie an dem Tag, als sie unerwartet hier angekommen war. Und ihr fehlte Schlaf. Justin erkannte den tiefunglücklichen Ausdruck in ihren Augen. Was immer zwischen ihr und Grant geschehen war, es hatte seine Spuren hinterlassen.

»Wie wäre es mit Frühstück?« Ohne eine Antwort abzuwarten, nahm er Gennies Arm und führte sie zu seinem Privatlift.

»Du bist die einzige Cousine, an der mir liegt, Genevieve. Ich habe es satt, deine Selbstzerstörung zu verfolgen.«

»Das tue ich doch nicht!«, sagte Gennie entrüstet, legte aber dann den Kopf müde an Justins Schulter.

Der Fahrstuhl hielt, und Justin schob Gennie hinein. »Wie viel hast du mir abgenommen?«

Gennie musste einen Moment lang überlegen, bis sie verstand, dass er das Thema gewechselt hatte. »Das weiß ich nicht genau, ungefähr fünf- oder sechshundert.«

»Dann geht das Frühstück auf deine Rechnung«, meinte er trocken und führte Gennie in seine und Serenas Wohnung, als die Lifttüren sich öffneten. Es gefiel ihm, dass er sie zum Lachen bringen konnte.

»Typisch Mann«, meinte Serena schmunzelnd, als Gennie und Justin den Wohnraum betraten, »schneit im Morgengrauen mit einem schönen Mädchen herein, während die eigene Frau zu Hause bleiben muss, um dem Baby die Windeln zu wechseln.« Dabei hob sie Robert in die Luft.

Justin küsste sie. »Nichts ist schlimmer als Eifersucht.« Er nahm ihr seinen Sohn ab, und Serena ließ sich aufatmend in einen Sessel fallen. »Robert kriegt Zähne«, erklärte sie, »und ist ziemlich unleidlich.«

»Ist das wahr?« Justin steckte dem Knirps seine Fingerknöchel in den Mund. Es schien ihm gutzutun, die schmerzenden Stellen daran zu reiben. »Wird auch vorübergehen.«

Serena gähnte. »Habt ihr zwei schon etwas gegessen?«

»Gennie wurde soeben von mir zum Frühstück eingeladen.« Serena verstand Justins Blick und sah mitfühlend zu Gennie hin. »Das war eine gute Idee.« Sie nahm den Hörer vom Haustelefon ab. »Es ist fabelhaft praktisch, wenn man in einem Hotel mit Room Service wohnt.«

Während Serena ihre Bestellung durchgab, betrachtete Gennie die Räume. Hier war früher ein Hotelappartement gewesen, aber davon war nichts mehr geblieben. Es war Serena sehr gut gelungen, eine geschmackvolle, gemütliche Wohnung daraus zu machen. Justin spielte mit dem Baby auf einer Couch. Serena gab mit melodischer Stimme der Küche Anordnungen – eine harmonische Familie.

Wenn man sich liebt, dachte Gennie, kann man überall sein Zuhause haben. Rena und Justin ist es jedenfalls gelungen.

Wäre sie nicht dazu auch bereit gewesen? New Orleans wäre ein Ort für Besuche gewesen, um die Familie zu sehen und alte Verbindungen zu pflegen. Sie hätte ein Heim an der rauen, felsigen Küste schaffen können – für ihn, mit ihm. Sie wäre Grant entgegengekommen, wenn er es nur angenommen hätte. Aber vielleicht erschien ihr das alles nur so, und das Ganze war viel komplizierter. Vielleicht war Grant einfach nicht fähig, etwas anzunehmen. Das müsste sie akzeptieren – und dann endgültig diese Tür schließen.

»Der Ozean ist wunderschön am Morgen.« Serena war hinter Gennie ans Fenster getreten.

»Ja.« Gennie wandte sich um. »Ich habe mich an den Anblick gewöhnt. Wir lebten ja immer am Fluss.«

»Wirst du dorthin zurückkehren?«

»Irgendwann sicherlich.«

»Das ist der falsche Weg, Gennie.«

»Serena!« Justins Stimme klang warnend im Hintergrund. Aber Serena drehte sich zu ihm um und rief temperamentvoll: »Verdammt, Justin, sie ist doch so unglücklich! Nur ein dickköpfiger, uneinsichtiger Mann kann eine Frau so elend machen.«

»Das beruht auf Gegenseitigkeit«, erwiderte Justin ruhig.

»Ja.« Serena lachte ein wenig und fuhr sich mit der Hand durch das Haar. »Und wenn er zu dickköpfig ist, muss man ihn als Frau ein bisschen stoßen.«

»Grant wollte mich ja nicht haben«, mischte Gennie sich ein. Die Worte taten weh, aber wenigstens hatte sie die Kraft gehabt, es auszusprechen. »Nicht für immer oder jedenfalls nicht genug. Er konnte einfach nicht glauben, dass wir für unsere Probleme eine Lösung gefunden hätten. Er wollte nicht teilen, wollte sich überhaupt nicht in mich verlieben. Er will von niemandem abhängig sein.«

Während sie sprach, stand Justin auf und brachte Robert in das Kinderzimmer. Die Melodie einer Spieluhr klang durch die offene Tür. »Gennie«, begann er, als er zurückkam, »weißt du Bescheid über Grants und Shelbys Vater?«

Gennie seufzte tief und ließ sich in einen Sessel sinken. »Er starb, als Grant siebzehn war.«

»Er ist ermordet worden«, verbesserte Justin und bemerkte, wie Entsetzen in Gennies Augen trat. »Senator Robert

Campbell ... Du musst noch ein Kind gewesen sein, aber vielleicht erinnerst du dich.«

Sie konnte sich erinnern, wenn auch vage – die Fernsehberichte, der Gerichtsverlauf, die Gespräche ... Hatte Shelby nicht gesagt, dass die Geschwister dabei gewesen seien, als der Vater getötet wurde? Dass der Mord unmittelbar vor ihren Augen stattfand? »Oh Gott, Justin, es muss schrecklich für sie gewesen sein.«

»Solche Wunden lassen oft böse Narben zurück«, sagte er leise.

»Nach dem, was mir Alan erzählte, hat Shelby lange Zeit sehr darunter gelitten. Warum soll es Grant anders ergangen sein? Manchmal ...«, sein Blick huschte für eine Sekunde zu Serena, »... wehrt man sich dagegen, jemanden zu sehr zu lieben, weil man fürchtet, dass man ihn wieder verliert.«

Serena setzte sich auf die Lehne seines Sessels und legte den Arm um Justins Schultern.

»Seht ihr es nicht, auch das hat er mir vorenthalten.« Gennie krampfte ihre Hand um die Sessellehne. Sie empfand den Schmerz nach, den der Junge erlitten hatte und den der Mann noch immer litt. »Er hat mir nicht vertraut, wollte nicht, dass ich ihn verstehe. Wo Geheimnisse sind, ist auch Distanz.«

»Glaubst du nicht, dass er dich liebt?«, fragte Serena vorsichtig.

»Nicht genug.« Gennie schüttelte heftig ihren Kopf. »Ich würde vor Sehnsucht nach mehr Liebe umkommen.«

»Gestern Abend rief Shelby an«, sagte Serena, als ein Klopfen an der Tür das Frühstück ankündigte. Justin stand auf und ließ den Zimmerkellner mit dem Wagen hereinkommen, während Serena leise fortfuhr: »Grant hat sie und Alan überraschend vor ein paar Tagen besucht.«

»Ist er ...«

»Nein«, unterbrach Serena Gennies Frage. »Er ist zurück in Maine. Sie sagte, dass er sie mit Fragen geplagt habe. Natürlich wusste Shelby nicht die Antworten, bis sie mit mir gesprochen hatte und erfuhr, dass du hier bist.« Gennie blickte stirnrunzelnd aus dem Fenster auf das Meer. »Sie war neugierig, ob du seine Macintosh-Serie in den Zeitungen verfolgt hast. Ich habe mehr als zwei Stunden gebraucht, um dahinterzukommen, warum das Shelby interessierte.«

Mit einem grübelnden Ausdruck in den Augen wandte sich Gennie Serena zu. »Ich kann dir nicht ganz folgen.« Sie wusste nicht, was Serena über Grants Arbeit wusste, und blieb vorsichtig.

Serena nahm die Kanne vom Tablett. »Kaffee, Veronica?«

Gennie lachte bewundernd auf. »Du bist clever, Rena.«

»Ich liebe Puzzles«, verbesserte Serena, »und die Teile stimmten.«

»Über diesen Punkt haben wir zuletzt gestritten.« Gennie warf Justin, der sich wieder zu ihnen setzte, einen Blick zu. Sie goss Sahne in ihre Tasse, trank den Kaffee aber nicht. »Niemals, während der ganzen Zeit, die wir zusammen waren, hat Grant mir erzählt, was er macht. Als ich es zufällig entdeckte, war er so schrecklich wütend, als ob ich in seine Privatsphäre eingedrungen wäre. Dabei freute ich mich so über das, was ich herausgefunden hatte. Zu Anfang habe ich immer geglaubt, er würde sein Talent nicht nutzen, was ich nicht verstand. Dann, als ich herausfand, dass er etwas so Kluges und Schwieriges machte ...« Sie schüttelte den Kopf. »Er hat mich nie wirklich an sich herangelassen.«

»Vielleicht hast du einfach nicht laut genug darum gebeten?«, meinte Serena.

»Wenn er mich noch einmal abweisen würde, Rena, könnte ich es nicht ertragen. Es geht nicht um Stolz, einfach um Kraft.«

»Bist du nicht vor jeder Ausstellung ein Nervenbündel gewesen?«, erinnerte Justin sie. »Du hast es trotzdem geschafft.«

»Es ist leichter und sicherer, sich selbst und seine Gefühle einer Gruppe von Menschen zu öffnen, als dem einen, auf den es ankommt und der einen zurückweisen könnte. Im November ist wieder eine Ausstellung in New York. Darauf muss ich mich jetzt konzentrieren.«

»Vielleicht möchtest du einen Blick auf das hier werfen, während du isst.« Justin schob die Comic-Seite der Tageszeitung über den Tisch, die der Kellner vorhin mitgebracht hatte.

Gennie blickte darauf, obwohl sie es eigentlich nicht wollte. Es war ihr nicht möglich zu widerstehen. Nach einer Weile nahm sie Justin das Blatt aus der Hand.

Die Sonntagsausgabe war dick und farbig. Aber dieser Macintosh wirkte trotzdem düster und irgendwie verloren. Mit einem Blick konnte Gennie sehen, dass die Schattierungen auf seine Depression und auf seine Einsamkeit hinweisen sollten. Grant war wirklich ein Künstler. Mit wenigen Strichen fesselte er den Betrachter und brachte ihn in die gewünschte Stimmung.

Im ersten Abschnitt saß Macintosh allein da, die Ellbogen auf die Knie gestützt und das Kinn in den Händen vergraben. Weder Worte noch Zwischentexte waren notwendig, um sein Elend deutlich zu machen. Die Sympathie der Leser wurde sofort geweckt. Wer ist dem armen Kerl diesmal auf den Zeh getreten?

Es klopft an der Tür, und er murmelt – er musste einfach murmeln: »Herein.« Aber als Ivan, der russische Emigrant, eintritt, verändert er seine Haltung nicht. Ivan liebt es, sich sehr amerikanisch zu kleiden – diesmal in einem Westernanzug einschließlich Cowboyhut und Stiefeln.

»Hey, Macintosh, ich hab zwei Karten für das Baseballspiel!«

Keine Reaktion. Ivan zieht einen Stuhl heran und schiebt den Hut in den Nacken. »Du kannst das Bier bezahlen, du bist Amerikaner. Und wir nehmen dein Auto.«

Auch diesmal keinerlei Reaktion.

»Lässt du mich fahren?« Ivan stupst Macintosh mit einer Stiefelspitze an.

»Oh, hallo, Ivan.« Macintosh verfällt wieder in seinen Trübsinn.

»Hör mal, hast du ein Problem?«

»Veronica hat mich verlassen.«

Ivan schlägt die Beine übereinander und wippt mit dem Fuß. »Wegen eines anderen Kerls, oder?«

»Nein.«

»Was dann?«

Macintosh ändert seine Stellung nicht im Geringsten, das gibt der Situation das Spezielle. »Weil ich selbstsüchtig war, grob, arrogant, unehrlich, töricht und überhaupt widerlich.«

Ivan betrachtet seine Stiefelspitze. »Ist das alles?«

»Ja.«

»Frauen!«, sagt Ivan und zuckt mit den Schultern. »Sie sind nie zufrieden.«

Gennie las den Strip zweimal durch, dann schaute sie hilflos auf. Wortlos nahm Serena ihr die Zeitung aus der Hand und schaute selbst. Sie lachte einmal, dann legte sie das Blatt beiseite.

»Soll ich dir beim Packen helfen?«

Wo zum Teufel war sie? Grant wusste selbst, wie unsinnig es klang, sich das immerzu zu fragen.

Wo zum Teufel war Gennie?

Vom Ausguck des Leuchtturms konnte er meilenweit über das Land blicken. Aber Gennie war nirgendwo. Der Wind blies ihm ins Gesicht, als er auf die See starrte und sich andauernd überlegte, was um Himmels willen er tun sollte.

Sie vergessen? Grant konnte gelegentlich das Essen oder das Schlafen vergessen – aber niemals Gennie. Unglücklicherweise erinnerte er sich ganz genau an die letzten zehn Minuten, die sie zusammen verbracht hatten. Warum war er ein solcher Narr gewesen? Oh, das war leicht, dachte er angewidert. Darin hatte er ja Übung.

Wenn er dann nicht zwei Tage hätte verstreichen lassen, indem er sie, sich selbst und die ganze Welt verdammte und ruhelos am Strand herumgelaufen war, vielleicht wäre es noch nicht zu spät gewesen. Als er sich endlich eingestand, dass sein Herz gebrochen war, konnte er von Gennie keine Spur mehr finden. Das kleine Häuschen war verschlossen, die Witwe Lawrence wusste nichts und sagte noch weniger.

Grant war nach New Orleans geflogen und hatte nach Gennie gesucht wie ein Wahnsinniger. Ihre Wohnung war leer, die Nachbarn hatten nichts von ihr gehört. Um ihre Großmutter ausfindig zu machen, musste er alle Grandeaus aus dem Telefonbuch durchprobieren. Als er die alte Dame endlich erwischte, war die Antwort auch negativ. Gennie befinde sich auf Reisen.

Ja, zweifellos. Wahrscheinlich fuhr sie so schnell und so weit von ihm weg, wie es nur irgend ging.

Grant hatte schließlich auch bei den MacGregors angerufen und glücklicherweise Anna erwischt und nicht Daniel. Sie machte ihm Mut, wusste aber auch nichts.

Alles könnte ein Traum gewesen sein, wäre nicht das Gemälde mit dem Leuchtturm zurückgeblieben, das kurz vor dem Gewitter fertig wurde, als sie sich auf dem Rasen zum ersten Mal geliebt hatten. Es stand einfach da, doch weder ein Brief noch ein Zettel steckten daran. Grant wollte das Bild über die Klippen ins Meer werfen, aber jetzt hing es in seinem Schlafzimmer und machte ihn jedes Mal, wenn er es ansah, noch unglücklicher.

Früher oder später, das versprach er sich, würde er sie finden. Ihr Name und ihr Foto mussten in einer Zeitung auftauchen. Er würde sie aufspüren und zurückbringen.

Zurückbringen, ha! Grant fuhr heftig mit einer Hand durch sein Haar. Bitten würde er, flehen, sich ihr zu Füßen werfen – was auch immer nötig wäre, damit sie ihm eine neue Chance gäbe.

Gennie ist schuld, dachte er, um wieder wütend zu werden. Ihretwegen benehme ich mich wie ein Geisteskranker.

Seit mehr als zwei Wochen hatte Grant keine Nacht mehr richtig geschlafen. Die Einsamkeit, die er angeblich liebte und brauchte, drohte ihn zu ersticken. Lange konnte das nicht so weitergehen, sonst würde er noch den letzten Rest seines Verstandes verlieren.

Wütend ließ er das Geländer los. Arbeiten konnte er nicht, also wollte er zum Strand gehen, um sich auszulaufen. Vielleicht würde er dadurch etwas Ruhe finden.

Alles sieht noch wie damals aus, dachte Gennie, als sie das Ende der engen, holprigen Zufahrt erreichte. Nur der Sommer war endgültig dem Herbst gewichen. Die Wellen rauschten und klatschten gegen die Felsen. Der Leuchtturm wirkte noch immer stark und zuverlässig. Wie albern zu glauben, dass durch ihr Weggehen sich etwas Wichtiges, vielleicht sogar Wesentliches geändert haben könnte.

Auch Grant würde sich nicht verändert haben. Gennie holte tief Luft und stieg aus dem Wagen. Nie würde sie es wollen, dass er sich in jemand verwandelte, der nicht der einzigartige, einmalige Grant Campbell wäre. Sie hatte sich verliebt in seine raue Schale, seine widerborstige Empfindsamkeit und ... ja, sogar in seine Grobheit. Vielleicht war sie eine Närrin. Aber sie wollte ihn nicht anders haben. Alles was sie wollte, war sein Vertrauen.

Wenn sie den letzten Macintosh-Strip missverstand ... Wenn Grant sie abwies ...? Nein, sie würde nicht daran denken. Sie wollte sich darauf konzentrieren, einen Schritt vor den anderen zu setzen, bis sie Grant gegenüberstand. Es war höchste Zeit, dass sie damit aufhörte, sich feige vor dem Wichtigsten in ihrem Leben zu drücken.

Als sie am Turm ankam, blieb sie abrupt stehen. Sie spürte, dass Grant nicht da war, sie brauchte die Tür gar nicht erst zu öffnen. Sein Wagen parkte am gewohnten Platz in der Nähe des kleinen Hauses, das sie bewohnt hatte. Hatte er vielleicht das Boot genommen? fragte sie sich, als sie um den Turm herumging. Das Boot schaukelte friedlich am Steg.

Dann wusste sie es und wunderte sich, dass sie nicht gleich daran gedacht hatte. Ohne zu zögern, ging sie auf die Klippen zu ...

Die Hände tief in den Hosentaschen vergraben und den Kopf gesenkt, marschierte Grant gegen den Wind am Strand entlang. So ist also Einsamkeit, dachte er bitter. Jahrelang hatte er allein gelebt, ohne unzufrieden zu sein. Auch das hatte Gennie vollbracht. Wie war es möglich, dass ein einziges weibliches Wesen ein Leben so grundlegend verändern konnte?

Er versuchte bewusst, sich in Wut zu bringen. Ärger tat nicht weh. Gennie würde ihm Rede und Antwort dafür stehen müssen und für noch mehr, sobald er sie gefunden hatte. Sein Leben verlief genauso, wie er es hatte haben wollen, bis sie auftauchte. Liebe, oh, sie konnte von Liebe reden, dann verschwinden – und das nur, weil er sich wie ein Idiot benommen hatte.

Sollte er nach New Orleans fahren? Vielleicht war Gennie inzwischen dort? Er könnte warten ... Einmal musste sie kommen. Die Stadt bedeutete ihr sehr viel. Verdammt, warum saß er nicht bereits im Flugzeug, das ihn nach Süden brachte?

Grant machte kehrt ... und erstarrte. Jetzt hatte er schon Halluzinationen.

Gennie betrachtete ihn mit einer Ruhe, die nicht ihr Herzklopfen offenbarte. Grant sah so verlassen aus – nicht so wie früher, als er in seiner selbst gewählten Einsamkeit lebte, sondern einfach so verwaist. Vielleicht bildete sie sich das nur ein, weil sie es erhoffte. Sie nahm all ihren Mut zusammen und ging auf ihn zu.

»Ich möchte wissen, was du damit gemeint hast.« Aus ihrer Tasche zog sie den Ausschnitt seines Cartoons aus der letzten Sonntagszeitung.

Grant starrte Gennie an. Vielleicht sah er Dinge ... Vielleicht hörte er sie auch, aber ... Langsam hob er die Hand und berührte ihr Gesicht. »Gennie?«

Ihre Knie wurden weich. Energisch nahm sie sich zusammen. Sie würde nicht in seine Arme fallen. Das wäre zu leicht und würde nichts klären.

»Ich möchte wissen, was das bedeutet!« Sie hielt ihm den Zeitungsausschnitt hin.

Verdutzt schaute Grant auf sein Werk. Es war nicht leicht gewesen, diesen Cartoon terminlich so schnell in die Zeitung zu bringen. Er hatte dafür alle seine Beziehungen spielen lassen und selbst wie ein Verrückter daran arbeiten müssen. Wenn es Gennie zur Rückkehr veranlasst hatte, dann war es die Mühe wert gewesen.

»Es bedeutet das, was es aussagt.« Seine Stimme klang belegt. »In diesem Cartoon hier liegt nicht besonders viel Spitzfindigkeit.«

Gennie steckte den Ausschnitt zurück in ihre Tasche. Sie würde ihn für alle Zeiten aufbewahren. »Du hast mich in recht großzügiger Weise für deine Arbeit benutzt.« Sie musste den Kopf zurücklegen, um ihm in die Augen zu sehen.

Grant fand, dass Gennie noch hoheitsvoller aussah als sonst. Wenn sie mit ihrem Daumen nach unten zeigte, könnte sie ihn den Löwen vorwerfen.

»Bist du nie auf den Gedanken gekommen, mich um Erlaubnis zu fragen?«

»Künstlerische Freiheit«, antwortete er knapp. Feiner Schaum einer brechenden Welle sprühte über Grants Rücken und benetzte Gennies Haar. »Wo zum Teufel bist du gewesen?«, fuhr er sie zu seiner eigenen Überraschung plötzlich an. »Wohin bist du gefahren?«

Ihre Augen verengten sich. »Das ist meine Sache, oder?«

»Oh nein, das ist es nicht. Du hast nicht einfach wegzulaufen.«

Gennie biss die Zähne zusammen und wartete, bis Grant aufhörte, sie zu schütteln. »Du wirst dich doch daran erinnern, dass du dich zuerst von mir abgewandt hast, ehe ich gegangen bin.«

»Gut denn, ich habe mich wie ein Idiot benommen. Willst du eine Entschuldigung?«, schrie er sie an. »Ich leiste dir jede Art von Abbitte, die du möchtest.« Er brach ab und atmete heftig. »Gütiger Himmel, zuerst aber das.«

Er presste seinen Mund auf ihre Lippen und grub seine Finger in ihre Schultern. Das Stöhnen, das sich ihm entrang, war nur ein Zeichen mehr für sein verzweifeltes Verlangen. Gennie war hier. Sie gehörte ihm. Er würde sie nie wieder gehen lassen.

Langsam beruhigte er sich. So sollte es nicht sein. Das wäre nicht der richtige Weg, um sein Verhalten wiedergutzumachen. Es würde Gennie nicht überzeugen, wie sehr er sie brauchte und wie heftig er sich wünschte, sie glücklich zu machen.

Grant riss sich zusammen und ließ Gennie los. »Es tut mir leid«, begann er unbeholfen, »ich wollte dir nicht wehtun – nicht jetzt und nicht zuvor. Wenn du mit ins Haus kommen willst, könnten wir darüber sprechen.«

Gennie sah ihn ungläubig an: Was war mit Grant? Sie verstand den Mann, der sie schüttelte, der sie anschrie, der sie in seine Arme riss aus Verlangen und Zorn. Aber den Mann kannte sie nicht, der vor ihr stand und sich unbeholfen bei ihr entschuldigte. Sie zog die Augenbrauen zusammen. Sie war nicht hergekommen, um mit einem Fremden zu sprechen.

»Was zum Teufel ist mit dir los?«, forschte sie. »Ich sag es dir, wenn du mir wehtust.« Sie tippte mit dem Finger auf seine Brust. »Und auch wenn ich eine Entschuldigung wünsche. Wir werden miteinander sprechen, oh ja«, setzte sie hinzu und warf den Kopf zurück, »aber hier.«

»Was willst du eigentlich?« Verzweifelt warf Grant die Hände hoch. Wie sollte ein Mann sich in aller Form entschuldigen, wenn er getreten wurde?

»Das werde ich dir sagen«, schrie Gennie ihn genauso an, wie er es mit ihr tat. »Ich will es klargestellt haben, ob wir uns einigen wollen oder ob du in dein Loch zurückschlüpfen willst. Du bist sehr geschickt im Verstecken. Wenn du das vorhast, dann sag es jetzt.«

»Ich verstecke mich nicht«, erwiderte Grant, zwar mit normaler Stimme, aber zähneknirschend. »Ich lebe hier, weil es mir gefällt. Hier kann ich in Ruhe arbeiten, ohne dass alle fünf Minuten jemand an der Tür steht oder das Telefon klingelt.«

Gennie blickte ihn lange an. »Davon rede ich nicht, und du weißt es.«

Ja, er wusste es. Ärgerlich steckte er die Hände in die Taschen, um Gennie nicht wieder zu schütteln. »Gut, ich habe dir einige Dinge vorenthalten. Ich bin es nicht gewohnt, mit anderen zu teilen. Und dann ... und dann verschloss ich mich vor dir, weil ich mich in dich verliebt habe. Und je mehr ich es tat, um so größer wurde meine Angst. Oh, verdammt ... Ich wollte von niemandem abhängig sein ...« Er brach ab und fuhr sich mit der Hand durchs Haar.

»Weshalb?«

»Um denjenigen nicht plötzlich zu verlieren und allein zurückzubleiben«, antwortete er nach einem langen Atemzug. Wie war er darauf plötzlich gekommen? Seine Worte hatten ihn genauso überrascht wie Gennie. »Ich möchte dir von meinem Vater erzählen.«

Gennie legte ihre Hand auf seinen Arm, ein weicher Schimmer trat in ihre Augen. »Justin hat es mir erzählt.«

Grant versteifte sich und wandte sich von ihr ab. »Das wollte ich selbst tun.« Und dann mit Mühe: »Dir erklären – damit du es verstehst ...«

»Aber das verstehe ich. Wir haben beide jemanden verloren, den wir liebten und von dem wir in unserer eigenen Weise abhängig waren. Ich weiß, wie es ist, den geliebten Menschen vor den eigenen Augen sterben zu sehen.«

Grant hörte die Tränen in Gennies Stimme und wandte sich ihr wieder zu. »Nicht. Das musst du beiseiteschieben ... nicht vergessen, aber wegstecken. Ich glaubte, dass es mir gelungen sei. Aber als ich dich kennenlernte, kam alles zurück.«

Gennie nickte und schluckte. Jetzt war wirklich nicht der geeignete Moment, um die Vergangenheit heraufzubeschwören. »Du wolltest an jenem Tag, dass ich weggehe.«

»Mag sein – ja.« Grant schaute über Gennies Kopf auf den Rand der Klippen. »Es erschien mir der einzig mögliche Weg. Vielleicht stimmt das sogar. Ich kann nur damit nicht leben.«

Verwirrt drückte sie seinen Arm. »Warum glaubst du, dass eine Trennung das Beste wäre?«

»Weil unser Lebensstil so vollkommen verschieden ist, Gennie. Und jeder für sich war zufrieden. Jetzt …«

»Jetzt?« Gennie wurde böse. »Bist du tatsächlich noch immer so dickköpfig, dass du einen Kompromiss außer Frage stellst?«

Grant begriff nicht. Er blickte sie verblüfft an. Warum sprach Gennie von Kompromiss? Wo er doch auf dem besten Wege war, hier alles zusammenzupacken und ihr zu folgen. »Kompromiss?«

»Du kennst nicht einmal den Sinn des Wortes. Für jemanden, der so clever und scharfsinnig ist wie du, bist du ein sehr engstirniger Narr.« Wütend drehte sie sich um und wollte weggehen.

»Warte!« Grant hatte Gennie so schnell beim Arm ergriffen, dass sie gegen ihn stolperte. »Du hörst nicht zu. Ich bin bereit, das Land zu verkaufen … zu verschenken, wenn du es willst. Wir können in New Orleans leben. Verdammt, ich lasse in allen Tageszeitungen verkünden, dass ich der Urheber des Macintosh bin, wenn es dich glücklich macht. Von mir aus kann jede Zeitschrift in unserem Land unser Bild auf der Titelseite bringen.«

»Denkst du wirklich, dass ich das möchte?« Gennie war so ärgerlich wie mindestens ein Dutzend Mal zuvor bei ihm. »Du simpler, egoistischer, verrückter Kerl! Es ist mir gleich, wo und wie du deinen Strip zeichnest! Es ist mir gleich, ob du fürs Titelfoto posierst oder die Paparazzi zum Fenster hinauswirfst. Das Land verkaufen?«, fuhr sie fort, während Grant versuchte, das zu verstehen, was sie sagte. »Weshalb um Himmels willen willst du das? Für dich ist alles entweder schwarz oder weiß. Kompromiss!«, schrie Gennie ihn an. »Das bedeutet nehmen und geben. Mir ist es egal, wo wir wohnen.«

»Was weiß denn ich?« Das bisschen Geduld, das Grant hatte, war nun auch zu Ende. »Ich weiß nur, dass du in einem besonderen Rahmen gelebt hast, und du warst glücklich darin. Deine Wurzeln sind in New Orleans, deine Familie …«

»Daran wird sich auch nichts ändern. Aber deshalb muss ich doch nicht zwölf Monate des Jahres dort verbringen.« Wütend warf Gennie das Haar zurück. Wie dumm konnte ein intelligenter Mann eigentlich sein? »Ja, du hast recht, mein Lebensstil war ziemlich eingefahren. Aber das muss von mir aus nicht so bleiben. Was ich nicht ändern könnte, das ist meine Kunst. Ich würde selbst dir zuliebe nicht damit aufhören. Es ist mein Leben. Im November muss ich in New York ausstellen, das brauche ich, und du musst bei mir sein. Doch eine Menge anderer Dinge sind entbehrlich, wenn du mir nur auf halbem Weg entgegenkommst. Es ist fast lächerlich, aber ich habe mich in dich verliebt. Warum sollte ich dich, so wie du bist, aufgeben?«

Grant kannte sich überhaupt nicht mehr aus. Was Gennie sagte, klang selbstverständlich, seine Worte dagegen völlig unvernünftig. »Du möchtest einen Kompromiss haben, oder?«

»Mehr: Du musst mir vertrauen.«

»Gennie!« Grant ergriff ihre Hand. »Das tue ich doch und

versuche die ganze Zeit, es dir klarzumachen.« Langsam zog er sie an sich. »Du bist der Mittelpunkt meines Lebens. Als du weg warst, bin ich nach New Orleans geflogen und ...«

»Du bist nach New Orleans geflogen?« Erstaunt schaute Gennie in Grants Gesicht. »Du hast mich gesucht?«

»Aus verschiedenen Gründen«, flüsterte er. »Zuerst wollte ich dich erwürgen, dann vor dir knien, zuletzt dich einfach nur nach Hause bringen und einsperren.«

Lächelnd lehnte Gennie ihren Kopf an seine Brust. »Und jetzt?«

»Jetzt ... jetzt schließen wir einen Kompromiss. Ich lasse dich am Leben.«

»Das ist wenigstens ein Anfang.« Aufatmend schloss Gennie ihre Augen. »Ich möchte das Meer im Winter erleben.«

»Wir beide zusammen.«

»Da wäre noch etwas.«

»Vor oder nachdem ich dich geliebt habe?«

Gennie lachte: »Besser davor. Du erwähntest nichts von Heiraten, deshalb muss ich es wohl tun.«

»Gennie ...«

»Nein, diesmal geht es nach meinem Willen.« Sie zog Serenas Münze heraus. »Es ist auch eine Art Kompromiss. Kopf: Wir heiraten, Zahl: Wir heiraten nicht.«

Grant hielt ihre Hand fest, bevor sie werfen konnte. »Mit so etwas macht man keine dummen Spiele, Genevieve, es sei denn, dass auf jeder Seite ein Kopf ist.«

Gennie lächelte. »Was dachtest du denn?«

Grant sah sie verblüfft an, dann lachte er laut: »Wirf schon! Ich mag riskante Wetten.«

Nora Roberts

# Sterne einer Sommernacht

Roman

Aus dem Englischen von
Emma Luxx

# Prolog

Zwanzig war Devin MacKades Meinung nach ein grässliches Alter. Man war zwar alt genug, um für sein Tun verantwortlich gemacht werden zu können oder um eine Frau zu lieben. Und doch war man nach Recht und Gesetz noch nicht vollständig erwachsen.

Noch zwölf Monate, dann hatte er es hinter sich.

Als dritter von vier Brüdern musste er mit ansehen, wie ihm Jared und Rafe ins Erwachsenenalter vorausgeeilt waren. Shane war ein Jahr jünger als er. Nicht dass er es etwa besonders eilig gehabt hätte, erwachsen zu werden, nein, das wirklich nicht. Er hatte seine Kindheit und Jugend genossen, doch langsam wurde er ungeduldig. Methodisch wie er war, begann er Pläne für seine Zukunft zu schmieden.

Die kleine Stadt Antietam, Maryland, würde Augen machen, wenn sich herumsprach, dass er sich dafür entschieden hatte, das Gesetz aufrecht zu halten, statt es zu brechen. Oder zu beugen.

Seine Mutter hatte ihn mit Engelszungen dazu überreden müssen, aufs College zu gehen, doch nachdem diese Hürde erst einmal genommen war, hatte ihm das Lernen viel Spaß gemacht. Die Kurse in Rechtswissenschaft, Kriminologie und Soziologie faszinierten ihn. Wie und warum Regeln für eine Gesellschaft aufgestellt wurden und wie für ihre Einhaltung gesorgt wurde. Manchmal erschien es ihm fast, als hätten all diese Gesetzbücher und Vorschriften, diese Ideale nur darauf gewartet, von ihm entdeckt zu werden.

Deshalb hatte er sich dazu entschlossen, Polizist zu werden. Eine Entscheidung, die er bis jetzt noch für sich behalten hatte. Seine Brüder würden ihn zweifellos nur damit aufziehen. Selbst Jared, der Rechtsanwalt werden wollte und schon kurz vor dem Examen stand, würde kein Erbarmen kennen. Nicht dass ihm das etwas ausgemacht hätte. Devin wusste sehr gut, dass er es jederzeit mit seinen drei Brüdern aufnehmen konnte, gleich ob mit Worten oder mit den Fäusten. Und dennoch war er der Ansicht, dass es sich bei seiner Berufswahl um eine persönliche Angelegenheit handelte, die im Moment nur ihn allein etwas anging.

Er war sich allerdings auch bewusst, dass man im Leben nicht alles bekam, was man sich wünschte. Der Beweis dafür lag direkt vor seiner Nase – oder besser gesagt, er servierte ihm im Moment hier in Ed's Café gerade die Spezialität des Hauses und errötete bis unter die Haarwurzeln angesichts Rafes übermütiger Frotzeleien.

Sie war klein und schlank – wahrscheinlich wog sie nicht mal hundert Pfund – und so zart wie eine Rosenknospe. Hellblondes Engelshaar umfloss ein Gesicht, das aus nichts als riesigen grauen Augen zu bestehen schien, wie ein Heiligenschein. Eine kleine Stupsnase. Und ein Mund, der wahrscheinlich der am schönsten geschwungene im ganzen Land war. Feingliedrige Hände, die, wie Devin wusste, fachmännisch mit Tellern, Kaffeekannen und Gläsern jonglieren konnten.

Am Ringfinger der rechten Hand steckte ein schmaler goldener Ring, der mit einem Diamantsplitter besetzt war, der so unscheinbar war, dass man ihn kaum sah.

Ihr Name war Cassandra Connor, und ihm schien, dass er sie schon sein ganzes Leben lang liebte. Auf jeden Fall kannte er sie schon sein ganzes Leben, sie waren zusammen aufgewachsen, und er hatte sie immer als etwas Besonderes betrachtet. Als ihm eines Tages klar wurde, dass er in sie verliebt war, hatte er es nicht gewagt, ihr seine Gefühle zu offenbaren.

Und genau da lag das Problem. Nachdem er sich nämlich endlich dazu durchgerungen hatte, war es zu spät gewesen. Joe Dolin war ihm zuvorgekommen. Im Juni machte sie ihren Highschool-Abschluss, und dann würden die beiden heiraten. Und es gab nichts, was er dagegen unternehmen konnte.

Er musste sich Mühe geben, ihr nicht nachzustarren, als sie nun die Nische verließ und zur Theke zurückging. Seine Brüder hatten scharfe Augen, und der Gedanke, von ihnen wegen einer so intimen und demütigenden Angelegenheit, wie es eine unerwiderte Liebe nun einmal war, gehänselt zu werden, war ihm unerträglich.

Also schaute er aus dem Fenster hinaus auf die Hauptstraße. Das war unverfänglich, und der Anblick stimmte ihn tröstlich. Eines Tages würde er dieser Stadt, die eine so komplizierte und wichtige Rolle in seinem Leben spielte, dienen und die Menschen, die in ihr lebten, beschützen.

Das war es, wozu er sich berufen fühlte.

Er hatte eine sehr enge Beziehung zu seiner Heimatstadt. Manchmal, wenn er alte Bilder aus dem Bürgerkrieg betrachtete, sah er sie ganz deutlich vor sich, wie sie damals gewesen war. Dann glaubte er die alten Backsteinhäuser, die Kirchen, die Pferde und die Kutschen fast mit Händen greifen zu können. Es kam sogar vor, dass er hörte, wie sich die Männer an den Straßenecken oder beim Friseur die Köpfe heiß redeten über den Krieg, der die Vereinigten Staaten zutiefst gespalten hatte und in zwei sich bis aufs Messer bekämpfende Lager zerriss.

Obwohl er ein kühler Verstandesmensch war, war Devin doch felsenfest davon überzeugt, dass es in der näheren Umgebung Orte gab, an denen es spukte. In dem alten Barlow-Haus draußen auf dem Hügel vor der Stadt ebenso wie in den Wäldern drum herum. Auch auf der Farm, auf der er aufgewachsen war, und in den Feldern, die er zusammen mit seinen Brüdern jedes Frühjahr ackerte und pflügte, hausten Gespenster. Wenn es ganz still war, konnte man ein leises Raunen vernehmen, das von Leben und Tod erzählte, von Angst und Hoffnung, von Leid und Freude.

Man musste nur genau hinhören.

»Fast so gut wie der von Mom.« Shane schaufelte sich eine Riesenportion Kartoffelbrei in den Mund und zeigte beim Grinsen die typischen MacKade-Grübchen. »Fast. Was, glaubt ihr, machen Frauen nach Feierabend?«

»Klatschen.« Rafe, der seinen Teller bereits leer geputzt hatte, lehnte sich nun gesättigt zurück, zündete sich eine Zigarette an und inhalierte genüsslich. »Sonst noch was?«

»Das ist Moms gutes Recht«, verteidigte Jared, der zukünftige Anwalt, ihre Mutter.

»Hab ich vielleicht das Gegenteil behauptet? Das Problem ist leider nur, dass ihr Old Lady Metz wahrscheinlich jetzt gerade wieder das Ohr abschwätzt, was wir alles angestellt haben.« Sowohl dieser Gedanke als auch das Wissen, dass seine Mutter sogar die furchterregende Mrs. Metz mit Leichtigkeit in die Tasche steckte, entlockten Rafe ein verwegenes Grinsen.

Devin nahm den Blick von der Straße und schaute seine Brüder nachdenklich an. »Hatten wir denn jüngst irgendwelchen Ärger?«

Die vier dachten nach. Nicht dass ihr Erinnerungsvermögen so schlecht gewesen wäre, aber es war leider so, dass sie oft schneller in Schwierigkeiten kamen, als sie schauen konnten.

Jeder, der an dem großen Fenster von Ed's Café vorbeikam,

konnte die vier MacKades sehen, schwarzhaarige Teufel mit grünen Augen, schön genug, um den Pulsschlag einer jeden Frau zu beschleunigen, sei sie nun acht oder achtzig, und verwegen genug, um es mit jedem Mann aufzunehmen.

Sie stritten eine Weile herum, wer von ihnen in der letzten Zeit die meisten Lorbeeren eingeheimst hätte, und die Debatte wurde immer hitziger, bis sie sich schließlich darauf einigten, dass Rafe mit dem Autorennen auf der Route 34 gegen Joe Dolin den Vogel abgeschossen hatte.

Rafe war Sieger geworden, und das Großmaul Joe Dolin hatte sich, irgendetwas von Revanche in sich hineinmurmelnd, wie ein geprügelter Hund getrollt.

»Der Typ ist ein Schwachkopf.« Rafe stieß eine dünne Rauchfahne aus. Keiner widersprach, und Rafe ließ seinen Blick über Cassie wandern, die am Tisch nebenan Gäste bewirtete. »Was findet so ein süßes Mädel wie Cassie nur an ihm?«

»Wenn du mich fragst, will sie einfach nur von zu Hause weg.« Jared schob mit dem Ellbogen seinen Teller beiseite. »Wenn ich so eine Mutter hätte wie sie, würde ich das auch wollen. Die Frau ist total fanatisch, kein Wunder, dass Cassie es nicht aushält.«

»Vielleicht liebt sie ihn ja«, warf Devin bedächtig ein.

Was Rafe eine Erwiderung abnötigte, die alles andere als druckreif war. »Die Kleine ist noch nicht mal siebzehn«, schob er nach. »Sie wird sich noch x-mal verlieben.«

»Nicht jeder hat ein so flexibles Herz wie du.«

»Ein flexibles Herz!« Shane schüttete sich aus vor Lachen. »Rafes Herz ist nicht flexibel, Dev, es ist ...«

»Schnauze, du Hohlkopf«, gab Rafe zurück und versetzte seinem Bruder einen warnenden Rippenstoß. »Zeit für ein Bier, Jared, was meinst du?«

»Du sagst es.«

Rafe feixte schadenfroh. »Zu schade, dass ihr beiden Milchbärte bei Sprudelwasser bleiben müsst. Na, ich wette, bei Duff gibt's noch ausreichend Nachschub für euch.«

Shane fühlte sich prompt in seinem Mannesstolz zutiefst verwundet. Was auch der Zweck der Bemerkung gewesen war. Sofort war ein so heftiges Gerangel im Gange, dass sich Edwina Crump hinter der Theke bemüßigt fühlte, die drei Unruhestifter postwendend an die Luft zu setzen.

Devin blieb sitzen.

Draußen vor dem Fenster tobte mittlerweile ein erbitterter Boxkampf. Devin ignorierte seine drei Brüder und lächelte Cassie, die zum Abkassieren gekommen war, an.

»Müssen nur wieder ein bisschen Dampf ablassen«, erklärte er.

»Der Sheriff kommt manchmal um diese Zeit vorbei«, warnte sie. Ihre Stimme war kaum mehr als ein Flüstern. Und sie klang so süß in Devins Ohren, dass er fast laut aufgeseufzt hätte.

»Ich werd mal sehen, ob ich sie nicht zur Vernunft bringen kann.«

Er erhob sich und schob sich aus der Nische, wobei ihm durch den Kopf ging, dass seine Mutter wahrscheinlich sehr genau wusste, was mit ihm los war. Ihr irgendetwas zu verheimlichen war so gut wie unmöglich. Gott war sein Zeuge, dass sie es alle vier versucht hatten – immer absolut erfolglos. Er glaubte allerdings zu wissen, auch ohne mit ihr über sein Problem gesprochen zu haben, wie sie sich dazu äußern würde.

Dass er noch jung sei und dass da andere Mädchen, andere Frauen, andere Lieben kommen würden. Um ihn zu trösten und weil sie es gut mit ihm meinte.

Aber Devin wusste, dass er, auch wenn er noch nicht vollständig erwachsen war, doch schon das Herz eines erwachsenen Mannes besaß. Und das hatte er bereits verschenkt.

Ein Umstand, den er im Moment jedoch sorgfältig zu verbergen trachtete, denn Cassies Mitleid zu erregen wäre für ihn schlimmer gewesen als alles andere. Also schlenderte er so lässig wie möglich vor ihren Augen aus dem Lokal.

# 1. Kapitel

Das Städtchen Antietam bot im Spätfrühling einen hübschen Anblick. Sheriff MacKade machte es Spaß, bei Sonnenschein durch die Straßen zu schlendern, ab und an stehen zu bleiben, um mit einem Bekannten ein Schwätzchen zu halten und die kleinen Veränderungen in Augenschein zu nehmen, die sich hier und da ergeben hatten.

Er liebte die Verantwortung, die man ihm übertragen hatte, und füllte sie voll aus.

Vor der Bank standen pinkfarbene Begonien in hoher Blüte, und die drei Autos am Drive-in-Schalter bedeuteten bereits fast einen Verkehrsstau.

Memorial Day stand kurz bevor, die Flaggen wehten bereits von den öffentlichen Gebäuden, und überall waren Leute dabei, geschäftig ihre Veranden zu schrubben oder neu anzustreichen in Erwartung des festlichen Ereignisses.

Auch Devin freute sich jedes Jahr auf den Memorial Day, selbst wenn dieser Tag für ihn jedes Mal einige logistische Probleme bezüglich der Verkehrsführung mit sich brachte. Schon jetzt sah er das Bild vor sich, das die Einwohner von Antietam bieten würden, ängstlich darum bemüht, einen guten Platz zu ergattern, schon Stunden vor Beginn der Parade, geduldig auf ihren mitgebrachten Klappstühlen am Straßenrand ausharrend, die Kühlboxen neben sich.

Doch was ihn am meisten erfreute war die Begeisterung, mit der sich die Bürger der Stadt in die Vorbereitungen für dieses

Wochenende warfen, wie viel Arbeit sie sich machten, um diesen festlichen Tag auch wirklich gebührend zu feiern.

Sein Vater hatte ihm von dem alten Mann erzählt, der, als er selbst noch ein kleiner Junge gewesen war, jedes Jahr am Memorial Day mit knarrenden Stiefeln in der Uniform der Konföderierten die Main Street hinuntermarschiert war – einer der letzten lebenden Augenzeugen des Bürgerkriegs.

Jetzt waren sie alle tot. Devins Blick wanderte hinüber zu dem Mahnmal auf dem großen Platz vor dem Rathaus. Tot, aber unvergessen. Zumindest in Kleinstädten wie dieser hier, an deren Mauern sich einst das Echo des Artilleriefeuers und der entsetzlichen Schreie der Verwundeten und Sterbenden gebrochen hatte.

Devin wandte sich ab, sah die Straße hinunter und seufzte. Mrs. Metz' Buick parkte wie üblich wieder einmal im Halteverbot. Verpasst du ihr einen Strafzettel? überlegte er, nahm dann jedoch wieder davon Abstand, weil er schon im Voraus wusste, wie die Sache ausgehen würde. Die streitbare Lady würde das Geld natürlich nicht wie jedermann überweisen, sondern es sich nicht nehmen lassen, es ihm höchstpersönlich zu überbringen, nur um ihm drohen zu können, ihm bei nächster Gelegenheit eine Lektion zu erteilen. Devin schnaubte ungehalten und schaute auf die Tür zur Bibliothek. Zweifellos war Mrs. Metz dort, um mit Sarah Jane Poffenberger den allerneuesten Tratsch durchzuhecheln.

Devin straffte die Schultern und ging mit elastischen Schritten die ausgetretenen Steinstufen nach oben.

Er fand sie in ein eingehendes Gespräch mit der Bibliothekarin vertieft. Neben ihrem speckigen Ellbogen türmte sich ein Bücherberg, und Devin zerbrach sich den Kopf, warum um Himmels willen eine Frau ihres Umfangs darauf bestand, schreiend bunte, groß geblümte Kleider zu tragen.

»Guten Tag, Mrs. Metz.« In Erinnerung daran, dass er als Jugendlicher unzählige Male von Miss Sarah Jane auf die Straße gesetzt worden war, bemühte er sich, leise zu sprechen.

»Oh, welch eine Ehre! Unser Sheriff!« Mit einem strahlenden Lächeln drehte sich Mrs. Metz zu ihm um, wobei sie mit ihrem Ellbogen den Bücherstapel umgestoßen hätte, wenn ihn nicht Sarah Janes Geistesgegenwart vor dem Umkippen bewahrt hätte. »Wie geht es Ihnen denn an diesem herrlichen Nachmittag?«

»Danke gut, Mrs. Metz. Tag, Miss Sarah Jane.«

»Hallo, Devin.« Sarah Jane, das eisengraue Haar streng nach hinten frisiert, die gestärkte Bluse bis unters Kinn geschlossen, nickte ihm hoheitsvoll zu. »Sind Sie gekommen, um ›The Red Badge of Courage‹ zurückzubringen?«

»Nein, Ma'am.« Fast wäre er rot geworden. Er hatte dieses verdammte Buch vor zwanzig Jahren verschlampt, und nicht genug damit, dass er es hatte bezahlen müssen, war ihm zur Strafe für seine Nachlässigkeit auch noch einen Monat lang verboten worden, die Bibliothek zu betreten. Selbst jetzt noch – obwohl er längst erwachsen war und den Sheriffstern trug – wäre er vor Miss Sarah Janes strafendem Blick am liebsten sofort in den Boden versunken.

»Ein Buch ist ein Schatz«, belehrte sie ihn wie stets.

»Ja, Ma'am. Äh, Mrs. Metz ...« Jetzt, mehr um von sich selbst abzulenken als um der Aufrechterhaltung der Straßenverkehrsordnung willen, wandte er sich Mrs. Metz zu. »Ihr Wagen steht im Halteverbot. Schon wieder einmal.«

»Ach tatsächlich?«, fragte Mrs. Metz unschuldig. »Wirklich, Devin, das ist mir völlig schleierhaft, wie das wieder passieren konnte«, flötete sie. »Ich hätte geschworen, dass ich diesmal ganz legal geparkt habe. Ich wollte mir nur rasch ein paar Bücher ausleihen. Bücher sind doch wirklich eine Gabe Gottes, habe ich nicht recht, Sarah Jane?«

»Voll und ganz.« Obwohl ihr Mund ernst blieb, funkelten Sarah Janes dunkle Augen amüsiert. Devin hatte Mühe, vor Ungeduld nicht aus der Haut zu fahren.

»Es ist aber nun mal so, Mrs. Metz, Sie wissen, Sie stehen im Halteverbot.«

»Oh, mein Lieber, Sie werden mir doch jetzt nicht womöglich einen Strafzettel verpassen wollen?«

»Diesmal noch nicht«, brummte Devin.

»Da fällt mir aber ein Stein vom Herzen. Mr. Metz wird nämlich immer sehr böse, wenn ich einen Strafzettel bekomme. Und ich bin ja auch erst ein oder zwei Minuten hier, stimmt's, Sarah Jane?«

»Keinesfalls länger als ein oder zwei Minuten«, bestätigte Sarah Jane und blinzelte Devin zu.

»Wenn Sie Ihren Wagen dann jetzt vielleicht freundlicherweise wegfahren ...«

»Aber natürlich, mein Lieber. Ich eile. Sobald Sarah Jane diese Bücher hier auf meiner Karteikarte ausgetragen hat. Ich wüsste gar nicht, was ich ohne meine Bücher machen sollte, wo Mr. Metz doch Tag und Nacht vor der Glotze sitzt. Trag sie aus, Sarah Jane, unterdessen kann uns Devin erzählen, was es bei seiner Familie Neues gibt und wie es allen geht.«

Er wusste genau, wann man ihn aushorchen wollte, er war nicht umsonst Polizist. »Danke, gut.«

»Also nein, wirklich, diese süßen Kleinen von Ihren beiden Brüdern. Ich muss sie mir unbedingt wieder einmal ansehen.«

»Den Babys geht es auch sehr gut.« Bei dem Gedanken wurde ihm warm ums Herz. »Sie wachsen und gedeihen.«

»Oh ja, das haben Babys so an sich, stimmt's, Sarah Jane?

Wachsen wie Unkraut, ohne dass man was dagegen machen kann. Jetzt haben Sie schon einen Neffen und eine Nichte.«

»Zwei Neffen und eine Nichte«, korrigierte Devin in Anbetracht der Tatsache, dass Savannah, Jareds Frau, einen Sohn, Bryan, mit in die Ehe gebracht hatte.

»Ja, in der Tat. Und Sie? Haben Sie schon eine Vorstellung davon, wann Sie sich daranmachen wollen, auch eine Familie zu gründen?« Ihre Augen funkelten wissbegierig.

Devin blieb unerschütterlich. »Mir reicht es im Moment, Onkel zu sein.«

Doch dann beschloss er, dem Verhör ein Ende zu machen. Bedenkenlos warf er seine Schwägerin den Wölfen zum Fraß vor. »Regan hat den kleinen Nate heute im Laden dabei. Ich habe vorhin einmal kurz bei ihr reingeschaut.«

»Ach wirklich?«

»Sie sagte etwas davon, dass Savannah mit Layla auch noch vorbeischauen will.«

»Oh, mein Gott! Nun, dann ...« Die Aussicht, gleich beide MacKade-Frauen samt ihren Babys auf einen Schlag zu Gesicht zu bekommen, schien Mrs. Metz regelrecht zu elektrisieren. »Beeil dich, Sarah Jane. Ich habe noch eine Menge Besorgungen zu machen.«

»Du kannst sofort los. Hier.« Sarah Jane überreichte Mrs. Metz einen Leinenbeutel, der prallvoll war mit Büchern. Kaum hatte sich die Tür hinter der wissensdurstigen Mrs. Metz geschlossen, warf Sarah Jane Devin ein verschwörerisches Lächeln zu. »Schlau eingefädelt, Devin, wirklich. Wie immer.«

»Wenn Regan herausfindet, dass ich sie ihr auf den Hals gehetzt habe, zieht sie mir das Fell über die Ohren.« Er grinste. »Aber man tut, was man kann. War nett, Sie wieder mal gesehen zu haben, Miss Sarah Jane.«

»Und wenn Sie die Ausgabe von ›The Red Badge of Courage‹ vielleicht doch noch finden sollten, bringen Sie sie vorbei, Devin MacKade. Bücher sind nicht zum Verschlampen da.«

Er zuckte zusammen, dann öffnete er schnell die Tür. »Ja, Ma'am.«

Trotz ihrer Leibesfülle war Mrs. Metz offensichtlich noch immer recht wendig. Als Devin auf die Straße trat, hatte sie ihren Wagen bereits aus der Parklücke hinausmanövriert und fädelte sich gerade in den dünnen Verkehrsstrom ein. Nachdem er sich beglückwünscht hatte, seine Sache gut gemacht zu haben, beschloss er, auf einen Sprung im MacKade-Inn vorbeizuschauen.

Einfach nur, um sicherzugehen, dass alles in Ordnung ist, sagte er sich, während er in Richtung Büro trabte, um seinen Wagen zu holen. Schließlich gehörte das Hotel seinem Bruder Rafe, und es war seine, Devins, Pflicht, ein Auge darauf zu haben.

Die Tatsache, dass Cassie das Bed-and-Breakfast-Hotel führte und in der Wohnung im zweiten Stock mit ihren beiden Kindern lebte, hatte damit nicht das Geringste zu tun.

Er machte nur seinen Job.

Was natürlich nichts weiter als eine fromme Lüge war. Devin kam nicht umhin, sich das einzugestehen, während er hinter das Steuer seines Wagens kletterte.

Er hatte jetzt eben Lust, sie zu sehen. Einmal am Tag musste es sein, selbst wenn es noch so sehr schmerzte und er gezwungen war, größte Vorsicht dabei walten zu lassen. Ja, Vorsicht. Er begegnete ihr tatsächlich jetzt, nachdem sie endlich von ihrem Mann, diesem Dreckskerl, der sie über Jahre hinweg misshandelt hatte, geschieden war, noch viel behutsamer als früher.

Joe Dolin hat endlich bekommen, was er verdient hat, dachte Devin mit grimmiger Zufriedenheit, während er dem Ortsausgang entgegenfuhr. Joe saß hinter Gittern, und dort würde er zum Glück auch noch einige Zeit bleiben müssen.

Als Sheriff und Freund, als der Mann, der sie schon fast sein ganzes Leben lang liebte, hatte Devin die Pflicht nachzusehen, ob es Cassie und ihren Kindern auch wirklich gut ging.

Und heute würde er sie vielleicht zum Lächeln bringen, möglicherweise sogar zu einem Lächeln, das ihre großen grauen Augen auch wirklich erreichte.

Das Barlow-Haus lag auf einer kleinen Anhöhe vor der Stadt. Es hatte einst einem reichen Mann gehört. Während des Bürgerkriegs tobte auf den Feldern und in den Wäldern darum herum eine blutige Schlacht, und auf der Treppe im Foyer des Hauses war ein junger Soldat verblutet, niedergestreckt von der Hand des grausamen Hausherrn. Seine Ehefrau, so erzählte man sich, hatte sich anschließend über die ruchlose Tat ihres Mannes zu Tode gegrämt.

Nachdem seine einstigen Bewohner tot waren, verfiel das Haus nach und nach. Viele Jahrzehnte lang stand es leer, bis auf die Geister der Verstorbenen, die nicht zur Ruhe kommen wollten.

Bis Rafe MacKade nach Antietam zurückgekehrt war und sich darum gekümmert hatte.

Es war das Haus, das Rafe und Regan zusammengebracht hatte. Voller Hingabe hatten sich die beiden vor zwei Jahren in die Renovierung gestürzt, und das Ergebnis konnte sich sehen lassen.

Wo einst Unkraut und Dornengestrüpp wucherten, befand sich jetzt ein saftig grüner Rasen mit bunt blühenden Blumenbeeten. Auch Devin hatte beim Anlegen des Gartens geholfen; wenn es darum ging, Träume zu verwirklichen, hielten die MacKade-Brüder immer eisern zusammen.

Hinter dem Haus lagen die verwunschenen Wälder und daran angrenzend die MacKade-Farm sowie das Land, auf dem Jared für sich und seine Familie ein großes Blockhaus errichtet hatte.

Ohne sich bemerkbar zu machen, betrat Devin das Haus. In der Auffahrt stand nur Cassies Wagen, was bedeutete, dass die Übernachtungsgäste bereits abgereist und neue noch nicht eingetroffen waren.

Er blieb einen Moment in dem weitläufigen Foyer mit seinem spiegelblanken Parkettboden, den schönen alten Teppichen und der Treppe, auf der es spukte, stehen. Auf den antiken Tischen und Kommoden standen Vasen mit frischen Blumen – das war etwas, worauf Cassie stets mit größter Sorgfalt achtete.

Devin war sich nicht sicher, wo er sie finden würde – entweder war sie im Garten, in der Küche oder in ihrer Wohnung im zweiten Stock. Also machte er sich auf die Suche.

Es war wirklich schwer vorstellbar, dass dieses Haus noch vor weniger als zwei Jahren voller Staub und Spinnweben gewesen sein sollte und der Verputz von den Wänden bröckelte. Jetzt erstrahlten die Holzböden in hellem Glanz, die Wände waren sauber und ordentlich tapeziert, und in dem blank polierten, mit kunstvollen Holzschnitzereien versehenen Treppengeländer konnte man sich fast spiegeln.

Rafe und Regan hatten ihre ganze Kraft und Fantasie in das Haus gesteckt, und nachdem es fertig war, hatten sie mit der Renovierung eines eigenen außerhalb der Stadt begonnen, in dem sie mittlerweile lebten.

Ein wenig beneidete Devin seinen Bruder. Rafe hatte eine Frau, die er liebte und mit der ihn eine gleichberechtigte

Partnerschaft verband, ein Haus, seit Kurzem auch noch ein Baby und das Inn.

Shane hatte die Farm. Rein formal betrachtet, gehörte sie allen vier Brüdern, aber Shane bewirtschaftete sie und hing mit Leib und Seele an ihr.

Jared hatte Savannah, die Kinder und ebenfalls ein Haus.

Und er selbst? Nun, wenn man so wollte, hatte er die Stadt. Und außerdem ein Feldbett im Hinterzimmer des Sheriffbüros.

Die Küche war leer. An den blau gekachelten Wänden hingen blitzende Küchengeräte und Pfannen, auf dem Tisch stand eine Schale mit frischen, selbst gebackenen Keksen sowie eine große Schüssel aus Steingut, aus der ihn frisches Obst anlachte.

Und dann sah er sie. Sie war draußen im Garten hinter dem Haus, bekleidet mit einer weißen Bluse, die sie in ihre marineblauen Slacks gesteckt hatte, und nahm blütenweiße Laken von der Wäscheleine.

Bei ihrem Anblick ging ihm fast das Herz über. Sie sieht glücklich aus, dachte er, ohne den Blick von ihr zu wenden. Ihre Mundwinkel waren ein wenig nach oben gebogen, und ihre großen grauen Augen wirkten verträumt. Der leichte Frühlingswind spielte mit ihren blonden Locken.

Sie war hübsch und strahlte Wärme, Tüchtigkeit und Effizienz aus. Erst vor Kurzem hatte sie wieder angefangen, Schmuck zu tragen. Allerdings keine Ringe. Vor einem Jahr war ihre Scheidung rechtskräftig geworden, und Devin wusste auf den Tag genau, wann sie ihren Ehering abgelegt hatte.

Aber sie trug kleine goldene Kreolen in den Ohren und einen Hauch von Lippenstift. Kurz nach ihrer Heirat hatte sie aufgehört, sich zu schminken, auch daran erinnerte sich Devin nur allzu gut.

Ebenso lebhaft war ihm das Bild im Gedächtnis geblieben, das sie bot, als er zum ersten Mal über die Schwelle des Hauses trat, das sie mit Joe zusammen bewohnte. Nachbarn hatten sich über den Lärm beschwert und ihn gebeten, für Ruhe zu sorgen. Mit Entsetzen sah er die Blutergüsse in ihrem Gesicht und die panische Angst, die in ihren Augen stand. Doch ihm waren die Hände gebunden, da sie ihm immer wieder mit bebender Stimme und totenbleichem Gesicht versicherte, dass alles in Ordnung sei.

Oh ja, er erinnerte sich noch sehr genau. Und es war nicht bei diesem einen Mal geblieben. Die Nachbarn beschwerten sich immer wieder, er fuhr hin und musste unverrichteter Dinge wieder abziehen. Wenn er daran zurückdachte, spürte er noch heute die ohnmächtige Wut in sich aufsteigen, die ihn damals fast um den Verstand gebracht hatte. Er war gezwungen gewesen, tatenlos zuzusehen, wie dieser Dreckskerl von Joe der Frau, die er, Devin, liebte, das Leben zur Hölle machte. Und jedes Mal, wenn er Cassie darauf ansprach, schüttelte sie nur stumm den Kopf und behauptete, dass alles in Ordnung wäre. Immer wieder versuchte er an sie heranzukommen, ihr Alternativen zu ihrem augenblicklichen Leben und einen Ausweg aus ihrer Misere aufzuzeigen, doch sie hielt ihrem Ehemann unverbrüchlich die Treue.

Bis sie sich eines Tages in sein Büro schleppte – zu Tode verängstigt und völlig am Ende, übersät mit Blutergüssen und mit Würgemalen am Hals –, um Anzeige gegen ihren Ehemann zu erstatten.

Er tat das, was er als Sheriff für sie tun konnte, doch das war in seinen Augen viel zu wenig, und so bot er ihr wenigstens seine Freundschaft an.

Als er jetzt durch die Hintertür in den Garten trat, lag ein ungezwungenes Lächeln auf seinem Gesicht. »Hi, Cass, wie geht es dir?«

Sie wirbelte herum, die schönen grauen Augen vor Beunruhigung verdunkelt. Er hatte sich mittlerweile an ihre Reaktion gewöhnt, obwohl es ihn ungeheuer schmerzte, dass sie in ihm zuerst den Sheriff sah – eine Autoritätsperson –, bevor ihr klar wurde, dass es sich bei ihm auch um einen alten Freund handelte. Immerhin dauerte es nicht mehr ganz so lange wie früher, bis sich ein Lächeln auf ihrem hübschen Gesicht ausbreitete und die Anspannung wegwischte.

»Hallo, Devin.« Ruhig, weil sie sich zur Ruhe gemahnte, befestigte sie eine Wäscheklammer an der Leine und begann, ein Laken zusammenzulegen.

»Kann ich dir helfen?«

Noch ehe sie ablehnen konnte, fing er an, die Klammern von der Leine zu pflücken. Würde es ihr wohl jemals gelingen, sich daran zu gewöhnen, dass ein Mann solche Arbeiten verrichtete? Vor allem so ein Mann. Er war so ... beeindruckend. Breite Schultern, große Hände, lange Beine. Und sah umwerfend aus, natürlich. Wie alle MacKades.

Devin strahlte eine ungeheure Männlichkeit aus, doch was diese Männlichkeit letztendlich ausmachte, vermochte sie nicht zu sagen. Selbst jetzt, als er fachmännisch ein Laken zusammenfaltete und in den Wäschekorb legte, war er ein ganzer Mann. Anders als seine Deputys trug er keine khakigelbe Uniform, sondern einfach nur Jeans und ein verwaschenes blassblaues Hemd, dessen Ärmel er lässig bis zu den Ellbogen hochgekrempelt hatte. Seine Unterarme waren muskulös, und sie hatte allen Grund, die Körperkraft eines Mannes zu fürchten. Doch trotz seiner großen Hände und seiner breiten Schultern war er ihr niemals anders als sanft begegnet.

Er lächelte sie freundlich an, während sie verzweifelt nach einem Gesprächsstoff suchte. Eine Unterhaltung mit ihm würde ihr sicher leichter fallen, wenn er nicht so ein ... bestimmtes Auftreten hätte. Wenn er weniger lebendig wäre. Sein Haar war schwarz wie die Nacht und kringelte sich um seinen Hemdkragen. Seine Augen waren moosgrün und strahlten Cassie in diesem Moment gewinnend an. Sein Gesicht war so gut geschnitten, dass man diese Tatsache unmöglich übersehen konnte, sein Mund energisch, und die kleinen Grübchen in den Wangen, die sich nicht nur beim Lachen, sondern selbst beim Sprechen bildeten, zogen konstante Aufmerksamkeit auf sich.

Und auch der Duft, den er ausströmte, war überaus männlich. Nach unparfümierter Seife und Moschus. Devin hatte sich ihr gegenüber stets freundlich und aufmerksam verhalten, doch immer, wenn sie mit ihm allein war, wurde sie nervös wie eine Katze, die sich einer Bulldogge gegenübersieht.

»Wäre schade, die Sachen an einem so schönen Tag wie heute in den Trockner zu werfen.«

»Was?« Sie blinzelte und verwünschte ihre Unsicherheit. »Oh ja, natürlich. Wenn das Wetter danach ist, hänge ich die Wäsche immer raus, sie duftet dann so herrlich. In den nächsten Tagen wird es hoch hergehen hier. Fürs Memorial-Day-Wochenende sind wir so gut wie ausgebucht.«

»Du wirst alle Hände voll zu tun haben.«

»Ja, sieht so aus. Aber es kommt mir trotzdem immer gar nicht so richtig wie Arbeit vor.«

Er sah ihr zu, wie sie ein Laken in den Wäschekorb legte und glatt strich. »Es ist wahrscheinlich weniger anstrengend, als bei Ed Tabletts zu schleppen.«

»Stimmt.« Sie lächelte ein bisschen, dann plagten sie Schuldgefühle. »Aber Ed war immer sehr gut zu mir. Ich habe sehr gern für sie gearbeitet.«

»Sie ist noch immer stocksauer auf Rafe, weil er dich abgeworben hat.« Als Devin das angespannte Aufflackern in ihren Augen sah, grinste er und schüttelte den Kopf. »Krieg nicht gleich einen Schreck, Cassie, ich hab doch nur Spaß gemacht. Natürlich ist sie nicht sauer auf Rafe, im Gegenteil, sie freut sich mächtig für dich, dass du's so gut getroffen hast. Wie geht's den Kindern?«

»Prima, danke.« Als sie den Korb hochheben wollte, kam ihr Devin zuvor und klemmte ihn sich unter den Arm. »Sie müssen jeden Moment von der Schule nach Hause kommen.«

»Kein Training heute Nachmittag?«

»Nein.« Sie ging ihm voran in die Küche. »Connor platzt fast vor Stolz, weil er die Mannschaft zusammenstellen darf.«

»Er ist der vielversprechendste Baseballer, den wir zurzeit haben.«

»Das höre ich immer wieder.« Sie ging zur Kaffeemaschine. »Es ist schon seltsam. Manchmal kann ich es kaum glauben. Er hat sich früher nie für Sport interessiert, bevor … nun, vorher halt«, beendete sie ihren Satz lahm. »Bryan hat einen guten Einfluss auf ihn.«

»Mein Neffe ist ein Teufelskerl.«

In Devins Worten lag ein so schlichter und aufrichtiger Stolz, dass Cassie sich überrascht nach ihm umdrehte und ihn anschaute. »Du hängst sehr an ihm, stimmt's? Ich meine, obwohl ihr ja gar nicht richtig miteinander verwandt seid?«

»Das, was eine Familie zusammenhält, sind nicht notwendigerweise immer nur Blutsbande.«

»Da bin ich ganz deiner Meinung. Und manchmal bringt die Blutsverwandtschaft sogar eine Menge Probleme mit sich.«

»Macht deine Mutter dir wieder zu schaffen?«

Cassie zuckte nur leicht mit der Schulter und wandte sich wieder der Kaffeemaschine zu. »Sie kann halt auch nicht raus aus ihrer Haut.« Sie öffnete den Küchenschrank und nahm eine Tasse und einen kleinen Teller heraus. Als Devin ihr von hinten eine Hand auf die Schulter legte, fuhr sie herum und ließ vor Schreck beinahe das Geschirr fallen.

Er machte Anstalten, einen Schritt zurückzutreten, doch dann entschied er sich anders und drehte sie sanft, die Hand noch immer auf ihrer Schulter, zu sich herum. »Sie macht dir ständig die Hölle heiß wegen Joe, hab ich recht, Cassie?«

Sie musste schlucken, doch ihre Muskeln weigerten sich, dem Befehl Folge zu leisten. Seine Hand lag schwer auf ihrer Schulter, aber sie tat ihr nicht weh. In seinen Augen stand Ärger, jedoch ohne den geringsten Anflug von Gemeinheit. Sie befahl sich, ruhig zu bleiben und seinem Blick standzuhalten.

»Sie ist eben gegen Scheidung.«

»Und dafür, dass ein Mann seine Frau verprügelt?«

Jetzt zuckte sie zusammen und senkte den Blick. Devin verfluchte sich selbst und nahm die Hand weg. »Tut mir leid.«

»Schon gut. Ich habe nicht erwartet, dass du es verstehst. Ich kann es ja selbst nicht mehr verstehen.« Erleichtert darüber, dass er sie losgelassen hatte, wandte sie sich ab und machte sich an dem Glas mit den Keksen, die sie am Morgen gebacken hatte, zu schaffen. Sie legte einige davon auf den Teller, den sie anschließend auf den Tisch stellte. »Es scheint sie nicht zu berühren, dass es mir jetzt tausendmal besser geht als vorher und dass die Kinder glücklich sind. Ebenso wenig spielt es für sie eine Rolle, dass Joe für das, was er mir angetan hat, rechtmäßig verurteilt wurde. Das Einzige, was für sie zählt, ist, dass ich durch die Scheidung mein Ehegelöbnis gebrochen habe.«

»Bist du eigentlich glücklich, Cassie?«

»Weißt du, ich hatte die Hoffnung, glücklich zu werden, schon längst aufgegeben.« Sie ging zur Kaffeemaschine, um ihm Kaffee einzuschenken. »Und jetzt hat sich alles zum Guten gewendet. Ja, Devin, ich bin glücklich.«

»Hast du den Kaffee nur für mich gemacht?«

Sie starrte ihn entgeistert an. Die Vorstellung, dass sie sich mitten am Tag zu einer Tasse Kaffee an den Tisch setzen könnte, erschien ihr undenkbar. Devin holte eine zweite Tasse aus dem Schrank.

»Erzähl doch mal«, forderte er sie auf, während er ihr Kaffee einschenkte, »wie fühlen sich denn die Touristen, wenn sie die Nacht in einem Spukhaus verbringen?«

»Manche von ihnen sind tatsächlich ganz enttäuscht, wenn sie nichts hören.« Cassie ließ sich auf dem Stuhl nieder, den Devin für sie unter dem Tisch hervorgezogen hatte, wobei sie sich bemühte, die aufsteigenden Schuldgefühle, dass sie ihre Zeit mit Nichtstun vertrödelte, zu unterdrücken. »Es war wirklich eine sehr geschäftsfördernde Idee, in die Werbeprospekte reinzuschreiben, dass es hier spukt.«

»Rafe war schon immer ziemlich clever.«

»Ja, das stimmt. Manche Leute sind morgens, wenn sie zum Frühstück runterkommen, ein bisschen nervös. Wahrscheinlich haben sie das Türenschlagen gehört oder vielleicht auch Stimmen und das Weinen.«

»Abigail Barlows Weinen. Das Weinen der bedauernswerten Südstaatenschönheit, die das Pech hatte, mit einem Ungeheuer verheiratet zu sein.«

»Ja. Viele hören es und möchten es auch hören, es ist schließlich der Grund dafür, dass sie hier übernachten. Bisher hatten wir nur ein Paar, das darauf bestand, mitten in der Nacht abzureisen.« Das Lächeln, das sich jetzt auf Cassies Gesicht ausbreitete, war verschmitzt, fast schon ein klein wenig boshaft. »Sie hatten Angst.«

»Aber du hast doch hoffentlich keine Angst? Oder macht es dir etwas aus, dass hier nachts Gespenster ihr Unwesen treiben?«

»Kein bisschen.«

Er hob den Kopf. »Und? Hast du sie schon mal gehört? Abigail, meine ich.«

»Oh ja, schon oft. Und nicht nur bei Nacht. Manchmal, wenn ich allein hier bin und aufräume, höre ich sie auch tagsüber. Oder ich kann spüren, dass sie gerade neben mir steht.«

»Und das erschreckt dich nicht?«

»Nein, überhaupt nicht. Ich fühle mich …« Sie wollte sagen »ihr verbunden«, aber das erschien ihr dann doch zu töricht. »Ich habe Mitleid mit ihr. Sie saß in der Falle und war sehr unglücklich, verheiratet mit einem Mann, der sie verachtet hat, während ihre Liebe einem anderen gehörte …«

»Sie hat einen anderen geliebt?«, fragte Devin überrascht nach. »Das höre ich zum ersten Mal.«

Verdutzt stellte Cassie ihre Tasse mit einem leisen Klirren auf der Untertasse ab. »Ja, du hast recht, ich weiß eigentlich gar nicht, wie ich darauf komme. Es ist nur so, dass … ich es weiß«, erkannte sie plötzlich. »Das hab ich mir vermutlich nur ausgedacht. Es ist einfach romantischer. Emma nennt sie immer ›die Lady‹.«

»Und Connor?«

»Ach, für ihn ist das alles ein großes Abenteuer. Die Kinder lieben dieses Haus. Wenn Bryan hier übernachtet, gehen die beiden Jungs jedes Mal auf Geisterjagd.«

»Meine Brüder und ich haben als Kinder auch mal eine Nacht hier verbracht.«

»Ach wirklich? Kann ich mir gut vorstellen. Habt ihr auch Gespenster gejagt?«

»Ich hatte das nicht nötig. Ich habe sie gesehen. Abigail, meine ich.«

Cassies Lächeln erstarb. »Das ist jetzt nicht dein Ernst, Devin.«

»Ich hab's den anderen nie erzählt, weil sie mich dann den Rest meines Lebens damit aufgezogen hätten, aber es ist wirklich so. Ich hab sie gesehen, sie saß im Salon am Kaminfeuer, ich konnte sogar den Geruch von brennendem Holz riechen und habe die Wärme der Flammen gespürt. Sie war wunderschön«, sagte Devin leise. »Blondes Haar, eine Haut, zart wie Porzellan, und Augen, die so grau waren wie der Rauch, der aus dem Kamin aufstieg. Sie trug ein blaues Kleid, und ich hörte die Seide rascheln, wenn sie sich bewegte. Sie stickte irgendwas, und ihre Hände waren zart und feingliedrig. Sie schaute mich an und lächelte, aber in ihren Augen standen Tränen. Und dann sprach sie zu mir.«

»Sie hat zu dir gesprochen«, wiederholte Cassie und spürte, wie ihr ein Schauer den Rücken hinunterlief. »Was hat sie denn gesagt?«

»Wenn nur.« Devin, der in Gedanken weit weg gewesen war, kam wieder zurück und schüttelte den Kopf. »Nur diese beiden Worte, mehr nicht. ›Wenn nur‹. Und einen Moment später war sie verschwunden, während ich mir einzureden versuchte, ich hätte geträumt. Obwohl ich genau wusste, dass es nicht so war. Ich habe immer gehofft, ich würde sie irgendwann noch mal sehen.«

»Aber du hast es nicht?«

»Nein, aber ich habe sie weinen gehört. Es hat mir fast das Herz gebrochen.«

»Das kann ich gut verstehen.«

»Äh ... ich ... ich fände es sehr nett von dir, wenn du Rafe nichts davon erzählst. Er würde mich doch nur aufziehen.«

»Nein, keine Angst, meine Lippen sind versiegelt.« Sie lächelte, während er in einen Keks biss. »Kommst du deshalb so oft her, weil du hoffst, du könntest sie noch einmal sehen?«

»Nein, ich komme her, weil ich Lust habe, dich zu sehen.« Kaum hatte er die Worte ausgesprochen, bereute er sie auch schon. Ihr eben noch gelöster Gesichtsausdruck wurde wachsam. »Und wegen der Kinder«, fügte er schnell hinzu. »Und die Kekse nicht zu vergessen.«

Sie entspannte sich wieder. »Ich pack dir ein paar ein, dann hast du noch was für zu Hause.« Als sie Anstalten machte, sich zu erheben, legte er seine Hand auf ihre. Sie erstarrte, weniger aus Angst, sondern weil ihr die unerwartete Berührung so etwas wie einen elektrischen Schlag versetzt hatte. Sprachlos starrte sie auf ihrer beider Hände.

»Cassie ...« Der Wunsch, sie in den Arm zu nehmen, wurde plötzlich fast übermächtig in ihm. Ihn zu unterdrücken verlangte ihm seine ganze Kraft ab.

Sie verspürte plötzlich ein Kribbeln im Bauch, dessen Ursprung sie nicht zu erforschen wagte. Als sie schließlich den Blick hob, fand sie in seinen Augen einen Ausdruck, den sie nicht entziffern konnte.

»Devin ...« Sie brach ab und zuckte zusammen, als draußen vergnügtes Lachen und Schritte erklangen. »Die Kinder sind da«, endete sie rasch und lief zur Tür.

»Mama, ich habe für meine Hausaufgaben ein goldenes Sternchen bekommen.« Emma kam hereingestürmt, ein blondes, zierliches Püppchen in einem roten Spielanzug. Sie lächelte Devin scheu an. »Hallo.«

»Hallo, mein Engelchen. Lass mich das Sternchen doch mal sehen.«

Das Schulheft umklammernd, kam sie auf ihn zu. »Du hast auch einen Stern.«

»Der ist aber nicht so schön wie deiner.« Devin fuhr mit dem Zeigefinger über den aufgeklebten goldenen Stern in Emmas Heft. »Hast du deine Hausaufgaben allein gemacht?«

»Fast. Darf ich auf deinen Schoß?«

»Mit dem größten Vergnügen.« Lachend griff er nach ihr, hob sie hoch und setzte sie sich auf den Schoß. Nachdem er mit seiner Wange ihr seidenweiches Haar gestreichelt hatte, grinste er Connor an. »Und wie geht's dir, Champ?«

»Okay.« Angesichts des Spitznamens durchzuckte es Connor freudig erregt. Er war zehn und, ebenso wie Emma, klein für sein Alter und ebenfalls blond.

»Du hast letzten Samstag prima gespielt.«

Jetzt wurde er rot. »Danke. Aber Bryan war noch besser.« Seine Loyalität und Liebe für seinen Freund kannten keine Grenzen. »Haben Sie denn das Spiel wirklich gesehen?«

»Ein paar Runden. Große Klasse.«

»Und eine Eins in Geschichte hat er auch«, ließ sich Emma vernehmen. »Und deshalb hat ihn der blöde Bobby Lewis im Bus geschubst und ihm ein schlimmes Wort nachgerufen.«

»Emma ...« Peinlich berührt warf Connor seiner kleinen Schwester einen finsteren Blick zu.

»Ich möchte wetten, dass Bobby Lewis keine Eins bekommen hat«, kommentierte Devin.

»Bryan hat's ihm aber gegeben.« Emmas Mitteilungsbedürfnis war nicht einzudämmen.

Das kann ich mir lebhaft vorstellen, dachte Devin, während er Emma mit einem Keks den Mund stopfte, damit sie nicht noch mehr sagte und ihren Bruder weiter beschämte.

»Ich bin stolz auf dich.« Cassie drückte Connor kurz. »Auf euch beide. Ein goldenes Sternchen und eine Eins an einem einzigen Tag. Das müssen wir später mit einem Becher Eiskrem bei Ed feiern.«

»Ach, das ist doch nichts Besonderes«, brummte Connor, und man merkte ihm an, dass er am liebsten im Boden versunken wäre.

»Für mich schon, mein Kleiner.« Cassie beugte sich zu ihm hinunter und gab ihm einen dicken Kuss. »Und wie.«

»Ich war in Mathe eine absolute Null«, erzählte Devin. »Ich konnte machen, was ich wollte, über eine Drei bin ich nie rausgekommen.«

Connor starrte auf seine Schuhspitzen und spürte plötzlich seine Intelligenz wie ein Zentnergewicht auf seinen Schultern lasten. Eierkopf. Streber. Schwächling. Nichtsnutz. Die Worte seines Vaters hatten ihre Wirkung nicht verfehlt.

Cassie öffnete den Mund, um etwas zu sagen, doch Devin kam ihr zuvor. »Dafür war ich in Geschichte und Englisch ein Ass.«

Überrascht zuckte Connors Kopf hoch. In seinen Augen glomm ein winziger Hoffnungsfunke auf. »Ehrlich?«

Es fiel Devin nicht leicht, ernst zu bleiben. »Ja. Schätze, das kam daher, weil ich immer ganz wild auf Bücher war. Das ist bis heute so geblieben.«

»Sie lesen Bücher?« Für Connor war es, als sei Weihnachten und Ostern auf einen Tag gefallen. Vor ihm saß ein Mann, ein richtiger Mann mit einem richtigen Männerjob, der Bücher las. Dann hatte sein Vater mit seiner Behauptung, Lesen sei nur Weiberkram, eben doch unrecht gehabt.

»Sicher.« Devin schaukelte Emma auf seinen Knien und grinste jungenhaft. »Die Sache war die, dass Rafe in Englisch ein totaler Versager war, dafür allerdings in Mathe ein Genie. Also haben wir uns gegenseitig unter die Arme gegriffen. Er hat meine Mathehausaufgaben gem…« Ein Blick auf Cassie zeigte ihm, dass er einen Fehler gemacht hatte. »Ich habe ihm bei seinen Englischhausaufgaben geholfen, dafür half er mir mit Mathe. So hatten wir beide was davon.«

»Lesen Sie gern Geschichten?« Connors Hoffnung wuchs. »Erfundene, meine ich.«

»Es gibt nichts, was ich lieber lese.«

»Connor schreibt nämlich Geschichten«, fiel Cassie ein, ohne Rücksicht darauf, dass der Junge sich vor Scham wand.

»Ich hab's schon gehört. Vielleicht lässt du mich ja mal eine lesen.« Bevor Connor antworten konnte, meldete sich Devins Piepser. »Teufel«, brummte er.

»Teufel«, plapperte Emma anbetungsvoll nach.

»Du willst wohl, dass ich böse werde, was?« Devin zwinkerte ihr lachend zu und schob sie ein Stück vor, um an seinen Piepser zu kommen. Ein paar Minuten später blieb ihm nichts anderes übrig, als seinen Plan, die drei zum Essen einzuladen, aufzugeben. »Ich muss los. Irgendjemand ist bei Duff ins Lager eingebrochen und hat Bierkästen geklaut.«

»Schießt du auf sie?«, fragte Emma neugierig und machte große Augen.

»Das glaube ich nicht. Gibst du mir einen Kuss, bevor ich gehen muss?«

Sie spitzte ihr Mündchen und gab ihm einen feuchten Kuss auf die Wange, ehe er sie absetzte. »Danke für den Kaffee, Cass.«

»Ich bring dich raus. Und ihr beide geht nach oben und esst das, was ich euch hergerichtet habe. Ich komme gleich nach.«

Sie wartete, bis ihre beiden Kinder draußen waren, bevor sie weitersprach. »Danke, dass du so mit Connor gesprochen hast. Das hat ihm sehr gutgetan, glaube ich. Er ist wirklich überempfindlich, was die Schule betrifft.«

»Er ist ein heller Junge. Es wird nicht mehr lange dauern, dann schämt er sich nicht mehr dafür, dass er intelligent ist, sondern weiß es richtig einzusetzen. Du wirst schon sehen.«

»Du hilfst ihm dabei. Er bewundert dich.«

»Es hat mich nicht viel Überwindungskraft gekostet, ihm zu erzählen, dass ich lese. Vor allem, weil es die Wahrheit ist.« Devin blieb an der Tür stehen. »Ich mag ihn sehr gern.« Er machte eine Pause und fügte dann an: »Euch alle.«

Als sie den Mund öffnete, um etwas zu sagen, fuhr er ihr mit dem Zeigefinger über die Wange. »Euch alle«, wiederholte er und ging dann hinaus.

## 2. Kapitel

In manchen Nächten, wenn alles schlief, hatte Cassie die Angewohnheit, durchs Haus zu wandern. Nur den ersten Stock, in dem die Gästezimmer lagen, betrat sie nicht.

Ihre Gäste hatten für ihre Ungestörtheit bezahlt, und Cassie achtete sorgsam darauf, dass sie auch bekamen, was ihnen zustand.

Aber sie spazierte durch ihre eigene Wohnung im zweiten Stock und freute sich an den hübsch eingerichteten Zimmern und dem Blick aus den Fenstern. Der glatte, blank polierte Holzfußboden unter ihren nackten Füßen fühlte sich gut an.

Sie genoss das Gefühl von Freiheit und Sicherheit, von dem sie geglaubt hatte, sie würde es niemals erleben, in vollen Zügen. Die gesamte Kücheneinrichtung hatte sie neu gekauft und aus eigener Tasche bezahlt, ebenso wie die Vorhänge vor den Fenstern.

Natürlich war nicht alles neu hier, aber es war neu für sie. Die Sachen, die in der Wohnung gewesen waren, die sie mit Joe geteilt hatte, hatte sie verkauft und sich dafür gebrauchte andere Sachen angeschafft. So hatte sie auf ihre Art mit der Vergangenheit abgeschlossen.

In solchen Nächten stieg sie die Treppen hinab ins Erdgeschoss, wanderte vom Salon in den Frühstücksraum und von dort in den herrlichen Wintergarten mit seinen üppigen Pflanzen und der blinkenden Glasfront. Sie stand im Flur und lauschte oder setzte sich auf die Stufen, einfach nur, um die Stille zu genießen.

Der einzige Raum, den sie lieber mied, war die Bibliothek. Aus irgendwelchen Gründen mochte sie dieses Zimmer nicht, trotz seiner tiefen weichen Ledersessel und den bis zur Decke reichenden Regalen, die voll waren mit Büchern.

Sie wusste instinktiv, dass die Bibliothek das Reich von Charles Barlow, Abigails Ehemann, gewesen war. Ein Mann, der kaltblütig einen konföderierten Soldaten, einen Jungen, der kaum alt genug war, um sich rasieren zu müssen, niedergeschossen hatte.

Manchmal, wenn sie die Treppe, auf der die Tragödie passiert war, hinaufging, hörte sie regelrecht, wie der Schuss die Stille zerriss, gefolgt von den entsetzten Schreien der Sklaven, die die sinnlose und brutale Tat des Hausherrn mit angesehen hatten.

Auch Cassie hatte sinnlose Brutalität am eigenen Leib erfahren.

Deshalb wohl konnte sie sich auch so stark in Abigail Barlow einfühlen, und sie war überzeugt davon, dass die unglückliche Frau noch immer irgendwo hier in diesen Mauern lebte. Nicht nur wegen des Weinens, das manchmal zu hören war, ohne dass man sich seinen Ursprung erklären konnte, oder wegen des Rosendufts, der oft in der Luft lag, auch wenn nirgendwo ein Rosenstrauß stand.

Es gab noch einen zweiten Grund, weshalb sie eine Seelenverwandtschaft mit Abigail Barlow fühlte. Heute, in einem unbedachten Moment, hatte sie ihn Devin verraten. Sie glaubte zu wissen, dass es in Abigails Leben einen Mann gegeben hatte, den sie liebte, um den sie ebenso geweint hatte wie um den ermordeten Jungen. Nach dem sie sich verzehrt und von dem sie geträumt hatte. Und über dem Gedanken, dass ihre Liebe nie in Erfüllung gehen würde, war sie verzweifelt.

Cassie hegte für Abigails Kummer tiefes Verständnis. Deshalb fühlte sie sich in diesem Haus so daheim und fürchtete sich niemals.

Im Gegenteil, sie war dankbar, dass sie hier wohnen durfte. Es war jetzt fast ein Jahr her, dass sie Regan und Rafes Angebot angenommen hatte und mit ihren Kindern hier eingezogen war. Sie konnte es noch immer nicht ganz fassen, dass die beiden sie mit dieser verantwortungsvollen Aufgabe betraut hatten, und sie arbeitete hart, um das in sie gesetzte Vertrauen auch zu erfüllen und Rafe und Regan nicht zu enttäuschen.

Die Arbeit macht Spaß, dachte sie nun, während sie in den Salon ging. Die kostbaren antiken Möbel zu pflegen, das Frühstück in der schönen Küche für die Gäste zuzubereiten, das Haus mit Blumen zu schmücken.

Es erschien Cassie wie ein Traum aus einem der Märchenbücher, die Savannah MacKade illustrierte.

Sie war viel ruhiger geworden im letzten Jahr, es kam nur noch sehr selten vor, dass sie schweißgebadet aus einem Albtraum erwachte, um angsterfüllt auf Joes schwere Schritte zu lauschen. Sie war in Sicherheit und – zum ersten Mal in ihrem Leben – frei.

Eingewickelt in ihren Bademantel, ließ sie sich in dem Sessel am Fenster nieder. Sie hatte nicht vor, lange sitzen zu bleiben. Ihre Kinder schliefen fest, aber es gab immerhin die Möglichkeit, dass eins von ihnen aufwachte und sie brauchte. Nur einen kleinen Moment wollte sie hierbleiben und die Stille genießen.

Sie konnte es noch immer nicht fassen. Sie hatte ein Heim, in dem ihre Kinder ausgelassen spielen und lachen und sich sicher fühlen konnten. Es war wundervoll anzuschauen, wie rasch Emma ihre Scheu verloren und sich zu einem fröhlich plappernden kleinen Mädchen entwickelt hatte. Connor hingegen hatte es schwerer. Der Gedanke an das, was er in den ersten acht Jahren seines Lebens mitansehen und von seinem Vater hatte erdulden müssen, erfüllte sie noch immer mit Trauer und Schmerz. Aber er würde darüber hinwegkommen.

Es war eine Wohltat zu sehen, wie unbeschwert sich die beiden in Devins Gegenwart fühlten. Es hatte eine Zeit gegeben, in der sich Emma vor jedem Mann fürchtete, und Connor, der sanfte, sensible Connor, war ständig auf der Hut und wappnete sich schon im Vorhinein gegen verbale Attacken.

Doch das war vorbei.

Gerade heute hatten sich die beiden mit Devin unterhalten, als wäre es so normal wie Atemholen. Sie wünschte sich, auch so unverkrampft sein zu können. Es liegt an dem Sheriffstern, sinnierte sie. In Gegenwart von Jared und Rafe und Shane fühlte sie sich entschieden wohler. Bei ihnen zuckte sie nicht zusammen, wenn sie einer zufällig streifte oder ihr freundschaftlich die Hand auf die Schulter legte.

Bei Devin war alles anders. Noch heute erinnerte sie sich mit Schrecken an den Tag, an dem sie schließlich zu ihm ins Büro gegangen war, um Anzeige gegen Joe zu erstatten. Als sie Devin die blauen Flecke auf ihren Armen gezeigt hatte, wäre sie am liebsten gestorben vor Scham. Nichts, nicht einmal Joes Faustschläge, hatte sie jemals so gedemütigt.

Sie wusste, dass er Mitleid mit ihr hatte und sich verpflichtet fühlte, ab und an nach ihr und ihren Kindern zu schauen. Er nahm seine Verantwortung als Sheriff sehr ernst. Das war etwas, das sich niemand – auch sie nicht – vor zwölf oder fünfzehn Jahren hätte träumen lassen, als er und seine Brüder noch die schlimmen MacKade-Jungs gewesen waren, die keiner Rauferei aus dem Weg zu gehen pflegten.

Devin hatte sich in einen bewunderungswürdigen Mann verwandelt. Obwohl er noch immer gelegentlich rau war, wie sie zugeben musste. Sie wusste, dass er mit kaum mehr als einem

Knurren einen Streit vom Zaun brechen konnte, und wenn er bei einer Schlägerei schlichten musste, zögerte er auch nicht, seine Fäuste zum Einsatz zu bringen.

Und doch war er der sanfteste und mitfühlendste Mann, den sie in ihrem Leben kennengelernt hatte. Er war zu ihr und den Kindern immer gut gewesen, und sie schuldete ihm Dank. Sie würde nie vergessen, was er für sie getan hatte.

Cassie schloss die Augen. Sie versuchte sich vorzustellen, wie es wäre, wenn sie ihm gelassener gegenübertreten könnte. Sie hatte im vergangenen Jahr hart an sich gearbeitet, um ihre Schüchternheit zu überwinden und den Gästen selbstsicher zu begegnen. Es funktionierte sehr gut, und manchmal vergaß sie es sogar selbst, dass sie im Grunde ihres Herzens ein sehr verunsicherter Mensch war.

Es gab immer wieder Gelegenheiten, wo sie sich wirklich kompetent fühlte. Auch eine ganz neue Erfahrung für sie.

Und deshalb würde sie jetzt versuchen, ihre Nervosität in Devins Gegenwart zu überwinden. Als Erstes würde sie den Sheriffstern vergessen und sich immer wieder vorsagen, dass er ein alter Freund war – einer, für den sie in der Pubertät sogar ein bisschen geschwärmt hatte. Sie würde aufhören, daran zu denken, wie groß seine Hände waren und was passieren könnte, wenn er sie im Zorn gegen sie erheben würde.

Stattdessen würde sie sich daran erinnern, wie liebevoll und sanft er damit ihrer Tochter durchs Haar fuhr oder wie kraftspendend sie sich auf die ihres Sohnes legten, wenn er ihm Mut zusprach.

Oder wie schön es gewesen war – ganz unerwartet schön –, als er mit seinem Finger ihre Wange gestreichelt hatte.

Sie kuschelte sich enger in den behaglichen Sessel und ließ die Gedanken treiben …

Er stand hier, direkt neben ihr, lächelnd, und der Anblick seiner Grübchen löste ein seltsames Flattern in ihrem Bauch aus. Er berührte sie, und diesmal schreckte sie nicht zurück. Siehst du, dachte sie glücklich, es funktioniert.

Er zog sie an sich. Oh, sein Körper war hart, aber sie zuckte nicht zurück. Obwohl sie innerlich bebte. Dagegen war sie machtlos. Er war so groß, so stark, und wenn er wollte, könnte er sie in zwei Hälften brechen. Doch jetzt ... jetzt streichelten seine Hände ganz sanft über ihr Gesicht, ihren Hals ...

Und dann lag sein Mund auf ihrem Mund, so warm, so sanft. Sie hatte nicht versucht, ihn von seinem Vorhaben abzuhalten. Obwohl sie wusste, dass sie es hätte versuchen sollen. Und sie wusste es immer noch, auch jetzt, wo seine Zunge die ihre streichelte und seine Hände ihre Brüste umschlossen, als wäre es das Natürlichste von der Welt.

Er berührte sie, und sie bekam kaum noch Luft, weil diese großen Hände plötzlich überall waren. Und jetzt auch sein Mund. Oh, es war falsch, und doch war es so herrlich, diesen warmen, feuchten Mund auf der Haut zu spüren.

Sie wimmerte und stöhnte vor Verlangen, dann öffnete sie sich ihm. Sie spürte, wie er in sie hineinglitt, so hart, so geschmeidig, es fühlte sich so ... richtig an.

Ein Geräusch riss sie aus ihren Träumen. Zu Tode erschrocken fuhr sie auf. Sie rang nach Atem, schweißgebadet und vollkommen verwirrt.

Allein im Salon. Natürlich war sie allein. Aber ihre Haut prickelte, ein Prickeln, das ein Gefühl in ihr hervorrief, das ihr fremd war.

Von Scham überwältigt, zog sie ihren Bademantel ganz eng um sich. Wie schrecklich, ging es ihr durch den Sinn, an Devin in dieser Weise zu denken.

Sie konnte sich nicht erklären, was in sie gefahren war. Sie mochte Sex nicht einmal. Im Gegenteil, körperliche Intimität war etwas, das sie im Laufe der Jahre zu fürchten gelernt hatte. Wenn Joe sich ihr näherte, hatte sie es immer stumm über sich ergehen lassen, in der Hoffnung, dass es bald vorbei sein möge. Vergnügen hatte ihr Sex niemals bereitet. Für diese Art der Zweisamkeit war sie nicht geschaffen, das war ihr recht bald nach der Hochzeitsnacht klar geworden.

Doch als sie jetzt aufstand, zitterten ihr die Knie. Als sie tief Luft holte, nahm sie den feinen Rosenduft wahr, der in der Luft lag.

Also bist du doch nicht ganz allein, dachte sie. Abigail war bei ihr. Getröstet verließ sie den Salon und ging nach oben in ihre Wohnung, um noch ein letztes Mal nach den Kindern zu schauen, ehe sie sich ebenfalls wieder zu Bett begab.

Devin saß am Schreibtisch über die Schreibmaschine gebeugt und hackte seinen Bericht über den Einbruch in Duff's Tavern herunter. Mit den drei Jugendlichen, die Duff um einige Kästen Bier erleichtert hatten, hatte er, wie er es gehofft hatte, leichtes Spiel gehabt. Bereits nach einer Stunde war es ihm gelungen, sie aufzuspüren.

Nach Fertigstellung des Berichts würde er zum Mittagessen gehen. Falls nichts dazwischenkam.

Am Schreibtisch gegenüber saß sein junger Deputy Donnie Banks und blätterte eifrig einen Stoß Strafzettel durch. Ab und an unterbrach er seine Tätigkeit, um laut mit den Fingerspitzen auf der Schreibtischplatte herumzutrommeln, was Devin langsam, aber sicher verrückt machte.

Draußen war es warm, und die Fenster standen offen. Für eine Klimaanlage war das Budget zu schmal. Verkehrslärm –

falls man das Brummen der Autos, die in größeren Abständen vorbeifuhren, so bezeichnen konnte – drang herein, und gelegentlich quietschte die eine oder andere Bremse, wenn jemand zu schnell an die Ampel heranfuhr.

Devin fiel ein, dass er vor dem Lunch noch die Post durchgehen musste – eine Aufgabe, die ihm zugefallen war, da sich Crystal Abbott in den Mutterschaftsurlaub verabschiedet hatte. Da es ihm bisher noch nicht gelungen war, eine Vertretung für sie aufzutreiben, blieb die Sache eben fürs Erste an ihm hängen.

Aber das machte ihm im Grunde genommen wenig aus. Er fand die Monotonie von Schreibtischarbeit durchaus beruhigend. Nicht dass es in Antietam, einem Städtchen mit weniger als fünfundzwanzigtausend Einwohnern, etwa hoch hergegangen wäre. Nein, hier herrschte Ruhe, und Devin war entschlossen, dafür zu sorgen, dass das auch in Zukunft so blieb.

In den sieben Jahren, in denen er, zuerst als Deputy und dann als Sheriff, diesem Job nun schon nachging, war er nur zweimal gezwungen gewesen, seine Waffe zu ziehen. Und glücklicherweise war es ihm auch dann erspart geblieben, schießen zu müssen.

Als das Telefon läutete, warf Devin seinem Deputy einen hoffnungsvollen Blick zu. Doch da Donnies Finger ihren Trommelrhythmus nicht unterbrachen, griff er selbst nach dem Hörer. Er hatte schon gute Fortschritte dabei erzielt, eine aufgebrachte Frau zu beruhigen, die behauptete, dass der Hund ihrer Nachbarin ihr frisch angepflanztes Petunienbeet in ein Hundeklo umfunktioniert hatte, als sich die Tür öffnete und Jared hereinmarschiert kam.

»Ja, Ma'am. Nein, Ma'am.« Devin verdrehte die Augen und deutete auf einen Stuhl. »Haben Sie denn schon mit ihr gesprochen und sie gebeten, dass sie besser auf ihren Hund aufpassen soll?«

Die Antwort kam mit der Lautstärke und Schnelligkeit einer Maschinengewehrsalve, sodass Devin erschrocken zusammenzuckte und den Hörer von seinem Ohr weghielt. Jared, der sich mittlerweile auf dem wackligen Holzstuhl niedergelassen hatte, grinste schadenfroh.

»Ja, Ma'am, ich bin sicher, dass es Sie sehr viel Mühe gekostet hat, die Petunien zu pflanzen ... Nein, tun Sie das nicht. Bitte. Wir haben ein Gesetz, das den Schusswaffengebrauch innerhalb der Stadtgrenzen untersagt. Kommen Sie mir bloß nicht auf die Idee, auf den Hund zu schießen. Ich schicke gleich jemanden vorbei. Ja, Ma'am, da bin ich mir ganz sicher ... Äh ... wir werden sehen, was wir tun können. Aber Sie lassen Ihre Schrotflinte im Schrank, hören Sie? ... Ja, Ma'am, ich habe alles mitgeschrieben. Bleiben Sie einfach ganz ruhig sitzen, bis jemand bei Ihnen vorbeikommt.«

Er legte auf und nahm das Papier, auf dem er sich Adresse und Namen der Beteiligten notiert hatte. »Donnie?«

»Ja?«

»Fahr rüber in die Oak Leaf Street und sieh zu, dass du das geregelt kriegst.«

Das Trommeln verstummte schlagartig. »Ein Fall von Gesetzesübertretung?«, fragte der Deputy hoffnungsvoll, und man sah ihm an, wie scharf er darauf war, seine amtliche Autorität zum Einsatz zu bringen. Plötzlich kam er Devin schrecklich jung vor in seiner sorgfältig gebügelten Uniform, mit den widerspenstig vom Kopf abstehenden Haaren und den wissbegierigen Augen.

»Es geht um einen Pudel, der wiederholt ein Petunienbeet als Hundeklo zweckentfremdet hat. Erklär der Besitzerin, dass es ein Gesetz gibt, das verlangt, dass Hunde an der Leine gehalten werden müssen, und sieh zu, dass du die beiden Ladys davon abhalten kannst, sich gegenseitig an die Gurgel zu gehen.«

»Zu Befehl, Sir!« Hocherfreut über die Aufgabe, mit der er betraut worden war, nahm Donnie das Blatt, das Devin ihm hinhielt, zog seinen Hut in die Stirn und stolzierte mit stolzgeschwellter Brust hinaus, um Recht und Gesetz Geltung zu verschaffen.

»Ich glaube, er hat sich letzte Woche das erste Mal rasiert«, bemerkte Devin.

»Petunien und Pudel«, sagte Jared und streckte sich gähnend. »Ich sehe, du steckst bis über den Kopf in Arbeit.«

»Ja, ja, Antietam ist eine wilde, gefährliche Stadt.« Devin erhob sich grinsend und schenkte zwei Tassen Kaffee ein. »Hatte gerade eben unten bei Duff einen Fall von Gesetzesübertretung«, fuhr er, ironisch Donnie nachahmend, fort. »Drei Kästen Bier hatten sich einfach so in Luft aufgelöst.«

»Ungeheuerlich.«

»Zwei davon konnte ich dem glücklichen Besitzer eben schon wieder zurückgeben.« Nachdem er Jared einen Kaffeebecher in die Hand gedrückt hatte, ließ er sich wieder hinter seinem Schreibtisch nieder. »Den dritten haben sich die drei Sechzehnjährigen hinter die Binde gekippt.«

»Bei der Gelegenheit erinnere ich mich dunkel an ein paar Kästen Bier und eine andere Party. Draußen im Wald, weißt du noch?«

»Aber das war etwas anderes, wir haben sie nicht geklaut«, gab Devin zurück. »Wenn ich mich recht entsinne, haben wir damals Duff das Geld ins Lager gelegt, nachdem wir die Tür aufgebrochen hatten, stimmt's?«

»Tja, das waren noch Zeiten.« Jared seufzte und lehnte sich zurück. Weder der elegante Anzug und die Krawatte noch die teuren Schuhe konnten darüber hinwegtäuschen, dass er ein MacKade war. Er sah ebenso unverschämt gut aus wie seine Brüder. Ein bisschen gesetzter vielleicht, ein bisschen geschniegelter, aber noch immer verwegen genug.

»Was machst du in der Stadt?«

»Dies und das.« Jared wollte nicht gleich zur Sache kommen. »Layla bekommt einen Zahn.«

»Ja? Hält sie euch auf Trab?«

»Ich weiß schon gar nicht mehr, was Schlaf ist.« Jared grinste. »Es ist wirklich großartig. Bryan ist mittlerweile im Windelnwechseln schon Weltmeister. Der Junge ist total vernarrt in die Kleine.«

»Du hast's gut«, murmelte Devin.

»Als ob ich das nicht wüsste. Du solltest es auch mal mit einer Familie versuchen, Devin. Die Ehe ist eine prima Angelegenheit, glaub mir.«

»Für dich und Rafe vielleicht. Ich habe ihn heute Morgen beim Einkaufen getroffen – mit Nate auf dem Rücken. Ganz der vorbildliche Vater, wirklich.«

»Hast du ihm das gesagt?«

»Nein, es schien mir nicht ratsam, vor dem Baby einen Boxkampf anzufangen.«

»Eine sehr weise Entscheidung. Weißt du, was du hier brauchen könntest, Dev?« An seinem Kaffee nippend, sah sich Jared in dem Büro um. »Einen Hund. Ethel sieht in den nächsten Tagen Mutterfreuden entgegen.«

Devin hob eine Augenbraue. Fred und Ethel, den beiden Golden Retriever von Shane, war schließlich aufgegangen, dass Hündinnen und Rüden noch etwas anderes miteinander anstellen konnten, als nur immer Hasen zu jagen. »Genau, ich brauche unbedingt so ein Hündchen, das mir hier alles vollsaut.«

»Ein bisschen Gesellschaft könnte dir nicht schaden«, insistierte Jared. »Außerdem könntest du den Burschen zu deinem Deputy ernennen.«

Angesichts dieser Vorstellung musste Devin grinsen. Er stellte seine Tasse ab. »Ich werde darüber nachdenken. Aber jetzt rück endlich damit raus, was der eigentliche Anlass deines Besuches ist.«

Jared atmete aus. Sein Bruder ließ sich nicht so leicht hinters Licht führen. »Ich hatte im Gefängnis zu tun heute Morgen.«

»Und?«

»Und. Ich hatte ein Gespräch mit dem Gefängnisdirektor, und als ich ihm erzählte, dass ich Cassies Anwalt bin, fühlte er sich verpflichtet, mir ein paar Neuigkeiten zu stecken.«

Devins Lippen wurden schmal. »Dolin.«

»Ja. Joe Dolin. Es scheint, dass er sich nach einigen Anlaufschwierigkeiten zu einem wahren Mustergefangenen gemausert hat.«

»Darauf möchte ich wetten.«

Jared hörte die Bitterkeit aus dem Ton seines Bruders heraus, und er konnte es ihm gut nachfühlen. »Wir wissen, dass er ein Dreckskerl ist, Devin, aber er spielt seine Rolle gut.«

»Er wird nicht auf Bewährung rauskommen, dafür werde ich sorgen.«

»Bewährung ist nicht der Punkt im Moment. Es geht um Freigang. Sie lassen ihn tagsüber zum Arbeiten raus.«

»Einen Teufel werden sie tun!«

»Schon passiert.« Jared machte eine hilflose Handbewegung. »Sie haben behauptet, es könnte nichts passieren, weil die

Truppe auch draußen den ganzen Tag unter Beaufsichtigung steht. Das Problem ist, dass wir die Strafgefangenen brauchen, damit sie uns für wenig Geld unsere Straßen und Parks sauber halten. Was soll man schon dagegen sagen?«

»Und wenn er abhaut?« Devin war aufgestanden und lief nun ruhelos im Zimmer auf und ab. Seine Augen schleuderten Blitze. »So was passiert. Ich habe letztes Frühjahr selbst einen wieder eingefangen.«

»Du hast recht, es passiert«, stimmte Jared zu. »Aber sie kommen meistens nicht weit, das weißt du ja selbst.«

»Aber Dolin.«

»Mich musst du nicht überzeugen, Dev. Ich werde versuchen zu tun, was ich tun kann, aber es wird nicht leicht werden. Und ob ich Erfolg habe, weiß ich erst recht nicht. Zudem scheint sich auch noch Cassies Mutter beim Direktor für Joe stark gemacht zu haben.«

»Nicht zu fassen.« Devin schüttelte den Kopf und ballte die Hände zu Fäusten. »Dabei weiß sie doch ganz genau, was er Cassie angetan hat. Cassie«, er fuhr sich mit der Hand übers Gesicht. »Man muss sie sofort informieren.«

»Ich kann ja kurz bei ihr vorbeifahren.«

»Nein.« Devin ließ seine Hand wieder sinken. »Ich sage es ihr. Kümmere du dich darum, diesen Irrsinn abzubiegen. Ich will, dass dieser Dreckskerl vierundzwanzig Stunden am Tag sicher hinter Gittern verbringt und keine Stunde weniger.«

»Ein Trupp ist jetzt auf der A 34 und sammelt Müll ein. Da ist Joe dabei.«

»Na toll.« Devin stürmte zur Tür. »Wirklich toll.«

Es dauerte nicht lange, bis Devin auf der A 34 war und die leuchtend orangefarbenen Westen der Anstaltscrew entdeckt hatte. Er parkte vor der Kurve, wo sich die Tüten mit Abfall bereits häuften.

Er sprang aus seinem Auto, lehnte sich gegen die Kühlerhaube und beobachtete Joe Dolin bei der Arbeit.

Die sechzehn Monate Gefängnis hatten seinem Bauch nichts anhaben können. Er war schon auf dem besten Weg gewesen, fett zu werden, bevor er ins Gefängnis kam, doch mittlerweile würde er große Mühe haben, das Fett wieder in Muskeln zu verwandeln. Aber im Knast hatte er ja genug Zeit dazu. Und Gelegenheit auch.

Dolin und ein anderer Mann arbeiteten auf der gegenüberliegenden Straßenseite. Der eine fegte die Blätter und den Abfall zusammen, der andere kehrte alles auf und entsorgte es in einem großen Plastiksack.

Devin wartete geduldig. Als Joe sich aufrichtete und sich den Sack über die Schulter warf, begegneten sich ihre Blicke. Devin fragte sich, ob der Gefängnisdirektor wohl immer noch von Resozialisierung sprechen würde, wenn er in diesem Moment Joes Augen sehen könnte. Dieser Hass. Dieser Triumph.

Wäre er ein ganz normaler Bürger und nicht Sheriff gewesen, hätte er jetzt über die Straße auf Joe zugehen und ihm die Faust in den Magen rammen können, um ihn auch einmal spüren zu lassen, wie es war, wenn man zusammengeschlagen wurde. Wäre er ein ganz normaler Bürger, hätte sich jetzt für ihn eine Gelegenheit ergeben, auf die er schon lange gewartet hatte.

Doch leider war er das nicht.

»Kann ich Ihnen irgendwie weiterhelfen, Sheriff?« Einer der Wärter kam, bereit zu einem Schwätzchen, auf ihn zu. Sein Lächeln gefror ihm in den Mundwinkeln, als er in Devins Augen schaute. »Was gibt es denn, gibt's ein Problem?«

»Kommt ganz darauf an.« Devin ließ sich mit seiner Antwort Zeit. »Sehen Sie den Mann dort, den großen dicken?«

»Dolin? Sicher.«

»Sie wissen sogar seinen Namen.« Devins Blick wanderte zu dem Namensschild an der Brust des Gefängniswärters. »Und ich werde mich an Ihren Namen erinnern, Richardson. Wenn Dolin sich auch nur eine einzige Sekunde unerlaubterweise von hier entfernt, sind Sie dran, kapiert?«

»Sheriff, hören Sie, ich ...«

Devin warf Richardson einen warnenden Blick zu und wandte sich zum Gehen. »Sie sorgen dafür, dass dieser verdammte Dreckskerl keinen Fuß in meine Stadt setzt, Richardson, klar?«

Joe schaute dem Sheriff nach, wie er in seinen Wagen stieg und davonfuhr. Gleich darauf beugte er sich wieder mit Eifer über seine Arbeit, ganz der Mustergefangene. Dabei klopfte er auf seine Jackentasche, in der der letzte Brief von seiner Schwiegermutter steckte.

Er kannte ihn Wort für Wort auswendig. Sie hatte ihn die ganze Zeit über bestens über Cassie auf dem Laufenden gehalten. Dass die kleine Schlampe jetzt einen Bombenjob im MacKade-Inn hatte. Diese lausigen MacKades. Er würde sie sich alle nacheinander vorknöpfen, wenn er wieder draußen war.

Doch erst kam Cassie an die Reihe.

Ihre Mama hatte ihm geholfen, dass er zumindest diesen Dreckjob hier machen durfte. Und ihm immer wieder Briefe geschrieben. Briefe, bei denen er zwar jedes Mal zu viel gekriegt hatte, weil sie vor Moral nur so trieften, aber immerhin. Im Grunde genommen war ihm die alte Schachtel ein Graus, aber sie war wenigstens zu etwas nütze. Dass er ihr dafür einen

Riesenbären hatte aufbinden müssen, hatte ihn nicht weiter gestört – im Gegenteil, der Gedanke daran erheiterte ihn. Immer wieder hatte er ihr beteuert, wie sehr er litt, dass er religiös geworden sei und wie sehr ihm seine Familie fehle.

Dabei waren ihm seine Kinder herzlich egal. Nichts als Nervensägen.

Alles, was ihn interessierte, war Cassie. Sie gehörte ihm – bis ans Ende ihrer Tage. Sie war seine Frau. Daran würde er sie wieder erinnern, denn offensichtlich schien sie es vergessen zu haben.

Die Hände zu Fäusten geballt, träumte er weiter von seiner baldigen Heimkehr.

# 3. Kapitel

Devin war noch kurz beim Gefängnis vorbeigefahren, um zusätzlich zu Jareds sein eigenes Gewicht in die Waagschale zu werfen, doch vergebens. Joe Dolins mustergültige Führung wog schwerer. Alles, was ihm jetzt noch blieb, war, Cassie zu informieren.

Er fand sie auf den Knien im Salon vor, wo sie gerade die Beine eines antiken Tisches hingebungsvoll polierte. Sie war so vertieft in ihre Arbeit, wobei sie fröhlich vor sich hin summte, dass sie ihn gar nicht kommen hörte. Über ihrer Hose trug sie eine weiße Schürze, und neben ihr stand ein Plastikkorb mit allen möglichen Putzgeräten und Putzmitteln. Devin betrachtete sie versonnen.

Das lockige Haar hatte sie sich hinter die Ohren gesteckt, sodass es ihr nicht ins Gesicht fallen konnte.

Sie wirkte so verdammt glücklich. Devin rammte die Hände in die Hosentaschen.

»Cass?«

Sie fuhr herum, wobei sie sich fast den Kopf an der Tischplatte gestoßen hätte. Einen Moment später errötete sie bis unter die Haarwurzeln.

»Devin.« Sie drehte ihr Staubtuch in den Händen. Musste er ausgerechnet jetzt auftauchen, wo ihr gerade eben ihr Traum wieder in den Sinn gekommen war? Der Traum, in dem Devin ... großer Gott.

Er starrte sie an, dann machte er einen Schritt auf sie zu. Sie sah aus, als hätte sie ein leibhaftiges Gespenst gesehen. »Was hast du denn? Stimmt was nicht?«

»Nein. Nein. Nichts ... alles in Ordnung.« Plötzlich war ihr, als hätte sie Schmetterlinge im Bauch. »Ich war nur mit meinen Gedanken woanders. Das ist alles.« Etwa nicht? »Du hast mich erschreckt. Das ist alles.«

Es war ganz untypisch für sie, sich wortwörtlich zu wiederholen. Er kniff die Augen zusammen. »Bist du sicher, dass mit dir alles in Ordnung ist?«

»Aber ja. Mir geht es gut. Wirklich.« Jetzt erhob sie sich, hörte jedoch nicht auf, nervös das Staubtuch zu attackieren. »Das Ehepaar, das heute hier übernachtet hat, ist zu den Schlachtfeldern rausgegangen. Sie wollen noch eine Nacht bleiben. Sie kommen aus North Carolina, und er scheint ein richtiger Kriegsnarr zu sein. Ich habe ihnen alles an Informationen gegeben, was wir über die Schlacht, die hier stattgefunden hat, haben ... und durchs Haus geführt hab ich sie dann auch. Die Vorstellung, dass es hier Gespenster geben könnte, hat sie regelrecht elektrisiert.«

Verwirrt nickte er. Sie redete wie ein Wasserfall. Und normalerweise hatte er Mühe, ihr drei Sätze am Stück zu entlocken. »Okay.«

»Möchtest du vielleicht einen Kaffee? Ich werde dir eine Tasse machen«, sagte sie und schickte sich an, den Salon zu verlassen, noch ehe er Gelegenheit hatte zu antworten. »Und Schokoladenkekse«, fügte sie, bereits an der Tür, hinzu. »Ich hab heute Morgen Schokoladenkekse gebacken und ...« Als er ihr die Hand auf den Arm legte, um ihren Redefluss zu stoppen, starrte sie ihn an wie ein erschrecktes Reh im Licht der Scheinwerferkegel.

»Cassandra, entspann dich.«

»Ich bin entspannt. Ich bin entspannt.« Seine Hand war stark und warm.

»Du bist ja ganz außer dir. Hol tief Luft. Los. Ein paarmal hintereinander.«

Sie gehorchte und spürte, wie sie langsam ruhiger wurde. »Mir geht es gut, Devin, wirklich.«

»Okay, lass uns Kaffee trinken.« Noch bevor er an der Tür war, meldete sich sein Piepser. »Verdammt. MacKade. Ja, Donnie?«

Devin presste sich seinen Zeigefinger zwischen die Augen. Warum in aller Welt hatte er plötzlich Kopfschmerzen, und weshalb zum Teufel starrte ihn Cassie eigentlich so an, als wären ihm plötzlich Hörner gewachsen?

»Ich habe im Moment zu tun, Donnie. Sieh zu, dass du allein klarkommst … Ja, stimmt, das habe ich gesagt. Hör zu, sperr den verdammten Pudel zusammen mit seinem idiotischen Frauchen ein, wenn's nicht anders geht, aber …« Sich selbst verfluchend, unterbrach er sich, als ihm klar wurde, dass Donnie seinem Befehl, ohne mit der Wimper zu zucken, Folge leisten würde. »Vergiss, was ich eben gesagt habe. Sei so diplomatisch wie möglich, Donnie. Und dann knöpf der guten Pudellady eine Geldbuße ab, weil sie ihren verdammten Köter nicht an der Leine gehalten hat, aber mach nicht viel Wind darum. Rate ihr, sich einen Zaun anzuschaffen. Erinnere sie daran, dass der Leinenzwang nur der Sicherheit ihres kleinen Lieblings dient, nichts anderem. Auf der Straße ist Verkehr, und ihr kleines Hündchen könnte sehr leicht überfahren werden. Wenn du das hinter dich gebracht hast, geh zu der anderen Lady rüber – zu der, die sich beschwert hat – und sag ihr, dass jetzt alles in Ordnung ist. Und vergiss nicht, ihre Petunien zu bewundern. Schlag auch ihr vor, dass sie ihr Grundstück einzäunt.

Du weißt ja, gute Zäune machen aus Nachbarn gute Nachbarn. Nein, ich komme nicht vorbei, das schaffst du allein, Donnie.«

Er beendete das Gespräch. Als er sich danach umwandte, sah er Cassie lächeln. »Ein kleines Hundeproblem«, erklärte er.

»Du kannst wirklich gut mit Menschen umgehen«, sagte sie bewundernd. »Bei dir kommt immer jeder zu seinem Recht.«

»Jaja, fast schon weise wie Salomon.« Er lachte, wurde jedoch gleich darauf wieder ernst. »Setz dich, Cassie. Ich muss mit dir reden.«

»Oh.« Ihr Lächeln verblasste. »Irgendetwas stimmt nicht.«

»Nicht unbedingt. Komm, setzen wir uns erst mal.« Da er ihre Hand halten wollte, wenn er ihr die schlechte Nachricht beibrachte, entschied er sich für das zierliche antike Sofa mit den geschwungenen Armlehnen, auf dem er sich immer wie ein plumper Riese vorkam. »Lass mich bitte voranschicken, dass es nichts ist, über das du dir wirklich ernstlich Sorgen zu machen brauchst.«

»Es ist wegen Joe.« Ein Zittern durchlief sie. »Sie haben ihn entlassen.«

»Nein.« Er drückte ihre Hand zärtlich und beruhigend, ohne sie aus den Augen zu lassen. »Er wird noch lange nicht rauskommen.«

»Er verlangt, die Kinder sehen zu dürfen.« Sie wurde totenbleich, die Augen standen riesig in dem schmalen Gesicht. »Oh Gott, Devin, die Kinder. Was mach ich, wenn er die Kinder sehen will?«

»Nein.« Er verfluchte sich selbst, weil er merkte, dass er mit seiner extrem behutsamen Vorgehensweise die Dinge nur noch verschlimmerte. »Nichts dergleichen. Aber man hat ihm erlaubt, draußen zu arbeiten. Du weißt, was das heißt.«

»Ja, sie lassen die Gefangenen für ein paar Stunden am Tag raus, damit sie gemeinnützige Arbeiten verrichten. Oh.« Erschauernd schloss sie die Augen.

»Er arbeitet in einer Straßenkolonne. Abfall beseitigen und so. Ich dachte nur, es ist besser, wenn du es weißt. Ich wollte dich nicht beunruhigen. Ich habe mir von dem Gefängnisdirektor seinen Arbeitsplan geben lassen, damit wir immer genau wissen, wo er sich aufhält. So können wir es hoffentlich verhindern, dass du ihm eines Tages in die Arme läufst.«

»Okay.« Die Angst war da, aber sie konnte mit ihr umgehen. Sie hatte schon Schlimmeres durchgemacht. »Schließlich wird er bewacht.«

»Ja. Natürlich.« Es war nicht nötig, ihr zu sagen, dass Gefangenen schon öfter die Flucht gelungen war. Sie wusste es auch so.

»Er ist noch immer im Gefängnis«, versuchte sie sich selbst zu beruhigen. »Und wenn er jetzt draußen ist, wird er bewacht.«

»Richtig. Jared hat alle Hebel in Bewegung gesetzt, um seinen Freigang zu verhindern, aber leider ... verdammter Mist.« Wieder atmete er laut aus. »Deine Mutter ist für den ganzen Schlamassel verantwortlich. Sie hat dem Gefängnisdirektor einen Brief geschrieben.«

»Ich weiß.« Cassie straffte die Schultern. »Sie und Joe schreiben sich andauernd. Sie zeigt mir ständig seine Briefe. Aber das ändert nichts, Devin. Ich gehe nie mehr zu ihm zurück. Schon allein der Kinder wegen. Das würde ich ihnen niemals antun. Uns geht es jetzt sehr gut.«

»Das freut mich.« Er steckte ihr eine Locke hinters Ohr, erleichtert, dass sie die Dinge so gelassen aufnahm. »Tut mir wirklich leid, dass ich dich beunruhigen musste, Cassie.«

»Das hast du nicht. Nicht wirklich.«

»Du kannst mich jederzeit anrufen, wenn du dich irgendwie unsicher fühlst, Cassie. Tag und Nacht. Denk daran. Ich bin immer für dich da. Wenn's drauf ankommt, kann ich in fünf Minuten bei dir sein.«

»Ich habe mich hier noch nie unsicher gefühlt. Und allein bin ich hier so gut wie nie.« Als er fragend die Augenbrauen hob, fuhr sie fort: »Riechst du es nicht?«

»Den Rosenduft? Aber ja.« Jetzt lächelte er. »Aber dennoch bin ich wahrscheinlich eine bessere Gesellschaft als ein Geist. Ruf mich einfach an, wenn dir danach ist. Versprochen?«

»Okay, versprochen.« Jetzt musste sie all ihren Mut zusammennehmen. Sie wollte sich etwas beweisen. Er war ihr Freund, war es immer gewesen. Wenn ihre Lippen nur aufhören würden zu zittern. »Danke.« Sie zwang sich zu einem Lächeln, dann legte sie ihre Hand an seine Wange und hauchte einen freundschaftlichen Kuss auf seinen Mund.

Sie hatte seine Lippen nur gestreift, doch die Reaktion, die die zarte Berührung in ihm auslöste, hätte nicht stärker sein können. Es kam so unerwartet, er hatte es sich so lange ersehnt. Ihm war gar nicht klar, dass seine Hand plötzlich die ihre umklammerte wie ein Schraubstock, sodass sich ihre Augen vor Schreck weiteten. Alles, was er wusste, war, dass ihre Lippen auf seinen gelegen hatten, wenn auch nur für einen kurzen Moment.

Jetzt konnte er sich nicht mehr länger zurückhalten.

Er zog sie in seine Arme, um noch einmal von ihren Lippen zu kosten. Ihr Mund raubte ihm den Verstand. Er konnte nicht anders, als ihn in Besitz zu nehmen, seine Konturen mit seiner Zunge zu liebkosen und dann einzutauchen in die warme, feuchte Höhle.

Sein Herz klopfte zum Zerspringen, sein Blut begann zu sieden, er hörte das Rauschen in seinen Ohren. Sie in den Armen zu halten war der Himmel auf Erden.

Es dauerte einige Zeit, ehe ihm zu Bewusstsein kam, dass sie sich mit aller Kraft gegen ihn stemmte. Verwirrt ließ er von ihr ab und sprang auf.

Sie starrte ihn an, die Augen dunkel wie Regenwolken, eine Hand an den Mund gepresst, den er eben geplündert hatte.

Geplündert. Das ist das richtige Wort, dachte er, angewidert von sich selbst. Geplündert.

»Es tut mir leid.« Er war ebenso bleich wie sie rot und verfluchte sich im Stillen bis in alle Ewigkeit. Wie konnte er nur! »Es tut mir leid«, wiederholte er. »Ich ... wirklich ... schrecklich leid. Das wollte ich nicht, du ... du hast mich ... aus der Fassung gebracht.« Das ist keine Entschuldigung, sagte er sich. Seine Strafe würde darin bestehen, dass sie ihm ihr Vertrauen ein für alle Mal entzog. »Das war ganz und gar gegen die Spielregeln. Es wird nicht wieder vorkommen, ich verspreche es dir. Ich weiß wirklich nicht, was ich mir dabei gedacht habe, das war unverzeihlich. Ich muss jetzt gehen.«

»Devin ...«

»Ich muss gehen«, beharrte er niedergeschmettert, ja, fast verzweifelt und wandte sich zur Tür. Fast wäre er über einen Tisch gestolpert. Sie rührte sich keinen Millimeter von der Stelle, und ihm gelang es schließlich, ohne weitere Demütigungen zu entkommen.

Sie hörte, wie die Tür hinter ihm ins Schloss fiel. Nein, sie hatte sich nicht bewegt. Weil sie sich nicht bewegen konnte.

Was war eben geschehen? Sie hatte ihm einen Kuss gegeben, einen Kuss unter Freunden, weil sie geglaubt hatte, sie wäre mittlerweile dazu in der Lage.

Rafe küsste sie ständig. Wenn er hier im Inn vorbeikam, küsste er sie oft genau so, wie sie es eben bei Devin versucht hatte. Leicht, wie nebenbei. Nach einiger Zeit hatte sie sich schon daran gewöhnt und aufgehört, sich zu versteifen.

Und jetzt hatte sie Devin geküsst. Sein Kuss war aber ganz anders gewesen als der von Rafe. Ihre Finger lagen noch immer an ihren Lippen, sodass sie die Hitze spüren konnte. So war sie noch niemals geküsst worden, von niemandem. Als ginge es um Leben und Tod. Sie hätte sich nie träumen lassen, dass Devin ...

Oh, natürlich hatte sie! Sie hatte es geträumt, in der vergangenen Nacht. Hatte sie eben wieder geträumt?

Nein, das, was sie eben erlebt hatte, war die Realität. Ihr Herz klopfte noch immer, und ihre Haut war heiß. Sie hatte sich so erschreckt, als er sie in seine Arme gezogen und seine Lippen auf ihre gelegt hatte, dass sie nicht in der Lage gewesen war, sich zu bewegen.

Wie lang hatte der Kuss gedauert? Dreißig Sekunden? Eine Minute? Sie wusste es nicht zu sagen, doch in ihr hatte sich während dieser Zeit unendlich viel ereignet. Sie zitterte immer noch.

Er hatte sich entschuldigt. Natürlich hat er das, dachte sie, lehnte sich zurück und versuchte, ruhiger zu atmen. Er hatte ja gar nicht beabsichtigt, sie zu küssen. Es war einfach eine spontane Reaktion gewesen. Wie Männer eben so sind. Ein Reflex. Dann war ihm ihr mangelndes Interesse aufgefallen, und er hatte sie losgelassen. Und sich entschuldigt. Er war eben ein Ehrenmann.

Es war nur ein Kuss, erinnerte sie sich. Und doch hatte er sie vollkommen aus dem Gleichgewicht gebracht. Warum nicht einfach darüber lachen und so tun, als ob nichts gewesen wäre?

Sie würde sich alle Mühe geben, nahm sie sich vor. Das nächste Mal, wenn sie ihn sah, würde sie lächeln und ein Gespräch anfangen, als sei nichts geschehen. Sie lernte in diesen Dingen mehr und mehr hinzu, jeder Tag zeigte es ihr. Keinesfalls durfte ihre Freundschaft darunter leiden, das könnte sie nicht ertragen.

Sie stand auf, um ihre Arbeit schließlich zu beenden. Ihre Knie zitterten noch immer. Joe Dolin hatte sie völlig vergessen.

Devin arbeitete den Rest des Tages wie ein Besessener, und am nächsten Tag war es nicht besser. Er trieb seine Deputys fast zum Wahnsinn und machte sich dann auf den Weg zur Farm in der Absicht, seinem jüngeren Bruder dieselbe Güte zu erweisen.

Natürlich fuhr er nur hinaus, um zu arbeiten, wie er sich ein ums andere Mal versicherte. Einige Kühe sollten in den nächsten Stunden kalben. Als er ankam, war es bei der ersten Kuh bereits so weit, und seine Hilfe war höchst willkommen.

Nachdem es schließlich vorbei war und das Kälbchen auf seinen dünnen, wackligen Beinen stand, war Devin fix und fertig.

Er beobachtete seinen Bruder staunend. Das Kälbchen zur Welt zu bringen war eine anstrengende Sache gewesen, und immer noch war kein Ende der vielen Arbeit abzusehen. Jetzt musste der Stall geschrubbt werden, frisches Heu war vonnöten, und vor allem durfte man das neugeborene Kalb während der nächsten Stunden nicht aus den Augen lassen.

Und dennoch pfiff Shane, knietief im Mist watend, vergnügt vor sich hin. Seine grünen Augen, die um einen Ton dunkler waren als die von Devin, wirkten verträumt. Er sah unverschämt gut aus, sogar für einen MacKade. Und er war der

Jüngste, was bedeutete, dass er von seinen älteren Brüdern eine Menge hatte einstecken müssen.

Das Pfeifen machte Devin rasend. Er erwog ernsthaft, seinem kleinen Bruder einen Denkzettel zu verpassen. »Warum zum Teufel hast du eigentlich so gute Laune?«

»Weil ich eben ein wunderschönes, gesundes Kalb zur Welt gebracht habe.« Obwohl sich das Tier heftig zur Wehr setzte, schaffte es Shane, seinen Kopf ruhig zu halten, um Augen und Ohren zu inspizieren. »Da hat die Mama echt gute Arbeit geleistet. Sollte ich darüber vielleicht nicht glücklich sein?«

»Sie hat mir verdammt noch mal fast den Arm gebrochen.«

»Dafür kann sie nichts«, verteidigte Shane die Kuh sachlich.

»Schon gut, schon gut. Hier sieht's aber aus wie im Saustall.«

»Eine Geburt ist eben keine sterile Angelegenheit.« Shane rieb sich seine verdreckten Hände an der nicht minder verdreckten Hose ab. Dann lehnte er sich gegen die Stalltür. »Allerdings hatte ich die schwache Hoffnung, dass sich dabei deine Laune etwas heben würde.« Seine Lippen verzogen sich zu einem großspurigen, selbstzufriedenen Grinsen – ein Grund mehr für Devin, in Erwägung zu ziehen, ihm einen Kinnhaken zu verpassen. »Ärger mit einer Frau?«

»Ich hab nie Ärger mit Frauen.«

»Genau. Ich kann dir auch sagen, warum. Weil du nämlich so gut wie nie eine Frau hast – eine Schande für die gesamte MacKade-Sippschaft, mein Lieber. Warum versuchst du's nicht mal mit einer von meinen? Ich hab eh viel zu viel, ehrlich. Weißt du, wen ich dir wärmstens ans Herz legen könnte? Frannie Spader. Tolles Mädchen, wirklich. Lange rote Locken und einen Körper, der jeden Mann um den Verstand bringen kann. Schätze, das ist bei dir schon ziemlich lang her, stimmt's?«

»Ich such mir meine Frauen selber. Glaubst du vielleicht, ich bin auf deine ausrangierten angewiesen?«

»Da will man schon mal brüderlich teilen ...« Er schlug Devin, der am Waschbecken stand und sich die Hände wusch, kräftig auf den Rücken und schnappte sich die Seife. »Aber wenn du selbst nicht so verdammt brüderlich wärst, könntest du's ja vielleicht mal mit der kleinen Cassie ...«

Es waren sowohl Devins Reaktionsschnelligkeit als auch Shanes Verblüffung daran schuld, dass der Kinnhaken Shane mit voller Wucht traf und ihn sogleich zu Boden schickte. Er landete hart und schüttelte benommen den Kopf.

Sie waren beide gleich stark und wussten genau, welche Tricks der jeweils andere am liebsten anwandte. Knurren vermischte sich mit Stöhnen und Zähneknirschen, als sie ineinander verklammert über den dreckigen Zementboden rollten.

»Um Himmels willen. Müssen sie sich schon wieder prügeln?«

Die beiden Kämpfer registrierten die weibliche Stimme, in der tiefe Missbilligung lag, kaum. Shane schaute gerade lange genug auf, um für diese Unachtsamkeit von Devin mit einer aufgeplatzten Unterlippe bestraft zu werden, und beantwortete diese Unfreundlichkeit mit einem heftigen Faustschlag auf Devins Nase, die gleich darauf anfing, heftig zu bluten.

»Aber Schatz, sie haben doch anscheinend eben erst angefangen.«

»Also wirklich, Rafe. Ich bitte dich.« Mit einem schweren Seufzer verlagerte Regan das Gewicht des glucksenden Babys auf ihrer Hüfte. »Sag, dass sie aufhören sollen.«

»Frauen«, murmelte er und mischte sich auf seine Weise ein, indem er sich über die beiden Streithähne beugte und sie auseinanderzerrte. Er schob Shane energisch beiseite und hockte sich dann mit gespreizten Beinen auf Devins Brust.

»Hört sofort auf.«

Blut spuckend, rappelte Shane sich auf und sah seinen Bruder mit wilden Augen an. »Misch du dich da nicht ein. Das ist eine Sache zwischen ihm und mir, kapiert?«

»Vielleicht will ich aber.« Rafe hatte Mühe, Devin niederzuhalten. Er legte ihm die flache Hand aufs Gesicht, und Devins Kopf krachte dumpf gegen den Zementboden. »Vielleicht hab ich ja auch Lust mitzuspielen«, fügte Rafe ein bisschen außer Atem hinzu. »Wie wär's?«

»Frag ihn.« Schon fast abgekühlt, streckte Shane seine Finger, deren Knöchel angeschwollen und abgeschürft waren. »Wollte einfach nur ein bisschen reden, da dreht der Mann plötzlich durch und prügelt wie ein Wilder auf mich ein.«

»Dazu hab ich meistens auch gute Lust, wenn ich mich mit dir unterhalte.« Rafe warf einen Blick auf Devin, dessen Augen langsam wieder klar wurden. »Worum ging's denn?«

»Na, worum schon? Um Frauen natürlich.«

Mit Devins Bewusstsein kehrte auch seine Wut zurück. Er versuchte Rafe, der noch immer auf seiner Brust hockte, zu überwältigen, doch Regans energische Stimme gebot ihm Einhalt.

»Es reicht jetzt, Devin, wirklich. Du solltest dich schämen.«

Rafe grinste. »Genau, Devin, geh in die Ecke und schäm dich.«

»Scher dich zum Teufel. Du prügelst dich doch auch dauernd.«

»Wirst du wohl ein braver Junge sein?« Lachend beugte sich Rafe zu seinem Bruder hinunter und küsste ihn spöttisch auf die Wange. Dann sprang er rasch auf, bevor Devin Gelegenheit hatte, ihn seine Rache spüren zu lassen.

»Das ist ja wirklich eine schöne Bescherung«, ließ sich Regan kopfschüttelnd von der Tür her vernehmen. »Raufen sich die Kerle wie zwölfjährige Schulbuben. Schaut euch doch bloß an, wie ihr ausseht – verdreckt, blutverschmiert und die Klamotten zerrissen.«

»Er hat angefangen.« Weise unterdrückte Shane das Lachen, das in ihm aufstieg, und setzte ein schuldbewusstes Gesicht auf. »Ehrlich, Regan, ich hab mich nur verteidigt.«

»Ist mir völlig egal, wer angefangen hat«, gab Regan hoheitsvoll zurück und bedachte ihren Schwager mit einem missbilligenden Blick. »Ich dachte, wir wären zum Essen eingeladen.«

»Oh ja, natürlich.« Fast hätte Shane es vergessen. »Bei uns ging's ein bisschen hoch her, weil eine Kuh gekalbt hat. Wir sind gerade erst fertig geworden.«

»Oh.« Regan schob den Vorhang aus honigbraunem Haar, der ihr über das eine Auge fiel, beiseite und trat in den Stall. »Und? Alles in Ordnung? Ist das Kälbchen gesund?«

»Kerngesund. Hallo, Nate.«

»Nein, lass das.« Als das Baby die Ärmchen nach seinem Onkel ausstreckte und begeistert krähte, wandte sich Regan mit dem Kind ab. »Du starrst ja vor Dreck. Wascht euch erst mal, ihr beiden.«

Devin musterte Shane mit zusammengekniffenen Augen, dann stieß er zischend die Luft aus. »Ich habe noch immer gute Lust, jemandem die Fresse zu polieren. Du bist gerade verfügbar, wie wär's? Du hast sowieso eine viel zu große Klappe.«

Shane deutete anklagend auf seine aufgeplatzte Unterlippe. »Hast du doch schon.«

»Hab ich das, ja?«

»Das heißt, ich hab was gut bei dir.«

»So, das war's für heute, Kinder. Gebt euch ein Küsschen und vertragt euch wieder.«

Als sowohl Shane als auch Devin hitzig herumfuhren und Rafe wütend anstarrten, knirschte Regan mit den Zähnen. »Hört sofort auf, ihr Kindsköpfe, verdammt noch mal. Wenn ihr jetzt Ruhe gebt, gehe ich in die Küche und mach was zu essen.«

»Gutes Angebot.« Shane nickte zustimmend.

»Aber niemand kommt rein, bis ich fertig ... Was ist das denn für ein Geräusch?«

»Was denn für ein Geräusch?« Devin öffnete seine zum Kampf bereiten Fäuste und legte den Kopf zur Seite, um zu lauschen. Das Gewimmer war kaum hörbar, da Nate ununterbrochen vor sich hin brabbelte. Er ging mit langen Schritten durch den Stall und warf einen Blick in eine der hinteren Boxen. »Heute scheint der Tag der Geburten zu sein. Ethel wirft eben.«

»Ethel.«

Shane raste wie der Blitz durch den Stall und wäre fast in die Box gefallen. »Oh, Ethel, warum hast du mir nicht früher Bescheid gesagt? Schaut nur, zwei Welpen hat sie schon!«

Nachdem alles gut überstanden war, die Geburten – Ethel hatte sechs gesunde Hündchen in die Welt gesetzt –, die Reinigungsarbeiten, das Kochen und das Feiern, fuhr Devin in die Stadt zurück. Er fühlte sich zu rastlos, um noch länger auf der Farm zu bleiben. Obwohl er ein langes Bad genommen hatte, war er noch immer nicht in der Lage, sich richtig zu entspannen.

Als er am Inn vorbeifuhr, drosselte er für einen Moment die Geschwindigkeit. Im ersten und zweiten Stock brannte noch Licht. Devin machte ein finsteres Gesicht, drückte das Gaspedal wieder durch und raste auf das Städtchen zu.

Bestimmt würde sie ihm nicht so leicht vergeben. Sein Verhalten war unentschuldbar. Er war roh und fordernd gewesen, wo sie doch nichts mehr brauchte als Verständnis und Zärtlichkeit.

Kein Wunder, dass sie ihn angeschaut hatte, als habe er den Verstand verloren, die Augen weit aufgerissen vor Schreck, die schön geschwungenen Lippen zitternd.

Irgendwie würde er es wiedergutmachen, irgendwann. Er war es schließlich gewohnt zu warten, oder etwa nicht? Schließlich wartete er schon fast sein halbes Leben.

Joe Dolin wartete ebenfalls. In seiner Zelle war es dunkel, aber er schlief nicht. Er plante. Er wusste, dass die meisten Leute der Ansicht waren, er sei nicht besonders schlau, doch er würde ihnen das Gegenteil beweisen. Bald schon. Sehr bald. Er hatte im Gefängnis gelernt, wie man das Spiel spielen musste.

Er war bereit, sein Bestes zu geben, mimte den Demütigen, den Zerknirschten, solange es ihm nur nützte.

Devin MacKade hatte geglaubt, ihn fertigmachen zu können, doch er hatte sich getäuscht. Oh ja, er, Joe, würde es ihm schon noch heimzahlen. Nicht mehr lange, und er würde ihm die Rechnung dafür präsentieren.

Aber zuerst war Cassie an der Reihe. Sie hatte ja nichts Besseres zu tun gewusst, als zu den MacKades zu rennen und dort ihre schmutzige Wäsche zu waschen. Dabei war es seine, Joes, Privatangelegenheit, in die kein Außenstehender seine Nase hineinzustecken hatte.

Ein Mann hatte schließlich das Recht, seine Frau zur Räson zu bringen, wenn sie nicht parierte, oder etwa nicht? Cassie jedenfalls war auf anderem Wege nicht beizukommen gewesen. Sie brauchte einfach ab und an eine Tracht Prügel.

Daran änderte auch dieser lächerliche Scheidungswisch nichts. Sie war seine Frau, sein Eigentum, und er würde sie in Kürze wieder daran erinnern.

Bis dass der Tod uns scheidet, dachte er und lächelte in die Dunkelheit.

# 4. Kapitel

Der Beginn der Parade am Memorial Day war für zwölf Uhr mittags angesetzt – was bedeutete, dass die Feierlichkeiten zwischen zwölf und Viertel nach zwölf mit den üblichen Reden und den Kranzniederlegungen vor dem Kriegerdenkmal auf dem Marktplatz beginnen würden.

Sein Amt als Sheriff erforderte es, dass Devin die ganze Zeit über anwesend war. Er war froh darüber, auf diese Weise konnte er sich wenigstens ablenken. Auch dass er zur Feier des Tages eine Uniform tragen musste, störte ihn nicht besonders, es gab sowieso nur ein paar Tage im Jahr, an denen er sich dazu gezwungen sah, sich in den khakifarbenen Anzug, die Krawatte und die blank polierten schwarzen Schuhe zu werfen.

Bereits um acht Uhr morgens war er geschniegelt und gebügelt auf der Straße. Doch er war nicht der Erste. Allerorten wimmelten schon festlich gestimmte Bürger, Gartenstühle und Kühlboxen unter den Arm geklemmt, herum, um sich die besten Plätze am Straßenrand zu sichern.

Die meisten Geschäfte hatten heute geschlossen, aber auf Ed war Verlass. Devin war sicher, dass er auch heute wie gewohnt sein Frühstück bei Edwina Crump bekommen würde.

Er schlenderte den Bürgersteig hinunter in der Gewissheit, noch eine gute Stunde Zeit zu haben, ehe er sich daranmachen musste, die Standgenehmigungen für die Stände mit Eiscreme, Luftballons und Hotdogs zu überprüfen.

Der Sommer hatte offensichtlich beschlossen, am Memorial Day seinen Einstand zu geben. Es war jetzt schon brütend heiß, und Devin zerrte unbehaglich an seinem Uniformkragen.

Wenn das so weiterging, würde sich wahrscheinlich zu Mittag der Straßenbelag aufgelöst haben. Devin hoffte, die kleinen Mädchen, die sich gerade daranmachten, auf Decken allen möglichen Krimskrams, den sie verkaufen wollten, auszubreiten, waren seelisch darauf vorbereitet.

Obwohl Feiertag war, herrschte bei Ed's Hochbetrieb. Als er das Café betrat, stieg ihm der Duft von gebratenem Speck und Kaffee in die Nase. Was ihn daran erinnerte, dass er schon seit Tagen nichts Anständiges mehr gegessen hatte. Das musste er unbedingt so schnell wie möglich ändern.

Nachdem er den anwesenden Gästen freundlich zugenickt hatte, ging er zum Tresen und ließ sich auf einem Barhocker nieder.

»Hallo, Sheriff.« Ed winkte ihm von der Küchentür aus zu. Wie üblich baumelte ihre Brille an einer Goldkette über ihrer flachen Brust. Sie trug eine fettbespritzte Schürze, darunter jedoch hatte sie sich bereits für die Feierlichkeiten herausgeputzt mit einem weit ausgeschnittenen, eng anliegenden, ärmellosen Top, das so feuerrot war wie ihr Haar, und Shorts, die so knapp saßen, dass die Anstandsgrenze fast überschritten war.

Auf ihren Augendeckeln klebte zentnerdick leuchtend blauer Lidschatten, der fast bis zu den fein säuberlich gezupften, schmalen Brauen hinaufreichte, und ihr Mund war so rot wie ein Feuermelder. An ihren Ohrläppchen baumelten Ohrringe, die so lang waren, dass sie fast die Schultern streiften.

Devin grinste ihr zu. Nur Edwina Crump konnte es sich erlauben, sich in einem derartigen Aufzug unter die Leute zu wagen.

»Rühreier mit Speck, Ed. Und komm gleich mit dem Kaffee rüber.«

»Alles, was du willst, Süßer.« Obwohl sie alt genug war, seine Mutter sein zu können, flirtete sie schamlos mit ihm. »Du siehst ja traumhaft aus in deiner Uniform. Zum Dahinschmelzen.«

»Na, ich komme mir eher vor wie ein Pfadfinder«, brummte er.

»Oh, du wirst es nicht glauben, aber einer meiner ersten Verehrer war tatsächlich ein Pfadfinder.« Mit zusammengezogenen Augenbrauen musterte sie versonnen ihre Doughnut-Vorräte und legte anschließend ein Gebäckstück auf einen Teller, den sie Devin hinschob. »Und er war auch wirklich allzeit bereit.« Mit einem vielsagenden Augenzwinkern schenkte sie ihm Kaffee ein, ehe sie sich abwandte und wieder in die Küche ging.

Devin legte sein Notizbuch vor sich auf die Theke, überlegte und machte sich ein paar Notizen. Eine halbe Stunde später wischte er sich zufrieden mit der Serviette den Mund ab. Eds Eier mit Speck waren unübertrefflich.

»Hallo, Sheriff. Wieder mal jemand hinter Gitter gebracht in letzter Zeit?«

Er schwang auf dem Stuhl herum und schaute in das erstaunte, nicht allzu freundliche Gesicht seiner Schwägerin. Wenn Savannah einen Raum betrat, setzte der Herzschlag eines jeden Mannes mindestens einmal aus. Liegt wahrscheinlich an den atemberaubenden Kurven, dachte Devin. Und an dem dicken schwarzen Haar, das ihr lang und glänzend über die Schultern herabfiel. Von den dunklen, mandelförmigen Augen und der Haut, die wirkte, als sei sie mit feinem Goldstaub überzogen, ganz zu schweigen.

»In der letzten Zeit, ehrlich gesagt, nicht.« Devin grinste dem Jungen an ihrer Seite – seinem Neffen Bryan – zu, egal ob das Savannah nun gefiel oder nicht.

Bryan war groß für sein Alter und ebenso dunkelhaarig und hübsch wie seine Mutter. Heute trug er sein Baseballtrikot sowie die dazugehörige Kappe. »Marschierst du in der Parade mit?«

»Nicht marschieren. Ich und Connor und noch ein paar andere dürfen in einem offenen Wagen mitfahren. Cool, nicht?«

Devin nickte und wandte sich dann wieder Savannah zu. »Ihr seid aber früh auf den Beinen.«

»Wir haben noch ein paar Dinge zu erledigen«, gab Savannah zurück. »Und Connor müssen wir auch noch abholen. Bryan will nur rasch was frühstücken, dann müssen wir los.«

»He, Ed, hier draußen sitzt ein Verhungernder.«

»Ich komme schon.« Die Tür zur Küche schwang auf, und Ed kam heraus. Als ihr Blick auf Bryan fiel, begann sie zu strahlen. »Oh, hallo Champ.« Edwina Crump, die die Antietam Cannons sponserte, platzte fast vor Stolz. »Das war vielleicht ein Spiel am Samstag.« Sie begrüßte Savannah freundlich, bevor sie Bryan in eine eingehende Diskussion über Baseball verwickelte.

Devin rutschte von seinem Barhocker herunter, ging zu dem Kinderwagen und nahm seine Nichte heraus. Dann ließ er sich, mit Layla auf dem Schoß, wieder auf seinem Platz nieder.

Unter dem mit Rüschen besetzten Sonnenhut kringelten sich Laylas dunkle weiche Locken. Ihr Mund – der Mund ihrer Mutter – blieb ernst, während sie ihren Onkel mit großen Augen, die bei der Geburt noch blau gewesen waren und nun langsam das typische MacKade-Grün anzunehmen begannen, interessiert betrachtete.

»Hallo, du Schöne.« Er beugte sich vor, um ihr einen Kuss zu geben, und sah erfreut, dass sich ihr Mündchen freundlich verzog. »He, sie lacht mich sogar an.«

»Unsinn.«

Devin schaute auf und begegnete Savannahs kühlem Blick. »Aber ja. Sie hat mich angelächelt. Sie liebt mich. Stimmt's, Layla? Sag es mir, Darling.« Er streichelte mit dem Finger ihre kleine Hand, bis sie danach griff. »Sie hat schon die MacKade-Augen.«

»Sie verändern sich immer noch«, behauptete Savannah streitbar, aber Devin war nicht entgangen, dass sie langsam auftaute. Trotz des Sheriffsterns und der Tatsache, dass sie Devin nach Möglichkeit aus dem Weg zu gehen versuchte, wurde sie doch von Mal zu Mal umgänglicher, wenn sie sich begegneten. »Bestimmt werden sie noch braun.«

»Niemals. Es sind MacKade-Augen, und wenn du dich auf den Kopf stellst.« Wieder schaute er auf, diesmal lächelnd. »Es wird dir nichts anderes übrig bleiben, als dich damit abzufinden. Und mit uns allen.«

»Offensichtlich.«

Sein Grinsen wurde breiter. Er war überzeugt davon, dass sie ihn mochte, auch wenn sie sich noch so kühl gab. »Willst du einen Doughnut?«

»Vielleicht.« Sie gab auf und kletterte ebenfalls auf einen Barhocker. Sie deutete auf Layla. »Du musst sie nicht auf dem Arm halten.«

»Ich will aber. Wo treibt sich Jared rum?«

»Er hat noch etwas zu erledigen. Wir treffen uns um halb zehn im Inn.«

»Aha«, gab Devin vage zurück.

Savannah beugte sich über den Kinderwagen, um ein Tuch

herauszuholen, das sie Devin über die Schulter legte. »Ich habe sie vor dem Weggehen gestillt. Nicht dass sie dir noch deine schmucke Uniform vollspuckt.«

»Dann hätte ich wenigstens einen Grund, sie auszuziehen. Holst du nur Connor ab?«, erkundigte er sich so beiläufig wie möglich.

»Hm-hm ...« Mit Kennerblick suchte sich Savannah einen Doughnut aus und biss hinein. »Rafe und Regan schauen nachher vorbei, um Cassie und Emma mitzunehmen, und Shane fährt mit Jared, damit wir nicht mit so vielen Autos kommen müssen. Die Stadt platzt sowieso aus allen Nähten. Heute ist wirklich viel los, alle sind gekommen.« Sie warf Bryan einen Blick zu. Ihr Sohn hatte die beiden Doughnuts, die Ed ihm auf einen Teller gelegt hatte, schon fast verputzt. »Suchst du eine Mitfahrgelegenheit?«

»Nein. Ich nehme den Dienstwagen, um zumindest so zu tun, als würde ich arbeiten.«

»Wo warst du denn am Samstag? Ich hab dich beim Spiel vermisst.«

»Ich hab nur mal kurz reingeschaut.« Da er Cassie auf der Tribüne entdeckt hatte, war er gleich wieder gegangen, weil er sie nicht in Verlegenheit bringen wollte. »Ich habe dir doch nicht etwa gefehlt?«

»Das kann ich nicht gerade behaupten.« Doch da war irgendetwas in seinen Augen, das ihr das spöttische Grinsen aus dem Gesicht wischte. »Stimmt irgendwas nicht, Devin?«

»Nein, nein. Alles in Ordnung.«

»Jared hat mir von Joe Dolin erzählt. Das beunruhigt dich, habe ich recht?«

»Das ist gelinde ausgedrückt. Ich passe auf ihn auf wie ein Schießhund«, brummte er.

»Darauf möchte ich wetten«, gab Savannah zurück und streichelte über den Hinterkopf ihrer Tochter, dann ließ sie ihre Hand in einer Geste der Zärtlichkeit, die beide erstaunte, einen Moment auf Devins Schulter ruhen.

»Steige ich vielleicht doch langsam in deiner Achtung, Savannah?«

Sie nahm ihre Hand weg, als hätte sie an eine heiße Herdplatte gefasst, aber ihre Mundwinkel hoben sich leicht. »Wie du schon gesagt hast, mir bleibt nichts anderes übrig, als mich mit euch abzufinden. Und jetzt gib mir mein Kind.«

Devin legte Layla in die Arme ihrer Mutter und gab Savannah einen überraschenden Kuss auf die Wange. »Bis später dann, Schwägerin. Bryan, wir sehen uns«, fügte er hinzu, während er von seinem Hocker herunterrutschte.

Bryan mümmelte vor sich hin, nickte und murmelte irgendetwas Unverständliches in sich hinein.

»Verfluchte MacKade-Bande«, brummte Savannah, um ihren Mund jedoch lag ein Lächeln, als sie Devin nachsah.

Gegen Mittag war das Chaos perfekt. Menschenmassen bevölkerten die Bürgersteige und säumten die Straßen, und fröhliches Gelächter erfüllte die Luft.

Verschiedene Straßen waren für den Autoverkehr gesperrt, um den Weg für den Festzug freizuhalten. Devin stellte sich vorsorglich höchstpersönlich auf die Kreuzung der Hauptstraße. Das Funkgerät, das er an seinem Gürtel befestigt hatte, quäkte ununterbrochen, weil seine beiden Deputys, die an den entgegengesetzten Punkten der Route Posten bezogen hatten, immer wieder Fragen hatten.

Auf der Straßenseite gegenüber, an der Ecke hinter der Tankstelle, verkaufte ein Clown bunte Luftballons. Einen halben

Häuserblock weiter unten machten der Eismann und der Stand mit dem Popcorn blühende Geschäfte.

Aus der Ferne wehten die ersten Klänge von Marschmusik zu ihm herüber. Durch das blecherne Scheppern und das harte Klack-Klack der Stiefel fühlte er sich plötzlich wieder in seine Kindheit zurückversetzt.

»Officer! Officer!«

Abrupt aus seinen Träumen gerissen, wandte sich Devin um. Vor der Absperrung war ein funkelnagelneuer Sedan zum Stehen gekommen, in dem ein verärgertes Paar mittleren Alters saß. Die Frau fuchtelte wild mit den Armen herum.

»Ja, Ma'am?« Er marschierte zu dem Sedan hinüber und beugte sich zu dem offenen Fenster hinunter, wobei er sein verbindlichstes Lächeln aufsetzte. »Was kann ich für Sie tun?«

»Wir müssen hier durch«, schaltete sich der Fahrer verärgert ein.

»Ich hab dir gleich gesagt, dass du nicht vom Highway runterfahren sollst, George. Nie hältst du dich an die vorgeschriebene Route.«

»Halt den Mund, Marsha.« Nachdem der Mann die Frau mit einer unwirschen Handbewegung zum Schweigen gebracht hatte, wandte er sich wieder Devin zu. »Wir müssen hier durch«, wiederholte er mit finsterem Gesicht.

»Tja, nun...« Devin fuhr sich mit der Hand übers Kinn. »Das Problem ist nur, dass hier gerade eine Parade anfängt.« Wie auf ein Stichwort hin begann die Kapelle einen Tusch zu spielen, dann setzten ohrenbetäubend die Trompeten ein, denen ein nicht minder ohrenbetäubender Trommelwirbel folgte. Devin musste seine Stimme heben, um gegen das Getöse anzukommen. »Wir können die Straße erst in einer Stunde wieder freigeben«, schrie er.

Diese Auskunft entfachte einen hitzigen Streit zwischen dem Paar und zog Beschimpfungen und Anklagen nach sich. Devin behielt unerschütterlich sein verbindliches Lächeln bei.

»Wohin müssen Sie denn? Vielleicht kann ich Ihnen helfen?«

»D. C.«

»Nun, das Einzige, was Sie tun können, wenn Sie in Eile sind, ist umzudrehen und auf dieser Straße etwa fünf Meilen weiterzufahren, bis Sie auf die Route 70 kommen. Die fahren Sie in Richtung Osten, bis Sie auf die 495 stoßen. Das dauert so etwa eine Stunde.«

»Ich habe dir gleich gesagt, dass du nicht vom Highway abfahren sollst«, keifte Marsha.

»Woher soll ich denn wissen, dass hier in diesem Kuhkaff die Straßen gesperrt sind? Bin ich vielleicht Hellseher?«, gab George beleidigt zurück.

»Wenn Sie es jedoch nicht ganz so eilig haben«, versuchte Devin mit unerschütterlicher Ruhe die Wogen zu glätten, »könnten Sie Ihren Wagen auf dem Parkplatz abstellen. Es kostet nichts, und die Parade wird Ihnen sicher Spaß machen.« Er blickte auf, als eine Majorette ihren Taktstock durch die Luft wirbelte und wieder auffing, begleitet vom begeisterten Applaus der Menge. »Und danach fahren Sie dann ganz gemächlich nach D. C.«

»Ich habe keine Zeit für irgendeine idiotische Parade.« George plusterte empört die Backen auf, sodass er aussah wie ein Hamster, und schaltete wütend in den Rückwärtsgang. Devin gelang es gerade noch, rechtzeitig zur Seite zu springen.

»Unverschämtheit«, brummte er. Als er sich umdrehte, trat er Cassie dabei fast auf den Fuß. Er griff instinktiv nach ihr, ließ sie jedoch gleich wieder los, als hätte er sich an ihr verbrannt. »Entschuldige. Ich hab dich nicht gesehen.«

»Ich dachte mir, es sei besser zu warten, bis du deine diplomatischen Anstrengungen beendet hast.«

»Ja. George und Marsha wissen gar nicht, was sie sich entgehen lassen.«

Lächelnd sah Cassie den Tambourinmädchen zu, aber im Grunde genommen hatte sie nur Augen für Devin. Wie gut er in der Uniform aussah! So kompetent und männlich. »Stimmt. Aber sag, ist dir nicht schrecklich heiß? Soll ich dir was zu trinken holen? Oder kann ich dir sonst etwas anbieten?«

»Nein, danke ... geht schon. Äh ...« In seiner Zunge war plötzlich ein Knoten. Er überlegte, wann er sie das letzte Mal in Shorts gesehen hatte. Es musste eine Ewigkeit her sein. Und die ganzen Jahre über hatte er es tunlichst vermieden, sich ihre Beine vorzustellen. »Wo ist Emma?«

»Sie schließt gerade mit der kleinen Lucy McCutcheon Freundschaft. Die beiden sind in Lucys Garten.« Es fiel ihr leichter, mit ihm zu sprechen, wenn sie es vermied, ihn anzusehen. Deshalb konzentrierte sich Cassie auf die Dinge, die um sie herum vor sich gingen. »Bist du böse mit mir, Devin?«

»Nein, natürlich nicht. Warum sollte ich?« Er starrte die Prinzessin, die jetzt in einem Wagen mit zurückgeschlagenem Verdeck langsam vorbeirollte, so durchdringend an, dass die ihm ein strahlendes, hoffnungsvolles Lächeln schenkte und ihm zuwinkte. Doch er hatte nur Augen für Cassie.

»Jetzt hast du Julie ganz durcheinandergebracht«, murmelte Cassie.

»Julie? Wer ist Julie?«

Ihr kurzes Auflachen überraschte sie beide. Dann starrten sie sich wieder an. »Bist du sicher, dass du mir nicht böse bist?«

»Nein. Ja. Ja, ich bin sicher.« Um seine Hände in Sicherheit zu bringen, rammte er sie in die Taschen seiner Uniformjacke.

»Dir bin ich nicht böse, sondern mir. Wie ich schon sagte, ich war an diesem Tag irgendwie völlig daneben.«

»Ist mir gar nicht aufgefallen.«

Das Getöse, das die nächste vorbeiziehende Kapelle veranstaltete, hallte in seinen Ohren nach. Er war sich sicher, dass er sich verhört hatte. »Wie bitte?«

»Ich habe gesagt, dass …« Sie unterbrach sich, als sein Walkie-Talkie zu quäken anfing.

»Sheriff. Sheriff. Hier ist Donnie. Wir haben im Quadrant C ein kleines Problem und brauchen Sie. Hören Sie mich, Sheriff?«

»Quadrant C, du lieber Himmel«, brummte Devin. »Sieht wirklich zu viele Krimiserien, der Junge.«

»Ich lass dich jetzt wohl besser allein«, sagte Cassie rasch, als Devin sein Funkgerät auf Senden stellte. »Du hast zu tun.«

»Wenn du …« Er fluchte, weil sie sich ohne ein weiteres Wort umdrehte und in der Menge verschwand. »MacKade«, bellte er in sein Walkie-Talkie.

Das kleine Problem stellte sich als eine harmlose Rempelei zwischen einigen Schülern zweier rivalisierender Highschools heraus. Devin machte der Sache im Handumdrehen ein Ende und schnauzte Donnie an, weil er nicht allein damit fertig geworden war.

Als der letzte Stiefeltritt verklungen, die letzte Fahne in der Ferne verschwunden und der letzte Luftballon gen Himmel aufgestiegen war, beeilte er sich, zum Park zu kommen, um den Ansturm der Massen in geordnete Bahnen zu leiten, die sich jetzt mit Sack und Pack auf den Weg machten, um die festliche Stimmung mit einem Picknick zu krönen. Unterwegs gab er der Reinigungsmannschaft den Befehl zum Einsatz und half ein paar weinenden Kindern, ihre Mütter im Gewühl wiederzufinden.

Nachdem er den Pflichtteil des Tages schließlich beendet hatte, fuhr er in sein Büro und stellte sich in Vorbereitung auf die Kür unter die eiskalte Dusche, anschließend versenkte er erleichtert seine Uniform bis zum nächsten offiziellen Ereignis in den Tiefen seines Kleiderschranks. Als er schließlich im Park ankam, war das fröhliche Treiben schon in vollem Gange.

Devin entdeckte Shane, der mit Frannie Spader, der üppigen Rothaarigen, die sein Bruder ihm vor ein paar Tagen so großzügig ans Herz gelegt hatte, schmuste.

Rafe und Jared spielten Cricket, und Regan und Savannah saßen mit ihren Babys auf einer Decke unter einer alten Eiche im Schatten und plauderten.

Hunde jagten sich, und Kinder tollten durch die Gegend, und dort war auch Cy, der Bürgermeister, der einen höchst lächerlichen Anblick bot in seinen schreiend bunten, groß gemusterten Bermudashorts, die entschieden zu viel von seinen haarigen Beinen enthüllten.

Mrs. Metz kaute voller Hingabe an einem Hühnerbein, feuerte mit vollem Mund ihre in einen Wettkampf verwickelten Enkel an und tratschte mit Miss Sarah Jane.

Heiliger Himmel, dachte Devin, ich mag sie, wie sie da sind, mit ihren Schrullen und Fehlern. Ich mag sie wirklich alle.

Die Hände in den Gesäßtaschen seiner verwaschenen Jeans, schlenderte er gemächlich über den Rasen, blieb hier und da stehen, um ein paar Worte zu wechseln, sich eine Beschwerde anzuhören oder den neuesten Tratsch erzählen zu lassen.

Gerade als er mit dem alten Mr. Wineberger über die verschiedenen Techniken des Beschlagens von Pferdehufen diskutierte, kam Emma mit ausgebreiteten Armen über den Rasen auf ihn zugerannt. Er hob sie hoch, wirbelte sie ein paarmal herum und behielt sie auf dem Arm, während Mr. Wineberger kurzatmig eine wagemutige Theorie aufstellte. Doch jetzt war Devin nicht mehr bei der Sache. Rasch eiste er sich von Mr. Wineberger los und wandte sich dem Kind zu.

Klein-Emma duftete nach Sonnenschein und fühlte sich zart und zerbrechlich an wie ein Porzellanpüppchen. Aber sie war mittlerweile schon fast sieben, und bald schon würde sie zu schwer sein, um auf den Arm genommen zu werden. Devin seufzte und drückte sie kurz an sich.

»Warum bist du denn traurig?«, fragte sie und sah ihn mit großen Augen an.

»Ich bin nicht traurig«, gab er zurück. »Ich hab nur daran gedacht, dass du mir bald über den Kopf wachsen wirst. Was hältst du von einem Eis?«

»Au ja. Eine rosa Kugel, bitte.«

»Okay, eine rosa Kugel also«, stimmte er lachend zu, setzte sie ab und marschierte Hand in Hand mit ihr zum Eisstand, wo er zwei Kugeln kaufte. Dann setzte er sich mit ihr ins Gras und schaute den Baseballspielern zu.

»Los, raff dich schon auf, Dev!«, schrie Rafe, der seinen Bruder entdeckt hatte. »Spiel mit!«

»Ich rühre mich nicht von der Stelle. Schließlich hab ich nicht jeden Tag so ein hübsches Mädchen an meiner Seite.«

»Mama sagt auch, dass ich hübsch bin.«

Er lächelte Emma zu und fuhr ihr liebevoll durchs Haar. »Das bist du wirklich.«

»Mama aber auch.«

»Und wie.«

Emma kuschelte sich an ihn, sie wusste, dass er dann den Arm um sie legen würde, genau so, wie sie es gern hatte. »Sie weint fast gar nicht mehr.« Hingebungsvoll leckte sie an ihrem Eis, ohne zu bemerken, wie Devins Körper sich anspannte. »Früher hat sie ständig geweint, die ganze Nacht. Aber jetzt nicht mehr.«

»Das ist schön«, gab er einsilbig zurück.

»Und bald bekommen wir von Ed ein kleines Kätzchen, und wir wohnen in einem ganz neuen Haus, wo niemand rumschreit und Geschirr zerdeppert oder Mama haut. Connor spielt jetzt Baseball und schreibt Geschichten, und ich darf Lucy mit nach Hause bringen und in meinem Zimmer mit ihr spielen. Ich hab ganz tolle Vorhänge gekriegt, mit kleinen Hündchen drauf, und neue Schuhe, da, schau mal.« Stolz streckte Emma die Beine aus und zeigte Devin ihre pinkfarbenen Sneakers.

»Sie sind wirklich schön.«

»Und das ist alles nur deswegen, weil du den bösen Mann weggejagt hast. Connor hat gesagt, dass du ihn eingesperrt hast, damit er Mama nicht mehr hauen kann.« Sie schaute ihn treuherzig an, das Mündchen verklebt mit Erdbeereis, die Augen groß und klar. »Ich hab dich lieb.«

»Oh, Emma, Süße ...« Statt seinen Satz zu vollenden, wühlte er sein Gesicht kurz in ihre seidenweichen Locken. »Ich hab dich auch lieb. Du bist mein liebes kleines Mädchen.«

»Ich weiß.« Sie spitzte ihre roten Lippen und schmatzte ihm einen klebrigen Kuss auf die Wange. »Ich muss jetzt wieder zu Lucy. Sie ist nämlich meine beste Freundin, musst du wissen.« Damit sprang sie auf. »Und danke für das Eis.« Sie lächelte das Lächeln ihrer Mutter, winkte ihm noch einmal kurz zu und stürmte dann davon.

Devin sah ihr hinterher und fuhr sich mit der Hand übers Gesicht.

Rafe forderte ihn ein zweites Mal zum Mitspielen auf, und diesmal ließ sich Devin, froh über die Ablenkung, nicht umsonst bitten.

Savannah beobachtete von ihrem Platz aus den wie aus dem Ei gepellten Rechtsanwalt Jared MacKade, der in ein eingehendes Gespräch mit dem Bürgermeister vertieft war, während seine Brüder übermütig wie junge Fohlen herumtobten und jeden anschrien, der ihnen bei ihrem Spiel in die Quere kam.

»Ich liebe Picknicks«, bemerkte Savannah.

»Hmm ... Ich auch.« Regan streckte sich. »Sie sind so entspannend.« Sie lächelte Cassie an, die sich mittlerweile ebenfalls zu ihnen gesellt hatte. »Bleib ganz ruhig«, sagte sie, weil Cassie aufgrund der Schreierei, die sich die drei Brüder lieferten, zusammengezuckt war und nun wie schützend die Arme um sich legte. »Sie meinen es nicht so.«

»Ich weiß.« Cassie nahm sich vor, in Zukunft nicht so überempfindlich zu sein. Die MacKades waren eben ein rauer Haufen. Dennoch legte sie ihre Arme noch fester um sich, als sie jetzt sah, dass Bryan und Connor angesaust kamen und sich mit Feuereifer ebenfalls in die Schlacht warfen.

»Bleib ganz ruhig«, wiederholte Regan.

»Ja. Natürlich.«

Es war doch nur gut, dass Connor ganz im Gegensatz zu früher jetzt so aus sich herausging, schrie und herumtobte wie alle anderen Jungen in seinem Alter auch, oder etwa nicht? Er war viel zu lange viel zu still gewesen. Zu verängstigt, dachte sie schuldbewusst. Doch nun wurde er von Tag zu Tag lebhafter, und sie durfte ihn durch ihre Ängstlichkeit keinesfalls bremsen. Jetzt sagte Devin irgendetwas zu ihm, was ihn ganz besonders zu freuen schien, denn er starrte ihn einen Moment überrascht an und strahlte dann übers ganze Gesicht.

»Er ist wirklich schrecklich lieb zu den Kindern«, murmelte Cassie. »Devin, meine ich«, fügte sie einen Moment später erklärend hinzu.

»Immer, wenn er bei uns vorbeikommt, hat er Nate schon auf dem Arm, noch bevor er die Tür hinter sich zugemacht hat.« Regan blickte lächelnd zu ihrem Sohn, der mit Feuereifer an einem leuchtend roten Kauring kaute. »Er blutet.«

Alarmiert flogen Cassies Blicke zu Nate. »Wo denn?«

»Nein, nicht Nate. Devin, er blutet am Mund. Hat jemand ein Taschentuch?«

»Ich.« Cassie kramte in ihrer Tasche und sprang auf.

Als sie zu Devin hinüberrannte, grinste Regan. »Sie hat noch nichts gemerkt, oder was meinst du?«

»Nein, sie ist vollkommen ahnungslos.« Savannah lehnte sich bequem mit dem Rücken gegen den dicken Stamm der Eiche. Layla machte gerade ein Nickerchen, was Savannah für eine ausgezeichnete Idee hielt. Sie beschloss, es ihrer Tochter gleichzutun. »Wenn er will, dass sie was merkt, wird er sich schon ein bisschen mehr anstrengen müssen.«

»Er ist der einzige MacKade, der die Dinge immer ganz langsam angeht.«

Savannah hob die Brauen, bevor sie die Augen schloss. »Ich möchte wetten, dass er sich schon noch schnell genug bewegt, wenn die Zeit dafür reif ist. Cassie wird keine Chance haben.«

»Falsch«, gab Regan weich zurück. »Sie wird die Chance ihres Lebens haben.«

»Devin! Wart einen Moment!«, rief Cassie außer Atem.

Er schaute sich um, sah sie auf sich zukommen und tat das, was er sich schon seit langen Jahren antrainiert hatte, wenn sie in seine Nähe kam. Er steckte die Hände in die Hosentaschen. »Was ist denn?«

»Dein Mund«, keuchte sie, als sie bei ihm angelangt war. »Himmel, du musst einen Ball direkt ins Gesicht bekommen haben.«

»Mein Mund?«

»Er blutet.« Behutsam tupfte sie ihm das Blut aus den Mundwinkeln. »Ich hab gerade noch gesehen, wie du dich auf Shane gestürzt hast, um ihm den Ball abzunehmen, dann musste ich die Augen zumachen, weil es so gefährlich aussah.«

»Es ist Baseball«, erinnerte er sie mit feierlichem Ernst, wobei er an sich halten musste, um nicht vor Wonne laut aufzustöhnen, als sie ihm mit dem Finger über seine geschwollene Unterlippe fuhr.

»Ja, ich weiß.« Sie lächelte. »Connor ist auch ganz verrückt danach. Es war lieb von dir, dass du ihn hast mitspielen lassen.«

Devins Herzschlag beschleunigte sich dramatisch. Wenn sie jetzt nicht sofort aufhörte, an ihm rumzufummeln, konnte er für nichts mehr garantieren. »Es geht schon«, brachte er mühsam heraus.

Es war sein Tonfall, die nur mühsam gezügelte Ungeduld, die sie aufhorchen ließ. »Du bist eben doch noch böse auf mich.«

»Ich bin nicht böse auf dich. Wie oft soll ich dir das eigentlich noch sagen, verdammt noch mal? Ich bin nicht böse.« Heftiger als beabsichtigt riss er ihr das blutverschmierte Taschentuch aus der Hand und hielt es ihr unter die Nase. »Da, schau her! Was ist das?«

»Blut. Lauter Blut. Ich habe dir doch gesagt, dass dein Mund …«

»Ganz genau, Blut«, unterbrach er sie grimmig. »Das ist das, was durch meine Adern fließt – Blut, kein Eiswasser. Und wenn du noch länger an mir herumfummelst, mit den Händen an meinem Gesicht und deinem Finger auf meinen Lippen, dann …« Zähneknirschend brach er ab. »Ich bin nicht böse auf dich«, fuhr er einen Moment später ruhiger fort. »Ach, was soll's! Ich brauche Bewegung!«

Cassie kaute nachdenklich auf ihrer Unterlippe herum, während sie ihm hinterherschaute, bis er in dem kleinen Wäldchen zu ihrer Rechten verschwunden war. Die Vorstellung, dass sie seine Freundschaft verlieren könnte, verlieh ihr den Mut, den sie benötigte, um ihm zu folgen.

Als er Schritte hinter sich hörte, drehte er sich um. In seinen Augen loderte ein Zorn, der sie wie ein Pfeil mitten ins Herz traf.

»Entschuldige«, sagte sie außer Atem, nachdem sie mit ihm auf gleicher Höhe war. »Bitte entschuldige, Devin.«

»Hör endlich auf, dich bei mir zu entschuldigen, Cassie. Es gibt wirklich keinen Grund dafür.« Wo zum Teufel sind plötzlich all die Leute? fragte er sich. Warum war hier in diesem verdammten Wäldchen keine Menschenseele? Er konnte es nicht riskieren, mit ihr allein zu sein, solange er sich derart schlecht unter Kontrolle hatte wie im Moment. »Geh zurück, Cassie. Los, mach schon.«

Sie machte Anstalten, sich umzudrehen. Es war ihr bereits zur zweiten Natur geworden, das zu tun, was man ihr befahl. Doch plötzlich verspürte sie ein Widerstreben. In halber Bewegung hielt sie inne und wandte sich ihm wieder zu. Nein, diesmal würde sie das tun, was sie für richtig hielt. Es war einfach zu wichtig.

»Wenn du nicht böse bist auf mich, so bist du doch zumindest über irgendwas ungehalten. Und ich will nicht der Grund dafür sein.«

Es fiel ihr schwer, ja, es ängstigte sie, einen Schritt auf ihn zuzumachen, da der Zorn in seinen Augen noch immer nicht erloschen war. Sie wusste, dass er ihr nicht wehtun würde, natürlich wusste sie das. Aber konnte sie sich dessen wirklich ganz sicher sein? Nur weil es Devin war – Devin, den sie mochte und den sie als Freund nicht verlieren wollte –, war sie bereit, das Risiko einzugehen?

»Es ist bestimmt deswegen, weil ich dich geküsst habe«, platzte sie nun heraus. »Es hatte nichts zu bedeuten, weißt du. Ich habe mir gar nichts dabei gedacht.«

Sein Zorn verrauchte, und seine Augen wurden ausdruckslos, vollkommen ausdruckslos. »Ich weiß.«

»Du hast mich zurückgeküsst.« Ihr Herz klopfte jetzt so wild, dass sie kaum hörte, was sie sagte. »Du hast gesagt, dass du auf dich selbst böse bist, weil du das getan hast, aber ich will das nicht. Es hat mir nichts ausgemacht.«

»Es hat dir nichts ausgemacht«, wiederholte er langsam, und es war, als würde er den Worten nachlauschen. »Okay. Lass es uns ganz einfach vergessen. Und jetzt geh zurück.«

»Warum hast du mich auf diese Weise geküsst?« Ihr Mut verließ sie, und der Satz versiegte in einem kaum mehr verständlichen Flüstern.

»Wie ich dir schon gesagt habe, ich war an dem Tag einfach völlig daneben.« Wenn sie nicht sofort aufhörte, ihn mit diesen großen, sanften Augen anzustarren, würde er sich am Ende doch noch vergessen. »Verdammt noch mal, was willst du eigentlich von mir? Ich habe mich entschuldigt, oder etwa nicht? Und ich habe gesagt, dass es nicht wieder vorkommen wird. Ich versuche, mich von dir so gut wie möglich fernzuhalten, und es bringt mich langsam, aber sicher um. Ich habe zwölf Jahre lang darauf gewartet, dich endlich einmal küssen zu dürfen, und als es dann so weit war, hätte ich dich am liebsten bei lebendigem

Leibe verschlungen. Ich wollte dich nicht ängstigen und dir auch nicht wehtun.«

Sie hatte kaum verstanden, was er gesagt hatte, sie merkte nur, dass ihre Knie nachzugeben drohten, jedoch nicht aus Angst. Angst kannte sie gut genug, um sie erkennen zu können. Doch was es dann war, das sie plötzlich eisern im Griff hielt, blieb ihr verborgen.

»Du hast mir nicht wehgetan.« Sie musste schlucken. »Es hat mir nichts ausgemacht. Und es macht mir noch immer nichts aus.«

»Ich will dich aber wieder küssen.«

»Es macht mir nichts aus«, wiederholte sie, weil es die einzigen Worte waren, die ihr noch einfielen. Ihr Kopf war leer.

Sie bewegte sich nicht, als er auf sie zukam. Sollte sie ihn berühren? Wie sollte sie sich verhalten? Sie hätte gern seine Arme berührt, doch sie wagte es nicht. Sie waren so muskulös, bestimmt wohnten ihnen Bärenkräfte inne.

Einen Moment später jedoch brauchte sie keine Angst mehr zu haben und auch nicht mehr zu denken oder versuchen zu raten. Er umrahmte zart ihr Gesicht mit den Händen und legte seine Lippen auf ihre, sanft, so sanft und zärtlich, wie sie es sich nie hätte träumen lassen.

Ihr Herz begann zu flattern wie ein kleiner Vogel, der seine Käfigtür unerwarteterweise offen findet. Als er sie nun zärtlich enger an sich zog, nur ein klein wenig enger, wäre sie plötzlich am liebsten mit ihm verschmolzen. Ihre Lippen öffneten sich zu einem Seufzer stiller Verwunderung.

Das war es, was er schon immer hatte tun wollen, wonach er sich seit zwölf Jahren sehnte. Ihr zu zeigen, dass ein Mann auch liebevoll und zärtlich sein konnte. Dass nicht jeder Mann war wie Joe Dolin.

Ja, das ist es, dachte er verschwommen, während er seinen Kuss ganz langsam vertiefte, bis sie erneut leise aufseufzte.

Nun, da sie in seinen Armen lag, erschienen ihm plötzlich all die Jahre, die er auf sie gewartet hatte, nur noch wie Minuten.

Der Trubel und das fröhliche Geschrei auf der Wiese hinter ihr waren nicht mehr als Fliegengesumm in ihren Ohren. Sie ließ nicht los, und der Kuss dauerte an, trug sie leicht wie auf Engelsschwingen weit fort in eine Welt, in der keine Zeit existierte.

Er beendete den Kuss erst, als ihre Finger von seinem Handgelenk langsam abrutschten.

Als er den Kopf hob und seine Hände von ihrem Gesicht nahm, waren ihre Augen noch immer geschlossen.

»Cassie.«

Sie öffnete die Augen und schaute ihn an, ihr Blick war verhangen wie der einer Schlafwandlerin. »Ich weiß nicht, was ich sagen soll.« Nein, das stimmte ja gar nicht. Sie wusste es ganz genau. »Möchtest du mich noch einmal küssen?«

Nur weil er durch die harte Schule einer zwölfjährigen Abstinenz gegangen war, konnte er sich jetzt davon zurückhalten, laut aufzustöhnen. »Nicht jetzt«, sagte er seufzend und hielt sie sich auf Armeslänge vom Leib. Wenn sie nur ein wenig näher käme, würde er nicht anders können, als sie sich über die Schulter zu werfen und sie hinter einem großen Felsen in das weiche Moos zu betten. »Ich denke, wir sollten es uns ein bisschen einteilen.«

»Noch nie in meinem Leben hat mich jemand so geküsst wie du. Und noch nie habe ich bei jemandem das gefühlt, was ich eben gefühlt habe.«

»Cassie.« Ihre Worte heizten sein Begehren an. Eilig versuchte er die Flammen auszutreten und nahm ihre Hand.

»Komm, lass uns gehen. Ich ... ich habe noch nichts zu Mittag gegessen.«

»Oh, du musst ja am Verhungern sein.«

»Richtig.« Am liebsten hätte er lauthals über sich selbst gelacht, als er sie jetzt durch das Wäldchen zurück zur Wiese zog.

# 5. Kapitel

»Ich weiß es wirklich ungeheuer zu schätzen, Cassie.« Regan setzte den fröhlich vor sich hin brabbelnden Nate in seine Wippe, beugte sich über ihn und gab ihm einen Kuss, während er bereits zu schaukeln begann und einen Moment später vor Wonne krähte. »Normalerweise nehme ich ihn ja mit in den Laden, aber da ich heute Kunden von auswärts habe, die eingehend beraten werden möchten, bin ich heilfroh, beide Hände frei zu haben. Und Rafe muss heute auf zwei Baustellen.«

»Es macht mir doch überhaupt keine Mühe«, gab Cassie, die sich an der Spüle zu schaffen machte, zurück. »Ich wüsste nichts, was ich lieber täte, als mit einem Baby zu spielen.«

»Er ist ein toller Bursche, findest du nicht auch?«, fragte Regan. »Ich kann's gar nicht glauben, dass er schon fünf Monate ist.« Sie bedachte ihren Sohn mit einem stolzen Blick. »Ich habe ihn erst vor einer Stunde gestillt, aber hier sind die Fläschchen, falls er doch wieder Hunger bekommt. Da drüben habe ich dir einen Stoß Windeln hingelegt und Strampelhöschen zum Wechseln und ...«

»Ich seh schon. Regan, mach dir bloß keine Gedanken. Ich weiß, wie man mit einem Baby umgehen muss.«

»Natürlich weißt du das.« Regan warf ihr Haar zurück. »Ich habe ja nur ein schlechtes Gewissen, weil ich weiß, dass du mit dem Inn sowieso schon genug am Hals hast.«

»Du und Rafe, ihr seid Sklaventreiber, das stimmt, aber ich

bin wild entschlossen, meine Bürde in stiller Ergebung zu ertragen.«

Amüsiert und überrascht wandte Regan den Kopf und schaute Cassie forschend an. »Du bist so vergnügt, und ich könnte schwören, dass ich dich singen gehört habe, als ich zur Tür reinkam.«

»Ich bin glücklich«, erwiderte Cassie, damit beschäftigt, einen Stapel Frühstücksteller in die Spülmaschine zu stellen, schlicht. »Ich wusste gar nicht, dass ich so glücklich sein kann. Dieses Haus hier ist für mich das schönste Haus der Welt.«

Regan gab Nate einen Klapperring, der in allen Farben des Regenbogens schillerte. »Dann macht dich also die Arbeit hier glücklich?«

»Absolut. Nicht dass ich etwa für Ed ungern gearbeitet hätte, aber ich lebe einfach gern hier, Regan. Ich fühle mich hier geborgen.« Als ihr Blick nun zum Fenster hinaus in den Garten wanderte, begann sie zu strahlen. »Und den Kindern geht es nicht anders.«

»Und deshalb singst du?«

Cassie beugte sich ein bisschen tiefer über die Spülmaschine und beschäftigte sich angelegentlich mit den Tellern. »Na ja... es gibt auch noch einen anderen Grund. Aber ich glaube, du musst dich beeilen. Du musst doch deinen Laden aufmachen.«

»Ich kann mir ein paar Minuten Verspätung erlauben. Das ist eben einer der vielen Vorteile, wenn man selbstständig ist.«

Wenn es auf der Welt einen Menschen gab, dem sie sich anvertrauen konnte, dann war es Regan. Cassie richtete sich auf und holte tief Luft. »Devin – es ist wegen Devin. Aber vielleicht mache ich mehr daraus, als es eigentlich ist. Oder es ist mehr, als ich ... ach, ich weiß einfach nicht. Willst du einen Kaffee?«

»Cassie.«

»Er hat mich geküsst«, platzte sie jetzt heraus und hielt sich gleich darauf die Hand vor den Mund, weil sie vor Glück am liebsten laut aufgelacht hätte. »Ich meine geküsst, richtig geküsst, verstehst du? Nicht wie Rafe mich küsst oder wie Shane oder Jared. Ich meine, wie ... Oh Gott, meine Hände fangen schon an zu schwitzen.«

»Da wurde es aber auch allerhöchste Zeit«, gab Regan trocken zurück. »Ich hab ja schon fast geglaubt, er schafft es nie.«

»Du bist nicht überrascht?«

»Cassie, dieser Mann würde für dich nackt über glühende Kohlen kriechen.« Regan beschloss, dass eine Tasse Kaffee nicht schaden könne, und ging zur Kaffeemaschine, um sich selbst zu bedienen. »Und wie war's?«

Cassie fuhr sich nervös mit der Hand durchs Haar. »Was war wie?«

Breit grinsend lehnte sich Regan gegen den Tresen und nippte an ihrem Kaffee. »Ich könnte mir vorstellen, dass er mit Rafe mehr gemein hat als ein gelegentlich überschäumendes Temperament und das gute Aussehen. Also muss es ein umwerfender Kuss gewesen sein.«

»Es war bei dem Picknick vor zwei Tagen. Mir ist jetzt immer noch ganz schwindlig.«

»Gut so. Dieser MacKade ist für dich. Und nun? Wie geht es weiter?«

»Ich weiß nicht.« Cassie griff nach einem Lappen und begann die Spüle abzuwischen. »Weißt du, Regan, damals, als es mit Joe und mir anfing, war ich noch keine sechzehn. Ich war noch sehr jung, ohne Erfahrung. Ich bin noch nie mit einem anderen Mann zusammen gewesen.«

»Oh.« Regan hob die Brauen. »Ich verstehe. Nun, dann ist es doch nur allzu natürlich, dass dich der Gedanke an eine körperliche Beziehung ein bisschen nervös macht.«

Da ihre Handflächen wirklich feucht waren, legte Cassie jetzt den Lappen weg und wischte sie sich an ihrer Schürze ab. »Ich mag Sex nicht«, erklärte sie unumwunden, während sie sich wieder an der Spülmaschine zu schaffen machte. »Irgendwie hab ich einfach eine Abneigung dagegen.«

»Cassie, ich weiß, dass dir die Therapie geholfen hat.«

»Ja, das hat sie, und ich bin dir wirklich sehr dankbar, dass du mich überredet hast hinzugehen. Ich bin seitdem viel selbstsicherer geworden. Aber das hier ist etwas anderes. Nicht alle Frauen haben Spaß an Sex. Das hab ich jedenfalls gelesen. Doch egal«, fuhr sie fort, ehe Regan sich dazu äußern konnte, »ich komm schon damit klar. Allerdings bin ich im Moment noch nicht so weit, ihm da ... entgegenzukommen.«

»Das ist völlig idiotisch«, blaffte Regan. »Du redest gerade so, als sei miteinander zu schlafen eine Pflicht wie ... wie ...« Nach den richtigen Worten suchend, schaute sie um sich. »Wie abzuwaschen, verdammt noch mal«, sagte sie schließlich und deutete auf die Spüle.

»So hab ich's auch nicht gemeint.« Weil Regan ihre Freundin war, zwang sich Cassie zu einem Lächeln, obwohl ihr im Moment nicht danach zumute war. »Was ich damit sagen wollte, war, dass ich für Devin wirklich etwas empfinde. Schon immer. Das ist etwas anderes. Aber ich wäre nie im Traum darauf gekommen, dass er sich von mir angezogen fühlt. Ich fühle mich sehr geschmeichelt.«

Regans Erwiderung bestand aus einem gemurmelten Fluch, angesichts dessen sich Cassies Lächeln noch vertiefte.

»Ja, wirklich. Er sieht irrsinnig gut aus und hat eine tolle

Art, mit Menschen umzugehen. Ich weiß, dass er mir niemals wehtun würde.«

»Nein«, erwiderte Regan lebhaft. »Das würde er ganz bestimmt nicht.«

»Es war schön, ihn zu küssen, und ich denke, mit ihm zu schlafen könnte wirklich nett sein.«

Regan verschluckte sich fast an ihrem Kaffee. Wenn Devin so war wie Rafe, dann war »nett« mit Sicherheit nicht das richtige Wort. »Hat er dich denn schon gefragt?«

»Nein. Er wollte mich nicht mal ein zweites Mal küssen, obwohl ich Lust hatte. Und das wollte ich dich eigentlich fragen. Wie kann ich ihn wissen lassen, dass ... dass es mir nichts ausmacht, mit ihm ... so ... zusammen zu sein?«

Es war nur ihrer starken Willenskraft zu verdanken, dass Regan nicht anfing zu lachen. Behutsam stellte sie ihre Tasse ab. »Mach dir keine Gedanken, Cassie, lass die Dinge einfach laufen.«

»Willst du damit sagen, dass ich überhaupt nichts tun soll?«

»Tu, was dir richtig erscheint. Aber verwechsle Devin niemals mit Joe. Verwechsle vor allem nicht die Frau, die mit Joe gelebt hat, mit der Frau, die du heute bist. Ich denke, für dich hält das Leben noch ein paar Überraschungen bereit.«

»Eine ist mir schon präsentiert worden.« Cassie fuhr sich mit der Fingerspitze über die Lippen. »Es war wundervoll.«

»Gut so. Dann sei jetzt offen für die Nächste.« Regan gab Cassie einen schnellen Kuss auf die Wange, dann beugte sie sich über die Wippe und streichelte Nate ein letztes Mal über den Kopf. »Und halt mich auf dem Laufenden, ja?«

Bis Cassie die Gästezimmer aufgeräumt, die Wäsche gewaschen und Nate gefüttert hatte, wurde es elf. Nachdem sie das Baby gewickelt hatte, stellte sie den Kleinen in seiner Tragetasche in Emmas Zimmer, damit er ungestört ein Schläfchen machen konnte. Sie war eben dabei, ein Hähnchen in den Backofen zu schieben, da läutete es.

Ihr Herz machte einen kleinen Satz in der Hoffnung, es könnte Devin sein, beruhigte sich jedoch gleich wieder, als sie sich beim Öffnen der Tür ihrer Mutter gegenübersah.

»Hallo, Mama.« Cassie küsste ihrer Mutter die welke Wange. »Schön, dich zu sehen. Komm rein. Ich habe gerade Eistee gemacht und einen Kirschkuchen gebacken.«

»Du weißt doch, dass ich tagsüber keine Süßigkeiten esse.« Constance Connors scharfer Blick tastete das Wohnzimmer ihrer Tochter Millimeter für Millimeter ab. Als sie die zusammengerollte Katze unter dem Esstisch entdeckte, rümpfte sie die Nase. Tiere gehörten nicht in die Wohnung.

Die Stores waren zurückgezogen, sodass das Sonnenlicht ungebrochen durch die Fenster hereinfallen konnte. Die Polstermöbel waren leicht fadenscheinig, aber alles wirkte sehr gepflegt. Wie hätte es auch anders sein sollen? Schließlich hatte sie ihrer Tochter von Kindesbeinen an Ordnung eingebläut.

Ordnung war nach Gottesfurcht immerhin die zweitwichtigste Tugend im Leben.

Die bunten Kissen überall waren allerdings mehr als überflüssig. Viel zu auffallend. Mrs. Connors schnaubte missbilligend, als sie stocksteif auf einem der Stühle am Esstisch Platz nahm.

»Möchtest du ein Glas Eistee, Mama?«

»Ich kann es gut eine Stunde ohne irgendetwas zu trinken oder zu essen aushalten.« Constance straffte die Schultern und stellte die Füße wie abgezirkelt nebeneinander auf den Boden, während sie die Handtasche in ihrem Schoß fest umklammerte.

»Setz dich, Cassandra. Die Kinder sind in der Schule, wie ich sehe.«

»Ja. Es geht ihnen sehr gut. Sie werden etwa in einer Stunde hier sein. Ich hoffe, du bleibst so lange. Sie würden sich bestimmt freuen.«

»Ich bin deinetwegen gekommen.« Sie ließ ihre Handtasche aufschnappen. Ihr Ehering war schmal und trug keinen Stein. Genauso glanzlos war die Ehe ihrer Eltern gewesen, erinnerte sich Cassie jetzt. Manchmal hatte sie schon den Verdacht gehabt, ihr Vater wäre nur gestorben, um endlich seiner Frau zu entkommen.

Cassie sagte nichts und wartete, bis ihre Mutter einen Umschlag hervorzog. Sie brauchte nicht erst einen Blick auf die Handschrift zu werfen, um zu wissen, von wem er kam.

»Das ist der letzte Brief, den mir dein Mann geschrieben hat. Er kam heute Morgen mit der Post.« Constance streckte den Arm aus. »Hier. Ich möchte, dass du ihn liest.«

Cassie faltete die Hände in ihrem Schoß. »Nein.«

Constance kniff die Augen zusammen und starrte ihre Tochter an. »Cassandra, du wirst jetzt auf der Stelle diesen Brief lesen.«

»Nein, Mama. Das werde ich nicht. Er ist nicht mehr mein Mann.«

Constances schmales, blasses Gesicht wurde rot vor Zorn. »Du hast ein Gelübde abgelegt vor Gott.«

»Und ich habe es gebrochen.« Es fiel ihr schwer, unglaublich schwer, Stimme und Hände ruhig zu halten und dem Blick ihrer Mutter nicht auszuweichen.

»Bist du darauf auch noch stolz? Du solltest dich schämen.«

»Ich bin nicht stolz. Aber du bringst mich auch nicht dazu,

es zu bereuen, Mama. Joe hat das Gelübde lange vor mir gebrochen.«

Sie weigerte sich, den Brief, den ihr ihre Mutter noch immer hinhielt, zur Kenntnis zu nehmen, und schaute ihr unverwandt in die Augen.

»Liebe, Ehre und Vertrauen, Mama. Wie kann er mich geliebt haben, wenn er mich geschlagen hat? Hat er mich geehrt, wenn er mich mit Fausthieben eingedeckt hat? Oder wenn er mich vergewaltigt hat?«

»Ich verbiete dir, so über deinen Mann zu sprechen. Was fällt dir ein!«

»Ich bin damals, nachdem er mich so geschlagen hatte, dass ich kaum mehr kriechen konnte, und meine Kinder außer sich waren vor Angst, zu dir gekommen, weil du der einzige Mensch warst, den ich hatte. Und du hast mich zurückgeschickt.«

»Weil dein Platz zu Hause war. Du hattest die Pflicht, aus deiner Ehe das Beste zu machen.«

»Ich habe zehn Jahre lang mit allen Mitteln versucht, das Beste daraus zu machen, und er hat mich fast umgebracht. Du hättest für mich da sein sollen, Mama. Du hättest zu mir halten sollen.«

»Ich habe das getan, was richtig war.« Constances Mund war nur noch eine dünne Linie. »Wenn du ihn gezwungen hast, dich zu disziplinieren, war das nicht ...«

»Mich zu disziplinieren!« Obwohl seitdem schon eine lange Zeit vergangen war, war Cassie außer sich. Empört sprang sie auf. »Er hatte überhaupt kein Recht dazu, mich zu disziplinieren. Ich war seine Frau! Er hätte mich zu Tode diszipliniert, wenn ich nicht schließlich den Mut gefunden hätte, etwas dagegen, gegen ihn, zu unternehmen. Wärst du dann zufrieden gewesen, Mama? Dann hätte ich mein Gelübde gehalten. Bis dass der Tod euch scheidet.«

»Du übertreibst maßlos. Und was früher war, ist vorbei. Er hat seine Fehler eingesehen. Es kam alles nur von seiner Trinkerei und von den Frauen, die ihn ständig in Versuchung geführt haben. Er bittet dich um Verzeihung und hofft, dass du bereit bist, dein Gelübde aufrechtzuerhalten, genau wie er es zu tun beabsichtigt.«

»Ich verzeihe ihm aber nicht, und mich bekommt er auch nicht mehr. Wie kannst du verlangen, dass ich wieder zu ihm zurückgehe? Ich bin deine Tochter, dein einziges Kind. Du solltest auf meiner Seite sein.« Aus Cassies Augen war alle Unsicherheit und Ängstlichkeit gewichen. Ihr Blick war hart wie Stahl. »Wie kannst du Partei ergreifen für einen Mann, der mich so unglücklich gemacht hat? Willst du denn nicht, dass ich glücklich bin?«

»Ich will, dass du einfach nur das tust, was von dir erwartet wird. Und ich erwarte, dass du tust, was man dir sagt, verstehst du das?«

»Ja, das war schon immer das Einzige, worum es dir ging. Warum, glaubst du wohl, habe ich geheiratet, Mama?« Cassie konnte es kaum glauben, dass es ihr Mund war, aus dem diese Worte sprudelten, aber sie konnte auch nichts dagegen tun. »Ich habe es nur deshalb getan, um endlich von dir wegzukommen, um dieses Haus, in dem nie jemand gelacht oder irgendwelche Gefühle gezeigt hat, endlich hinter mir lassen zu können.«

»Du hast es zu Hause gut gehabt.« Diesmal war es Constances Stimme, die zitterte. »Und du hast eine anständige christliche Erziehung genossen.«

»Nein, habe ich nicht. An einem Elternhaus ohne Liebe ist nichts Anständiges oder Christliches. Ich werde dafür sorgen, dass meine Kinder nicht so aufwachsen müssen, nicht mehr jedenfalls. Du bist meine Mutter, und ich will deine Gefühle respektieren, soweit ich kann. Alles, worum ich dich bitte, ist, dass du es umgekehrt genauso machst. Ich sage es dir ein für alle Mal: Ich will mit Joe nichts mehr zu tun haben. Nichts. Absolut gar nichts.«

Constance erhob sich jetzt ebenfalls. »Hättest du vielleicht die Güte, mir zu verraten, was das heißen soll? Du redest wirres Zeug.«

»Hör auf, ihm zu schreiben. Und auch dem Gefängnisdirektor.«

»Ich denke ja überhaupt nicht daran.«

»Dann bist du in meinem Haus nicht mehr willkommen, Mama. Wir haben uns nichts mehr zu sagen.«

Constance glaubte ihren Ohren nicht trauen zu können. Sie starrte ihre Tochter fassungslos an. »Du musst den Verstand verloren haben.«

»Oh nein, Mama. Ganz im Gegenteil. Ich scheine ihn erst vor noch nicht allzu langer Zeit gefunden zu haben. Leb wohl, Mutter.«

Cassie ging entschlossen zur Tür und hielt sie auf. Sie versteifte sich, als Constance mit zusammengekniffenen Lippen an ihr vorbeiging. Erst nachdem sie die Tür geschlossen hatte, begann sie zu zittern.

Langsam, unsicheren Schrittes, wankte Cassie zum Tisch zurück und setzte sich. Sie legte die Arme fest um sich und wiegte den Oberkörper leise hin und her, um sich zu beruhigen.

So saß sie noch immer, als Devin zehn Minuten später an den Holzrahmen der Fliegengittertür klopfte. Da die Tür offen stand, konnte er sie sehen, und er sah, wie sich ihr Oberkörper hin- und herbewegte wie ein Schilfrohr im Wind.

Dieser Anblick war nicht neu für ihn. Genauso hatte sie

damals dagesessen, in seinem Büro, als sie gekommen war, um gegen ihren Ehemann Anzeige zu erstatten.

Ohne einen Moment zu zögern, stieß er die Fliegengittertür auf und war schon mit ein paar langen Schritten bei ihr.

»Cassie.«

Sie sprang auf. Als er die Hand nach ihr ausstreckte, wich sie zurück. »Ich ... ich habe dich gar nicht raufkommen hören. Ich war ... ich sollte ...« In ihrem Kopf wirbelte alles wild durcheinander. Sie versuchte, eine Ausrede zu finden, um ihm nicht erzählen zu müssen, was vorgefallen war. Wie immer. Blass vor Gram starrte sie ihn aus tränenumflorten Augen an. Dann riss sie sich zusammen. »Ich bringe dir ein Glas Eistee. Ich habe ihn gerade erst gemacht«, bot sie hastig an, drehte sich auf dem Absatz um und verschwand in die Küche, um zwei Gläser und den Glaskrug zu holen. »Ich habe auch Kirschkuchen«, rief sie ihm durch die offene Tür von der Küche aus zu. »Ganz frisch aus dem Backofen.«

Sie zuckte zusammen und wirbelte herum, als sich seine Hand auf ihre Schulter legte. Das gefüllte Glas rutschte ihr aus der Hand und zersplitterte mit einem lauten Krachen auf dem gekachelten Boden.

»Oh mein Gott, auch das noch.« Plötzlich wurde ihr die Brust eng, und sie hatte das Gefühl, keine Luft mehr zu bekommen. Sie konnte nichts dagegen tun. »Ich muss ... ich muss ...«

»Lass«, sagte er, als sie Anstalten machte, sich zu bücken und die Scherben aufzusammeln. Er versuchte, seine Stimme ganz ruhig zu halten. Als er ihr nun erneut die Hand auf die Schulter legte, bemerkte er, dass sie zitterte wie Espenlaub. Sie versuchte, sich ihm zu entziehen. Diesmal nicht, war alles, was er denken konnte. Nein, nicht diesmal. »Komm her zu mir«, flüsterte er. »Bitte komm.«

Sobald sie in seinen Armen lag, brach der Damm. Sie lag schluchzend an seiner Schulter, und ihre heißen Tränen durchnässten sein Hemd. Er küsste ihr Haar, streichelte ihren Rücken. »Sag's mir. Sag mir, was geschehen ist, damit ich dir helfen kann.«

Sie stammelte, immer wieder von wilden Schluchzern unterbrochen, unzusammenhängende Worte, doch es dauerte nicht lange, bis er sich zumindest ansatzweise zusammenreimen konnte, was vorgefallen war. Heißer Zorn stieg in ihm auf, während er sie zurück ins Wohnzimmer führte, ihr beruhigend über den Kopf streichelte und ihre nassen Wangen küsste.

»Du hast getan, was du tun musstest. Und es war richtig.«

»Aber sie ist doch meine Mutter.« Cassie hob ihm ihr von Tränen verwüstetes Gesicht entgegen. »Ich habe sie weggeschickt. Ich habe meine Mutter weggeschickt.«

»Und wer hat dich damals weggeschickt, Cass?«

Sie begann wieder zu schluchzen. »Es war aber nicht recht.«

»Lassen Sie meine Mutter los!« Die Tür flog auf, und Connor kam ins Zimmer gestürmt. Seine Hände waren zu Fäusten geballt, und sein Gesicht war rot vor Zorn. Alles, was er sah, war ein Mann, der seine Mutter festhielt. Und seine Mutter weinte. Ein Bild, das er zu oft in seinem Leben gesehen hatte. »Wenn Sie sie nicht sofort loslassen, bringe ich Sie um!«

»Connor!« Cassie hatte sich aus Devins Armen befreit und starrte jetzt schockiert ihren Sohn an. War das ihr kleiner sanftmütiger Junge, der keiner Fliege etwas zuleide tun konnte? Als ihr Blick zur Tür flog, sah sie Emma, die Augen angstvoll aufgerissen. »Sprich nicht so mit Sheriff MacKade.«

Doch Connor hörte überhaupt nicht zu. Seine Augen schleuderten Blitze, als er einen Schritt auf Devin zumachte. »Wagen Sie es nicht noch einmal, meine Mutter anzufassen.«

323

Devin hob nur ganz leicht eine Augenbraue und ließ seine Arme fallen.

»Ich habe dir gesagt, dass du nicht so mit ihm sprechen sollst«, wiederholte Cassie.

»Er hat dir wehgetan. Er hat dich zum Weinen gebracht.« Connor bleckte die Zähne, ein zehnjähriger Krieger. »Er soll gehen.«

»Er hat mir nicht wehgetan.« Obwohl sie noch immer zitterte, trat Cassie zwischen die beiden. »Ich war außer mir – Grandma hat mich so aufgeregt – und Sheriff MacKade hat versucht, mich zu trösten. Ich will, dass du dich augenblicklich bei ihm entschuldigst.«

Devin sah, wie die Arme des Jungen herabsanken und sich der Zorn in seinem Gesicht in Beschämung wandelte. Connor nicht aus den Augen lassend, legte er Cassie eine Hand auf die Schulter.

»Ich möchte mit Connor sprechen. Allein. Ich denke, wir müssen einiges klären.« Er drückte kurz Cassies Schulter. »Cassie, ich glaube, ich habe das Baby weinen gehört. Wollt ihr beide, Emma und du, nicht mal nach ihm schauen?«

»Oh, mein Gott, Nate. Ich habe ihn ganz vergessen.« Mit ihrer Beherrschung am Ende, fuhr Cassie sich mit der Hand durchs Haar.

»Na, geh schon«, sagte Devin und gab ihr einen sanften Schubs. »Con und ich werden einen kleinen Spaziergang machen.«

»Okay. Komm, Emma, Nate weint.« Sie holte tief Atem und hielt ihrer Tochter, die mittlerweile hereingekommen war, die Hand hin. »Und von dir erwarte ich, dass du dich entschuldigst, Connor, hast du mich verstanden?«

»Ja, Mom.« Auf seine Schuhspitzen starrend, folgte Connor Devin nach draußen.

Er wusste genau, was jetzt kam. Die unvermeidliche Tracht Prügel. Sein Vater hatte ihn auch immer zu einem Spaziergang aufgefordert, und dann hatte er ihm, weit weg vom Haus, sodass seine Mutter seine Schreie nicht hören konnte, mit seinem Gürtel den blanken Hintern versohlt. Und diesmal würde es wieder genauso kommen. Nichts hatte sich verändert, alles war ebenso wie früher.

Schweigend gingen sie den Waldweg entlang. Weil er wusste, dass es mehr Zeit brauchen würde, um das Vertrauen des Jungen zu erwerben, widerstand Devin dem Drang, seinen Arm um Connors Schultern zu legen. Als sie an die Stelle kamen, an der im Bürgerkrieg zwei blutjunge Soldaten aufeinander geschossen hatten, blieb er stehen.

Er ließ sich auf einem Felsen nieder und bedeutete dem Jungen, der mit angespanntem, weißem Gesicht und trotzig gerecktem Kinn dastand, sich ebenfalls zu setzen. Zögernd folgte Connor der Aufforderung.

»Ich bin sehr stolz auf dich, Connor.«

Der Kopf des Jungen zuckte hoch. Diese Worte waren das Letzte, was er zu hören erwartet hatte. »Wie bitte, Sir?«

Devin kramte in seiner Hosentasche nach dem Zigarettenpäckchen. »Ich muss dir sagen, dass ich sehr erleichtert bin«, fuhr er fort, nachdem er sich Feuer gegeben und den ersten Zug tief inhaliert hatte. »Ich mache mir ziemliche Sorgen um deine Mutter. Sie hat eine böse Zeit hinter sich. Aber jetzt, wo ich weiß, dass du ein Auge auf sie hast, bin ich um einiges beruhigter.«

Connor war viel zu verwirrt, um so etwas wie Stolz empfinden zu können. Er starrte Devin verständnislos an, die Augen noch immer wachsam. »Ich ... ich war unverschämt zu Ihnen.«

»Finde ich nicht.«

»Sie werden mich also nicht schlagen?«

Devin, der eben die Zigarette zum Mund führen wollte, hielt auf halbem Wege inne. Dann sank seine Hand ganz langsam herab, und er ließ die Zigarette zu Boden fallen, wo er sie unter seinem Stiefelabsatz zerquetschte. So wie er Joe Dolin zerquetscht hätte, wenn er ihm in diesem Moment zwischen die Finger gekommen wäre.

»Ich würde nie im Leben meine Hand gegen dich erheben, mein Junge. Weder heute noch morgen.« Er sprach ruhig und überlegt und ließ Connor dabei nicht aus den Augen. »Ebenso wenig wie gegen deine Mama oder gegen deine Schwester.« Er streckte jetzt die Hand aus und wartete. »Ich gebe dir mein Wort, Connor«, fuhr er fort. »Ich würde mich freuen, wenn du einschlagen würdest.«

Sprachlos griff der Junge nach der dargebotenen Hand. »Ja, Sir.«

Devin drückte Connors Hand kurz und zog den Jungen ein Stückchen an sich. Und grinste. »Du hättest dich nicht gescheut, mir einen Kinnhaken zu verpassen, wie?«

»Zumindest hätte ich es versucht.« Die Gefühle, die plötzlich in Connor hochstiegen, erschreckten ihn. Vor allem aber hatte er Angst, dass er gleich losheulen würde wie ein Baby. »Früher habe ich ihr nie geholfen. Ich habe einfach dabeigestanden und nichts unternommen.«

»Das war nicht deine Schuld, Connor.«

»Ich habe nichts unternommen«, wiederholte er tonlos. »Er hat sie ständig geschlagen, Sheriff, fast jeden Tag.«

»Ich weiß.«

»Nein, das können Sie gar nicht wissen. Sie haben es doch nur erfahren, wenn er sternhagelvoll war und so laut herumgebrüllt hat, dass die Nachbarn die Polizei gerufen haben. Aber da war noch mehr. Es war schlimm.«

Devin nickte. Er verstand. Was passiert war, war passiert, jetzt konnte man nur noch zusehen, dass man den Schaden möglichst gering hielt. »Er hat dich auch geschlagen, stimmt's?«, tastete er sich nach einem Moment des Schweigens behutsam vor.

»Ja, aber sie weiß nichts davon.« Plötzlich war alle Tapferkeit vergessen, Connor warf sich an Devins Brust und presste das Gesicht gegen seine Schulter. »Er hat es gemacht, wenn sie nicht dabei war«, flüsterte er.

Wieder stieg rasender Zorn in Devin auf, ein Zorn, auf den er nicht vorbereitet war und den er kaum im Zaum halten konnte. Er drückte den Jungen beruhigend an sich. »Und Emma? Hat er deine Schwester auch geschlagen?«

»Nein, Sir.« Connor machte sich von Devin los und versuchte seine Fassung wiederzufinden. »Emma hat er meistens überhaupt nicht beachtet, weil sie ja nur ein Mädchen war. Aber erzählen Sie bitte Mama nichts davon, dass er mich geschlagen hat. Dann würde sie sich nur noch viel schlechter fühlen.«

»Nein, ich sag nichts.«

»Ich hasse ihn so sehr. Am liebsten würde ich ihn umbringen.«

»Das kann ich gut nachfühlen.« Als der Junge nur schweigend den Kopf schüttelte, nahm Devin seine Hand und schaute ihm tief in die Augen. »Doch, glaub mir, ich kann es. Ich will dir was sagen: Ich habe mich früher sehr viel geprügelt.«

»Ich weiß, ich habe davon gehört.« Connor schniefte, war jedoch heilfroh, dass es ihm bisher wenigstens gelungen war, die Tränen zurückzuhalten. »Die Leute reden heute noch darüber.«

»Ja, ich weiß. Früher hat es mir gefallen, wenn sie sich das Maul über mich und meine Brüder zerrissen haben, und es gab eine Menge Leute, mit denen ich glaubte, eine Rechnung begleichen zu müssen. Manchmal hatte ich auch wirklich guten Grund dazu, manchmal aber auch nicht. Doch wie auch immer, mit der Zeit habe ich gelernt, mich etwas zurückzunehmen. Das ist wichtig, weißt du. Man muss einen Schritt zurücktreten und sich das Bild von etwas weiter entfernt ansehen. Und wenn du jetzt glaubst, deinen Vater ...«

»Nennen Sie ihn nicht so«, fiel ihm Connor hitzig ins Wort, was ihn gleich darauf zum Erröten brachte. »Sir.«

»Gut, also du glaubst, es deinem Vater heimzahlen zu müssen. Damit hast du nicht unrecht, du hast allen Grund dazu. Doch lass uns einen Schritt zurücktreten und uns die Dinge in Ruhe betrachten. Joe Dolin hat sich im Sinne des Gesetzes schuldig gemacht und ist dafür bestraft worden. Mehr kann man nicht verlangen.«

»Aber ich werde es nicht zulassen, dass er oder irgendein anderer meiner Mutter noch mal wehtut.«

»Da hast du mich ganz auf deiner Seite.« Das finster entschlossene Gesicht des Jungen musternd, entschied Devin, dass Connor es verdiente, die Wahrheit über das, was vorgefallen war, zu erfahren. »Willst du wissen, was vorhin los war?«

»Ja, Sir.«

»Deine Grandma hat deine Mama heute Vormittag total aus der Fassung gebracht.«

»Sie will, dass Mama sich wieder mit ihm versöhnt, aber das werde ich nie zulassen.«

»Deine Mama denkt genauso. Und das war der Grund, weshalb sie deine Großmutter schließlich aus dem Haus gewiesen hat. Das war hart für sie, Connor, wirklich hart, verstehst du? Aber sie hat es dennoch getan.«

»Und Sie haben ihr geholfen. Es tut mir wirklich schrecklich leid ...«

»Du brauchst dich nicht zu entschuldigen«, fiel Devin ihm rasch ins Wort. »Ich weiß, dass Cassie dieser Meinung ist, aber wir beide wissen es besser. Du hast vollkommen richtig gehandelt, Connor. Ich hätte es an deiner Stelle genauso gemacht.«

Ein größeres Lob hätte Connor nicht zuteil werden können. Er hatte so gehandelt, wie der Sheriff in seiner Situation auch gehandelt hätte. »Ich bin sehr froh, dass Sie ihr helfen wollen. Ich werde alles tun, was Sie von mir verlangen.«

Dieser Vertrauensbeweis wog für Devin schwerer als Gold. »Ich muss dir noch sagen, dass Joe zurzeit mit einem Straßenreinigungskommando tagsüber Freigang hat.«

Connors Gesicht spannte sich an. »Ich hab schon davon gehört. Schulkameraden haben es mir erzählt.«

»Es gibt zwar keinen besonderen Grund zur Beunruhigung, aber ich möchte dich trotzdem bitten, die Augen offen zu halten. Es kann nie schaden. Du bist hell im Kopf und hast ein gutes Beobachtungsvermögen. Das ist der Grund, weshalb du so gute Geschichten schreibst.«

Connor fühlte sich angesichts dieses Lobs sichtlich unbehaglich, aber er gab dennoch unumwunden zu: »Ich schreibe gern.«

»Ich weiß. Du hast den richtigen Blick auf die Dinge, weißt, worauf man achten muss. Und das ist der Grund dafür, weshalb ich dich bitte, auf deine Familie aufzupassen. Ich möchte, dass du mir sofort Bescheid sagst, wenn dir irgendetwas Ungewöhnliches auffällt, versprichst du mir das?«

»Ja, Sir.«

»Sag mal, musst du mich eigentlich dauernd Sir nennen? Es macht mich ganz nervös, ehrlich.«

Connor wurde wieder rot, dann grinste er. »Irgendwie schon, Sir. Es ist wie eine Spielregel.«

»So. Findest du.« Devin beschloss, die Angelegenheit fürs Erste ruhen zu lassen. Es gab im Moment Wichtigeres. »Jeder Mann wäre stolz darauf, dich zum Sohn zu haben, Connor, ist dir das eigentlich klar?«

»Ich will aber nie mehr im Leben einen Vater.«

Die Hand, die er schon gehoben hatte, um sie auf Connors Schulter zu legen, blieb in der Luft hängen. Devin schluckte einen Fluch hinunter und befahl sich, jetzt ganz ruhig zu bleiben. »Dann lass uns sagen, dass jeder Mann stolz darauf sein würde, dich als Freund zu haben, einverstanden?«

»Ja, Sir.«

Da waren sie wieder, diese Augen, die ihn so vertrauensvoll anblickten. »Und jetzt geh zurück, sonst macht sich deine Mama womöglich noch Sorgen, dass du mich zusammengeschlagen hast.« Als Connor angesichts dieser Vorstellung zu kichern begann, rubbelte Devin ihm das Haar. »Also geh nach Hause und erzähl ihr, dass wir uns geeinigt haben, klar? Ich komme später irgendwann vorbei und spreche auch noch mal mit ihr.«

»Ja, Sir.« Connor erhob sich und blieb noch einen Moment unschlüssig stehen. Ganz offensichtlich hatte er noch etwas auf dem Herzen, was ihm nicht ganz leicht über die Lippen gehen wollte, doch schließlich gab er sich einen Ruck. »Kann ich irgendwann mal bei Ihnen im Büro vorbeikommen und Ihnen ein bisschen bei der Arbeit zusehen?«

»Sicher.«

»Ich pass schon auf, dass ich nicht im Weg herumstehe. Es ist nur, weil ... weil...« Connor stolperte über seine eigenen Worte und unterbrach sich. »Ich kann also?«

»Sicher kannst du. Jederzeit. Aber meistens ist es ziemlich langweilig, das sag ich dir gleich.«

»Das kann nicht sein«, widersprach Connor entschieden. »Vielen Dank, Sheriff. Für alles.«

Devin sah dem Jungen hinterher, wie er davonrannte. Ganz kurz flammte der Wunsch nach einer Zigarette in ihm auf, doch dann fiel ihm ein, dass er das Rauchen aufgegeben hatte und nur noch in Ausnahmesituationen zum Glimmstängel griff.

Connor wollte keinen Vater mehr, das machte seinen Plan, Cassie zu erobern und den beiden Kindern ein guter Vater zu sein, um einiges schwieriger. Aber er würde es schaffen, er musste nur ganz behutsam vorgehen, Schritt für Schritt.

Und der erste Schritt war natürlich Cassie. Wenn er vorsichtig genug vorging, würde sie vielleicht alle anderen Schritte mit ihm gemeinsam machen.

# 6. Kapitel

Eigentlich war heute Devins freier Tag, aber er verbrachte dennoch am Morgen zwei Stunden damit, an der Highschool, wo die Jungen in den Umkleideraum der Mädchen eine harmlose Rauchbombe geworfen hatten, für Ruhe und Ordnung zu sorgen.

Nachdem alles wieder unter Kontrolle war und er den jugendlichen Bombenbastlern einen gehörigen Rüffel erteilt hatte, fuhr er auf geradem Weg zum Inn.

Er hatte eine Überraschung für Cassie – eine Überraschung, von der er hoffte, dass sie sie zum Lächeln bringen würde.

Als er ankam, fand er sie in ein Gespräch mit zwei weißhaarigen alten Damen verwickelt, die, wie er heraushörte, ohne Voranmeldung hereingeschneit waren und sich nun in aller Ausführlichkeit über die Geschichte des Hauses informierten.

Devin lehnte sich gegen den Türrahmen, beobachtete Cassie und schmunzelte. Sie macht ihre Sache gut, das kann man nicht anders sagen, dachte er.

»Mrs. Berman, Mrs. Cox, darf ich vorstellen, das ist Sheriff MacKade.«

»Sheriff.« Mrs. Cox rückte ihre Brille gerade und strahlte ihn durch die Gläser hindurch an. »Oh, wie aufregend.«

»Antietam ist ein ruhiges Städtchen«, gab er zurück. »Auf jeden Fall um einiges ruhiger als im September 1862.« Cassie hatte eben von der großen Schlacht erzählt, die damals hier stattgefunden hatte. »Darf ich Sie darauf aufmerksam machen, dass Sie genau an der Stelle stehen, wo damals ein junger Soldat erschossen wurde?«

»Oh, mein Gott!« Mrs. Cox griff sich ans Herz. »Hast du das gehört, Irma?«

»Mit meinen Ohren ist noch alles in Ordnung, Marge.« Mrs. Berman beäugte die Treppe, als würde sie erwarten, dort noch immer eine Blutlache vorzufinden. »Mrs. Dolin hat uns gerade eine kleine Unterrichtsstunde in Geschichte erteilt. Wir haben uns entschieden, hier Station zu machen, nachdem wir in einer Broschüre entdeckt haben, dass es in diesem Haus spukt.«

»Ja, Ma'am. Das tut es.«

»Sheriff MacKade ist einer der Brüder des Besitzers«, erklärte Cassie. »Er kann Ihnen wahrscheinlich noch einiges mehr erzählen als ich.«

»Ach nein, das glaube ich nicht«, entgegnete Devin. »Sie müssen wissen, dass Mrs. Dolin im Gegensatz zu mir nämlich tagtäglich mit den Gespenstern zusammenwohnt. Erzähl ihnen doch noch die Geschichte von den beiden Soldaten, Cassie.«

Obwohl sie die Geschichte mehrmals pro Woche vortrug, hatte Cassie plötzlich Mühe, sich in Devins Gegenwart nicht gehemmt zu fühlen. Sie faltete die Hände über ihrer Schürze und holte tief Luft.

»Zwei junge Soldaten«, begann sie dann, »verloren während der Schlacht bei Antietam den Anschluss an ihr jeweiliges Heer und irrten in den Wäldern, die direkt hinter dem Inn liegen, herum. Die Meinungen darüber, ob sie versuchten, wieder Anschluss an ihre Truppe zu finden, oder ob sie die Absicht hatten zu desertieren, sind geteilt. Man weiß es offensichtlich nicht genau. Natürlich hörten sie das Geschützfeuer, aber sie wagten sich nicht vor, weil sie nicht wussten, bei welchem Heer sie landen würden, und Angst hatten, in die gegnerischen Linien zu geraten. Irgendwann trafen sie aufeinander – Feinde, wie sie auf den ersten Blick bemerkten, denn der eine trug eine blaue Uniform und der andere eine graue.«

»Die armen Jungen«, murmelte Mrs. Berman.

»Sie schossen aufeinander, verwundeten sich gegenseitig und krochen schließlich schwer verletzt in entgegengesetzte Richtungen davon. Der eine, der Konföderierte, schaffte es bis zu diesem Haus. Man erzählt sich, er habe geglaubt, nach Hause zu kommen, denn alles, was er sich ersehnte, war, sicher im Schoß seiner Familie zu sein. Einer der Sklaven fand ihn draußen im Garten und schleppte ihn schließlich ins Haus. Die Hausherrin war eine Südstaatenlady. Sie hieß Abigail, Abigail O'Brian Barlow, und hatte einen reichen Yankee geheiratet, einen Mann, den sie nicht liebte. Aber sie fühlte sich natürlich an ihr Ehegelübde gebunden.«

Devin hob eine Augenbraue. Das war eine neue Wendung der Geschichte, die er seit seiner Kindheit kannte.

»Als ihr Blick auf den Jungen fiel, fühlte sie sich an ihre eigene Jugend und an ihr Zuhause erinnert. Ihr Herz floss über vor Mitleid mit ihm, und sie ordnete an, ihn die Treppe hinaufzutragen, wo sie beabsichtigte, seine Wunden zu versorgen. Sie sprach mit ihm, hielt seine Hand und versicherte ihm, dass alles gut werden würde, während zwei Sklaven ihn diese Treppe hier hinaufschleppten. Sie wusste, dass sie nie mehr in ihr Zuhause zurückkehren würde, aber sie wollte dafür sorgen, dass zumindest der Junge wieder heimkehren konnte. Der Krieg hatte sich mittlerweile in seiner ganzen Grausamkeit gezeigt, ein sinnloser Kampf und sinnloser Schmerz, genau wie ihre Ehe. Abigail glaubte, wenn sie diesem armen Jungen helfen könnte zu überleben, dann hätte ihr eigenes Leben zumindest einen Sinn erfüllt.«

Mrs. Cox kramte Papiertücher aus ihrer Handtasche, reichte eins davon ihrer Schwester und putzte sich geräuschvoll die Nase.

»Und dann kam ihr Mann die Treppe herunter«, fuhr Cassie fort. »Sie liebte ihn nicht, aber sie hasste ihn auch nicht, sie zollte ihm Respekt und gehorchte dem Mann, den sie geheiratet hatte, dem Vater ihrer Kinder. Er hatte ein Gewehr bei sich, und sie sah die Mordlust in seinen Augen. Sie schrie ihn an, nicht zu tun, was er zu tun beabsichtigte, sie bettelte. Die Hand des Jungen lag in ihrer, sein Blick war auf ihr Gesicht geheftet, und wenn sie den Mut gehabt hätte, hätte sie sich über ihn geworfen, um ihn mit ihrem eigenen Körper zu schützen.«

Nun war es Cassie, die auf die Stufen schaute und seufzte. »Aber so viel Mut brachte sie nicht auf. Ihr Mann feuerte sein Gewehr ab und tötete ihn. Abigail hielt die ganze Zeit über seine Hand. Er starb hier, dieser junge Soldat, an dieser Stelle. Und sie starb mit ihm. Ihr Herz starb. Seitdem sprach sie mit ihrem Mann nie mehr ein Wort und begann ihn zu hassen. Sie trauerte so lange, bis sie zwei Jahre später verschied. Und noch heute kann man oft, sehr oft, den Duft der Rosen, die sie liebte, in diesem Haus riechen und ihr Weinen hören.«

»Oh, was für eine traurige Geschichte.« Mrs. Cox betupfte sich die Augen. »Irma, hast du jemals eine so traurige Geschichte gehört?«

Mrs. Berman schniefte. »Sie hätte besser das Gewehr genommen und diesen Dreckskerl erschossen.«

»Ja.« Cassie lächelte leise. »Vielleicht ist das der Grund, weshalb sie noch immer weint.« Sie schüttelte die beklommene Stimmung, die die Geschichte jedes Mal von Neuem in ihr erzeugte, ab und geleitete die beiden alten Damen die letzten Stufen hinunter. »Wenn Sie möchten, können Sie es sich jetzt im Salon gemütlich machen, und ich werde Ihnen die versprochene Tasse Tee bringen.«

»Das wäre furchtbar lieb.« Mrs. Cox schniefte noch immer. »So ein herrliches Haus. Und was für ausgesucht schöne Möbel.«

»Sie stammen alle aus dem ›Past Times‹, dem Antiquitätengeschäft von Mrs. MacKade in der Main Street. Wenn Sie Zeit haben, können Sie irgendwann dort hingehen und ein bisschen herumstöbern. Mrs. MacKade hat wirklich wundervolle Sachen, und alle Gäste des Inns bekommen zehn Prozent Rabatt.«

»Zehn Prozent«, murmelte Mrs. Berman und beäugte einen schön geschwungenen Garderobenständer.

»Devin, möchtest du auch eine Tasse Tee?«

Er hatte Mühe, in die Gegenwart zurückzufinden. Er fragte sich gerade, ob Connor seine Fantasie wohl von seiner Mutter geerbt hatte.

»Ein andermal. Ich habe draußen im Auto einige Sachen für oben. Für deine Wohnung.«

»Oh.«

»Ladys, es war mir ein Vergnügen. Ich wünsche Ihnen noch einen angenehmen Aufenthalt hier und viel Spaß.«

»Was für ein gut aussehender Mann«, schwärmte Mrs. Cox, nachdem Devin hinausgegangen war, und presste die Hand auf ihr Herz. »Du lieber Gott, Irma, sag doch, hast du jemals einen so gut aussehenden jungen Mann gesehen?«

Doch Mrs. Berman war bereits damit beschäftigt, den antiken Tisch im Salon genauestens in Augenschein zu nehmen.

Nachdem Cassie die Damen im Salon mit Tee versorgt hatte, glaubte sie vor Neugier jeden Moment sterben zu müssen. Eigentlich hatte sie gar keine Zeit, nach oben in ihre Wohnung zu gehen, aber schließlich machte sie sich – mit schlechtem Gewissen natürlich – doch auf den Weg.

Plötzlich blieb sie überrascht stehen. Devin stand von Sonnenschein übergossen auf ihrer Veranda und setzte gerade eine Schaukel zusammen.

»Ist der perfekte Platz für sie, hier in der Sonne, findest du nicht auch?«

»Ja, wirklich. Rafe hat gar nichts gesagt, dass er hier eine Schaukel anbringen lassen will.«

»Er weiß überhaupt nichts davon. Ich wollte es.« Als er sah, dass ihr Gesicht einen besorgten Ausdruck annahm, fuhr er fort: »Mach dir keine Gedanken, ich bringe es ihm schon bei. Er hat sicher nichts dagegen.« Er grinste. »Ich fand, es sei eine gute Art, ab und zu ein paar Stunden mit dir an einem schönen Nachmittag zu verbringen. Und wir könnten uns zum Beispiel jetzt zusammen draufsetzen, und du küsst mich noch mal, was hältst du davon?«

»Oh.«

»Du hast doch selbst gesagt, es würde dir nichts ausmachen.«

»Nein ... Ja ...« Da war es wieder, das Flattern in ihrem Bauch. »Musst du denn nicht arbeiten?«

»Ich habe heute frei. Irgendwie zumindest.« Er umschloss ihre Hand. »Du siehst wunderhübsch aus heute, Cassie.«

Automatisch strich sie ihre Schürze glatt. »Ich habe noch nicht mal meine Schürze ausgezogen. Ich war eben beim Saubermachen.«

»Wirklich hübsch«, murmelte er, zog sie zu sich heran und drückte sie neben sich auf die Schaukel.

»Vielleicht sollte ich uns was zu trinken holen.« Sie wollte schon aufstehen, doch er hielt sie fest.

»Irgendwann wirst du's schon noch mal spitzkriegen, dass ich nicht herkomme, damit du mir kalte Drinks servierst.«

»Connor hat erzählt, dass du dir Sorgen um mich machst. Aber das ist unnötig. Ich hatte allerdings gehofft, dass du bald mal vorbeikommst, weil ich dir dafür danken wollte, was du für Connor getan hast. Wie du ihn behandelt hast, meine ich. Ich glaube, es hat ihm sehr gutgetan, weißt du.«

»Ich habe doch gar nichts gemacht. Was er bekommen hat, hat er verdient. Connor ist wirklich ein prima Junge, Cassie.«

»Ich weiß.« Sie holte tief Atem und entspannte sich gerade genug, um sich anlehnen zu können. Die Schaukel schwang in einem sanften Rhythmus vor und zurück, vor und zurück. Cassies Mundwinkel bogen sich nach oben, einen Moment später lachte sie.

»Was ist so lustig?«

»Ach, ich weiß nicht. Wahrscheinlich nur, weil wir hier auf einer Schaukel sitzen wie Teenager.«

»Nun, wenn du jetzt sechzehn wärst, wäre das mein nächster Schritt.« Er hob seinen Arm und legte ihn ihr beiläufig um die Schulter. »Sehr subtil, ha, ha.«

Sie lachte wieder und wandte ihm ihr Gesicht zu. »Als ich sechzehn war, warst du aber alles andere als subtil. Oder war es nur ein Gerücht, dass du mit den Mädels immer in den Steinbruch ...«

Ein Kuss war der beste Weg, ihr das Wort abzuschneiden. Er küsste sie sanft, so sanft, und genoss das leise Beben, das ihren Körper durchlief, in vollen Zügen.

»Na ja, vielleicht nicht ganz so subtil«, knüpfte er wieder da an, wo sie aufgehört hatten, nachdem er seine Lippen von ihren gelöst hatte. »Hast du Lust, mit mir in den Steinbruch zu gehen?« Als sie zu stottern begann, lachte er. »Na, dann eben ein andermal. Für heute gebe ich mich mit einem Kuss zufrieden.«

Wäre sie eine andere gewesen, hätte er sich möglicherweise über den konzentrierten Ausdruck, der sich jetzt auf ihrem Gesicht ausbreitete, amüsiert. Doch da sie die war, die sie war, ging ihm die Art, wie sie ihm mit äußerstem Bedacht ihre Lippen entgegenhob und sie dann, den Bruchteil einer Sekunde zögernd, auf seinen Mund drückte, zutiefst zu Herzen.

»Entspann dich«, flüsterte er gegen ihren Mund. »Stell deinen Verstand mal für eine Minute ab, ja? Meinst du, das gelingt dir?«

»Ich ...« Sie brauchte ihn nicht abzustellen, er stellte sich ganz von selbst ab, als seine Zunge zärtlich begann, die ihre zu liebkosen, und seine Hände anfingen, ihre Seiten zu streicheln, auf erregende Weise immer ganz knapp an ihren Brüsten vorbei.

»Ich schmeck dich so gerne.« Er küsste ihre Schläfen, ihre Augen, dann wieder ihre Lippen. »Ich träume davon.«

»Du hast von mir geträumt?«

»Schon mein halbes Leben. So wie jetzt wollte ich dich schon seit vielen, vielen Jahren in den Armen halten. Für immer.«

Seine Worte zerrissen den feinen Schleier, der sich jedes Mal über ihr Bewusstsein senkte, wenn er sie küsste. »Aber ...«

»Du warst verheiratet.« Seine Lippen wanderten an ihrer Wange hinunter. »Ich habe nicht schnell genug geschaltet. Joe hat dich mir vor der Nase weggeschnappt. An dem Tag, an dem ihr geheiratet habt, habe ich mich sinnlos betrunken. Ich wusste nicht, was ich sonst hätte tun können. Am liebsten hätte ich ihn umgebracht, aber dann dachte ich mir, wenn du ihn geheiratet hast, musst du ihn wohl auch mögen. So war das.«

Er konnte anscheinend nicht aufhören. »Ich habe dich so sehr geliebt, dass ich manchmal glaubte, sterben zu müssen. Ich bildete mir ein, dass ich einfach irgendwann umkippen und tot sein würde, verstehst du, was ich meine?«

Erschrocken machte sie sich von ihm los. »Sag doch so was nicht.«

Obwohl er das Gefühl hatte, schon viel zu viel preisgegeben zu haben, konnte er sich jetzt nicht mehr bremsen. Nun musste er das, was er begonnen hatte, auch zu Ende führen. »Ich liebe dich seit mehr als zwölf Jahren, Cassandra. Ich habe dich geliebt, als du mit einem anderen Mann verheiratet warst und als deine Kinder kamen. Ich liebte dich, als ich sah, dass Joe dich quälte, und konnte nichts anderes tun, als dir einen Weg aufzuzeigen, aus dieser Hölle herauszukommen. Und ich liebe dich auch jetzt.«

Aus alter Gewohnheit erhob sie sich hastig und schlang ihre Arme um sich. »Das ist unmöglich, Devin ... wie kannst du ....«

»Sag mir nicht, was ich fühle.« Der Ärger, der plötzlich in seinem Ton lag, veranlasste sie, erschrocken einen Schritt zurückzuweichen. Er stand ebenfalls auf und kam auf sie zu. »Und hör auf, Angst vor mir zu haben, nur weil ich ein bisschen die Stimme erhebe. Ich kann nicht sein, was ich nicht bin, selbst für dich nicht. Aber ich bin nicht Joe Dolin, kapierst du? Ich würde dich niemals schlagen.«

»Ich weiß das.« Sie ließ die Arme fallen. »Ich weiß es wirklich, Devin.« Sie sah, dass er mit aller Mühe sein Temperament zu zügeln versuchte. »Ich will nicht, dass du dich über mich ärgerst, Devin, aber ich weiß nicht, was ich zu dir sagen soll.«

»Scheint so, als hätte ich schon alles gesagt, was es zu sagen gibt.« Er begann auf der Veranda hin und her zu laufen, die

Hände tief in den Taschen seiner Jeans versenkt. »Normalerweise gehe ich die Dinge langsam an und durchdenke sie gut, aber im Moment kann ich nicht mehr. Ich habe gesagt, was ich zu sagen hatte, Cass, und ich kann – will es nicht zurücknehmen. Jetzt ist es an dir zu entscheiden.«

»Entscheiden?« Verwirrt hob sie die Hände und ließ sie gleich darauf wieder sinken. »Du willst mir erzählen, dass ein Mann wie du mir die ganzen Jahre über tiefe Gefühle entgegengebracht hat, ohne auch nur ein einziges Mal den Versuch zu unternehmen, sich zu erklären? Nicht einmal in all der Zeit?«

»Was zum Teufel hätte ich denn tun sollen? Du warst ja verheiratet. Du hattest deine Wahl getroffen, und die ist eben nicht auf mich gefallen.«

»Ich wusste ja gar nicht, dass ich eine Wahl hatte.«

»Mein Fehler«, gab er bitter zurück. »Und jetzt habe ich den nächsten gemacht, weil du noch nicht bereit bist oder nicht bereit sein willst. Oder weil du mich vielleicht gar nicht willst.«

»Ich ...« Sie hob ihre Hände und legte sie an ihre Wangen. Sie hätte beim besten Willen im Moment nicht sagen können, welche der Alternativen, die er aufgezählt hatte, zutraf. Oder ob vielleicht alles in Wirklichkeit ganz anders war. »Ich bin ganz durcheinander. Ich kann nicht denken. Du bist für mich immer ein Freund gewesen. Und, nun, der Sheriff eben, der Mann, der mir geholfen hat, und ich bin dir dankbar ...«

»Wage es nicht, so etwas noch mal zu mir zu sagen.« Devin spie die Worte förmlich heraus und war zu erregt, um zu bemerken, dass sie weiß wurde wie ein Bettlaken. »Verdammt noch mal, ich will nicht, dass du mir dankbar bist. Du bist doch für mich kein Sozialfall. Das habe ich nicht verdient.«

»Ich wollte doch nicht ... Devin, es tut mir leid. Wirklich, es tut mir schrecklich leid.«

»Zur Hölle mit deinen ewigen Entschuldigungen«, wütete er. »Und zur Hölle mit deiner Dankbarkeit. Wenn du glaubst, jemandem Dankbarkeit zu schulden dafür, dass er diesen Schweinehund, der dich tagtäglich verprügelt hat, eingelocht hat, dann wende dich tunlichst an meine Dienstmarke, nicht an mich. Denn wenn es nach mir gegangen wäre, dann hätte ich ...« Er schluckte das, was er noch sagen wollte, hinunter und starrte sie zornig an. Sein Blick traf sie mitten ins Herz. »Ach, das willst du ja gar nicht wissen. Alles, was du von mir willst, ist, dass ich ständig mit gesenkter Stimme spreche, meine Gefühle vor dir verstecke und meine Hände bei mir lasse.«

»Nein, das ist nicht ...«

»Es macht dir nichts aus, wenn ich dich küsse, und wenn doch, dann sagst du dir, dass es das Mindeste ist, was du für mich tun kannst, weil du mir ja so dankbar bist.«

Sie zuckte zusammen, einen Moment später straffte sie die Schultern. »Das ist nicht fair.«

»Ich habe die Schnauze voll davon, fair zu sein. Und ich habe die Schnauze voll davon, auf dich zu warten. Ich habe die Schnauze voll davon, unglücklich verliebt zu sein. Es reicht mir, verstehst du? Zum Teufel damit.«

Er ging an ihr vorbei und war schon auf halber Treppe, ehe es ihr gelang, sich aus ihrer Erstarrung zu reißen. Sie rannte hinter ihm her. »Devin. Devin, bitte, geh nicht so fort. Lass mich dir ...«

Er schüttelte wild ihre Hand ab, die sie ihm auf die Schulter gelegt hatte, und wirbelte herum. »Lass mich in Ruhe jetzt, Cass. Ich weiß doch genau, dass du willst, dass ich gehe.«

Sie kannte diesen Blick, aber sie hätte niemals erwartet, ihn in seinen Augen zu entdecken. Es war der Blick eines Mannes, der außer sich war vor Zorn. Sie hatte allen Grund, ihn zu fürchten. Ihr Magen krampfte sich schmerzhaft zusammen, aber sie hielt stand. Devin würde niemals erahnen, welche Kraftanstrengung sie das kostete.

»Du hast es mir nie gesagt«, wandte sie ein, wobei sie sich bemühte, ihrer Stimme Festigkeit zu verleihen. »Du hast es mir nie gezeigt. Bis heute. Und jetzt willst du mir nicht einmal die Zeit geben, in Ruhe darüber nachzudenken. Du weigerst dich, meine Entschuldigungen anzunehmen, und ich darf nicht sagen, dass ich dir dankbar bin, obwohl es so ist. Und da es so ist, wie es ist, will ich das auch sagen dürfen. Ich kann nicht nur das tun, was du von mir erwartest, würde ich das nämlich, würde ich diesmal alles verlieren, was ich habe, nämlich mich selbst. Und das will ich nicht, nicht einmal dir zuliebe.«

»Das war klar genug.« Er wusste, dass er im Unrecht war – nicht ganz zwar, aber immerhin genug –, doch das war ihm im Moment egal. Er wollte sie falsch verstehen, ganz bewusst, weil es das Einzige war, was den rasenden Zorn, der in ihm tobte, besänftigen konnte. »Du irrst, wenn du glaubst, ich wollte dich anders haben, als du bist, aber dagegen kann man anscheinend nichts machen. Falls du es dir anders überlegst, weißt du ja, wo du mich finden kannst.«

Devin MacKade liebte sie. Diese Erkenntnis verwirrte sie und rief zugleich Angst in ihr hervor. Noch ungeheuerlicher jedoch erschien ihr die Tatsache, dass er sie die ganzen Jahre über geliebt hatte, ohne sich ihr zu offenbaren.

Devin MacKade, der freundlichste, anbetungswürdigste Mann, den sie kannte, liebte sie, und alles, was sie ihm entgegenzubringen wusste, war Dankbarkeit.

Und jetzt hatte sie ihn verloren, seine Freundschaft, die ihr doch so wichtig war, seine häufigen Besuche, ohne die sie sich ihr Leben mittlerweile gar nicht mehr vorstellen konnte. Sie hatte ihn verloren, weil er sich eine richtige Frau wünschte, was sie nicht war, denn sie war innerlich leer.

Sie weinte nicht. Es war zu spät für Tränen. Stattdessen straffte sie die Schultern. Sie ging die Treppe nach unten ins Inn. Dort wartete Arbeit auf sie, und sie konnte am besten nachdenken, wenn ihre Hände beschäftigt waren.

Sie musste neue Blumen in die Brautsuite – Abigails ehemaliges Zimmer – bringen. Auch wenn der Raum nicht belegt war, stand stets ein frischer Strauß auf dem Tisch am Fenster. Heute Morgen hatte sie es vergessen.

Und doch duftete das ganze Zimmer nach Rosen. Plötzlich spürte sie, wie ihr ein Schauer den Rücken hinabrann. Sie spürte deutlich seine Anwesenheit und wandte sich um.

»Devin.« Erleichterung, Verwirrung, Besorgnis. All das war in ihr, als sie jetzt einen Schritt auf die Tür zuging.

Doch es war nicht Devin. Der Mann war groß, schwarzhaarig und sah atemberaubend gut aus. Sie spürte seine starke Anziehungskraft deutlich. Aber sein Gesicht war nicht Devins Gesicht, und seine Kleider waren förmlich, altmodisch. Ihre Hand fühlte sich plötzlich an, als gehöre sie nicht zu ihr, und in ihrem Kopf begann es, seltsam zu summen.

»Abigail, komm mit mir. Nimm die Kinder und geh mit mir fort. Verlass dieses Haus. Du liebst ihn nicht.«

Nein, dachte Cassie. Ich habe ihn nie geliebt. Und jetzt verachte ich ihn.

»Siehst du nicht, was du dir damit antust, wenn du noch länger hierbleibst? Wie lange willst du noch ausharren?«

»Mir bleibt nichts anderes übrig. Es ist das Einzige, was ich tun kann.«

»Ich liebe dich, Abby. Ich liebe dich so sehr. Ich könnte dich glücklich machen, wenn du es nur zulassen würdest. Lass uns von hier weggehen, ganz weit weg, und lass uns zusammen ein neues Leben anfangen. Ein Leben, das nur uns gehört. Ich warte doch schon so lange auf dich.«

»Wie könnte ich das? Ich fühle mich an ihn gebunden. Außerdem habe ich Kinder, und dein Leben ist hier in dieser Stadt. Du kannst nicht einfach weggehen, du hast eine Verantwortung, und die Menschen hängen an dir.«

»Es gibt nichts, was ich nicht für dich tun würde. Ich würde für dich sogar töten. Und sterben. Um Gottes willen, Abigail, gib mir die Chance, dir zu beweisen, wie sehr ich dich liebe. All die Jahre über war ich um dich herum, habe mit ansehen müssen, wie unglücklich du warst, und konnte dir doch nicht helfen. Ich konnte das Gefühl, nichts tun zu können, kaum ertragen. Doch das ist jetzt vorbei. Er ist nicht da. Wir könnten fliehen und schon weit weg sein, ehe er zurückkommt. Warum sollten wir uns deshalb schuldig fühlen? Ich will nicht mehr mit dir im Salon sitzen und mir vormachen, ich würde dich nicht lieben, würde dich nicht brauchen. Ich kann nicht mehr einfach nur dein Freund sein.«

»Du weißt, wie sehr ich dich schätze und wie wichtig du mir bist.«

»Sag mir, dass du mich liebst.«

»Ich kann nicht. In mir ist nichts, nur Leere. Er hat mich umgebracht.«

»Komm mit mir, bitte. Dann wirst du wieder anfangen zu leben.«


Was auch immer oder wer auch immer dort an der Tür gestanden haben mochte, er oder es verblasste langsam und war schließlich ganz verschwunden. Nur der Rosenduft hing noch immer unverkennbar in der Luft. Cassie fand sich schwankend einen Moment später in der Wirklichkeit wieder, eine Hand Halt suchend ausgestreckt, aber sie griff ins Leere.

In ihrem Kopf summte es noch immer. Jetzt wurde ihr schwindlig, die Beine sackten unter ihr weg, und sie sank langsam zu Boden.

Was war geschehen? Hatte sie geträumt? Halluziniert?

Als sie eine Hand an ihr Herz legte, spürte sie sein wildes Pochen.

Sie hatte die Gespenster schon vorher gehört, ihre Anwesenheit auch gespürt, gesehen jedoch hatte sie bisher noch nie eines. Keinen der Barlows und auch den armen getöteten Soldaten nicht. Aber jetzt hatte sie den Mann gesehen, der Abigail geliebt hatte. Den Mann, der sie liebte.

Wer war er gewesen? Das würde sie wohl niemals erfahren. Warum war Abigail nicht mit ihm gegangen? Warum hatte sie die Hand, die er ihr hinstreckte, nicht genommen und war mit ihm davongelaufen? Davongelaufen, um ihr Leben zu retten?

Abigail hatte ihn geliebt. Cassie holte tief Atem. Ja, dessen war sie sich sicher. Die Gefühle, die in der Luft gelegen hatten, waren fast mit Händen greifbar gewesen, so stark waren sie. Sie spürte sie noch immer. Es war Liebe, verzweifelte, hoffnungslose Liebe.

Weinst du deshalb? dachte Cassie. Weil du nicht mit ihm gegangen bist, weil du ihn verloren hast? Du hast seine Hand nicht ergriffen, und dann gab es irgendwann nichts mehr, woran du dich festhalten konntest. Du hattest Angst, ihn zu lieben, und das hat ihm das Herz gebrochen.

So wie sie heute Devin das Herz gebrochen hatte.

Cassie überlief ein Schauer, sie hob den Kopf. Warum? fragte sie sich. Warum hast du das getan? Aus Angst? Weil du Zweifel hattest? Oder aus alter Gewohnheit? Ihre Reaktion erschien ihr plötzlich völlig übertrieben. Alles, was Devin gewollt hatte, war Zuneigung. Aber sie hatte es nicht über die Lippen gebracht, ihm zu sagen, wie viel er ihr bedeutete. Es war ihr nicht möglich gewesen, es ihm zu zeigen.

Würde sie sich ihm verweigern, so wie Abigail es getan hatte, oder würde sie ihre Chance ergreifen?

War sie nicht lange genug feige gewesen?

Sie fuhr sich mit dem Handrücken über die Stirn, auf der sich ein feiner Schweißfilm gebildet hatte, dann stand sie auf. Sie musste zu ihm. Sie musste ihn sehen, mit ihm sprechen. Wie auch immer.

Doch das war nicht ganz einfach zu bewerkstelligen. Sie hatte Kinder, und die konnte sie schwerlich sich selbst überlassen. Sie hatte Gäste, um die sie sich kümmern musste, und auch ansonsten alle Hände voll zu tun. So vergingen Stunden, es wurde Abend, und mit jeder Minute, die verstrich, vergrößerten sich ihre Zweifel. Sollte sie zu ihm gehen oder sollte sie nicht?

Schließlich jedoch gelang es ihr, ihre Bedenken beiseitezuschieben, indem sie sich sagte, dass er sie liebte. Das war genug.

»Ich bin dir so dankbar, Ed, wirklich.«

»Nun mach mal halblang.« Ed, die es sich bereits mit einer Schale Popcorn vor dem Fernseher gemütlich gemacht hatte, winkte ab. »Auf diese Weise komme ich wenigstens mal dazu, das Café ein bisschen früher zu schließen. Ich habe mir einen freien Abend redlich verdient.«

»Die Kinder schlafen schon.« Cassie war noch immer nicht ganz beruhigt. »Ich glaube nicht, dass sie noch mal aufwachen.«

»Oh, mach dir nur über die beiden Engelchen keine Gedanken. Und über deine Gäste auch nicht«, fügte Ed hinzu,

Cassies Besorgnis vorwegnehmend. »Falls irgendjemand etwas braucht, soll er einfach hier anrufen, ich komme dann. Ich schau mir das Video an, das ich mir mitgebracht habe, und hau mich dann auch in die Falle.«

»Aber du nimmst mein Bett, ja? Du hast es mir versprochen. Ich lege mich dann hier im Wohnzimmer auf die Couch, wenn ich zurück bin.«

»Hm-hm ...« Ed war bereit zu wetten, dass das nicht vor morgen früh sein würde. »Sag Devin einen schönen Gruß von mir.«

Cassie zupfte nervös an ihrem Kragen herum. »Ich geh nur rasch rüber in sein Büro, um kurz was mit ihm zu besprechen. Es wird nicht lange dauern.«

»Wenn du meinst, Honey.«

»Er ist böse auf mich, Ed. Er ist so böse, dass er mich vielleicht sogar rausschmeißt.«

Ed drückte die Stopptaste auf der Fernbedienung, drehte sich um und bedachte Cassie mit einem langen, wissenden Blick. »Also mal ganz ehrlich, Honey, wenn du ihn so anschaust wie jetzt mich, wird er dich ganz bestimmt nicht rausschmeißen, sondern dich höchstens nach hinten in seine Höhle verschleppen.« Als Cassie instinktiv die Arme um sich legte, lachte Ed. »War doch nur Spaß. Devin würde dich niemals zu etwas drängen, das du nicht willst, das weißt du doch so gut wie ich. Ein Mann wie er hat es überhaupt nicht nötig, eine Frau zu drängen. Er muss einfach nur sein, wie er ist, das ist schon perfekt.«

»Wie kommst du denn darauf, dass ich zu ihm will, um ... um ...«

»Cassie, Honey, was glaubst du eigentlich, wen du vor dir hast? Ich bin doch nicht von gestern. Du hast mich angerufen und gefragt, ob ich heute Nacht hier schlafen kann, weil du zu Devin musst. Woran sollte ich schon denken, wenn nicht an das? Kannst du mir das vielleicht mal verraten?«

Cassie schaute an sich herunter. Ihr Blick wanderte über ihre ordentlich gebügelte Baumwollbluse, die einfache Hose, die flachen Schuhe. Sah so eine Femme fatale aus? Wohl kaum. »Ed, ich bin in solchen Sachen nicht besonders gut.«

Ed hob das Kinn. »Dafür ist Devin umso besser, möchte ich wetten. Deshalb mach dir bloß keine Gedanken.«

»Regan hat gesagt, ich solle ihn das Tempo bestimmen lassen. Vielleicht sollte ich ja doch lieber nicht hingehen.«

»Also wirklich, Schätzchen. Irgendwie hast du einfach keine Ahnung. Manchmal braucht sogar ein richtiger Mann einen kleinen Schubs. Also hör jetzt endlich auf, dir den Kopf zu zerbrechen und die Hände zu ringen. Geh zu ihm, Schluss, fertig, aus.«

»Ich sollte irgendwas mit meinem Haar machen, findest du nicht auch? Und meinen Lippenstift habe ich mir bestimmt auch schon wieder abgeleckt, stimmt's? Außerdem sollte ich wohl besser ein Kleid anziehen.«

»Cassie.« Ed schob ihre Brille etwas herunter und musterte Cassie über den Rand hinweg eingehend. »Du siehst wunderbar aus. Richtig frisch. Und im Übrigen möchte ich wetten, dass es ihm piepegal ist, was du anhast, verdammt noch mal. Ihn wird einzig interessieren, dass du da bist. Also, los, mach dich jetzt endlich auf die Socken.«

»Na gut. Wenn du meinst, dass es so gut ist.« Cassie straffte die Schultern und griff nach ihrer Handtasche. »Dann geh ich jetzt. Ich ... ich gehe. Und wenn du irgendetwas brauchst ...«

»Ich bin wunschlos glücklich. Du bist ja immer noch da. Verschwinde endlich.«

»Ich gehe ja schon.«

Ed zog die Brauen zusammen, während sie Cassie hinterhersah, die widerstrebend zur Tür ging. Armes Kind, dachte sie. Sie sieht aus, als ob sie die Befürchtung hätte, direkt in einen Kugelhagel zu laufen.

Mit einem Seufzer schob Ed die Brille hoch und drückte auf den Knopf der Fernbedienung.

Sie setzte ihr ganzes Geld auf Devin MacKade. Er würde ganz bestimmt gewinnen.

# 7. Kapitel

Du solltest wirklich langsam Schluss machen und dich in die Falle hauen, sagte sich Devin, der mit hochgelegten Beinen an seinem Schreibtisch saß und las.

Es fiel ihm einfach nichts ein, was er hätte tun können. Irgendwo musste er Dampf ablassen. Vorhin hatte er kurz überlegt, ob er nicht zur Farm rausfahren sollte, um mit Shane einen Streit anzufangen. Es würde leicht sein. Zu leicht. Das war der Grund, weshalb er die Idee wieder verworfen hatte.

Er sagte sich, dass er sich zu schade dafür war. Auf diese Weise hatte er als Jugendlicher seine Konflikte gelöst, nun ja, vielleicht auch noch als junger Erwachsener, aber heute doch nicht mehr. Dabei sah er großzügig über den Umstand hinweg, dass er sich erst in der vergangenen Woche mit Shane einen Boxkampf geliefert hatte.

Es war bereits nach zehn Uhr abends, was es wenig wahrscheinlich machte, dass noch ein Anruf kam, der ihn ablenken könnte. Er hätte nicht hier zu sein brauchen, aber er mochte die Atmosphäre in seinem Büro, die Stille und Einsamkeit und das ganze Drumherum, das ihm so angenehm vertraut war.

Er überlegte, ob er sich noch mal einen Kaffee aufbrühen sollte, bevor er zu Bett ging, verwarf diesen Gedanken jedoch gleich wieder, weil er den Aufwand scheute.

Er konnte sich nicht erinnern, jemals in seinem Leben so erzürnt und zugleich so müde gewesen zu sein. Normalerweise hatte Wut eine genau entgegengesetzte Wirkung auf ihn.

Sein Blut erhitzte sich, und sein Adrenalinspiegel stieg an. Doch jetzt war er völlig k. o. Er vermutete, dass es daher kam, weil sich sein Ärger zum größten Teil gegen ihn selbst richtete.

Wenn eine Frau einen Mann verletzte, war es für den Mann die natürlichste Sache der Welt, seine Verletztheit in Wut zu verwandeln. Hatte er einen Fehler gemacht?

Und jetzt schmollst du, dachte er, das Gesicht verziehend. Er vermisste sie mehr, als wenn sie tot wäre. Die ganzen Jahre über hatte er sie vermisst.

Er sollte lieber endlich seinen blöden Hintern hochkriegen und etwas unternehmen, statt weiter hier herumzusitzen und darüber zu brüten, was er hätte tun sollen oder nicht.

Doch er hatte keine Ahnung, was er unternehmen könnte – außer sich selbst zu bemitleiden. Er hatte sich weit vorgewagt, zu weit, und hatte eine Bauchlandung gemacht.

Zur Hölle damit, dachte Devin, lehnte sich zurück, das Buch auf seiner Brust, und schloss die Augen. Er befahl sich, an etwas anderes zu denken.

Er musste mit dem Bürgermeister sprechen, damit der veranlasste, dass am Ende der Reno Street ein Stoppschild angebracht wurde. Drei Unfälle innerhalb eines Jahres waren ein guter Grund, die Dinge energisch voranzutreiben. Dann war da noch der Vortrag, den er versprochen hatte an der Highschool zu halten, und außerdem sollte er Shane dieses Jahr unbedingt wieder beim Heumachen helfen …

Langsam driftete er ins Reich der Träume hinüber. Irgendwie war er vom Heufeld vor ihre Schlafzimmertür gekommen. Cassie? Nein, das war nicht Cassie.

Abigail. Liebe und Verlangen erwachten in ihm. Warum sah sie nicht, dass sie ihn ebenso brauchte wie er sie und mit ihm gehen musste? Wollte sie ewig so sitzen bleiben, die gefalteten Hände in den Schoß gelegt, und blicklos ins Weite starren?

Es erschien ihm, dass nichts, was er sagen könnte, sie überzeugen würde, mit ihm zu kommen. Nein, sie würde sich weiter vor ihm verschließen und alles von sich weisen, das er ihr anbot.

Zorn vermischte sich mit Liebe und Verlangen. Er war es müde, wie ein Bittsteller vor ihr zu stehen, den Hut in der Hand.

»Noch einmal bitte ich dich nicht«, sagte er ihr. Sie schaute ihn nur schweigend an. »Ich werde nicht mehr zu dir kommen, nur damit du mir wieder mein Herz brechen kannst. Ich habe lange genug gewartet. Wenn es denn sein muss, gehe ich allein weg. Ich werde Antietam verlassen. Ich kann hier nicht leben in dem Bewusstsein, dass du ganz in meiner Nähe bist und doch außerhalb meiner Reichweite. Ich werde das bisschen, was von meinem Leben noch übrig ist, zusammenraffen und so schnell wie möglich von hier verschwinden.«

Wieder sagte sie nichts, und er wusste, das war das Ende. Er drehte sich um und ging. Ihr Weinen begleitete ihn bis hinunter auf die Straße.

Cassie stand vor dem Schreibtisch und schlang den Riemen ihrer Handtasche um ihre Finger. Sie hatte nicht damit gerechnet, ihn schlafend vorzufinden, und wusste jetzt nicht, ob sie ihn wecken oder sich besser leise wieder davonmachen sollte.

Von ihm ging nichts Friedvolles aus. Sein Gesicht wirkte angespannt, selbst jetzt im Schlaf, und seine Lippen bildeten eine dünne, harte Linie. Sie wünschte, sie hätte den Mut, die Falten, die von seinen Nasenflügeln zu den Mundwinkeln hinabliefen, zu glätten und ihn dazu zu bringen zu lächeln.

Es war das alte Problem. An Mut hatte es ihr stets gemangelt.

Als er unerwartet die Augen öffnete, zuckte sie zusammen wie ein erschreckter Hase. »Entschuldige. Ich wollte dich nicht wecken.«

»Ich habe nicht geschlafen.« Zumindest glaubte er das. Sein Kopf war vernebelt von Rosenduft, und einen Moment lang bildete er sich ein, dass sie das lange blaue Kleid mit dem Spitzenkragen trug.

Was natürlich völliger Unsinn war. Sie hatte wie immer eine ordentlich gebügelte Bluse und Slacks an. Er fuhr sich mit den Fingern durchs Haar. »Ich habe mir nur ein paar Dinge durch den Kopf gehen lassen. Beruflicher Kram.«

»Wenn du zu tun hast, kann ich ...«

»Was willst du, Cassie?«

»Ich ...« Er war noch immer böse. Sie hatte es nicht anders erwartet, war darauf vorbereitet. »Ich muss dir ein paar Sachen sagen.«

»Okay. Schieß los.«

»Ich weiß, dass ich dich verletzt habe und dass du wütend auf mich bist. Du willst, dass ich mich nicht entschuldige. Es macht dich krank, wenn ich es tue, also werde ich es nicht tun.«

»Fein. Warum machst du mir nicht einen Kaffee?«

»Oh, ich ...« Sie hatte sich bereits umgedreht und die Hand nach der Kaffeekanne ausgestreckt, als ihr aufging, was zu tun sie im Begriff stand. Sie holte tief Atem, wirbelte herum und sah ihn an. »Nein.«

»Nun, das ist immerhin etwas.«

»Ich bin daran gewöhnt, Menschen zu bedienen.« Jetzt wurde sie wütend, was ihr nicht ungelegen kam, aber es war doch etwas, mit dem sie schlecht umgehen konnte. »Wenn es dich stört, kann ich dir auch nicht helfen. Vielleicht gefällt es mir ja, Leute zu bedienen, was weißt du schon? Mag sein, dass ich mir dann nützlicher vorkomme.«

»Ich will aber nicht, dass du mich bedienst.« Ihm entging nicht, dass sie wütend war. Ihre Augen sprühten regelrecht vor Zorn, und er war fasziniert, als er es sah. »Ich will nicht, dass du dich mir verpflichtet fühlst.«

»Nun, irgendwie tue ich das aber. Ich kann nichts dagegen machen. Und die Tatsache, dass das so ist und dass ich dir obendrein auch noch dankbar bin ... schrei mich nicht wieder an, Devin.«

Beeindruckt von ihrem bestimmten Tonfall machte Devin den Mund zu. Einen Moment später öffnete er ihn wieder und sagte: »Würde ich aber gern.«

»Dann warte zumindest, bis ich zu Ende geredet habe.« Eigentlich ist es gar nicht so schwer, dachte sie. Fast so wie mit den Kindern. Du musst nur hart, aber fair bleiben und darfst dich nicht ablenken lassen. »Ich habe gute Gründe, mich dir verpflichtet zu fühlen und dir dankbar zu sein, doch das heißt nicht, dass ich dir nicht auch noch ganz andere Gefühle entgegenbringe.«

»Welcher Art?«

»Das weiß ich nicht genau. Ich glaube, ich habe noch nie für einen Mann wirklich etwas empfunden, aber ich möchte deine Freundschaft und deine ... Zuneigung nicht verlieren. Nach den Kindern bist du für mich der wichtigste Mensch, Devin. Wenn ich mit dir zusammen bin ...« Sie kam immer mehr aus dem Konzept, und dafür hasste sie sich. »Ich fand es zum Beispiel heute Nachmittag – bevor du die Nerven verloren hast – unheimlich schön. Es war irgendwie etwas ganz ... Besonderes.«

Ihr Anblick rührte ihn zutiefst. »Okay, Cassie, warum können wir nicht ...«

»Ich bin hierhergekommen, um mit dir ins Bett zu gehen.«

Ihm fiel der Unterkiefer herunter. Noch bevor er sich fassen konnte, flog die Tür auf, und Shane kam hereinmarschiert.

»He, Dev. Hallo, Cassie. Wollte nur mal hören, ob du vielleicht Lust hast, ein paar Runden Billard mit mir zu spielen. Warum kommst du nicht einfach mit, Cassie? Es wird wirklich langsam Zeit, dass du es auch lernst.«

»Zieh Leine, Shane«, murmelte Devin, ohne Cassie aus den Augen zu lassen.

»Sei kein Spielverderber, Dev, du hast doch eh nichts zu tun als hier rumzuhocken und zu schmökern und eine Tasse abgestandenen Kaffee nach der anderen in dich reinzukippen.« Versuchsweise hob er die fast leere Kaffeekanne, die auf der eingeschalteten Wärmeplatte stand, hoch und schnüffelte daran. »Diese Brühe wird dich eines Tages noch umbringen.«

»Verdufte endlich.«

»Was ist denn eigentlich los? Dabei wollte ich doch nur ...« Verständnislos schüttelte Shane den Kopf. Einen Moment später jedoch, als er den Blick auffing, mit dem sein Bruder Cassie anstarrte, und sah, wie sie zurückstarrte, ging ihm ein Licht auf. »Oh. Ooooh«, wiederholte er dann lang gezogen.

»Ich gebe dir noch genau zehn Sekunden, dich dünne zu machen.«

»Schon gut, schon gut, ich gehe ja schon. Woher sollte ich denn wissen, dass du und Cassie ...«

»Morgen«, sagte Devin ruhig und schaffte es schließlich, seinen Fuß vom Schreibtisch zu nehmen, »werde ich dich auseinandernehmen, stell dich schon mal darauf ein, Shane.«

»Verstanden. Da ich vermute, dass ihr keine Lust habt, Billard zu spielen, verabschiede ich mich jetzt. Äh ... willst du vielleicht gleich hinter mir abschließen?«, erkundigte er sich mit süffisantem Grinsen, als Devin sich erhob, dann machte er, dass er hinauskam.

»Was hast du gesagt, bevor mein idiotischer Bruder reinplatzte?« Devin ging um den Schreibtisch herum und kam langsam auf sie zu.

»Dass ich hergekommen bin, um mit dir ins Bett zu gehen.«

»Ist ja nicht zu fassen. Ist das deine Art, zerdeppertes Geschirr zu kitten und dir meine Freundschaft zu erhalten? Eine neue Art von Entschuldigung vielleicht?«

»Nein.« Oh, wieder einmal hatte sie alles falsch gemacht. Er sah überhaupt nicht danach aus, als wäre er an einem Liebesabenteuer interessiert, er wirkte nur fassungslos. »Ja, vielleicht. Ich bin nicht sicher. Ich weiß eigentlich nur, dass ich dachte, dass es das ist, was du willst. Stimmt das nicht?«

»Ich habe dich gefragt, was du willst.«

»Das kann ich dir sagen.« Himmel, hatte sie das nicht längst laut und deutlich gesagt? »Ich bin hergekommen, stimmt's? Ich habe Ed angerufen und sie gebeten, heute Nacht bei den Kindern zu bleiben, und jetzt bin ich hier.« Sie schloss kurz die Augen. »Es ist nicht leicht für mich, Devin.«

»Das sehe ich.« Noch immer fassungslos, schüttelte er den Kopf. »Lass mich ganz ehrlich sein. Natürlich begehre ich dich, Cassie, aber ich will einfach nicht, dass du denkst, es mir schuldig zu sein, nur damit die Dinge zwischen uns wieder in Ordnung kommen.«

Jetzt tat sie etwas, das sie schon einmal getan hatte. Damals hatte es funktioniert. Sie legte die Hände an seine Wangen, stellte sich auf die Zehenspitzen und küsste ihn.

»Und jetzt wartest du darauf, dass ich mich auf dich stürze«, brummte Devin heiser.

»Ja, weil ich nicht so gut darin bin.« Sie warf ihre Handtasche auf einen Stuhl. »Das bin ich nie gewesen.«

»In Bezug auf Sex?«

»Natürlich in Bezug auf Sex«, erwiderte sie. »Wovon sprechen wir denn sonst im Moment?«

»Ich kann mich nur wundern«, sagte er kopfschüttelnd, als er sah, wie sie, ganz entgegen ihrer sonstigen Gewohnheit, hektisch im Zimmer auf und ab rannte.

»Ich weiß nicht, was du willst oder wie ich es dir geben soll. Wenn du das tust, was du sonst mit anderen Frauen auch immer tust, wird es schon klappen. Es ist nicht so, dass ich es nicht mögen würde, ich bin sicher, es wird mir gefallen. Es ist nicht deine Schuld, dass ich mich so ungeschickt anstelle und so verkrampft bin oder dass ich keinen Orgasmus bekomme.«

Er starrte sie an, und sie unterbrach sich entsetzt. Die Sache begann sich zum reinsten Albtraum auszuwachsen. »Wie bitte?«

Jemand anders hat diese Frage gestellt, dachte sie kopflos, doch als sie wieder aufschaute, war weit und breit nur er. Und doch musste es jemand anders gewesen sein. Alles, was ihr blieb, war, sich mit Macht der Schameswelle, die sie fortzureißen drohte, entgegenzustemmen und weiterzureden.

»Ich will damit nur sagen, dass ich mit dir schlafen will, wirklich. Ich bin mir sicher, dass es schön werden wird, weil ich es auch schön finde, wenn du mich küsst. Deshalb wird alles andere auch schön werden, ich bin überzeugt davon. Und wenn du die Initiative ergreifen würdest, käme ich mir wenigstens nicht ganz so blöd vor.«

Was zum Teufel sollte er jetzt tun? Schon als er sie geküsst hatte, war ihm nicht entgangen, dass sie, obwohl Mutter von zwei Kindern und fast ein Jahrzehnt lang verheiratet, im Grunde genommen noch immer fast so etwas wie eine Jungfrau war.

Das machte ihm Angst.

Er erwog ihr zu sagen, dass sie es ganz langsam angehen sollten. Dann aber wurde ihm klar, dass das ein falscher Weg war. Sie hatte sich so weit vorgewagt, er durfte sie jetzt nicht zurückstoßen.

»Ich soll mit dir machen, wonach mir zumute ist?«, fragte er vorsichtig.

Ihr fiel ein Stein vom Herzen, und sie lächelte. »Ja.«

Ihr Angebot bewirkte ein vertrautes Ziehen in seinen Lenden. Er war sich allerdings darüber klar, dass er sein Begehren im Zaum halten musste, wenn er wollte, dass auch sie etwas davon hatte. »Und ich soll dir sagen, was du tun sollst, und dann tust du es?«

»Ja.« Oh, es war wirklich ganz einfach. »Wenn du nicht zu viel von mir erwartest und …«

»Dann sollten wir vielleicht am besten so anfangen.« Er legte seine Hand auf ihre Schultern und näherte sich mit seinen Lippen ihrem Mund. »Das ist zum Beispiel etwas, das ich sehr gern mag, Cassie.«

»Einverstanden.«

»Ich will dir sagen, dass du keine Angst vor mir zu haben brauchst, ich werde dir nicht wehtun.«

»Ich habe keine Angst. Ich weiß, dass du mir nicht wehtun wirst.«

»Und ich will dir etwas versprechen.« Er tupfte kleine Küsse auf ihre Wangen und spürte, wie sich ihre Schultern langsam unter seinen Händen entspannten.

»Okay.«

»Wenn du sagst, ich soll aufhören, werde ich sofort aufhören. Also lass mich bitte wissen, wenn ich etwas tue, das du nicht magst.«

»Das wirst du schon nicht.«

Als er ihr Ohrläppchen küsste, durchzuckte es sie. »Versprich es mir.«

»Ich verspreche es.«

Jetzt nahm er sie an der Hand und führte sie in das kleine Hinterzimmer, in dem er zu übernachten pflegte. Es war dunkel. In dem Raum stand nicht mehr als ein schmales Bett und ein wackliger Tisch mit einem Aschenbecher darauf, den er nur noch selten benutzte.

»Wir sollten es nicht hier machen. Besser wäre es wohl, ich würde mit dir irgendwohin fahren, wo es gemütlicher ist.«

»Nein.« Es musste jetzt sein, hier und jetzt. Sie wollte es hinter sich bringen. Und was spielte die Atmosphäre schon für eine Rolle, wenn es dunkel war und sie die Augen geschlossen hielt? »Hier ist es gut.«

»Wir wollen es aber besser machen als einfach nur gut.«

Er zündete eine Kerze an, sodass der Raum zumindest schwach erleuchtet war. Selbst wenn sie erregt sein sollte, kann sie die Erregung im Moment nicht spüren, dachte er, aufgeregt wie sie ist. In ihren Augen war sie im Begriff, sich zu opfern.

Er würde ihr zeigen, dass es auch anders ging.

»Ich liebe dich, Cassie.« Es spielte keine Rolle, dass sie ihm nicht glaubte. Er würde es ihr beweisen. Er küsste sie erneut, langsam, tief und geduldig. Er legte sein ganzes Gefühl in diesen Kuss. »Umarme mich«, flüsterte er.

Gehorsam, um ihm eine Freude zu machen, legte sie die Arme um ihn. Als sie spürte, wie hart sein Körper war, bekam sie einen kleinen Schreck. Er musste stark sein wie ein Bär.

Wie seltsam es war, ihn in den Armen zu halten. Während er ihren Hals küsste, streichelte sie seinen Rücken.

»Ich möchte dich sehen.« Er spürte, wie sie sich anspannte, doch seine Lippen wanderten unbeirrt weiter über ihre Kehle hinab zu ihrer Halsgrube. Er störte sich nicht an ihrer Schüchternheit. Im Gegenteil, er fand diesen Umstand eher anregend. »Du hast so ein hübsches Gesicht.« Er hielt sie mit Blicken fest, während er ihre Bluse langsam aufknöpfte. »Augen wie Nebel und dieser sexy Mund.«

Sie blinzelte kurz, als er ihre Bluse öffnete. Niemand hatte ihr jemals gesagt, dass irgendetwas an ihr sexy sei. Dann glitt sein Blick tiefer, und der unartikulierte Ton, der jetzt tief aus seiner Kehle aufstieg, verursachte ihr ein Flattern im Bauch.

Er bedeckte ihre Brüste mit seinen Händen, hielt sie so behutsam fest, als seien sie aus wertvollem Glas, das ganz leicht zerbrechen konnte, wenn man unachtsam damit umging.

»Hübsch.«

»Sie sind zu klein.«

»Perfekt.« Er hob seinen Blick und schaute ihr wieder in die Augen. »Einfach perfekt.« Er sah, wie ihre Lider flatterten, als er mit den Daumen über ihre Knospen strich. Als sie sich verhärteten und ein Schauer durch Cassies Körper lief, wobei ihre Augen dunkel wurden, erhitzte sich das Blut in seinen Adern.

Was tat er da? Warum drückte und zerrte er nicht an ihr herum? In ihrem Kopf begann sich alles zu drehen. Benommen hörte sie ihr eigenes Stöhnen.

»Musst du unbedingt deine Augen zumachen?«, fragte er. Es war nicht ganz einfach, die Hände ruhig zu halten, nicht auf dieser Haut, die sich anfühlte wie gesponnene Seide. »Ich mag es, wenn sie sich verschleiern, wenn ich dich streichle. Ich liebe es, dich anzufassen, Cassie.«

»Ich bekomme keine Luft.«

»Du atmest aber ganz regelmäßig. Nur dein Herz klopft ein bisschen schnell.« Er küsste ihre Schulter, dann richtete er sich auf und zog sich das Hemd aus. »Fühl mal meins.«

Oh mein Gott, dachte Cassie, als er mit nacktem Oberkörper vor ihr stand. Er sah aus wie aus einem dieser teuren, eleganten Hochglanzmagazine entsprungen, Arme und Brust muskulös, mit einer glatten, herrlich geschmeidigen Haut. Sie zögerte nur den Bruchteil einer Sekunde, ehe sie eine Hand auf seine Brust legte und lächelte. »Es hämmert. Willst du jetzt?«

»Oh, Cassie.« Ein verzweifeltes Aufstöhnen hinunterschluckend, zog er sie in seine Arme und genoss das Gefühl, ihre Haut an seiner Haut zu spüren, in vollen Zügen. »Ich habe doch noch nicht mal angefangen.«

Weil sie ihn vollkommen missverstand, zog sie die Brauen zusammen, schluckte ihr Unbehagen hinunter und griff ihm beherzt in den Schritt.

Er ließ, einen Fluch ausstoßend, von ihr ab und wich ein Stück zurück. Erschrocken schlang sie die Arme um sich, um ihre Blöße zu bedecken, und starrte ihn an.

»Ich dachte ... ich dachte, du willst ... du hast gemeint ...« Großer Gott, seine Männlichkeit war hart und so groß.

Er beschloss, gute Miene zum bösen Spiel zu machen. »Darling, mach das um Himmels willen nicht noch mal. Ich will mich nicht selbst beschämen, und wir haben noch nicht mal richtig angefangen. Lass mich dich noch ein Weilchen streicheln.«

»Es macht mir nichts aus, und du bist doch schon ganz ...«

»Ich weiß selbst, was ich bin. Du hast gesagt, du tust, was ich will«, erinnerte er sie. »Und jetzt will ich, dass du mich anschaust.«

Als sie seiner Aufforderung gefolgt war und den Blick gehoben hatte, begann er wieder, ihre Brüste zu streicheln. Er sah den überraschten Ausdruck, der über ihr Gesicht huschte, und spürte, wie sich ihre Brust rascher hob und senkte.

Als sie schließlich die Augen schloss, nahm er sie in die Arme, hob sie hoch und legte sie aufs Bett. Er kniete sich neben sie und ließ seine Lippen über ihren Hals, das Schlüsselbein, ihre Brüste wandern.

Sie krallte sich in seine Schultern, und ihr Körper hob sich ihm entgegen, während er langsam mit der Zunge ihre Knospen zu umkreisen begann. In ihrem Schoß entfaltete sich eine plötzliche Hitze, die sie sich nicht erklären konnte und von der sie glaubte, fast verzehrt zu werden. Um ihren Kopf wieder freizubekommen, schüttelte sie ihn.

»Devin.«

Er streichelte sie weiter mit seiner Zunge. »Soll ich etwa aufhören?«

»Nein. Nein.«

»Gott sei Dank.«

Ein Schauer durchlief ihren Körper. Devin legte sich auf sie und suchte ihren Mund. Als er sie jetzt zu küssen begann, wühlten sich ihre Hände in sein Haar, ihr Atem kam stoßweise. Ihre Lippen waren heiß.

Seine Finger tasteten nach ihrem Hosenknopf. Er öffnete ihn und zog dann den Reißverschluss auf. Als er ihr die Hose über die Hüften schob, versteifte sie sich nur ein wenig.

Sie würde ihm seinen Spaß nicht verderben, das hatte sie sich geschworen. Was auch immer jetzt kommen mochte, sie würde es klaglos über sich ergehen lassen. Sie war längst entschädigt worden, weil alles andere vorher so schön gewesen war. Solche Gefühle wie eben hatte sie noch niemals verspürt. Es war seltsam, aber das Ziehen in ihren Lenden war nicht unangenehm, sondern im Grunde genommen sogar erregend. Doch das konnte nicht sein, weil sie eine Frau war, die kein Verlangen empfinden konnte. Seine Hände waren hart und seine Handflächen rau, und doch lag in seinen Berührungen eine Zartheit, die sie staunen machte. Wenn es nach ihr gegangen wäre, hätte er sie bis in alle Ewigkeit so weiterstreicheln können. Wie eine Verdurstende das Wasser nahm sie seine Zärtlichkeiten in sich auf und gab sich den Schauern hin, die sie in immer kleineren Abständen durchfuhren.

Gleich war sie nackt, und dann würde es vorbei sein. Aber er würde sie sicher und warm in den Armen halten, wenn sie es hinter sich gebracht hatten. Davon war sie felsenfest überzeugt. Und das würde ihr reichen.

Die Kerze verbreitete ein weiches Licht, und sie fühlte plötzlich eine Zärtlichkeit in sich aufsteigen, die sie schier zu überwältigen drohte. Er hatte in ihr das Gefühl erzeugt, begehrenswert, wirklich begehrenswert zu sein. Sie legte ihm die Arme um den Nacken und zog ihn zu sich herunter.

Als er sich nicht wie erwartet über sie warf, um in sie einzudringen, öffnete sie verwirrt die Augen und schaute ihn an. Er machte sich von ihr frei, legte sich neben sie und begann wieder, ihren Körper zu streicheln.

»Dräng mich nicht«, sagte er sanft. »Ich möchte mich noch ein wenig an dir erfreuen.«

Zu ihrem Erstaunen begann er nun, über ihre Haut, ihre Augen, ihre Brüste, ihren Bauch und ihre Beine zu sprechen. Das, was er sagte und wie er es sagte, flüsternd, mit belegter Stimme und unverhülltem Begehren, entfachte erneut dieses nie gekannte, unerklärliche Feuer in ihrem Schoß.

Sie registrierte voller Dankbarkeit, dass er nicht zu erwarten schien, dass sie etwas erwiderte. Das wäre ihr unmöglich gewesen, weil sie schon genug Mühe hatte zu atmen.

Sie war so unglaublich süß, ihre Unschuld rührte und erregte ihn zugleich. Diese Unschuld aber war es auch, die ihn immer wieder mahnte, sein Verlangen im Zaum zu halten und langsam, Schritt für Schritt, auf sie zuzugehen. Zwölf Jahre, dachte er, während er hörte, wie sie den Atem anhielt, als er mit seinem Finger an der Innenseite ihres Oberschenkels hinauffuhr, und gleich darauf laut ausatmete. Wenn ein Mann es schaffte, so lange zu warten, brachte er selbst dann noch, wenn sich das Blut in seinen Adern in glühende Lava verwandelt hatte, die Geduld eines Heiligen auf.

Wieder küsste er ihre Brüste. Sie waren klein und fest und dufteten nach Frühling. Unter seinen Lippen fühlte er ihr Herz pochen, schnell und hart. Es gab keinen Zweifel – das, was er tat, bereitete ihr Lust.

Er wollte ihr mehr geben, wollte ihr alles geben. Sie sehnte sich ebenso sehr danach wie er selbst, das konnte er deutlich spüren.

Nur wusste sie es im Gegensatz zu ihm noch nicht. Deshalb begann er sie nun zwischen ihren Schenkeln zu streicheln, bis sie sich unter seinen Händen zu winden begann und laut aufstöhnte. Er würde ihr zeigen, wie man den Gipfel erstürmte und dass man den Fall nicht zu fürchten brauchte.

Es war zu heiß, einfach zu heiß. Sie brannte innerlich lichterloh und konnte nicht stillhalten. Ihr Begehren leckte plötzlich an ihr wie gierige Flammen, und es schien nichts zu geben, was den verheerenden Flächenbrand aufhalten konnte. Irgendetwas in ihr jagte etwas anderem hinterher, und nichts in der Welt schien diese wilde Jagd aufhalten zu können. Sie bekam kaum noch Luft, der Lustschauer – Lustschauer? – waren es zu viele, und sie folgten zu rasch aufeinander. Als sie sich laut aufstöhnen hörte, biss sie sich rasch auf die Lippen, um den Laut zu ersticken.

»Du kannst schreien.« Devins Stimme war heiser. »Schrei ruhig, niemand außer mir kann dich hören. Lass dich einfach los, Cassie.«

»Ich kann nicht.«

Er tauchte seinen Finger in sie ein, ihm schwindelte. Sie war heiß und nass und mehr bereit für ihn, als sie ahnte. »Bitte mich, nicht aufzuhören«, flüsterte er. »Bitte, bitte mich nicht.«

»Nein. Nein. Ich mach's nicht.«

Und dann entfuhr ihr ein Schrei, der sie eigentlich hätte erschrecken müssen, so laut und wild war er, doch sie hörte ihn nicht, so sehr war sie davon in Anspruch genommen, das herrlichste und befreiendste Gefühl, das sie in ihrem Leben je erlebt hatte, bis zur Neige auszukosten. Cassie bäumte sich auf und fiel einen Moment später völlig erschöpft in sich zusammen.

Devin stöhnte laut auf vor Verlangen. »Und noch mal«, flüsterte er. Um sein Begehren unter Kontrolle zu halten, krallte er sich mit der einen Hand in das zerknüllte Laken, während er sie mit der anderen erneut erregte. Wieder bäumte sie sich auf in atemloser Lust, doch als sie sich verlangend gegen seine Hand drückte, ließ er von ihr ab. Diesmal würde er ihr Begehren mit seinem Körper stillen und seines mit ihrem.

Er schob sich über sie und glitt in sie hinein. Er nahm sie trotz seiner kaum mehr bezähmbaren Begierde langsam und mit sehr viel Gefühl. Überlegt und geduldig suchte er mit seinen sanften und doch festen und tiefen Stößen ihr Begehren erneut zu wecken, obwohl er inzwischen mit seiner Selbstbeherrschung so gut wie am Ende war.

Als sie sich unter ihm aufbäumte und er spürte, dass ihr Höhepunkt unmittelbar bevorstand, ließ auch er sich los. Diesmal würde er mit ihr gemeinsam den Gipfel erklimmen. Endlich. Endlich. Mit ihr. Nur mit ihr. Nachdem er so lange gewartet hatte, war es nun so weit. Er umklammerte ihre Hand, die zur Faust geballt auf dem Laken lag. Und dann gab er sich ihr und der unbeschreiblichen Ekstase hin.

Sie hörte gar nicht mehr auf zu zittern, aber ihr war nicht kalt. Überhaupt nicht kalt. Im Gegenteil. Die Hitze, die von ihrem Körper ausging, ebenso wie von Devin, der über ihr lag, war fast unerträglich und schien in Wellen, die zwar nicht sichtbar, aber fühlbar waren, nach oben zu steigen. Devin keuchte, als hätte er eben einen Tausendmeterlauf hinter sich gebracht, er lag mit seinem vollen Gewicht auf ihr und drückte sie auf die Matratze, sodass sie die Bettfedern in ihrem Rücken spüren konnte.

Es war herrlich.

Sie verstand, zum ersten Mal in ihrem Leben, die Geheimnisse der Dunkelheit.

»Ich weiß, dass ich dich fast zerquetsche«, flüsterte er schließlich heiser. »Ich roll mich jetzt langsam runter, okay?«

»Nein, geh nicht weg.« Sie schlang die Arme um seinen Hals, um ihn bei sich zu halten. Er war noch immer in ihr. Es fühlte sich großartig an. »Es ist so schön.«

»Ich weiß es zu würdigen, dass du das alles hast über dich ergehen lassen, obwohl du dir aus Sex überhaupt nichts machst.«

Sein trockener Tonfall ließ sie aufhorchen, aber sie war zu glücklich, um zu bemerken, dass er sie aufzog. »Es hat mir nichts ausgemacht«, sagte sie und lächelte gegen seinen Hals. »Devin, es war wundervoll. Wirklich, ich ...«

»Ich weiß. Mehrmals. Ich habe genau mitgezählt.«

Sie lachte und bemerkte mit Erstaunen, dass sie sich nicht einmal beschämt fühlte. »Hast du nicht.«

»Aber selbstverständlich.« Er brachte die Energie auf, den Kopf zu heben, um ihr in die Augen zu schauen. »Du kannst mir später danken.«

Ihr Lächeln vertiefte sich. Noch nie hatte sie ein Mann so angesehen, so durch und durch satt und zufrieden und erschöpft. »Es war schön. Und für dich?«

»Ja, hat sich gelohnt, so lange darauf zu warten.« Er nahm ihre Hand, drehte sie um und bedeckte die Innenseite mit kleinen Küssen. »Aber auf das nächste Mal will ich nicht wieder zwölf Jahre warten.«

»Das musst du auch ganz bestimmt nicht.« Alles kam ihr so unwirklich vor, und sie fühlte sich wie im Traum. »Du siehst wirklich umwerfend gut aus.«

»Das ist der Fluch, der auf den MacKades liegt.«

»Ich meine es ehrlich.« Sie hob ihre Hände und legte sie an sein Gesicht. Es fiel ihr plötzlich so leicht, ihn zu berühren und mit ihren Fingerspitzen über die beiden Grübchen neben den Mundwinkeln zu fahren. »Kannst du dich noch daran erinnern, wie ich als kleines Mädchen manchmal zu euch raus auf die Farm gekommen bin, um deine Mutter zu besuchen?«

»Sicher. Du warst ein süßes kleines Ding damals, aber ziemlich mager, und ich hab dich kaum beachtet. Mein Fehler.«

»Ich habe dich oft beobachtet. Vor allem im Sommer, wenn du mit nacktem Oberkörper draußen gearbeitet hast.«

Er grinste anzüglich. »Soso, die kleine Cassie ...«

»Ich war eine ganze Weile ziemlich verrückt nach dir, da habe ich mir alles Mögliche zusammengesponnen.« Sie kicherte. »Dass es aber mal so werden könnte wie jetzt, hätte ich mir nicht im Traum ausmalen können.« Sie schwieg einen Moment. »Eigentlich kann ich es kaum glauben, dass ich das alles zu dir sage.«

»Unter gewissen Umständen kann man noch viel mehr sagen.« Er hoffte, dass sie das tun würde. Er spürte, dass er in ihr schon wieder hart wurde.

»Ich war ungefähr zwölf, und du warst immer sehr nett zu mir. Ihr alle. Ich bin gern zu euch rausgekommen, einfach so, weißt du, um bei euch zu sein. Aber noch schöner war es, wenn Sommer war und du kein Hemd anhattest und schwitztest. So wie jetzt.« Versuchsweise fuhr sie ihm mit dem Finger über seine Schulter. »Ich finde es schön, wenn die Haut vor Schweiß glänzt. Du hast so einen schönen Körper. So tolle Muskeln … Manchmal, wenn du zu Ed gekommen bist, habe ich gesehen, wie dir die Frauen seufzend nachgestarrt haben.«

»Erzähl weiter.«

»Nein, wirklich, das war so. Natürlich war es bei deinen Brüdern nicht anders, das will ich ja gern zugeben.«

»Jetzt machst du alles kaputt.«

Sie lachte und hob die Hand, um sich eine Strähne ihres zerzausten Haares aus dem Gesicht zu wischen. »Okay. Aber bei dir haben sie lauter und länger geseufzt.«

»Schon besser.«

»Und Ed sagte immer so was wie ›Diese MacKades haben wirklich die knackigsten Brötchen im ganzen Land‹.« Sie schluckte ein Kichern hinunter, riss die Augen auf und hielt sich die Hand vor den Mund. »Oh, das hätte ich besser nicht sagen sollen.«

»Zu spät. Nebenbei gesagt, kenne ich Eds besondere Vorliebe für diesen Körperteil. Hat sie mir selbst irgendwann mal erzählt.«

»Sie ist schamlos.« Cassie stieß einen tiefen Seufzer aus und schlang ihre Arme wieder um Devins Hals, einen Moment später wanderten ihre Hände langsam seinen Rücken abwärts. »Aber du hast wirklich eine außergewöhnlich wohl proportionierte Sitzfläche.«

»Jetzt bist du selbst dran schuld.« Als ihre Finger über seinen verlängerten Rücken glitten, begann er sich in ihr zu bewegen. Nichts hätte ihn mehr erfreuen können als der Anblick ihrer Augen, die sich jetzt vor Überraschung weiteten.

»Aber wie kannst du schon wieder ... Oh, mein Gott!«

»Kein Problem«, versicherte er ihr. »Es ist mir ein Vergnügen.«

Später, lange Zeit später, rollte er sich neben ihr zusammen, sein Gesicht in ihr Haar vergraben, seine Beine um ihren Körper geschlungen, und hielt sie ganz fest, genauso, wie sie es sich erhofft hatte, und genauso, wie sie es brauchte.

# 8. Kapitel

Der Morgen graute bereits, als Cassie sich leise in ihre Küche schlich. Sie kam sich vor wie ein Teenager, der verbotenerweise von zu Hause ausgerückt war. Nicht dass sie früher jemals so etwas gewagt hätte. Oh nein, sie hatte sich immer eisern an alle Vorschriften gehalten.

Deshalb war sie jetzt umso aufgedrehter.

Sie hatte fast die ganze Nacht mit dem aufregendsten, bestaussehenden, zärtlichsten Mann verbracht, den sie jemals kennengelernt hatte.

Sie, Cassandra Connor-Dolin, hatte eine Affäre.

Sie musste sich die Hand vor den Mund halten, um das Lachen, das in ihr plötzlich aufstieg, zu unterdrücken. Ihr Herz raste noch immer, und ihr war ganz schummrig.

Sie war überzeugt davon, dass sie anders aussah, und versuchte ihr Spiegelbild in dem blinkenden Chrom des Toasters zu erhaschen. Dann wirbelte sie dreimal überglücklich im Kreis herum, ehe sie die Kaffeemaschine einschaltete.

Wenig später erinnerte sie sich an ihre Mutterpflichten und ging zu den Schlafzimmern ihrer Kinder, um nachzusehen, ob alles in Ordnung war. Auf dem Weg zu Connors Zimmer lief sie Ed, die ihre feuerroten Haare auf Lockenwickler aufgedreht hatte, in die Arme.

»Oh, entschuldige«, flüsterte sie. »Ich wollte dich nicht wecken.«

»Du warst so leise wie eine Maus, aber ich war schon wach,

deshalb habe ich dich gehört.« Ed unterzog Cassie einer ausführlichen Musterung und war zufrieden mit dem, was sie sah. »Nun, wie ich sehe, geht's dir gut heute Morgen. Und rechtzeitig nach Hause gekommen bist du auch.«

Cassie warf rasch einen Blick auf ihren schlafenden Sohn, schloss leise wieder die Tür und ging dann zusammen mit Ed in die Küche. »Die Kinder haben dir keine Umstände gemacht?«

»Selbstverständlich nicht. Sie haben keinen Pieps von sich gegeben.« Ed grinste in sich hinein, während sie Cassie beim Frühstückmachen beobachtete. »Erzählst du mir, wie es war?«

Cassie stieg das Blut in die Wangen, doch es war wohl mehr der Gedanke an die Lust der vergangenen Stunden als die Schamesröte. »Ich habe bei Devin übernachtet.«

»Das ist mir doch schon klar, Schätzchen.« Ed, die sich schon fast wie zu Hause fühlte, legte zwei Weißbrotscheiben in den Toaster. »Deinem Gesicht nach zu urteilen, hattet ihr aber wohl was Besseres zu tun, als über den Lauf der Welt zu diskutieren, stimmt's, Cassie, Süße?«

Cassie drehte sich um und lächelte. Sie schaute Ed an, die in der einen Hand ein Marmeladenglas und in der anderen eine Milchflasche hielt, sah das hagere Gesicht, das glänzte von der Nachtcreme, die sie zentnerdick aufgetragen zu haben schien, das feuerrote, auf riesige Lockenwickler gedrehte Haar, den scheußlichen Bademantel und die Beine, die nicht viel dicker waren als Zahnstocher.

Cassie verspürte plötzlich eine tiefe Zärtlichkeit in sich aufsteigen. Ed war immer wie eine Mutter zu ihr gewesen und hatte ihr stets viel mehr Verständnis entgegengebracht als Constance Connor. Cassie stellte das Milchkännchen ab, ging auf Ed zu und legte ihr spontan die Arme um den Hals.

Überrascht drückte Ed ihre Lippen auf Cassies Haar. »Mein Baby ...«

»Ich ... ich fühle mich so ... anders. Sehe ich auch anders aus?«

»Du siehst glücklich aus.«

»Ich hab Schmetterlinge im Bauch.« Cassie lachte über sich selbst und presste eine Hand auf ihren Bauch. »Fühlt sich aber gut an. Ich wusste nicht, dass es so sein kann.« Bevor sie sich wieder dem Kaffee zuwandte, warf sie einen kurzen Blick in den Flur. Ihre Kinder schliefen noch, und das würde sich auch in der nächsten halben Stunde nicht ändern. »Ich bin noch nie mit einem anderen Mann zusammen gewesen als mit Joe.«

»Ich weiß, Baby.«

»Wir haben erst nach der Hochzeit miteinander geschlafen. Ich wollte es so. Du weißt ja, ich bin streng erzogen, und ich wollte alles richtig machen.« Sie schenkte zwei Tassen Kaffee ein und schob eine davon Ed hin, dann setzte sie sich an den Küchentisch. »In der Hochzeitsnacht war ich natürlich ganz aufgeregt. Erinnerst du dich noch an das weiße Nachthemd, das du mir geschenkt hast? Es war wirklich wunderschön. Als ich mit Joe in dem Motel, in dem wir übernachten wollten, ankam, bat ich ihn um eine Stunde Zeit für mich allein. Ich hatte vor, ein langes Bad zu nehmen und ... na ja, du weißt schon.«

»Das weibliche Ritual. Ja, ich weiß.«

»Er kam schon früher zurück – betrunken. So hatte ich mir meine Hochzeitsnacht nicht vorgestellt. Er zerriss mir mein Nachthemd und stieß mich aufs Bett. Dann schlug er mich, und anschließend machte er sich über mich her. Es war schrecklich. Natürlich fühlte ich nichts ... nur Ekel und Schmerz.«

Ed schüttelte angewidert den Kopf. »Kein Mann auf dieser Welt darf seine Frau so behandeln. Wie konnte er das tun?«

»So war es aber. Und es hörte nie auf, die ganzen zehn Jahre über nicht. Er hat mich natürlich nicht jedes Mal geschlagen, bevor er mit mir geschlafen hat, aber auch dann fühlte ich nichts. Alles ging so schnell, und irgendwie kam es mir immer ein bisschen schmutzig vor, doch ich glaubte, dass das an mir läge, und Joe unterstützte mich nach Kräften in dieser Meinung. Als ich mit Connor schwanger war, ging es mir besser, weil er sich fast nie blicken ließ. Danach allerdings wurde alles nur noch schlimmer. Er schlug mich fast jeden Tag, und hinterher vergewaltigte er mich meistens.«

»Kaum zu glauben, dass du das überhaupt alles so lange mitgemacht hast.«

Cassie seufzte. »Na ja, du weißt ja, meine Mutter ... und ich dachte doch auch, man müsse als Frau eben ...«

»So ein Blödsinn«, fiel ihr Ed resolut ins Wort. »Aber ich hoffe doch, mittlerweile weißt du es besser, ja? Das hoffe ich doch.«

Cassie lächelte. »Oh ja. Aber weißt du, als ich gestern Abend zu Devin ging, hätte ich nicht geglaubt ... nun, ich wusste natürlich, dass er mir nicht wehtun würde, zumindest nicht so wie Joe. Ich wollte mit ihm ins Bett gehen, weil ich ihn glücklich machen wollte, aber für mich selbst hab ich mir dabei nicht das Geringste erwartet ... ich meine ... ich ...«

»Du hast die Nacht mit einem richtigen Mann verbracht«, beendete Ed Cassies Satz.

»Ja.« Die Erinnerung ließ Cassies Gesicht erstrahlen. »Es war so schön, dass ich schon wieder vom nächsten Mal träume.«

Ed lachte gackernd und drückte liebevoll Cassies Hand. »Schön für dich. So soll es sein.«

»Er hat gesagt, dass er mich liebt«, sagte Cassie leise. »Ich weiß, dass Männer so was sagen, wenn sie eine Frau begehren.«

»Ich denke, Devin MacKade ist ein Mann, der das, was er sagt, auch wirklich so meint. Und du? Liebst du ihn auch?«

»Ich weiß nicht. Ich bin mir einfach nicht darüber im Klaren, was Liebe eigentlich ist. Woher weiß man das? Dass ich Joe nicht geliebt habe, weiß ich, Ed. Ich habe ihn benutzt.«

»Cassandra ...«

»Nein, widersprich nicht. Es ist so. Ich habe ihn benutzt, um von zu Hause wegzukommen. Ich wollte eine eigene Familie, und er war da. Ich war auch nicht fair zu ihm. Damit will ich natürlich nicht sagen, dass dies ihm das Recht gegeben hätte, mich zu schlagen«, fügte sie rasch hinzu, als sie das kriegerische Aufleuchten in Eds Augen sah. »Nichts gab ihm dazu das Recht, das ist mir klar. Aber ich habe ihn nicht geliebt, jedenfalls nicht so, wie eine Frau ihren Ehemann lieben sollte.«

»Er hat auch nichts getan, um sich deine Liebe zu verdienen.«

»Nein, das hat er nicht. Devin gegenüber empfinde ich so viele verschiedene Gefühle, und ich weiß nicht, ob eines davon vielleicht auch Liebe ist.«

»Dann nimm dir Zeit, es herauszufinden. Und wenn die Zeit reif ist, wirst du es schon merken, Darling. Glaub mir, ich kenne mich aus.«

In der Bibliothek hielt sich Cassie, wenn es möglich war, nie länger auf als nötig. Meistens richtete sie es so ein, dass irgendjemand anwesend war, wenn sie hier sauber machte.

Heute aber würde ihr das nicht gelingen. Die Kinder waren noch in der Schule und die Gäste ausgeflogen. Doch da es mittlerweile fast Mittag war, konnte sie ihre Reinigungsaktion nicht mehr länger hinauszögern, so gern sie das auch getan hätte.

Bewaffnet mit Putzeimer, Staubsauger und Staubtuch, trat sie ein. Sie stellte die Sachen ab und machte sich als Erstes daran, die Bücher abzustauben. An verregneten Nachmittagen ließen sich die Gäste gern hier nieder und griffen nach einem spannenden Buch.

Sie fröstelte, obwohl es draußen warm war. Und plötzlich wusste sie, dass sie nicht allein war, spürte die Anwesenheit eines anderen Wesens.

Sie bildete sich ein, ihn sehen zu können – aus dem Augenwinkel heraus. Der massige Körper hatte Fett angesetzt, das Gesicht war schwammig und aufgedunsen.

Joe.

Das Erschrecken kam so jäh, dass sie den Staublappen fallen ließ, während sie auf dem Absatz herumwirbelte.

Da war niemand. Natürlich nicht. Weder Joe noch sonst jemand. Aber es war bitterkalt hier drin. Sie ging steifbeinig zum Fenster und versuchte, es mit tauben Fingern zu öffnen, um die Wärme von draußen hereinzulassen.

Sie fummelte an dem Griff herum, aber es gelang ihr nicht. Ihr Atem kam stoßweise, so verängstigt war sie plötzlich.

*»Du lässt dich von ihm nicht noch einmal anfassen, hast du mich verstanden? Hure.«*

Als sie einen eisigen Luftzug zu verspüren meinte, legte sie automatisch die Hände um ihre Schultern.

*»Glaubst du, ich hätte nichts gemerkt? Bildest du dir vielleicht ein, du könntest es in meinem eigenen Haus mit fremden Männern treiben?«*

Zitternd trat sie einen Schritt zurück und schaute sich langsam um. Beruhig dich, da ist niemand, versuchte sie sich gut zuzureden. Du siehst niemanden, also ist niemand hier. Aber woher kam dann die Stimme, die sie so klar hörte?

*»Hör zu. Ich werde es niemals zulassen, dass du mich verlässt. Eher will ich dich tot sehen.«*

Aber du liebst mich nicht! hätte Cassie am liebsten laut herausgeschrien. Du verachtest mich. Lass mich gehen!

*»Ich würde euch beide töten. Erinnere dich immer daran: bis dass der Tod uns scheidet. Der Tod ist deine einzige Möglichkeit zum Entkommen.«*

»Cassie.«

Ihr entfuhr ein erstickter Schrei, dann wirbelte sie herum. Devin stand im Türrahmen, die Augen vor Besorgnis zusammengekniffen. Ohne zu wissen, was sie tat, warf sie sich in seine Arme.

»Devin. Devin, du musst sofort wieder weg. Mach rasch, ehe er dich sieht. Er wird dich umbringen.«

»Was ist denn los? Wovon redest du eigentlich? Mein Gott, du zitterst ja wie Espenlaub. Hier drin ist es aber auch lausig kalt.«

»Spürst du es auch?« Sie klapperte mit den Zähnen, als sie sich von ihm frei machte.

»Aber ja. Kalt wie in einem Kühlschrank.« Er nahm ihre Hände in seine und begann sie warm zu rubbeln.

»Ich dachte erst, es sei Joe. Ich möchte schwören, dass ich gesehen habe, wie er auf mich zukam, aber dann ... auf einmal ...« Plötzlich begann sich das Zimmer vor ihren Augen zu drehen, und die Knie drohten, ihr wegzusacken. Der Schwindelanfall dauerte nur einen Moment, dann fand sie sich in Devins Armen wieder. »Jetzt geht es mir aber wieder gut, wirklich Devin. Es ist vorbei.«

Die Bibliothek war wieder warm, sonnendurchflutet und hell. In der Luft hing ein schwacher Rosenduft und der Geruch nach Möbelpolitur. Devin hob sie hoch, trug sie zu dem weichen Ledersofa hinüber und legte sie sanft dort ab. »Warte, ich hole dir ein Glas Wasser.«

»Nein, nicht nötig. Mir fehlt nichts.« Sie wollte auf keinen Fall, dass er sie jetzt allein ließ. »Es liegt an diesem Raum hier.« Sie setzte sich halb auf. »Ich dachte, es sei Joe, aber er war es nicht. Es war Barlow.«

Sie ist noch immer ganz blass, dachte Devin besorgt. Wenigstens waren ihre Augen wieder klar. »Ist dir das schon mal passiert?«

»So noch nicht. Nicht so überdeutlich. Ich habe mich hier noch nie wohlgefühlt. Selbst in seinem ehemaligen Schlafzimmer halte ich mich lieber auf. Aber diesmal habe ich gehört, wie ... Du denkst bestimmt, ich spinne.«

»Nein, denke ich nicht.« Er umrahmte ihr Gesicht mit beiden Händen und schaute ihr tief in die Augen. »Erzähl mir, was du gehört hast.«

»Okay.« Sie holte tief Luft und berichtete ihm, was geschehen war. »Er hat gesagt, er würde sie beide töten.«

»Los komm, lass uns hier rausgehen. Es ist unheimlich.«

»Aber ich bin doch noch nicht fertig mit Saubermachen ...«

»Lass es gut sein für heute, Cassie.« Er griff nach ihrer Hand. »Erinnerst du dich noch an den Tag, an dem du den beiden alten Ladys die kleine Geschichtslektion erteilt hast?«

»Mrs. Cox und Mrs. Berman. Aber ja.«

»Du hast davon gesprochen, dass Abigail einen anderen Mann geliebt hat. Ich habe damals gedacht, dass du die Geschichte einfach ein wenig aufgepeppt hast, um sie romantischer erscheinen zu lassen.«

»Nein, so ist es nicht, Devin. Wie es genau ist, kann ich allerdings auch nicht erklären. Ich weiß nur, dass ich ihn wirklich und leibhaftig gesehen habe.«

Er blieb vor der Treppe, die zu ihrer Wohnung hinaufführte, stehen. »Wen?«

»Den Mann, den sie geliebt hat. Ich war in ihrem Zimmer, und als ich aufschaute, stand er an der Tür. Er schaute mich an und sprach zu mir, als sei ich Abigail. Aber sie war auch da, ich konnte es deutlich fühlen. Ihr Herz war gebrochen, und sie ließ ihn gehen. Hat ihn angefleht zu gehen. Weißt du, Devin, ich glaube, sie ist nicht einfach so gestorben, sondern sie hat sich umgebracht.«

Sie waren mittlerweile in Cassies Wohnzimmer angekommen und ließen sich auf der Couch nieder. »Wie kommst du denn darauf?«

»Ich weiß nicht, ich kann es nicht erklären, es ist nur so ein Gefühl. Es schien ihr der einzige Ausweg zu sein. Vielleicht komme ich nur deshalb darauf, weil ich auch manchmal so gedacht habe.«

Nichts, was er über sie wusste, hatte ihn mehr erschreckt als dieses Geständnis. »Ich hätte dir geholfen. Ich wollte dir immer helfen.«

»Ich weiß, aber ich konnte es nicht zulassen. Ich konnte nicht zulassen, dass mir überhaupt irgendjemand half. Auch Ed und Regan habe ich ja lange Zeit nicht an mich herangelassen. Natürlich war das falsch, heute weiß ich das, aber damals war es mir unmöglich, das zu sehen. Bis es so schlimm wurde, dass ich es wirklich nicht mehr länger aushalten konnte. Erst als mir klar wurde, dass er mich beim nächsten Mal wahrscheinlich umbringen würde, habe ich es geschafft, mich an Außenstehende zu wenden.« Sie nahm seine Hand. »Ich erzähle dir das nicht, um dich aufzuregen, sondern um dir zu erklären, woher ich weiß, was in Abigail vorging. Sie hatte niemanden, der ihr helfen konnte. Und das wusste er. Er hatte ganz bewusst dafür gesorgt, dass sie von den anderen Frauen in der Stadt abgeschnitten war und dass es für sie keinen Menschen gab außer ihm. Die Sklaven hatten viel zu viel Angst vor ihm, als dass sie sich in ihrer Not an sie hätte wenden können.«

Wieder stand ihr ein ganz klares Bild vor Augen. »Er hat sie auch geschlagen, Devin. Ich sah heute seine Faust. Nicht die von Joe, aber es ist dasselbe, weißt du. Genau dasselbe. Und als er den Jungen vor ihren Augen erschossen hat, wusste sie, dass er zu allem fähig war. Sie gab auf. Nicht einmal der Gedanke an ihre Kinder vermochte sie schließlich von dem abzuhalten, was sie als ihren einzigen Ausweg ansah.«

»Aber du bist nicht sie, Cassie.«

»Und doch hätte es mir ähnlich ergehen können, Devin, glaub mir.«

»Ist es aber nicht«, erwiderte er mit Bestimmtheit. »Du bist hier, und du bist mit mir zusammen. Es gibt nichts mehr, vor dem du Angst haben müsstest.«

»Ich bin es auch müde, Angst zu haben.« Sie schloss die Augen und legte den Kopf an seine Schulter. »Ich bin froh, dass du hier bist.« Sie seufzte tief. »Warum bist du eigentlich gekommen?«

»Ich habe mich für eine Stunde im Büro freigemacht. Ich hatte Sehnsucht nach dir. Ich wollte mit dir zusammen sein.«

»Ich hab den ganzen Morgen an dich gedacht. Fast hätte ich aus Versehen in Emmas Thermoskanne statt Tee Kaffee eingefüllt, so in Gedanken vertieft war ich.«

»Wirklich?« Ein größeres Kompliment konnte er sich kaum vorstellen. Als sie jetzt den Kopf hob, sah er, dass die Farbe in ihre Wangen zurückgekehrt war. »Hast du dir vorgestellt, wieder mit mir im Bett zu sein?«

»Ja.«

»Wenn du möchtest, ich habe noch eine Stunde«, sagte er leise.

Sie blinzelte. »Aber ... aber es ist mitten am Tag.«

»Hm, hm!« Er hatte sie bereits vom Sofa hochgezogen und schob sie mit sanftem Nachdruck zur Tür.

»Devin, es ist helllichter Tag.«

»Stimmt, Cassie.« Sie waren im Schlafzimmer angekommen. Er nahm seinen Gürtel ab, in dem seine Waffe und sein Piepser steckte, und hängte ihn vorsichtig an den Türknauf.

»Es ist ...« Ihr Herz geriet ins Stolpern, als er die Hand ausstreckte und begann, ihre Bluse aufzuknöpfen. »Es ist fast Mittag.«

»Ja, ich werde wohl mein Mittagessen ausfallen lassen müssen, aber das tu ich für dich gern.« Nachdem er ihr die Bluse abgestreift hatte, brachte er sein Gesicht ganz dicht vor ihres. Er lächelte. »Soll ich aufhören, Cassie?«

Sie legte den Kopf zurück. »Ich glaube nicht«, flüsterte sie willig.

Es war so einfach, so ungeheuer einfach, dies alles erneut geschehen zu lassen. Es fiel ihr so leicht, das Gefühl zu genießen, das seine über ihren Körper streichenden Hände in ihr auslösten. Als sie nun die Arme um seinen Hals legte und sich an ihn schmiegte, fühlte sich alles so richtig an, dass sie sich sogar ihrer Nacktheit zu schämen vergaß.

Er entkleidete sie, er ließ sich Zeit dabei und schaute sie immer wieder an, bis sie schließlich so vor ihm stand, wie Gott sie erschaffen hatte. Dann küsste er sie, seine Hände waren geduldig und zärtlich, weil er wusste, dass es das war, was sie brauchte.

Nachdem er sich ebenfalls seiner Kleider entledigt hatte, hob er sie hoch und trug sie zum Bett, das sie am Morgen so ordentlich gemacht hatte, und legte sie nieder. Ihre Augen waren geschlossen, doch auf ihren Wangen lag bereits eine zarte Röte, die von erwachendem Verlangen kündete.

In der vergangenen Nacht hatte es nur das Licht einer Kerze, ein schmales Feldbett und einen Raum, in dem es nach abgestandenem Kaffee roch, gegeben. Heute waren sie von hellem Sonnenlicht, Vogelgezwitscher und dem Duft, der dem Strauß auf dem Tisch am Fenster entströmte, umgeben.

Er schenkte ihr Lust. Ein ganzes Meer von Lust, in dem sie versank, wieder auftauchte und erneut versank. Alle Zögerlichkeit, alle Scheu, alle Scham waren plötzlich von ihr abgefallen, als hätte dergleichen niemals existiert.

Wenn er mit den Fingerspitzen über ihre Haut strich, überlief sie ein Schauer. Ihr Pulsschlag beschleunigte sich. Seine Lippen auf ihrer Brust machten sie süchtig, und sie wölbte sich ihm entgegen, als er Anstalten machte, von ihr abzulassen. Sein Atem ging schneller und schneller, und seiner Kehle entstiegen lustvolle Seufzer, während er mit der Zunge ihre harten Knospen umkreiste. Er erschien ihr so unglaublich schön, und das nicht etwa nur wegen seines außergewöhnlich guten Aussehens, sondern wegen seiner inneren Schönheit, seines beeindruckenden Charakters, der ihr gestern zum ersten Mal in voller Gänze zu Bewusstsein gekommen war.

Es machte ihr Spaß, ihre Hand über seinen Bizeps zu legen und die Muskeln spielen zu fühlen. Sie bewunderte seinen Körperbau und seine Kraft, der Anblick des schwachen Abdrucks von seinen Zähnen an ihrer Schulter jagte ihr einen Lustschauer den Rücken hinab. Bald wurden ihre Hände kühn genug, um die Reise seinen Bauch abwärts anzutreten.

Er sog scharf den Atem ein und zuckte zusammen. Sie riss die Augen auf, als sie spürte, wie sein Kopf hochschnellte. Für einen Augenblick, der ihr schien wie die Ewigkeit, sah sie etwas Dunkles, Gefährliches in diesen moosgrünen Augen aufblitzen. Etwas, das ihr Blut zum Sieden brachte.

Er nahm sein Begehren an die Kette wie einen wilden Hund. Seine Muskeln spannten sich an, und der Schweiß brach ihm aus allen Poren.

»Du brauchst keine Angst zu haben.« Seine Stimme war rau wie Sandpapier, doch seine Lippen, die an ihrem Ohrläppchen knabberten, waren weich wie der Flaum eben geschlüpfter Küken.

Sie wollte ihm sagen, dass sie keine Angst hatte, dass sie vor ihm überhaupt keine Angst haben konnte, was auch immer geschehen mochte. Und dass sie wissen wollte, was es war, das eben in seinen Augen gestanden hatte. Doch sie kam nicht dazu, weil er sie mit seinen Küssen schon wieder fast bis an den Rand der Bewusstlosigkeit trieb, an diesen nebelverhangenen, warmen Ort seliger Vergnügungen.

Ihr Stöhnen war lang anhaltend und laut, als sie schließlich den Höhepunkt erreichte. Nicht weniger zurückhaltend stöhnte sie, als er sich auf sie legte und in sie eindrang. Sie öffnete sich ihm weit und empfing ihn mit Freuden. Nichts hätte sie mehr in Erstaunen versetzen können als die Erkenntnis, dass sie sich unbewusst mit ihm im selben Rhythmus bewegte.

Und dann war sein Mund an ihrem Ohr, und sie hörte zwischen keuchenden Atemzügen, wie er ihren Namen immer wieder vor sich hin flüsterte. Immer wieder. Nur ihren Namen. Bis sie beide zusammen die lustvollste Ekstase erlebten.

»Ich liebe dich.« Er hatte noch immer nicht genug von ihr, als er sich von ihr herunterrollte. »Ich will, dass du dich daran gewöhnst, das zu hören.«

»Devin ...«

»Nein, sag nichts. Ich weiß, was du jetzt sagen willst. Ich erwarte nichts von dir. Lass dir Zeit.« Er vergrub sein Gesicht in ihrem Haar und atmete tief den Duft, der ihn an eine sonnenbeschienene Wiese erinnerte, in sich ein. »Ich will einfach nur, dass du dich daran gewöhnst. Und wenn es so weit ist, sagst du mir Bescheid, dann werde ich dich nämlich fragen, ob du mich heiraten willst.«

Sie versteifte sich. »Das kann ich nicht. Daran darf ich nicht mal denken. Die Kinder ... Das geht mir alles zu schnell.«

»Mir nicht.« Er wurde nicht ärgerlich, ja, er gestattete sich nicht einmal, sich von dem Schreck, den er aus ihrer Stimme heraushörte, entmutigen zu lassen. Stattdessen streichelte er ihren Arm und fügte mit ruhiger Geduld an: »Ich bin im Warten mittlerweile geübt, deshalb kann ich ruhig noch eine Weile länger warten. Ich habe das eben nur gesagt, weil ich möchte, dass du dir im Klaren darüber bist, wohin ich will. Ich möchte dich, und ich möchte die Kinder, aber es macht mir nichts aus zu warten, bis du so weit bist.«

»Und was ist, wenn ich niemals so weit bin? Devin, ich weiß wirklich nicht, ob jemals in meinem Leben wieder ein Eheversprechen über meine Lippen geht. Ich kann es dir nicht sagen.«

»Mir hast du die Ehe bisher nicht versprochen. Das ist alles, was zählt.« Er erhob sich halb und stützte sich auf seinen Ellbogen, sodass er ihr Gesicht genau studieren konnte. Ich habe sie erschreckt, dachte er. Doch nun war es zu spät. Was er ausgesprochen hatte, konnte er nicht mehr zurücknehmen. »Ich liebe dich. Lass das einfach einige Zeit auf dich einwirken, dann werden wir schon sehen, was passiert.«

»Aber siehst du denn nicht ...«

»Ich sehe nur dich, Cassie.« Sein Kuss war eine süße Überredung und dauerte an, bis ihre Hand, die sie erhoben hatte, um ihn von sich wegzudrängen, schlaff wurde. »Nur dich.«

# 9. Kapitel

Er trinkt bestimmt eine Tasse Kaffee nach der anderen, ging es Connor durch den Kopf, während er Devin in dessen Büro am Schreibtisch gegenübersaß und ihm bei der Arbeit zusah. Der Junge hatte ein Heft vor sich liegen, über das er sich nun beugte und seine Beobachtungen hineinschrieb. Er hatte tausend Fragen, aber er behielt sie noch für sich. Er würde sie erst stellen, wenn er den richtigen Zeitpunkt für gekommen hielt.

Devin spürte, dass der Junge ihn beobachtete, und schaute auf. Wie ein alter Uhu, dachte er. Weise und geduldig. Wahrscheinlich konnte er noch Stunden um Stunden hier sitzen, still wie eine Maus, und die Dinge, die um ihn herum vorgingen, registrieren. An Bryan jedoch, der seinen Freund begleitet hatte, machten sich die ersten Anzeichen von Ungeduld bemerkbar, und Devin beschloss, allen eine kleine Pause zu gönnen.

»Donnie, du übernimmst jetzt. Wir gehen zum Lunch zu Ed's.«

»Alles klar.«

»Und wenn die Jungs von der Staatspolizei wegen des Messner-Falls anrufen, sag ihnen, dass sie am Montag meinen Bericht kriegen.«

»Alles klar«, sagte Donnie wieder und beugte sich mit zusammengezogenen Augenbrauen über die Akte, die er eben bearbeitete.

Sobald die drei auf der Straße waren, begannen die beiden Jungen, Devin mit ihren Fragen zu bombardieren.

»Hallo, Sheriff.«

Devin wandte sich um und sah mit einem innerlichen Seufzer den betagten Eigentümer des Gemischtwarenladens um die Ecke herangeschlurft kommen. Der Mann quasselte einen schier um den Verstand.

»Hallo, Mr. Grant. Wie läuft das Geschäft?«

»Oh, mal so, mal so, Sheriff. Ein Auf und Ab wie das ganze Leben.« Mr. Grant legte eine Pause ein und zupfte sich einen Fussel von seinem zerknitterten braunen Hemd. »Ich dachte, ich sollte es Sie besser wissen lassen, Sheriff ... nicht etwa, dass ich meine Nase in fremder Leute Angelegenheiten stecken würde. Sie wissen ja, mein Motto ist leben und leben lassen ...«

In Wirklichkeit traf zwar das genaue Gegenteil zu, aber Mr. Grants Fähigkeiten zur Selbsteinschätzung waren eben schwach ausgeprägt. »Was wollten Sie mich wissen lassen, Mr. Grant?«

»Oh, ja ... also, ich wollte eben nur einen Moment Luft schnappen und bin die Straße runter zur Bank gegangen. Sie hat ja über Mittag zu, wie Sie wissen.«

»Ja, ich weiß.«

»Ahem, ja also, da kam's mir doch so vor, als wär da jemand drin.«

»Ich verstehe nicht ganz.«

»Es hatte für mich den Anschein«, Grant gab sich alle Mühe, sich diesmal präzise auszudrücken, »als würde da gerade jemand die Bank ausheben.«

Noch bevor die beiden Jungen eine Miene verziehen konnten, reagierte Devin. »Geht schon mal vor zu Ed's. Und rührt euch nicht von der Stelle.«

»Aber Devin ...«

»Tu, was ich sage, Bryan. Geht jetzt, beide. Ihr wartet dort auf mich und sagt niemandem ein Wort, verstanden?«

»Und was machen Sie jetzt?«, erkundigte sich Connor.

»Ich werde mich um die Angelegenheit kümmern. Jetzt geht schon endlich. Los, bewegt euch.«

Als sie losrannten, sah Devin ihnen noch einen Augenblick nach, um sicherzugehen, dass sie auch gehorchten und in die richtige Richtung liefen. »Hätten Sie die Freundlichkeit, mit mir zu kommen, Mr. Grant? Dann können Sie mir an Ort und Stelle zeigen, was Sie gemeint haben.«

»Aber selbstverständlich.«

Die Bank, ein altes rotes Backsteingebäude, befand sich einen halben Häuserblock die Straße hinunter, schräg gegenüber von Ed's Café. Ein rascher Blick durchs Fenster überzeugte Devin davon, dass die beiden Jungen in der Tat hineingegangen waren. Jetzt drückten sie sich neugierig die Nasen an der Scheibe platt.

Devin suchte die Straße sorgfältig ab. Da Samstag war, herrschte reger Einkaufsverkehr, auf jeden Fall genug, dass es Probleme geben könnte, wenn sich tatsächlich jemand unbefugten Zutritt zur Bank verschafft hatte.

»Haben Sie den Mann erkennen können, Mr. Grant?«

»Nicht genau. Aber ich glaube, er war jung, so etwa Ihr Alter, sah 'n bisschen so aus wie der Harris-Junge, wenn Sie wissen, wen ich meine.«

Devin nickte. Dann erblickte er einen schmutzig weißen Wagen mit Nummernschildern aus Delaware hinter der Kurve. »Kennen Sie das Auto?«

Mr. Grant überlegte. »Könnte ich nicht behaupten.«

»Warten Sie hier.« Mit einem langen Satz war Devin bei der

Tür und stieß sie leise auf. Hinter dem Kassenschalter starrte eine verstörte Kassiererin in die Mündung einer 45er.

Devin schaltete augenblicklich. Er schloss die Tür wieder und winkte Mr. Grant. »Mr. Grant, gehen Sie sofort in mein Büro rüber und geben Sie Donnie Bescheid, dass er herkommen soll. Banküberfall. Aber machen Sie rasch und sagen Sie es ihm um Himmels willen in diesem besonderen Fall einmal ohne Umschweife. Und ich will keine Sirenen. Außerdem soll Donnie draußen warten, bis ich ihm ein Zeichen gebe. Haben Sie verstanden?«

»Aber selbstverständlich, Sheriff. Ich fühle mich geehrt, Ihnen helfen zu dürfen.«

»Und Sie gehen anschließend wieder in Ihr Geschäft, Mr. Grant. Kommen Sie auf keinen Fall wieder her.«

Devin wollte sich eben umwenden, als er Rafe gemütlich die Straße hinunterschlendern sah. »He, Rafe!«, schrie er und winkte ihn zu sich. Noch bevor Rafe ihm zur Begrüßung auf die Schulter klopfen konnte, sagte Devin: »Ich ernenne dich zu meinem Deputy.«

»Himmel, Devin, Nate braucht unbedingt frische Windeln. Ich habe keine Zeit, den Deputy zu spielen.«

»Siehst du das Auto dort? Das mit den Nummernschildern aus Delaware?«

»Sicher. Ich hab schließlich Augen im Kopf.«

»Schließ es kurz.«

Jetzt hoben sich Rafes Augenbrauen, und ein Grinsen huschte über sein Gesicht. »Tss, tss, Devin, ich kann mich aber gar nicht mehr daran erinnern, wie man das macht.«

»Los, beeil dich schon.« In Devins Stimme schwang Ungeduld mit. Er war im Moment nicht zu Scherzen aufgelegt.

»Was ist denn überhaupt los?«

»Irgendjemand raubt gerade die Bank aus. Fahr das Auto weg für den Fall, dass er mir entwischt. Und halt mir die Leute vom Hals.«

»Du gehst da nicht allein rein, Devin, das ist zu gefährlich.«

»Tu, was ich dir sage, Rafe, fahr das Auto weg, aber ein bisschen dalli. Ich geh jetzt rein. Sollte er rauskommen und mit seiner verdammten Pistole rumfuchteln, tu mir einen Gefallen und geh ihm aus dem Weg, versprichst du mir das?«

Einen Teufel würde er tun. Rafe ging mit federnden Schritten zu dem Wagen hinüber, dessen Tür nicht abgeschlossen war. Er klemmte sich hinters Steuer und schloss die Zündung kurz, während Devin seine Waffe aus dem Halfter zog.

Er war entschlossen, den Bankräuber auf seine eigene Art und Weise unschädlich zu machen und eine Schießerei zu vermeiden. Er steckte seinen Revolver hinten in seinen Gürtel, nahm den Sheriffstern ab und versenkte ihn in seiner Hosentasche. Dann stieß er die Tür auf und schlenderte seelenruhig in die Bank, als ob nichts wäre.

»Hallo, Nancy.« Er lächelte die Kassiererin, die mit schreckgeweiteten Augen hinter dem Tresen stand, an. »Hab schon befürchtet, dass ich zu spät dran bin. Gut, dass ihr noch offen habt. Ich will was einzahlen.«

Obwohl ihr Gesicht vor Angst wie erstarrt war, schaffte sie es, den Mund aufzumachen. »Aber ... aber ...«, stammelte sie.

»Meine Frau vierteilt mich, wenn ich ihr sagen muss, dass ich vergessen habe, das Geld einzuzahlen.« Er schlenderte gemütlich auf den Tresen zu.

»Sind Sie verrückt geworden?«, schrie ihn der Mann an und fuchtelte wild mit der Pistole herum. »Sehen Sie nicht, was hier los ist?« Er stand ganz offensichtlich kurz davor, die Nerven zu verlieren. »Los, legen Sie sich auf den Boden! Machen Sie schon!«

»He, he, immer mit der Ruhe. Ich bin im Moment nicht in der Stimmung. Alles, was ich will, ist ein bisschen Geld einzahlen.« Während sein Blick unverwandt auf dem Gesicht des Mannes lag, wanderte seine Hand dahin, wo ein Mann gewöhnlich seine Brieftasche aufbewahrt.

Zu Devins Erleichterung schwenkte die Waffe des Mannes, die bis jetzt unsicher zwischen ihm und Nancy hin- und hergependelt hatte, jetzt endgültig herum, um ihn in Schach zu halten. »Leg dein verdammtes Geld hier auf den Tresen. Aber beeil dich!«

Als hätte er die Waffe eben erst registriert, hob Devin nun beide Hände. »Lieber Himmel, ist das hier ein Banküberfall?«

»Was hast du denn gedacht, Einstein? Los, her mit der Kohle, sofort.«

»Okay, okay. Ich will keine Scherereien. Sie können es haben.« Doch statt die Brieftasche zu zücken, zog Devin jetzt seinen Revolver. »Und jetzt stehen wir uns gegenüber und erschießen uns gegenseitig, oder was? Was stellst du dir vor?«

Der Mann warf wilde Blicke um sich. »Ich bring dich um! Ich schwör's, ich bring dich um!«

»Das wäre eine Möglichkeit.« Eine nicht sehr wahrscheinliche, weil der Idiot seine Pistole schwenkte, als wäre sie eine Fahne. »Genauso gut kann es sein, dass ich Sie erschieße. Lassen Sie die Waffe fallen und nehmen Sie die Hände hoch. Sie sollten Ihr Schuldkonto nicht noch zusätzlich zu einem bewaffneten Banküberfall mit einem Polizistenmord anreichern.«

»Ein Bulle! Ein gottverdammter Bulle! Dann muss sie eben dran glauben!« Wütend riss der Mann seine Waffe herum und richtete sie wieder auf die Kassiererin.

Devin zögerte keine Sekunde. Nancy war bereits da, wo sie hingehörte. Auf dem Boden außerhalb der Schusslinie. Da er nahe genug stand, nahm er anstelle seiner Pistole seine Fäuste zu Hilfe.

»Verdammter Idiot.«

Der Mann schaffte es gerade noch, einen Schuss in die Decke abzugeben, ehe seine Waffe in hohem Bogen in die gegenüberliegende Ecke des Raumes flog.

»Seien Sie jetzt schön brav, und nehmen Sie die Hände hinter den Kopf«, befahl Devin in aller Seelenruhe, wobei er den Mann mit seiner Pistole in Schach hielt. »Wenn Sie es nicht tun, bin ich gezwungen, Ihnen das Hirn aus dem Kopf zu pusten – was mir allerdings leidtäte, denn der Teppichboden ist erst ein Jahr alt.«

»Verdammter Bulle. Verdammtes lausiges Drecksnest.«

»Das haben Sie ganz richtig erkannt.« Mit etwas mehr Kraftaufwand, als eigentlich nötig gewesen wäre, drehte Devin dem Mann die Arme auf den Rücken. Es dauerte nur einen Moment, dann klickten die Handschellen. »Wir haben hier etwas gegen Unordnung, verstehen Sie? Wir sind regelrecht allergisch dagegen. Alles okay, Nancy?«

# 10. Kapitel

Cassie sagte sich immer wieder, dass es unnötig sei, sich um Devin Sorgen zu machen. Ihm war nichts passiert. Rafe hatte ihr die Geschichte von dem versuchten Bankraub erzählt, und sie wusste, dass sie seiner Version mehr trauen konnte als all den anderen, die sie inzwischen im Laufe des Tages per Telefon zu hören bekommen hatte. Einzig Connors Bericht war ansonsten noch weitgehend objektiv ausgefallen.

Es gab also keinen Grund zur Beunruhigung.

Und doch war sie so nervös, dass sie jedes Mal zusammenzuckte, wenn das Telefon läutete.

Eine Tatsache machte ihr immer wieder von Neuem zu schaffen und ging ihr ständig im Kopf herum. Es war der Gedanke, dass er einem bewaffneten Mann mit leeren Händen gegenübergetreten war.

Wieder erschauerte sie und versuchte, das beängstigende Bild aus ihrem Kopf zu verdrängen. Er war mitten in einen bewaffneten Banküberfall hineinmarschiert, um Leben zu retten, wobei er sein eigenes aufs Spiel gesetzt hatte. Noch nie zuvor hatte sie mit seiner Dienstmarke eine so hohe Verantwortung verbunden. Er hatte sein Leben riskiert. Unter normalen Umständen musste der Sheriff eines so verschlafenen Städtchens eher diplomatische Fähigkeiten aufbringen als Mut. Zumindest war sie bisher immer dieser Meinung gewesen.

Jetzt aber wurde ihr klar, dass sie sich geirrt hatte. Auch in Antietam gab es Einbrüche, Schlägereien, Diebstähle, gewalttätige Familienzwistigkeiten und Vandalismus. Und er hatte die Verantwortung.

Während sie über all das nachgrübelte, erkannte sie aber auch, dass ihre Sorge nicht einem guten Freund oder Liebhaber galt, sondern dem Mann, den sie liebte.

Diese Einsicht hatte etwas Unerwartetes, Schockierendes. Jetzt, nachdem sie endlich die Augen geöffnet hatte, konnte sie einen Blick in ihre Vergangenheit wagen. Soweit sie zurückdenken konnte, war Devin da gewesen. Sie hatte an ihm gehangen, ihn bewundert und ihn sich, wenn sie es recht bedachte, aus ihrem Leben gar nicht wegdenken können.

Sie hatte sich in seiner Gegenwart stets gehemmter gefühlt als in Gegenwart seiner Brüder und sich immer wieder gefragt, weshalb das so war. Jetzt wusste sie es. Es war gar nicht wahr, dass sie ihn die ganzen Jahre über nur als einen Freund oder als einen der MacKades betrachtet hatte. Ja, es wurde Zeit, genau hinzuschauen, sich klar zu werden.

Sie hatte ihm gegenüber stets viel mehr empfunden. Jetzt war sie frei und konnte ihren Gefühlen freien Lauf lassen. Jetzt konnte sie endlich zugeben, dass es in ihrem Herzen immer einen Platz gegeben hatte, der ganz allein nur für ihn reserviert war.

Und was anderes sollte das wohl sein als Liebe? Ja, es war so. Sie liebte ihn.

Als das Telefon wieder läutete, konnte sie gar nicht schnell genug abnehmen und hatte Mühe, ihre Stimme ruhig zu halten, als sie sich meldete. Es war Savannah.

»Hi, ich wette, du hast die Neuigkeiten schon gehört, oder irre ich mich?«

»Nein. Es ist im Moment das einzige Gesprächsthema.« Um sich zu beruhigen, öffnete Cassie den Kühlschrank und nahm den Krug mit Orangensaft heraus. »Hast du Devin schon gesehen, seit es passiert ist? Oder einen seiner Brüder?«

»Nein, ich selbst nicht, aber Jared. Er sagt, dass unser großer Sheriff verärgert ist über den Wirbel, der um die ganze Sache gemacht wird. Im Augenblick stattet ihm ein Fernsehteam aus Hagerstown einen Besuch ab, und die Presse war auch schon da.« Cassie schwieg, und Savannah wusste genau, warum. »Es geht ihm gut, Cassie«, versicherte sie ihr mit warmer Stimme. »Er hat keinen Kratzer abbekommen, glaub mir. Er ist einfach nur sauer, weil ihn die ganze Aufregung von seiner Arbeit abhält. Du kennst doch Devin. Und was ist mit dir? Geht's dir gut?«

»Mir?« Cassie starrte den Saft an, den sie sich eben in ein Glas gegossen hatte. »Ja, mir geht's gut. Ich bin nur beunruhigt.«

»Das kann ich gut verstehen. Ich muss zugeben, dass mir auch ziemlich mulmig wurde, als Bryan mir die ganze Geschichte in den blühendsten Farben ausmalte. Aber glücklicherweise ist es ja so, dass Devin ganz gut auf sich aufpassen kann.«

»Ja.« Cassie hob das Glas und setzte es wieder ab. »Das kann er.«

»Hör zu, würdest du mir einen Gefallen tun?«

»Sicher. Worum geht's denn?«

»Bryan will, dass Connor bei uns übernachtet. Würde es dir etwas ausmachen, ihn zu uns rüberzuschicken? Natürlich nur, wenn er Lust hat«, fügte sie hinzu.

»Oh.« Cassie warf einen Blick aus dem Fenster in den Garten, wo Connor und Emma mit der Katze spielten. »Er wird begeistert sein, da kannst du Gift drauf nehmen. Aber ist es dir denn überhaupt recht?«

Jetzt kam ein Krachen durch die Leitung, und gleich darauf hörte Cassie, wie Savannah schrie: »Bryan MacKade, wenn du diese Fensterscheibe mit deinem verdammten Baseball einschmeißt, bist du nicht nur aus diesem Spiel raus, sondern kriegst gleich für die ganze Saison die Rote Karte! Und wie recht mir das ist«, fuhr sie an Cassie gerichtet fort. »Wenn die beiden zusammen sind, hat Bryan wenigstens eine Beschäftigung und nervt mich nicht andauernd. Aber das ist noch nicht alles. Kann Emma auch mitkommen?«

»Emma? Du willst, dass Emma auch bei euch übernachtet?«

»Es war Jareds Idee. Er meinte, wir sollten schon mal üben, wie man mit kleinen Mädchen umgeht. Mit Jungen kennen wir uns mittlerweile ja aus, aber Jared hat die größten Befürchtungen, dass wir verloren sind, wenn Layla größer wird.« Sie lachte, und Cassie hörte das Baby friedlich vor sich hin lallen. »Ich bring sie dir auch heil zurück.«

»Sie wird ganz aus dem Häuschen sein. Aber hast du dir überlegt, dass es mit vier Kindern ganz schön chaotisch wird?«

»Schon. Aber wir haben beschlossen, dass wir aus der Vier unsere Glückszahl machen, falls du verstehst, was ich meine.«

»Vier?« Cassie kicherte. »Na, da brauchst du aber wirklich noch jede Menge Übung.«

»Lass uns erst mal sehen, wie wir die Nacht überstehen. Mach die beiden abmarschbereit, Cassie, ja? Jared kommt gleich rüber und holt sie ab.«

»Nur unter einer Bedingung. Sobald irgendwas ist, rufst du mich an, versprochen?«

»Versprochen.« Jetzt hörte Cassie wieder einen Krach, dann splitterte Glas. »So, das war's dann, Bryan! Also beeil dich, Cassie, es wird wirklich höchste Zeit, wie dir wohl eben nicht entgangen sein dürfte.«

Nachdem die Kinder fort waren, hatte sie endlich einmal Zeit für sich – zu viel Zeit, wie ihr gleich darauf klar wurde, weil sie sich wahrscheinlich doch nur Sorgen machen würde.

Sie ging noch einmal hinunter ins Inn, doch die Handvoll Gäste war zufrieden und bestens versorgt, sodass hier ihre Anwesenheit nicht erforderlich war. Aber sie stellte dennoch Kaffee und Kuchen in den Salon und bot den beiden Ehepaaren, die im Wintergarten Karten spielten, ein Glas Wein an.

Dann deckte sie im Speisezimmer den Frühstückstisch für den nächsten Morgen und warf noch einen letzten Blick in Speisekammer und Kühlschrank, obwohl sie wusste, dass sie für das Frühstücksbüfett am morgigen Sonntag, für das das Inn weit über die Stadtgrenzen hinaus berühmt war, bestens ausgerüstet war.

Als sie mit allem fertig war, ging sie nach draußen. Sie war es nicht gewohnt, nichts zu tun zu haben, aber natürlich hatte sie oft davon geträumt, einmal, ein einziges Mal nur, einen ganzen Abend allein für sich zu haben. Ein Schaumbad, ein gutes Buch, ein Spätfilm im Fernsehen.

So würde sie ihren Abend gestalten. Doch zuvor musste sie rasch noch in die Stadt fahren und sich mit eigenen Augen davon überzeugen, dass mit Devin auch wirklich alles in Ordnung war.

Sie stürmte die Treppe nach oben. Als sie die schattenhafte Gestalt auf der Schaukel entdeckte, entfuhr ihr ein leiser Aufschrei.

»Ich hab gesehen, dass du noch beschäftigt warst«, sagte Devin. »Ich wollte dich nicht stören und hab deshalb hier gewartet.«

Ihre Hand lag noch immer auf ihrem rasch klopfenden Herzen. »Ich dachte, du kommst aus der Stadt nicht weg. Savannah hat mir von den ganzen Interviews …«

»Ich hab Donnie dazu verdonnert, den Abend über im Büro zu bleiben. Das ist das Mindeste, was er für mich tun kann, nachdem er mich den ganzen Nachmittag mit diesem verdammten Telefon allein gelassen hat.« Er hielt ihr einen großen Strauß gelber Teerosen hin. »Hab ich dir mitgebracht. Als ich an dem Blumengeschäft vorbeikam, ist mir aufgefallen, dass ich dir noch nie Blumen mitgebracht habe. Dabei weiß ich doch, wie sehr du sie liebst.«

»Sie sind wirklich wunderschön. Vielen Dank.« Sie vergrub ihr Gesicht in dem Strauß und atmete tief den süßen Duft ein.

»Komm, setz dich doch ein bisschen zu mir.«

Sie folgte seiner Aufforderung und setzte sich neben ihn, wobei sie den Strauß im Arm hielt wie ein Baby.

Er legte eine Hand unter ihr Kinn und drehte ihren Kopf zu sich. Forschend schaute er sie an. »Was hast du denn?«

»Nichts. Ich habe mir nur solche schrecklichen Sorgen um dich gemacht«, platzte sie heraus. »Ich konnte hier nicht weg und habe ständig darauf gewartet, dass du anrufst.«

»Ich habe es verschiedentlich versucht, aber es war immer besetzt.«

»Ich glaube, ich kenne niemanden, der heute Nachmittag nicht angerufen hat. Und ich habe mindestens ein Dutzend verschiedene Versionen der Geschichte gehört.«

»Nun, in Wahrheit war es viel weniger aufregend, als du vielleicht glaubst.«

»Aber er hatte doch einen Revolver, oder etwa nicht? Du wusstest, dass er bewaffnet war, als du in die Bank gegangen bist.«

»Ich muss meinen Job machen, Cassie. Ich konnte schließlich nicht so tun, als sei nichts. Er hätte jemanden verletzen können.«

»Er hätte dich verletzen können.«

»Anscheinend ist dir noch nicht zu Ohren gekommen, dass Kugeln wirkungslos an mir abprallen.«

Ihr war nicht nach Lachen zumute. Sie presste ihr Gesicht an seine Schulter. »Ich bin so froh, dass dir nichts passiert ist. Und dass du jetzt hier bei mir bist.«

»Ich auch.« Er legte ihr den Arm um die Schultern und setzte die Schaukel in Bewegung. »Wenn ich gekonnt hätte, wäre ich schon viel früher gekommen.«

»Ich weiß. Du warst in den Nachrichten.«

»Ja.«

»Hast du es dir denn nicht angeschaut?«

Als er den Kopf schüttelte, fuhr sie fort: »Es wird um elf wiederholt. Wir können es uns zusammen ansehen.«

»Nicht nötig. Ich weiß, wie ich aussehe.«

Verwundert sah sie ihn an. »Es ist dir peinlich.«

Unangenehm berührt, rutschte er auf der Schaukel herum. »Nein. Ja ... vielleicht ein bisschen.«

Plötzlich erschien er ihr wie ein kleiner Junge, und ihr wurde ganz warm ums Herz. »Ich habe es mir dreimal angesehen und mir dabei gedacht, dass du aussiehst wie ein Filmstar.«

»Scheinst ja gar nicht genug bekommen zu können.« Seine Handflächen waren auf einmal feucht. Ein bisschen Distanz, MacKade, warnte er sich selbst, sonst explodierst du gleich. »Mir ist vorhin noch etwas anderes durch den Kopf gegangen. Ich habe dich bisher noch nie zum Essen eingeladen.«

»Dafür warst du im vergangenen Frühjahr mit uns im Zoo und im letzten Sommer auf dem Volksfest.«

Warum schaut sie mich bloß so an? fragte er sich. So hatte sie ihn noch niemals angeschaut. War das Belustigung ... oder etwa ... Lust ... oh Gott.

»Ich meinte, nur du und ich. Ich bin wirklich gern mit den Kindern zusammen, aber ...«

»Du musst mich nicht zum Essen einladen, Devin. Mir gefällt es so, wie es ist, wirklich. Ich bin glücklich damit.«

»Wie auch immer. Ich würde es einfach gern irgendwann mal machen.« Er hatte plötzlich das Gefühl, nicht mehr klar denken zu können, solange sie so nah bei ihm saß, den Teerosenstrauß im Arm. »Ich ... äh ... hier habe ich auch noch ein paar Sachen ... Kuchen und Plätzchen und Pasteten und so. Die Leute haben es mir ins Büro gebracht.«

»Sie sind dir dankbar.« Ihr Herz klopfte schneller, sie stand auf. »Und das möchten sie dir gern zeigen.«

»Ja, schon, aber ich kann es im Leben nicht allein aufessen, ich habe Donnie schon einen Teil abgegeben und dachte mir, die Kinder ...« Er unterbrach sich und schaute sich um. »Ich habe sie gar nicht gesehen, als ich heraufkam. Sie werden doch wohl nicht schon im Bett sein um diese Zeit, oder?«

»Sie sind nicht da.« Sie dankte im Stillen Savannah und Jared und ihrem Schicksal. »Sie verbringen die Nacht bei Savannah und Jared.«

»Sie sind nicht da.«

»Nein. Wir sind allein.«

Er hatte sich seelisch darauf vorbereitet, ein Weilchen mit ihr zu plaudern und dann wieder zu gehen. Er hätte es nicht gewagt, sie zu fragen, ob er bleiben dürfe. Wegen der Kinder, die im Nebenzimmer schliefen.

Doch jetzt waren sie allein, und die Nacht hatte eben erst angefangen. Eine Welle von Begehren spülte über ihn hinweg. Er stemmte sich mit aller Kraft dagegen und bewerkstelligte ein entspanntes Lächeln.

»Dann kann ich dich ja heute zum Essen ausführen.«

»Ich will aber nicht essen. Ich will, dass du mit mir ins Bett gehst«, sagte sie leise.

Das verschlug ihm die Sprache. »Cassie.« Er stand auf, ging zu ihr hin und legte ihr zärtlich eine Hand an die Wange. »Deswegen bin ich nicht hergekommen, weißt du. Es ist nämlich nicht der einzige Grund, weswegen ich gern mit dir zusammen bin.«

»Ich weiß.« Sie nahm seine Hand von ihrem Gesicht und bedeckte seine Handfläche mit kleinen Küssen. »Aber es ist das, was ich heute Nacht am liebsten tun würde. Ich gehe jetzt und stelle die Blumen ins Wasser.«

Damit ließ sie ihn sprachlos in der Dunkelheit auf der Veranda zurück. Mehr als nur ein bisschen verwirrt folgte er ihr nach drinnen.

»Den habe ich bei Regan gekauft.« Cassie füllte einen grünen Glaskrug mit Wasser. »Ich habe mir angewöhnt, mir immer, wenn ich ein bisschen Geld übrig habe, irgendetwas Schönes zu kaufen. Und das sogar ganz ohne Schuldgefühle.«

»Du solltest dir überhaupt keine Schuldgefühle machen.«

»Oh, ein paar Sachen gibt es schon.« Geschickt arrangierte sie die Blumen in der Vase. »Aber nicht deswegen. Und wegen dir auch nicht.« Sie hob den Blick. »Weißt du, was ich empfinde, wenn ich an dich denke, Devin? An uns?«

Er hielt es für das Beste, nicht zu versuchen zu sprechen, nicht im Moment, wo ihm das ganze Blut aus seinem Gehirn zu weichen schien.

»Schwindel. Du machst, dass mir ganz schwindlig wird. Du verwirrst mich. Ich habe Gefühle, die ich nie in meinem Leben hatte, und will plötzlich Dinge, von denen ich niemals geglaubt hatte, dass ich sie jemals wollen könnte. Ich bin fast neunundzwanzig, und du bist der erste Mann, der mich je wirklich richtig berührt hat. Ich will, dass du mich berührst.«

Das würde er tun, sofort, sobald er davon ausgehen konnte, dass er seine Hände und sein Begehren sicher unter Kontrolle hatte. Hätte es sich bei der Frau, die hier vor ihm stand, nicht um Cassie gehandelt, er wäre bereit gewesen, ein Monatsgehalt zu verwetten, dass sie versuchte, ihn zu verführen.

Weil er noch immer schwieg und auch keinen Schritt näher kam, befürchtete sie schon, etwas falsch gemacht zu haben. »Aber wenn du heute keine Lust hast ... ich meine ... ich kann verstehen, dass es ein anstrengender Tag ...«

»Großer Gott«, brach es so explosionsartig aus ihm heraus, dass ihr Kopf alarmiert hochschnellte. Rasch riss er sich zusammen. »Komm, lass uns eine kleine Spazierfahrt machen«, versuchte er abzulenken. »Es ist eine wunderbare Nacht, der Mond geht gerade auf. Ich habe Lust, mit dir ein bisschen durch die Gegend zu gondeln.«

Sie war sich sicher, dass sie einen Riesenfehler begangen hatte, aber sie wusste nicht, welchen. Alles, was sie wusste, war, dass sie Lust auf ihn hatte, aber er nicht auf sie. Anscheinend bist du eine miserable Verführerin, dachte sie. Aber wie sollte das auch anders sein? Schließlich hatte sie keinerlei Übung.

»Nun gut, wenn du möchtest.«

Er hörte auf Anhieb die falsche Munterkeit aus ihrem Tonfall heraus. »Cassie, glaub bitte nicht, dass ich keine Lust habe, mit dir zu schlafen. Das ist nicht der Grund. Im Gegenteil. Es ist nur so, dass ... vielleicht hat mich diese Sache heute Mittag doch mehr mitgenommen, als ich dachte. Ich muss erst ein bisschen zur Ruhe kommen, bevor ich ... bevor ich dich berühren kann.«

»Warum?«

»Weil ich ... weil ich im Augenblick einfach für nichts garantieren könnte, Cassie, und wenn du mich weiter so anschaust, wie du es gerade tust, hilft mir das auch nicht weiter. Im Gegenteil. Es macht die Sache nur noch schlimmer. Ich wäre bestimmt nicht in der Lage ... ich würde dir wehtun.«

»Wehtun? Aber was ist nur los, Devin? Bist du denn böse mit mir?«

»Unsinn.« Er fluchte verhalten und rannte nervös vor ihr auf und ab. »Wenn ich auf dich böse bin, sage ich dir das schon, verlass dich drauf. Du raubst mir den Verstand. Ich brauche dich bloß anzuschauen, wie du so dastehst, mit gefalteten Händen, die großen grauen Augen weit aufgerissen. Es bringt mich um, verstehst du?« Er schleuderte ihr die Worte entgegen wie eine Anklage. »Seit wir miteinander geschlafen haben, komme ich damit einfach nicht mehr klar. Wir müssen sofort hier raus, bevor ich dich bei lebendigem Leib mit Haut und Haaren auffresse.«

»Wir bleiben aber hier.« Es überraschte sie beide, wie entschlossen ihre Stimme klang.

»Ich habe dir doch gesagt ...«

»Du hast versucht, mir etwas zu sagen. Du glaubst, ich sei zu empfindsam, um mit deiner ungezügelten Lust zurechtzukommen. Um mit dir zurechtzukommen. Nun, dann muss ich dir jetzt aber sagen, dass du dich gewaltig irrst.«

»Du hast wirklich keinen Schimmer, worauf du dich da einlässt.«

»Mag sein.« Plötzlich wild entschlossen, ging sie auf ihn zu. »Bisher, wenn wir miteinander geschlafen haben, hattest du niemals etwas davon. Das soll diesmal anders werden.«

»Mach dich nicht lächerlich. Natürlich hatte ich etwas davon.«

»Aber du hast nur das getan, was ich wollte«, erwiderte sie entschieden. Wie stark er ist, dachte sie. Ein starkes Gesicht, starke Hände, ein unbeirrbarer Blick. Kein Bild aus irgendeinem Magazin oder eine Fantasiegestalt. Ein starker Mann aus Fleisch und Blut, mit einem starken Begehren. »Du warst so rücksichtsvoll, so geduldig. Niemand hat bisher so viel Rücksicht auf mich genommen wie du.«

»Ich weiß.« Als er jetzt die Hand hob, um ihr durchs Haar zu streichen, tat er es sanft. »Du musst nie wieder Angst haben.«

»Hör auf, mich wie ein Kind zu behandeln, Devin.« Kühn nahm sie sein Gesicht zwischen ihre Hände, dieses vertraute Gesicht. »Du hältst dich immer zurück. Das muss aufhören. Ich war anfangs nur zu verwirrt, um das zu bemerken.«

»Cassie, du brauchst Zärtlichkeit.«

»Sag mir nicht, was ich brauche.« Ihre Stimme klang scharf, und ihre Augen blitzten. »Das hatte ich lange genug in meinem Leben. Ja, ich brauche Zärtlichkeit ebenso wie Vertrauen und Respekt, aber ich will auch wie eine normale, erwachsene Frau behandelt werden.«

Sanft legte er seine Hände um ihre Handgelenke. »Dräng mich nicht, Cassie.« Er drückte ihr einen zärtlichen Kuss auf die Augenbraue, und das machte sie erneut zornig.

»Ich will, dass du mich so küsst, wie dir zumute ist«, verlangte sie, dann presste sie ihre Lippen auf seine. »Zeig mir, wie dir zumute ist«, flüsterte sie gegen seinen Mund. Sie spürte, wie er zusammenzuckte und sich gleich darauf versteifte in dem Versuch, seine Selbstkontrolle zu wahren. »Zeig mir, wie es ist, wenn du mich richtig begehrst. Ich will wissen, wie du bist, wenn du aufhörst zu denken.«

Mit einem gemurmelten Fluch ergriff er von ihren Lippen Besitz. Wie schon bei dem ersten Kuss spürte sie, wie sich das Blut in ihren Adern in glühende Lava verwandelte. Jetzt endlich zeigte er ihr genau wie damals im Salon sein echtes, unverstelltes Begehren.

Als er einen Moment später versuchte, sich von ihr freizumachen, hielt sie ihn fest.

»Verdammt noch mal, Cassie.«

»Tu das noch mal.« Sie griff in sein schwarzes Haar und zog seinen Kopf wieder an sich. »Küss mich so wie eben.« Ihr Blick, verhangen und doch wachsam, ließ ihm keinen Ausweg. »Zeig mir, wie es ist«, murmelte sie. »Ich warte schon mein ganzes Leben darauf, es endlich zu erfahren.« Als sie die Hand auf seine Brust legte, spürte sie, dass sein Herz hämmerte. »Nimm mich, und sei einmal nicht freundlich und rücksichtsvoll, Devin. Nimm mich einfach so, wie dir zumute ist.«

Seine Hände zitterten, als er ihren Kopf zurückbog und erneut begann, ihren Mund mit einer Wildheit zu plündern, die sie sofort mitriss. Doch noch immer gab es einen Teil in ihm, der sich zurückhielt und ihre Reaktionen genauestens kontrollierte. Er sagte sich, dass er sofort aufhören würde – aufhören könnte –, wenn erkennbar war, dass sie sich in die Ecke gedrängt fühlte.

Einen Moment später jedoch begann er zu fürchten, dass das womöglich nur Selbstbetrug war, dass er sich selbst täuschte.

»Cassie ...«

»Nein. Zeig's mir. Los, mach schon.« Sie fühlte sich fast wie in Trance, so neu und erschütternd war für sie die Erkenntnis, dass sie ihn ebenso heftig begehrte wie er sie und keinerlei Angst vor ihm hatte. »Zeig's mir jetzt.«

Er hätte schwören mögen, dass er gehört hatte, wie etwas in ihm ausrastete. Seine Selbstkontrolle zersplitterte. Begierde spülte über ihn hinweg, primitive, fast schon brutale Begierde, die die langen Jahre des Wartens auslöschte, als hätte es sie nie gegeben.

In der Hast zerfetzte er ihre Bluse. Das Geräusch reißenden Stoffes hätte ihn vielleicht wieder zu Verstand gebracht, aber Cassie stöhnte und drängte sich an ihn. Instinktiv erkannte er, dass das Beben, das ihren Körper durchlief, nicht Angst war, sondern Lust. Diese Erkenntnis steigerte seine Erregung noch um ein Vielfaches.

»Ich … ich kann mich nicht zurückhalten.«

»Dann versuch's gar nicht erst«, flüsterte sie an seinem Hals, wobei ihr erneut ein Lustschauer den Rücken hinabjagte. Die Hitze, die von ihm ausging, drohte sie fast zu versengen. »Streichle mich.« Sie wühlte ihre Hände in sein schwarzes Haar und gab sich ganz ihrem eigenen Begehren hin. »Ich werde verrückt, wenn du mich nicht augenblicklich streichelst.«

Kurz entschlossen hob er sie hoch, um sie ins Schlafzimmer zu tragen. Als sie die Beine um seine Hüften schlang und sich voller Verlangen an ihn drängte, glaubte er an seiner Lust fast ersticken zu müssen. Er geriet leicht ins Taumeln, blieb vor der Schlafzimmertür stehen und drückte Cassie gegen die Wand, um sie abzustützen. Wie ein Verdurstender beugte er sich über sie und saugte an ihren harten Knospen.

»Mehr«, stöhnte sie erschauernd. »Gib mir mehr.« Sie konnte es nicht fassen, dass diese Worte aus ihrem Mund kamen, konnte nicht glauben, dass dieses lasterhafte Begehren in ihr lauerte. Wie im Fieber riss sie sich die Fetzen ihrer Bluse ganz vom Leib, sodass seinen Lippen keine Grenzen mehr gesetzt waren.

Als sich seine Zähne in ihr weiches Fleisch gruben, erreichte sie den Höhepunkt und erschrak über dessen Heftigkeit.

Wie sie auf den Boden gekommen waren, wusste sie nicht mehr. Sie zog an seinem Hemd, er zerrte an ihrer Hose. Etwas zu sagen war unmöglich, unartikulierte Laute und Stöhnen war das Einzige, was sich ihren Kehlen entrang. Worte zu formen lag außerhalb ihrer Macht.

Gier packte ihn, als er ihr die Hose vom Leib riss, eine Gier, die er länger als ein Jahrzehnt unterdrückt hatte. Jetzt brach sie aus ihm heraus und raste wie eine Sturmflut über ihn hinweg. Er schob seine Hände unter ihr Becken, hob sie ein Stück hoch, um die letzte Hürde, die ihn noch von ihrem Schoß trennte, zu beseitigen. Ihr Baumwollslip hielt seinem Angriff nicht stand und ging in Fetzen. Als er sich daranmachte, mit seiner Zunge den Brand, der im geheimsten Versteck ihres Begehrens wütete, noch anzufachen, schrie sie laut auf.

Sie wölbte sich ihm entgegen, wehrlos, hilflos, ausgeliefert. Ihre Fingernägel kratzten auf der Suche nach Halt über den Boden, doch da gab es nichts, was ihren Sturz ins Nichts hätte bremsen können. Seine Zunge trieb sie vorwärts, gnadenlos, unablässig dem Höhepunkt entgegen, bis schließlich ein rauer, kehliger Schrei aus ihrer Kehle aufstieg.

»Mehr.« Diesmal war er es, der forderte, war er es, der stöhnte, während sich ihre Fingernägel in das feste Fleisch seines Rückens und seiner muskulösen Schultern gruben. Als sich ihre Hand um seinen harten seidigen Schaft schloss, fühlte er sich an wie ein Vulkan kurz vor dem Ausbruch, und seine Herzschläge dröhnten in seinen Ohren wie Buschtrommeln. Er wusste, dass er es nicht mehr länger hinauszögern konnte. Sein Begehren forderte sein Recht ein.

Besinnungslos vor Lust warf er sich über sie und tauchte tief, ganz tief ein in ihren hungrigen Schoß. Er schob seine Hände unter ihr Becken und hob sie hoch, weil es ihm noch immer nicht tief genug war. Er sehnte sich danach, ganz und gar mit ihr zu verschmelzen, nur noch ein Leib zu sein.

Er gab ihr ein Zeichen, dass sie sich weniger heftig bewegen solle, und sie bemühte sich, doch es gelang ihr kaum, sich zu beherrschen. Woher hätte sie wissen sollen, dass sie zu solcher Leidenschaft fähig war, dass ein solch verzehrendes Feuer von ihr Besitz ergreifen konnte? Woher, wenn nicht er es ihr gezeigt hätte?

Und dann bäumte sich dieser wundervolle Körper für eine Sekunde auf, versteifte sich, und einen Moment später sah sie, wie der Mann über ihr, dieser Mann, den sie doch mit jeder Faser ihres Herzens liebte, wie in einem Anfall von Schmerz den Kopf in den Nacken warf und einen rauen, kehligen Schrei ausstieß. Als er bis ins Mark erschauerte und ihren Namen schrie, ließ auch sie sich los, und Tränen unbändigen Glücks stürzten ihr aus den Augen.

In demselben Moment, in dem er gesättigt über ihr zusammenbrach, spürte er ihre Tränen an seiner Schulter. Er hätte sich sofort von ihr heruntergerollt, aber sie legte die Arme um ihn und hielt ihn fest.

»Nicht. Beweg dich nicht.«

»Es tut mir leid.« Worte reichten nicht aus für das, was er ihr sagen wollte, nichts, was er ihr hätte sagen können, erschien ihm genug. »Ich habe dir wehgetan, dabei habe ich dir versprochen, das nicht zu tun.«

»Soll ich dir sagen, was war?« Ihre Mundwinkel bogen sich zu einem leichten Lächeln nach oben, doch er sah es nicht. Alles, was er sah, war, dass er das Wertvollste, was er besaß, mit Füßen getreten hatte. »Du hast es vergessen.«

»Vergessen? Was habe ich vergessen?« Wieder machte er Anstalten, sich von ihr herunterzurollen, und wieder hielt sie ihn fest.

»Du hast vergessen, rücksichtsvoll zu sein, du hast vergessen, besorgt zu sein, du hast alles vergessen. Ich hätte nie gedacht, dass ich dich so weit bringen kann. Es gibt mir ...«, ein langer, zufriedener Seufzer folgte, »... Macht.«

»Macht?« Seine Kehle fühlte sich an wie ausgedörrt. Er musste Cassie vom Fußboden aufheben. Großer Gott, er hatte sie auf dem Fußboden genommen. Er wollte sie aufs Bett legen, zudecken und trösten. Doch das Wort, das sie benutzt hatte, setzte ihn so sehr in Erstaunen, dass er alles andere vergaß.

»Stärke. Verführungskraft.« Jetzt hob sie die Arme über den Kopf und streckte sich langsam und träge. »Macht. Ich habe mich noch nie in meinem Leben mächtig gefühlt. Es gefällt mir. Oh, es gefällt mir wirklich sehr gut.« Die Augen geschlossen, summte sie lächelnd leise vor sich hin.

So sah er sie daliegen, als er nun den Kopf hob, um sie anzusehen. Eine Frau, die soeben ein gefährliches und aufregendes Geheimnis entdeckt hatte. Bei ihrem Anblick erwachten seine Triebe erneut zum Leben.

Sie ... triumphiert, sinnierte er verblüfft. »Es gefällt dir«, wiederholte er und konnte es noch immer kaum glauben.

»Hm ... ich möchte es wieder spüren. Und wieder und wieder.« Sie öffnete die Augen und lachte, als sie seinen fassungslosen Gesichtsausdruck sah. »Ich habe dich verführt, stimmt's?«

»Du hast mich zerstört, Cassie. Ich habe deine Kleider zerrissen.«

»Ich weiß. Du hast dich plötzlich vollkommen vergessen. Das wollte ich. Es war aufregend. Machst du es noch mal?«

»Ich ...« Er schüttelte den Kopf, doch da sein Verstand sich weigerte, klar zu werden, gab er auf und verlor sich in den Tiefen ihrer Augen. »Jederzeit, wenn du willst.«

»Darf ich deine Kleider auch zerreißen?«

Es verschlug ihm die Sprache. Er musste sich räuspern. »Wir sollten vielleicht zuerst mal vom Fußboden aufstehen.«

»Mir gefällt es hier. Es hat mich erregt zu sehen, dass du mich so begehrt hast, dass du nicht länger warten konntest.« Sie hob eine Hand und schob ihm eine weiche schwarze Locke aus der Stirn. »Und es gefällt mir, wie du mich gerade ansiehst.« Sie fuhr sich mit der Zungenspitze über die Lippen. »Ich schmecke dich sogar noch immer.«

»Oh Gott.«

Als er sich erneut in ihr zu bewegen begann, durchfuhr sie ein kurzes, köstliches Beben. »Ich tu's schon wieder.«

»Hm?«

»Dich verführen.«

Er bekam kaum noch Luft. »Sieht ganz danach aus.«

Und jetzt fühlte sie sich das erste Mal in ihrem Leben wie eine ganz normale Frau, eine Frau, die liebt und wiedergeliebt wird. »Sag mir, dass du mich liebst, Devin«, flüsterte sie. »Sag mir bitte bei jedem Stoß, dass du mich liebst.«

»Ich liebe dich.« Hilflos vergrub er sein Gesicht in ihrem Haar. Ohne dass er es gemerkt hatte, hatte sie ihm die Zügel aus der Hand genommen, und ihm blieb nichts anderes, als vorwärtszustürmen. »Jetzt kann ich mich nicht mehr bremsen.«

»Das sollst du auch gar nicht.« Sie nahm alles in sich auf wie ein trockener Schwamm das Wasser – seine Liebe, seine Leidenschaft, seine Kraft – und passte sich seiner schnellen und verzweifelt nach Erlösung suchenden Gangart an. Als sie spürte, dass sie beide kurz vor dem Höhepunkt standen, bereit waren, sich wehrlos ins Bodenlose fallen zu lassen, brachte sie ihre Lippen ganz nah an sein Ohr.

»Ich liebe dich, Devin. Ich liebe dich. Ich glaube, ich habe dich immer geliebt.«

# 11. Kapitel

Connor war noch nie in seinem Leben so glücklich gewesen wie jetzt. Am Anfang, als sie in das neue Haus gezogen waren, hatte er ständig Angst gehabt, dass alles bald ein Ende finden und die Dinge wieder so werden würden wie vorher, doch mittlerweile glaubte er daran, dass sein Glück ebenso wie das seiner Mutter und seiner Schwester von Dauer war.

Er hatte sich angewöhnt, seine Mutter heimlich zu beobachten, und glaubte, dass es ihr besser ging. In letzter Zeit wirkten ihre Augen viel weniger müde als früher, und sie lachte mehr, als sie jemals in ihrem Leben gelacht hatte. Er hatte seine Freude daran, wie sie ihr Heim mit schönen Dingen, die sie in Regans Laden kaufte, schmückte, aber er hütete sich, seinen Freunden gegenüber etwas darüber verlauten zu lassen, weil er befürchtete, sie könnten sich womöglich über ihn lustig machen.

Bis auf Bryan. Bryan war sein bester Freund und verstand ihn, es machte ihm nicht einmal etwas aus, dass Emma ihnen ständig wie ein kleines Hündchen hinterhertrottete. Und Bryan liebte seine Geschichten. Er konnte Geheimnisse für sich behalten und war sein Blutsbruder. Eines Tages hatten sie in den Wäldern ihre Blutsbrüderschaft in einer Zeremonie feierlich besiegelt.

Heute hatten sie es endlich geschafft, die langersehnte Erlaubnis zu erhalten, in den Wäldern hinter dem großen Blockhaus, das Jared für sich und seine Familie gebaut hatte, zu zelten. Auf diesen Tag hatten sie lange gewartet.

Devin hatte ihnen sein altes Zelt geliehen. Connor wusste, dass es Devin zu verdanken war, dass seine Mutter sich schließlich hatte breitschlagen lassen, ihre Zustimmung zu erteilen.

Jetzt saßen sie um das Lagerfeuer, grillten Hotdogs und Marshmallows über den Flammen und redeten. Die aufgeschichteten Zweige knackten, und in der Luft hing der Duft von geröstetem Fleisch. In Connors Mund war der süße, klebrige Geschmack der Marshmallows. Und er war im siebten Himmel.

»Das ist das Größte«, sagte er.

»Ja. Echt cool.« Bryan sah zu, wie sein Hotdog, den er auf ein Stöckchen aufgespießt hatte und über die Flammen hielt, langsam schwarz wurde. Genau so, wie er es liebte. »Wir sollten es jede Nacht machen.«

Connor wusste, dass es dann nichts Besonderes mehr sein würde, aber er sagte nichts. »Ist echt toll hier draußen. Sheriff MacKade hat erzählt, dass er und seine Brüder früher ständig in den Wäldern gezeltet haben.«

»Dad liebt es, hier spazieren zu gehen.« Und Bryan liebte es, dieses Wort zu benutzen. Dad. Er benutzte es so oft wie möglich. »Mom auch. Wahrscheinlich küssen sie sich ständig, wenn sie hier draußen sind.« Er spitzte die Lippen, verdrehte die Augen und machte ein paar schmatzende Laute, sodass Connor lachen musste. »Ich frag mich wirklich, was an dieser blöden Küsserei dran sein soll. Ich glaube, ich würde Maulsperre kriegen, wenn ein Mädchen versuchen würde, mich zu küssen. Ekelhaft.« Er schüttelte sich.

»Find ich auch. Echt abstoßend. Und Zungenküsse erst! Widerlich.«

Bryan tat so, als müsse er sich übergeben, und würgte überzeugend. Bald kugelten sich die beiden vor Lachen auf dem Boden.

»Shane küsst ständig irgendwelche Mädels.« Jetzt war es an Connor, angewidert die Augen zu verdrehen. »Ich meine wirklich ständig. Ich hab gehört, wie dein Dad ihn gefragt hat, ob er süchtig ist.«

Bryan schnaubte. »Wirklich verrückt, ich werd's nie kapieren. Ich meine, Shane weiß alles über Tiere und Maschinen und den ganzen Kram, aber er mag es, wenn Mädchen bei ihm rumhängen. Mädchen! Das muss man sich mal vorstellen. Dann kriegt er immer so einen komischen Blick. Wie Devin, wenn er deine Mom anschaut. Ich weiß auch nicht, aber manche Mädchen müssen irgendwas an sich haben. Wie ein Laserstrahl vielleicht oder so.«

»Was meinst du denn damit?«, erkundigte sich Connor plötzlich merkwürdig einsilbig.

»Na ja, so halt. Zoom!« Bryan machte die entsprechende Geste.

»Nein, mit Sheriff MacKade und meiner Mom ...«

»Mann, stehst du auf der Leitung? Der ist doch total verrückt nach ihr.« Der Hotdog war mittlerweile besorgniserregend schwarz geworden. Konzentriert blies Bryan auf das eine Ende, bevor er vorsichtig hineinbiss und seinen Mund mit Holzkohle vollstopfte. »Oder willst du bestreiten, dass er die ganze Zeit bei euch rumhängt und ihr ständig Blumen und so Zeugs mitbringt? Das war bei Mom und Dad am Anfang genauso. Er hat ihr Blumen mitgebracht, und sie ist vor Freude darüber jedes Mal fast ausgeflippt.« Er schüttelte den Kopf. »Verrückt so was.«

»Er kommt doch nur, um ab und zu mal nach uns zu schauen«, gab Connor zurück, aber der süße Geschmack in seinem Mund war sauer geworden. »Weil er der Sheriff ist.«

»Denkst du.« Ganz mit seinem Hotdog beschäftigt, entging Bryan die Panik, die in den Augen seines Kumpels stand.

»Das war vielleicht am Anfang der Grund, aber das ist doch längst nicht mehr alles, Mann. Mom hat zu Dad gesagt, sie hat gedacht, sie tritt ein Pferd, wie sie gesehen hat, wie der große böse Sheriff – so nennt sie ihn immer – die kleine Cassie ständig anstarrt wie eine Kuh, wenn's donnert.« Bryan kicherte. »He, Mann, wenn sie heiraten, sind wir Cousins und Blutsbrüder. Wär das nicht irre?«

»Sie heiratet ihn aber nicht!« Connors Stimme überschlug sich, sodass Bryan vor Verblüffung das Würstchen aus den Händen rutschte.

»He, was ist denn mit dir auf einmal ...?«

»Sie heiratet überhaupt nie wieder! Weder ihn noch sonst jemand!« Connor war vor Erregung aufgesprungen und ballte die Hände zu Fäusten. »Du irrst dich. Du übertreibst total.«

»Überhaupt nicht. Was ist denn plötzlich los? Spinnst du jetzt oder was?«

»Er kommt ab und zu bei uns vorbei und schaut nach uns, weil er der Sheriff ist, das ist alles. Das ist der einzige Grund, warum er uns besucht. Nimm sofort zurück, was du gesagt hast!«

Unter normalen Umständen hätte Bryan damit keine Schwierigkeiten gehabt, doch nun sprang der kriegerische Funke, der in Connors Augen tanzte, auf ihn über. »Ich denk überhaupt nicht dran. Jeder, der Augen im Kopf hat, kann sehen, wie scharf Devin auf deine Mom ist.«

Connor stürzte sich ohne Vorwarnung auf Bryan und riss ihn zu Boden. Ineinander verklammert, rollten sie durch den Dreck.

Ein paar Momente später hatte Bryan Connor überwältigt und hockte sich schwer atmend auf die Brust seines Freundes. Connors Lippe blutete. »Gibst du auf?«, fragte Bryan gepresst.

»Nein.« Connor schaffte es, seinen Ellbogen freizukriegen, und stieß ihn Bryan mit voller Wucht zwischen die Rippen, das Fanal zu einem erneuten Kampf.

Wieder wälzten sie sich über den Boden, und wieder gelang es Bryan, Connor zu überwältigen. Connor hob die Faust. Doch mitten in der Bewegung hielt er inne. Er hätte schwören mögen, eben etwas gehört zu haben, etwas, das klang wie das Stöhnen eines Sterbenden.

»Hörst du das?«

»Ja.« Connor, der sich in das zerrissene T-Shirt seines Gegners verkrallt hatte, ließ nicht locker, aber er hob den Kopf. »Klingt irgendwie gespenstisch …«

»Geister.« Bryan hatte Mühe, die Lippen zu bewegen. »Himmel, Con. Sie sind wirklich hier. Das sind die beiden Soldaten.«

Connor zuckte mit keinem Muskel. Jetzt hörte er nichts mehr bis auf den Schrei eines Käuzchens und ein leises Rascheln im Buschwerk. Aber er konnte es fühlen, und plötzlich verstand er. Das ist Krieg, dachte er, jeder kämpft gegen jeden. Kämpfen. Töten. Sterben.

Und auf einmal schämte er sich, weil er die Faust gegen Bryan erhoben hatte, obwohl der sein Bruder war. Genau wie Joe Dolin die Faust gegen seine Mutter erhoben hatte. Dieser Gedanke trieb ihm die Tränen in die Augen.

»Es tut mir leid.« Es gelang ihm nicht, seinen Tränen Einhalt zu gebieten, sosehr er es auch versuchte. »Es tut mir leid.«

»Schon okay, Connor, kein Problem. Hast dich doch ganz tapfer geschlagen.« Unbehaglich klopfte Bryan Connor auf die Schulter und half ihm auf. Anschließend begann er systematisch, Zweige und Dornen aus seinen ramponierten Kleidern zu pflücken. »Du musst nur noch ein bisschen an deiner Deckung arbeiten, das ist alles.«

»Ich will mich aber nicht wieder schlagen. Ich hasse es.«
Connor ließ sich wie ein Häufchen Unglück am Feuer nieder.

Bryan kramte verzweifelt nach Worten. »Mann, so ein Mist aber auch. Kannst du dir nicht eine gute Geschichte einfallen lassen, die wir zu Hause erzählen können? Irgendeinen Grund für die zerrissenen Klamotten, irgendeine Erklärung müssen wir ja schließlich angeben. Wie wär's, wenn wir sagen, dass uns wilde Tiere angefallen haben?«

»Blödsinn. Wer soll uns denn so einen Quatsch abnehmen?«

»Dann denk dir eben was anderes aus«, brummte Bryan. »Dir wird schon was einfallen.«

Eine Weile herrschte Schweigen, und jeder hing seinen Gedanken nach.

»Hör zu, Con«, sagte Bryan schließlich. »Was ich gesagt hab, hab ich nicht so gemeint, ehrlich. Ich meine, ich wollte ganz bestimmt nicht deine Mom schlechtmachen, weil ich sie nämlich total toll finde. Und wenn irgendjemand was über meine Mom sagen würde, was mir nicht passt, würde ich ihn auch zusammenschlagen.«

»Schon okay. Ich weiß ja, dass du's nicht so gemeint hast.«

»Aber warum bist du denn dann so auf mich losgegangen?«

Connor, der mittlerweile ruhiger geworden war, zog seine Knie an den Körper und stützte das Kinn darauf. »Ich dachte, Sheriff MacKade kommt so oft, weil er mich mag.«

»Sicher mag er dich.«

»Blödsinn. Er kommt wegen meiner Mutter, das hast du selbst gesagt.«

Bryan zuckte hilflos die Schultern. »Na ja, wenn er doch verrückt nach ihr ist ...«

»Mir gefällt alles so, wie es jetzt ist, verstehst du? Ich will nicht, dass sich irgendwas ändert. Wir haben eine schöne Wohnung, Mama ist glücklich, und er sitzt im Gefängnis. Und wenn sie den Sheriff heiratet, ist bestimmt alles wieder im Eimer.«

»Warum denn? Devin ist doch cool.«

»Ich will aber keinen Vater mehr. Ich hab die Schnauze voll von Vätern.« Die Augen standen groß und dunkel in Connors schmutzigem, von Tränenspuren gezeichnetem Gesicht. »Er wird das Kommando übernehmen, und alle müssen nach seiner Pfeife tanzen. Und irgendwann wird auch er anfangen mit der Sauferei und rumbrüllen und prügeln, und alles geht dann wieder von vorn los.«

»Quatsch, Devin doch nicht.«

»Doch, ich weiß es genau.« Connor wollte sich nicht überzeugen lassen. »Alles wird sich nur noch um ihn drehen, und jeder muss machen, was er will. Und wenn nicht, dann rastet er bestimmt aus und schlägt meine Mom, und dann weint sie wieder.« Plötzlich fiel ihm Devins Versprechen ein, aber er wollte sich nicht daran erinnern und schob das Bild, das in ihm aufstieg, beiseite. »Väter sind eben so.«

»Meiner nicht«, gab Bryan im Brustton der Überzeugung zurück. »Er hat meine Mom noch nie geschlagen. Manchmal brüllt er zwar, das stimmt, aber sie brüllt zurück. Und ab und zu brüllt sie zuerst.«

»Wenn er sie noch nicht geschlagen hat, hat sie ihn wahrscheinlich einfach nur noch nicht genug geärgert.«

»Oh, sie ärgert ihn sogar ziemlich oft. Einmal war er so wütend, dass ich geglaubt habe, dass gleich seine Ohren anfangen würden zu qualmen, wie in den Comics. Da hat er sie aber nur hochgehoben und sich über die Schulter geworfen.«

»Sag ich doch.«

Bryan schüttelte den Kopf. »Er hat ihr nicht wehgetan. Sie haben sich auf dem Rasen gewälzt und miteinander gerungen.

Sie hat ihn angeschrien und verflucht. Und dann haben sie sich plötzlich geküsst.« Bryan rollte die Augen. »Mann, war das peinlich.«

»Wenn er wirklich wütend gewesen wäre ...«

»Ich sag dir doch, dass er wütend war. Er war fuchsteufelswild.«

»Hast du Angst gehabt?«

»Quatsch. Hör zu, Con, du musst echt endlich begreifen, dass Devin nicht Joe Dolin ist, verstehst du?«

»Er kämpft aber auch.«

»Ja, aber doch nicht mit Mädchen oder Kindern.«

»Wo ist der Unterschied?«

Connor war der hellste Kopf, den Bryan kannte, und doch schien er in diesem Punkt völlig vernagelt. »Willst du mich für dumm verkaufen? Würdest du denn jetzt nach Hause gehen und dich mit Emma prügeln?«

»Spinnst du? Ich würde nie im Leben ... das ist doch was anderes.« Er unterbrach sich und brütete einige Zeit schweigend vor sich hin. »Na ja, vielleicht gibt es ja wirklich einen Unterschied. Ich muss darüber nachdenken.«

»Cool.« Zufrieden rieb sich Bryan seine schmerzenden Rippen. »Komm, trinken wir noch 'ne Limo, und du erzählst mir eine Gruselstory. Aber eine richtig schön horrormäßige.«

Devin war schon früh wach und fütterte gerade die Schweine, als er die beiden Jungen mit ihrem Marschgepäck aus den Wäldern kommen sah. Als er die Schrammen, die blauen Flecke und die zerrissenen T-Shirts bemerkte, hob er eine Augenbraue.

»Na, muss ja eine ziemlich wilde Nacht gewesen sein«, sagte er milde. »Seid ihr unter die Wölfe gefallen?«

Bryan kicherte und beugte sich nach unten, um Ethel und Fred zu begrüßen, die überschwänglich mit den Schwänzen wedelten. »Nö, Bären.«

»Hm, hm ...« Devin musterte Connors aufgeplatzte Lippe. »Sieht mir eher nach einem gepflegten Boxkampf aus.«

»Unser Ball ist in eine Dornenhecke geflogen«, erklärte Connor beiläufig. »Wir sind beim Rausholen aneinandergeraten, und ich bin ausgerutscht.«

»Deine Mutter wird dir das vielleicht abkaufen«, sagte Devin zu Bryan, »aber dein Vater bestimmt nicht. Na egal, wie war's sonst?«

»Spitzenklasse.« Bryan kletterte den Zaun ein Stückchen hoch, um die Schweine besser beim Fressen beobachten zu können. »Wir haben uns Würstchen und Marshmallows gegrillt und uns Gruselgeschichten erzählt. Wir haben sogar Geister gehört.«

»Klingt wirklich gut.«

»Danke für das Zelt«, sagte Connor steif.

»Keine Ursache. Wenn du willst, kannst du es behalten. Ich könnte mir vorstellen, dass ihr es bestimmt noch öfter braucht.«

»Ich will es aber nicht«, gab Connor mit ganz ungewohnter Unhöflichkeit zurück. »Ich will überhaupt nichts.«

Devin starrte ihn verblüfft an, und in seinem Gesicht stand viel eher Verwirrung als Verärgerung. »Tu dir ein bisschen Eis auf deine Lippe«, sagte er lediglich.

Connor drehte sich um und stapfte mit steifen Schultern, und ohne sich von seinem Freund verabschiedet zu haben, davon.

Bryan schoss ihm einen wütenden und irritierten Blick hinterher. »Er meint es nicht so.«

»Er ist sauer auf mich. Weißt du, warum?« Als Bryan den Kopf senkte und seine Hände in den Hosentaschen vergrub, seufzte Devin. »Schon gut, Bry, ich verstehe schon. Ich will nicht, dass du aus dem Nähkästchen plauderst. Wenn ich etwas getan habe, womit ich Connor verletzt habe, werde ich es selbst in Erfahrung bringen.«

»Schätze, es war mein Fehler.« Unglücklich scharrte Bryan mit den Schuhspitzen im Sand. »Ich hab was davon gesagt, dass du dich um seine Mom bemühst, und da ist er durchgedreht.«

Devin rieb sich seinen Nacken. »Habt ihr euch deswegen geprügelt?« Wieder keine Antwort. Devin nickte. »Okay. Danke, dass du es mir erzählt hast.«

»Devin.« Loyalität war für Bryan bisher niemals ein Problem gewesen, doch nun fühlte er sich zwischen zwei Parteien hin- und hergerissen. »Es ist nur ... er hat einfach Angst, verstehst du? Ich meine, Con ist kein Feigling oder so, aber er hat Angst, dass alles wieder so werden könnte wie vorher. Er hat sich in seinen Kopf gesetzt, dass du seine Mom genauso verprügeln würdest wie dieser Dreckskerl ... ich meine wie Joe Dolin.« Bryan schaute sich um, aber Connor war schon im Wald verschwunden. »Ich hab versucht, ihm klarzumachen, dass das völliger Quatsch ist, aber er schnallt es einfach nicht.«

»Okay. Ich habe verstanden.«

»Und du bist nicht böse auf ihn?«

»Nein, bin ich nicht. Sag mal, weißt du eigentlich, was Jared für dich empfindet?«

Freude und Verlegenheit mischten sich und färbten Bryans Wangen rot. »Ja.«

»Na siehst du. Und ich empfinde genau dasselbe für Connor und Emma. Ich muss ihnen nur Zeit geben, sich an diesen Gedanken zu gewöhnen.«

Sie hatte versucht, sich keine Sorgen zu machen. Wirklich. Doch als sie nun aus dem Fenster sah und Connor den Weg zum Inn herauftrotten sah, fiel ihr ein Stein vom Herzen. Cassie stellte die Mehltüte beiseite und eilte aus der Küche, um ihm entgegenzugehen.

»Ich bin hier unten, Connor!«, rief sie. »Hast du ...« Als sie seine aufgeplatzte Lippe, sein blaues Auge und sein zerrissenes T-Shirt sah, hielt sie erschrocken inne und eilte die Treppe hinunter. »Um Gottes willen, wie siehst du denn aus? Oh, mein Kleiner, was ist denn passiert? Lass mich ...«

»Mit mir ist alles in Ordnung.« Noch immer zornig, riss Connor sich von seiner Mutter los. Der Blick, mit dem er sie bedachte, machte ihr Angst. In ihm lagen Zorn und Verachtung. »Mir geht es gut. Sind das nicht die Worte, die du auch immer zu mir gesagt hast, nachdem er dich geschlagen hat? Ich bin hingefallen, ausgerutscht. Ich bin in die verdammte Tür reingerannt.«

»Connor.«

»Also gut, dann sag ich dir eben die Wahrheit. Ich hab mich mit Bryan geprügelt. Er hat mich geschlagen, und ich hab ihn verhauen.«

»Aber Honey, warum habt ihr euch denn ...«

Wieder zuckte er vor ihrer Hand zurück. »Das geht nur mich etwas an. Ich muss dir nicht alles erzählen. Das machst du ja auch nicht.«

Es kam nur selten vor, ganz selten, dass sie ihren Jungen zur Ordnung rufen musste. »Nein, das musst du nicht«, erwiderte sie ruhig. »Aber pass auf, dass du dich nicht im Ton vergreifst, wenn du mit mir sprichst.«

Seine geschwollene Lippe zitterte, doch sein Blick blieb fest. »Warum hast du das niemals zu ihm gesagt? Ihn hast du alles sagen lassen, was er sagen wollte, ebenso wie er alles tun durfte, wonach ihm der Sinn stand.«

Diese erschreckende Wahrheit unverblümt aus dem Mund ihres Sohnes zu hören, beschämte sie zutiefst. »Connor, wenn du von deinem Vater redest ...«

»Nenn ihn nicht so. Sag nie wieder mein Vater. Ich hasse ihn, und ich schäme mich für dich.«

Sie gab einen unartikulierten Laut von sich, dann schossen ihr die Tränen in die Augen.

»Und jetzt lässt du es wieder zu«, wütete Connor weiter. »Du lässt es einfach wieder zu.«

»Ich weiß nicht, wovon du sprichst, Connor. Komm rein und setz dich zu mir und lass uns in aller Ruhe über das reden, was dich bedrückt.«

»Da gibt es nichts zu reden. Wenn du Sheriff MacKade heiratest, laufe ich weg. Du wirst sehen, ich lauf ganz einfach weg, weil ich nicht noch mal zuschauen will, wie dich ein Mann schlägt. Ich will keinen Vater mehr.«

Sie rang nach Atem. »Ich werde ihn nicht heiraten, Connor. Ich habe daran gedacht, das will ich gern zugeben, aber ich würde eine so wichtige Entscheidung niemals fällen, ohne vorher mit dir und Emma darüber gesprochen zu haben.«

»Aber er will dich heiraten.«

»Ja, das will er. Er liebt mich und wünscht sich eine Familie. Er mag uns, Connor. Und ich habe geglaubt, dass du ihn ebenfalls magst.«

»Ich will ihn aber nicht als Vater. Jetzt geht es uns gut, und du machst alles kaputt.«

»Nein, das mache ich nicht.« Sie blinzelte ihre Tränen weg. »Geh jetzt nach oben und wasch dich, Connor. Geh jetzt bitte.«

»Ich werde nicht ...«

»Tu, was ich dir gesagt habe«, unterbrach sie ihn streng. »Was auch immer du für mich empfinden magst, ich bin deine Mutter und trage dir gegenüber Verantwortung. Ich muss jetzt hier unten das Frühstück machen. Du wäschst dich und passt auf Emma auf, bis ich hier fertig bin.« Damit drehte sie sich um und ging in die Küche zurück.

Irgendwie schaffte sie es, das Frühstück zuzubereiten, es zu servieren und wie immer mit den Gästen ein paar freundliche Worte zu wechseln. Nachdem sie so weit war, ging sie schließlich nach oben und schaute nach den Kindern. Sie schlug ihnen vor, dass sie im Garten spielen sollten, bis sie die Gästezimmer aufgeräumt hatte.

Connors steif vorgetragenes Angebot, ihr zu helfen, überhörte sie. Sie war eben dabei, in Abigails Zimmer die Bettwäsche zu wechseln, als sie hörte, wie draußen die Tür ging.

Sie wusste, dass es Devin war.

Was sie jedoch nicht wusste, war, dass Connor das Auto gehört und sich in die Halle geschlichen hatte, um zu lauschen.

»Kann ich dir irgendwie helfen?«, fragte Devin.

»Nein danke.« Cassie strich das Laken glatt. »Ich bin schon fertig.«

»Ich habe heute Morgen Bryan und Connor getroffen. Du hast dich bestimmt aufgeregt wegen Connor. Die beiden hatten eine kleine Rangelei.«

»Nein, darüber nicht.«

»Darüber nicht? Worüber dann?«

Sie holte tief Atem. Dieses Gespräch hatte sie den ganzen Morgen über mit sich selbst in tausend Variationen geführt. Ihre Kinder gingen vor. Auch vor ihr persönliches Glück.

»Devin, wir müssen miteinander reden.«

»Ich bin ganz Ohr.«

»Connor ist völlig außer sich, er ist sehr verletzt.« Sie beschäftigte sich mit dem Laken, das sie längst glatt gestrichen hatte. »Entweder hat er es gespürt, oder man hat es ihm gesagt, dass zwischen uns etwas ist, und …«

»Ich weiß. Ich habe dir ja erzählt, dass ich die beiden heute Morgen getroffen habe. Ich denke, er ist halb verrückt vor Angst, Cassie.«

»Ja, das ist er. Und aufgebracht und verletzt und wütend. Verängstigt. Wie ein Tier, das sich in der Falle sieht. Ich kann das nicht mit ansehen, Devin. Nicht nach dem, was er alles schon durchgemacht hat.«

»Das hast du nicht verursacht.«

»Aber all die Jahre nichts unternommen zu haben ist ebenso, wie es verursacht zu haben. Die ersten acht Jahre seines Lebens waren ein Albtraum, dem ich die ganze Zeit über kein Ende gesetzt habe. Ich habe mir dauernd eingeredet, er würde nichts merken, so lange, bis ich es selbst geglaubt habe. Aber er wusste alles. Und er schämt sich für mich.«

»Das ist nicht wahr, Cassie.« Devin ging auf sie zu und nahm ihre Hand. »Wenn er das gesagt hat, dann nur deshalb, weil er auf mich wütend ist und du das nächstliegende Ziel warst. Er betet dich an.«

»Ich habe ihm wehgetan, Devin, viel mehr, als mir klar war. Und Emma vielleicht auch. Ich muss die Dinge in Ordnung bringen. Ich will, dass meine Kinder das Gefühl haben, dass sie in Sicherheit sind. Sie müssen mir vertrauen. Wir dürfen uns nicht mehr sehen.«

Panik stieg in ihm auf. »Du weißt genau, dass das nicht die richtige Antwort ist. Ich werde mit ihm reden.«

»Nein.« Cassie entzog ihm ihre Hand. »Es ist an mir zu

handeln. Ich muss Connor davon überzeugen, dass er und Emma für mich an erster Stelle stehen.«

»Und was soll ich jetzt tun? Mich einfach zurückziehen? Ich habe zwölf Jahre auf dich gewartet. Ich kann nicht so lange warten, bis alles perfekt ist. Wir haben uns, Cassie, und wir lieben uns. Alles andere werden wir aus eigener Kraft schaffen. Wir werden die Dinge in Ordnung bringen, und Connor wird lernen, dass er sowohl dir als auch mir vertrauen kann. Du bedeutest mir alles, ebenso wie die Kinder. Ich brauche dich. Ich brauche euch alle.«

Sie hatte das Gefühl, als würde ihr Herz in Stücke gerissen. »Devin, wenn alles anders wäre ...«

»Wir werden dafür sorgen, dass alles anders wird«, sagte er mit Bestimmtheit und legte ihr die Hand auf die Schulter. »Du musst nur daran glauben.«

»Ich bitte dich, nicht zu warten.« Sie entzog sich ihm und trat ans Fenster. »Du hast gesagt, du brauchst mich, und das zu hören ist wundervoll, genauso wundervoll wie der Gedanke, dass du mich liebst. Aber Connor braucht mich mehr als du, weil er noch ein Kind ist. Mein Kind, mein kleiner Junge, und er hat Angst.« Sie holte tief Luft und bemühte sich, die Gedanken in ihrem Kopf zu ordnen. »Du willst heiraten und sehnst dich nach einer Familie. Such dir eine Frau, die frei ist und dir geben kann, wonach du dich sehnst. Ich kann es nicht, Devin, und deshalb dürfen wir uns nie wiedersehen.«

»Du erwartest von mir, dass ich tue, als sei nie etwas zwischen uns geschehen? Das ist Wahnsinn, Cassie, und das weißt du auch.«

»Nein, es ist nur vernünftig. Ich bin nicht die einzige Frau auf der Welt.«

»Aber die Einzige, die ich liebe.«

»Mach dir keine Hoffnung, Devin. Es hat keinen Zweck. Ich versuche, nur fair zu sein und dir nichts vorzumachen.«

»Das nennst du fair? Ist es fair, mich einfach wegzuwerfen nach allem, was zwischen uns geschehen ist? Wann zum Teufel wirst du endlich wirklich Verantwortung übernehmen, Cassie?«

Es war das erste Mal, dass er sie wirklich verletzt hatte. Sie nahm es hin, akzeptierte es. »Genau das ist es ja, was ich versuche. Verantwortung zu übernehmen heißt aber nicht, dass man immer nur das tut, was einem selbst am besten in den Kram passt. Ich will dir nicht wehtun, Devin, das musst du mir glauben. Es ist wirklich das Letzte, was ich will. Aber ich kann dir einfach nicht geben, was du am meisten brauchst. Ich kann es nicht.«

Seine Blicke bohrten sich in sie wie Pfeile, und seine Stimme schien sie zu versengen. »Es ist Zeit einzusehen, dass alles umsonst war. Du hast deine Entscheidung getroffen. Sieht so aus, als sei ich jetzt am Zug.«

Damit drehte er sich um und ging hinaus. Sie lauschte seinen Schritten, bis die Tür mit einem Krachen ins Schloss fiel.

Cassie setzte sich auf die Bettkante, schlug die Hände vors Gesicht und begann, bitterlich zu schluchzen.

In einer Ecke des Flurs legte Connor seiner Schwester fest die Hand auf die Schulter.

»Mama weint«, flüsterte Emma.

»Ich weiß.« Es war nicht Joe Dolin, der seine Mutter zum Weinen gebracht hatte, und es war auch nicht Sheriff MacKade.

Er war es gewesen, ganz allein er.

Während Cassie sich ihrem Schmerz hingab und Connor die Schuldgefühle wie eine Zentnerlast auf den Schultern lagen, ergriff Joe Dolin seine Chance. Er hatte gewartet, oh, er hatte so geduldig auf diese Gelegenheit gewartet.

Der Fluss floss unter der Burnside-Brücke rauschend dahin, es gab genügend Buschwerk, das ausreichend Schutz bot. Der Wachmann war gerade abgelenkt, er sprach mit einem Kollegen.

Jetzt war der richtige Moment endlich da.

Joe bückte sich und hob Abfall auf und bewegte sich langsam, vorsichtig, Schritt für Schritt, auf eine Baumgruppe, zwischen der dichtes Gesträuch wucherte, zu. Einen Augenblick später war er verschwunden. Während er auf den Wald zurannte, zog er im Laufen seine orangefarbene Weste aus und warf sie in einen Busch neben dem Fluss.

Als Devin auf dem Weg in sein Büro wieder zu sich kam, schaffte er es gerade noch rechtzeitig, einem entgegenkommenden Sechstonner auszuweichen. Er zuckte zusammen und riss das Steuer herum. Verdammt! Er musste sich zusammenreißen.

Eine halbe Stunde später – Devin saß an seinem Schreibtisch und hackte wütend auf der Schreibmaschine herum – ging die Tür auf, und Rafe schlenderte herein. Er sah auf den ersten Blick, dass bei seinem Bruder alle Zeichen auf Sturm standen.

»Ich soll dir im Namen meiner Frau eine Essenseinladung überbringen«, sagte er leichthin.

»Vergiss es.«

»Regan wollte morgen die ganze Familie einladen, einschließlich Cassie und ihrer Kinder.«

»Keine Zeit. Und jetzt mach dich dünne, ich habe zu tun.«

Rafe verzog keine Miene. »Du weißt ja noch gar nicht, um wie viel Uhr es losgeht«, gab er ungerührt zurück und trat einen Schritt vor, um einen Blick auf das zu werfen, was Devin gerade tippte. »Was zum Teufel machst du da?«

»Das siehst du doch.«

»Bist du vom wilden Affen gebissen?«

»Lass mich in Frieden.«

Rafe erwies Devin einen brüderlichen Dienst und riss das Blatt aus der Maschine. »Ganz locker bleiben.« Bevor Devin aufspringen konnte, legte ihm Rafe die Hand auf die Schulter. »Hör zu, wenn du willst, können wir uns prügeln, ich habe nichts dagegen. Aber wir sollten vielleicht erst ein paar einleitende Worte sprechen. Also, was ist los, Devin? Was ist denn nur passiert? Warum tippst du deine Kündigung?«

»Warum, warum. Weil es etwas ist, das ich schon vor Jahren hätte tun sollen. Ich verschwinde. Weil ich den Trott satt habe. Ich bin es leid, jeden Tag dieselben Gesichter zu sehen. Deshalb muss ich hier weg.«

»Das sagst ausgerechnet du?« Rafe knüllte das Blatt zusammen und warf es auf den Boden. »Du liebst doch nichts mehr als deinen Trott. Was ist mit Cassie?«

»Nichts. Vergiss es.«

»Warst nicht du es, der mich damals dazu gebracht hat, mir endlich ehrlich einzugestehen, was ich Regan gegenüber empfinde?«

»Ich muss mir nicht darüber klar werden, was ich für Cassie empfinde. Ich weiß es seit Jahren. Ich muss endlich darüber hinwegkommen.«

»Hat sie dir einen Korb gegeben?« Das boshafte Glitzern in Devins Augen erschreckte Rafe nicht, es rührte ihn. »Mach schon. Hau drauf. Den ersten Schlag hast du frei.«

»Ach, vergiss es.« Ernüchtert ließ sich Devin in seinen Stuhl zurücksinken.

»Willst du darüber reden?«

»Es gibt nichts mehr zu reden.« Er fuhr sich mit der Hand über sein Gesicht. »Ich bin müde. Connor traut mir nicht, sie traut mir nicht. Es hat sich eben herausgestellt, dass keiner von ihnen mich wirklich mag. Ich kann nicht mehr.«

»Die Kids haben viel hinter sich, Devin. Und Cassie auch. Gib ihnen noch ein bisschen Zeit.«

»Mir läuft die Zeit aber langsam davon, Rafe. Irgendwann will man auch etwas zurück.« Devin holte tief Atem. »Ich kann nicht mehr. Es bringt mich um. Ich hau ab hier.«

Bevor Rafe dazu kam, etwas zu erwidern, klingelte das Telefon. Devin stieß einen hässlichen Fluch aus und schnappte sich den Hörer. »MacKade«, bellte er. Einen Sekundenbruchteil später war er auf den Beinen. »Wann? Das ist ja schon über eine Stunde her, verdammt noch mal. Warum zum Teufel hat man mich nicht eher benachrichtigt? ... Erzählen Sie keinen Mist.« Er lauschte noch einen Moment, dann knallte er den Hörer auf die Gabel.

»Dolin ist geflohen.« Er ging zu seinem Waffenschrank hinüber, nahm ein Gewehr raus und drückte es Rafe in die Hand. »Du bist mein Deputy.«

## 12. Kapitel

Joe duckte sich hinter einem kleinen Busch im Garten des Hauses seiner Schwiegermutter. Hier würde man ihn bestimmt nicht suchen. Zumindest nicht gleich.

Seine Schwiegermutter war nicht zu Hause. Ihr Auto stand nicht vor der Tür, und die Vorhänge vor den Fenstern waren ordentlich zugezogen.

Er schlich zum Haus hinüber und schlug mit dem Ellbogen eine Fensterscheibe ein.

Nachdem er eingestiegen war, ging er ins Schlafzimmer. Er brauchte andere Klamotten, und er wusste, dass seine Schwiegermutter noch immer die Kleider ihres verstorbenen Ehemannes aufbewahrte.

Die alte Schachtel war morbid. Und paranoid.

Das war auch der Grund dafür, dass sie, wie er wusste, immer eine geladene Pistole in ihrer Nachttischschublade aufbewahrte. Nachdem er sich umgezogen hatte – die Hose war ihm zu eng, und das Sakko platzte an den Schultern fast aus den Nähten –, setzte er sich im Wohnzimmer in einen Sessel und wartete.

Es dauerte nicht lange, und er hörte ein Auto vorfahren. Das musste sie sein. Er erhob sich, um ihr entgegenzugehen.

»Joe, was in aller Welt ...« Sie trug in einer Hand eine Einkaufstüte, in der anderen ihre Handtasche. Als sie ihn sah, riss sie erschrocken die Augen auf.

Er verabscheute diese bigotte alte Schachtel so sehr, dass er sie am liebsten auf der Stelle niedergeknallt hätte. Dann aber entschied er sich, sich diesen Spaß für sein geliebtes kleines Schätzchen aufzuheben. Deshalb holte er lediglich aus und schlug ihr nur mit der flachen Hand ins Gesicht.

Sie stöhnte und sackte einen Augenblick später in sich zusammen. Er fing sie auf, legte sie auf den Fußboden und fesselte sie mit einer Wäscheleine, die er sich bereits zurechtgelegt hatte. Anschließend knebelte er sie. Nachdem sie wie ein Fisch auf dem Trockenen lag, riss er ihre Handtasche auf und kramte ihre Geldbörse hervor.

»Lausige zwanzig Mäuse«, beschwerte er sich. »Hätt ich mir gleich denken können.« Er stopfte die Geldscheine in die Hosentasche und hob ihre Autoschlüssel vom Boden auf. »Ich borg mir mal dein Auto aus. Hab vor, einen kleinen Ausflug zu machen. Du hast doch sicher nichts dagegen?« Sie gab ein Stöhnen von sich. »Meine Frau nehm ich mit. Eine Ehefrau muss ihrem Mann schließlich überallhin folgen, stimmt's?«

Er lachte, als Constance laut aufstöhnte und irgendetwas in den Knebel lallte. »Sie weiß einfach nicht, was man seinem Ehemann schuldig ist. Wirklich.« Er schnalzte missbilligend mit der Zunge. »Aber ich werd's ihr schon noch beibringen, verlass dich drauf. Willst du hören, was ich mit deiner Tochter vorhabe, alte Frau?«

Weil er an der Panik, die jetzt in ihren Augen aufflackerte, ein Vergnügen fand, das er noch ein bisschen länger auskosten wollte, ging er neben ihr in die Hocke und erzählte es ihr.

Devin hielt mit quietschenden Bremsen vor dem Inn. Seine Augen suchten jeden Baum, jeden Strauch ab, während er ums Haus herumrannte und die Stufen hinaufjagte. Er hörte nicht auf zu beten, bis er die Tür aufgestoßen hatte und Cassie am Herd stehen sah.

Er war machtlos dagegen. Er musste sie einfach in seine Arme reißen und festhalten. Ganz, ganz fest. Einen Moment nur. Nur einen kleinen Moment.

»Devin ...«

»Entschuldigung.« Er nahm sich zusammen und ließ sie los. Als er jetzt einen Schritt zurücktrat, war er wieder ganz Polizist. »Ich muss dich sprechen.« Er warf einen Blick ins Wohnzimmer, wo Connor und Emma saßen und ihn mit großen Augen anstarrten. »Joe ist vor einer Stunde geflohen.«

Cassies Knie wurden weich. Devin sah es und führte sie zu einem Stuhl. »Setz dich hin und hör mir zu. Ich habe meine Leute losgeschickt, damit sie die Gegend nach ihm durchkämmen. Wir werden ihn finden, Cassie. Weiß er, dass du hier lebst?«

»Ich weiß nicht.« Sie fühlte sich wie betäubt. »Vielleicht hat meine Mutter es ihm gesagt ... keine Ahnung.«

»Wir dürfen kein Risiko eingehen. Du packst jetzt sofort ein paar Sachen zusammen, und dann fahre ich dich zu Jared. Um die Kinder kümmere ich mich.«

»Zu Jared?«

»Ja. Du bleibst dort mit Savannah. Jared kommt mit mir. Er muss uns bei der Suche helfen, ebenso wie Shane. Also los, beeil dich, Cassandra.« Seine Stimme klang scharf. »Wir haben keine Zeit zu verlieren.«

»Das ist unmöglich, Devin. Ich darf nicht Savannah und die Kinder in Gefahr bringen.«

»Savannah kommt schon klar damit.«

»Meinst du wirklich?« Auf sein nachdrückliches Nicken hin holte sie tief Atem und stand dann auf. »Okay. Wenn du es für richtig hältst. Gib mir eine Minute.« Auf der Schwelle drehte sie sich noch einmal um. »Und du bringst auch die Kinder in Sicherheit?«

Noch bevor Devin antworten konnte, kam Connor, Emma hinter sich herziehend, in die Küche und stellte sich mit wild entschlossenem Gesicht vor seine Mutter. »Nein, Mom, ohne dich gehe ich nirgendwohin. Ich verlass dich nicht.«

»Niemand verlässt irgendjemand. Ihr geht alle dahin, wo ich es euch sage. Los, holt eure Sachen, ein bisschen dalli«, blaffte Devin.

»Savannah ist nicht für mich und die Meinen verantwortlich«, sagte Cassie langsam.

»Mir reißt jetzt langsam der Geduldsfaden, Cassie. Ehrlich. Ich kann nicht hierbleiben und auf euch aufpassen, verstehst du das denn nicht? Also tu jetzt, was ich dir sage.«

Als er jetzt herumwirbelte, sah Connor wilden Zorn in seinen Augen aufblitzen. Connors Magen krampfte sich zusammen. »Ich kann auf meine Mutter aufpassen.«

Als Devin klar wurde, dass der Junge sich nicht von seinem Vorhaben abbringen lassen würde, änderte er blitzschnell seinen Plan. »Darauf zähle ich, Connor. Aber nicht hier. Los, pack ein paar Sachen zusammen und dann Abmarsch ins Auto.«

»Devin, nimm die Kinder und bring sie ...«

»Zum Teufel noch mal, jetzt reicht's mir aber!« Devin machte einen Satz auf Cassie zu, hob sie hoch und warf sie sich über die Schulter. »Raus!«, herrschte er Connor an, dann begann er innerlich zu fluchen, als er sah, wie aus dem Gesicht des Jungen alles Blut wich. »Verdammt noch mal, Junge, siehst du denn nicht, dass ich lieber sterben würde, als ihr wehzutun? Dass ich keinem von euch jemals wehtun würde?«

Und Connor sah es, er sah es so klar und überdeutlich, dass ihm die Schamesröte ins Gesicht stieg. »Ja, Sir«, sagte er zerknirscht. »Ja, ich sehe es. Komm, Emma.«

»Lass mich runter, Devin.« Cassie machte sich nicht die Mühe zu strampeln, weil ihr klar war, dass sie kräftemäßig sowieso nicht mit ihm mithalten konnte. »Bitte lass mich runter. Wir gehen freiwillig mit.«

Er stellte sie auf die Füße und ließ noch einen Moment seine Hände auf ihren Schultern liegen. »Vertrau mir, Cassie.«

»Ich vertraue dir.« Sie griff nach Connors Hand. »Wir vertrauen dir alle.«

»Beeilt euch.« Er hatte schon die Hand an der Fliegengittertür und warf einen raschen Blick nach draußen, ehe er auf die Veranda hinaustrat. »Wir haben Straßensperren errichtet, und Hubschrauber sind angefordert. Sie müssen jeden Moment hier sein. Es müsste schon mit seltsamen Dingen zugehen, wenn wir ihn nicht bis zum Einbruch der Dunkelheit gefasst hätten. Wie viele Gäste sind im Inn?«

»Im Moment gerade keiner. Heute Abend kommt eine große Familie ...«

»Ich kümmere mich darum. Mach dir keine ...«

Der Schuss fiel so plötzlich, dass Cassie der Atem stockte. Einen Moment später stürzte Devin zu Boden.

»Hi, Honey.« Joe kam die Treppe herauf, ein breites Grinsen im Gesicht, die Pistole im Anschlag. »Ich bin wieder da.«

Sie tat das Einzige, was ihr zu tun blieb. Sie stellte sich vor ihre Kinder und bot ihm die Stirn.

Sein Gesicht war härter geworden, über seiner rechten Augenbraue hatte er eine lange Narbe. Seine Augen waren dieselben wie früher. Brutal.

»Ich komme mit dir, Joe.« Sie sah, dass Devin noch atmete, die Kugel hatte seine Schläfe lediglich gestreift, aber er blutete stark. Er brauchte einen Arzt, und das so schnell wie möglich. Sie würde ihn und die Kinder nur retten können, wenn sie sich selbst opferte. »Ich gehe mit dir, wohin immer du willst. Aber tu den Kindern nichts, ich flehe dich an.«

»Ich mach mit deiner verdammten Brut, was ich für richtig halte, du Miststück. Und du wirst genau das tun, was ich dir sage.« Er schaute auf Devin hinunter und schnaubte verächtlich. »War wohl doch nicht clever genug, der Junge, hm? Aber ich hätte ein bisschen besser zielen sollen.« Er beugte sich nach unten, um die Schusswunde an Devins Schläfe zu begutachten. Er lachte. »Hab ein kleines Problem mit meinem rechten Auge. Muss es wohl noch mal ganz von Nahem versuchen.«

Wie in Großaufnahme sah Cassie plötzlich sein Gesicht, die Augen funkelnd vor Mordlust. Er senkte die Pistole. Kälte kam über sie, Kälte und die Gewissheit, dass sich dies alles vor langer, langer Zeit schon einmal ereignet hatte. Nur dass damals ein junger verwundeter Soldat auf dem Boden gelegen hatte und die Frau zu schwach, zu hilflos gewesen war, um ihn zu retten.

»Nein!«, schrie sie und warf sich über Devin. »Er ist verletzt!« Sie wusste, dass das, was sie sagte, sinnlos war, und suchte nach anderen Worten. »Wenn du ihn umbringst, Joe, und sie schnappen dich, dann kommst du nie mehr raus aus dem Gefängnis. Weißt du, was auf Polizistenmord steht? Es lohnt sich nicht. Ich habe doch gesagt, dass ich mit dir komme.«

»Du wirst keinen Fuß mehr über diese Schwelle setzen, du mieses Dreckstück. Weil ich nämlich vorhabe, dich auch zu erschießen. Und dann ...« Er lächelte ein gemeines Lächeln und richtete die Pistole auf Connor.

Cassie erstarrte, einen Moment später jedoch rappelte sie sich in Windeseile auf, warf sich auf Joe und schlug wie eine Besessene mit beiden Fäusten auf ihn ein. Selbst als er zurückschlug, ließ sie nicht von ihm ab. Sie hing an ihm wie eine

Klette, die Angst um das Leben ihrer Kinder verlieh ihr Bärenkräfte. Gleich darauf versuchte Connor ihr zu Hilfe zu kommen, doch Joe schüttelte ihn ab wie eine lästige Fliege.

»Ich bring dir schon noch Manieren bei, du Schlampe.« In dem Moment, in dem er mit dem Revolver ausholen wollte, um zuzuschlagen, hörte er plötzlich die Sirenen. »Später«, knurrte er mit einem Blick auf Connor, der sich eben wieder aufgerappelt hatte. »Du kommst später dran, wart's nur ab.« Er hielt die Waffe an Cassies Schläfe.

Er wusste, dass seine einzige Chance darin lag, in den Wald hinter dem Haus zu entkommen. »Ich bring sie um!«, schrie er mit einem irren Flackern in den Augen. »Wenn irgendjemand hinter mir herkommt, bring ich sie um.«

Er zerrte Cassie die Treppe hinunter.

Einen Moment später hielt das Polizeiauto mit kreischenden Bremsen vor dem Haus. Die Türen flogen auf, und Rafe und ein Deputy sprangen heraus. Connor rannte auf die beiden Männer zu. »Er hat auf ihn geschossen und Mama mitgenommen!«

Rafe stürmte die Treppe hinauf und beugte sich mit finsterem Gesicht über seinen Bruder. »Es ist weniger schlimm, als es aussieht. Nur ein Streifschuss.« Er zog ein großes weißes Taschentuch aus seiner Hosentasche und stillte das Blut. »Er wird durchkommen. Connor, geh rein und ruf einen Rettungswagen.« Er sah mit Erleichterung, dass Devins Lider flatterten. Einen Moment später hoben sie sich.

»Nein.« Devin wehrte die Hand seines Bruders ab. »Ich bin okay. Cassie …«

»Du bist angeschossen worden, du Idiot, du kannst ihr nicht helfen.« Obwohl Rafe versuchte, ihn niederzuhalten, schaffte es Devin, sich aus dem Griff seines Bruders zu befreien.

Als er Anstalten machte aufzustehen, wurde ihm schwindlig.

Kopfschütteln und ein kräftiger Fluch halfen ihm schließlich auf die Beine. »Wo ist er mit ihr hin?«

»In den Wald.« Connor biss sich verzweifelt auf die Unterlippe und deutete in die Richtung, in die Joe vor kurzer Zeit mit Cassie entschwunden war.

»Kümmere dich um deine Schwester«, befahl Devin. Und an seinen Deputy gerichtet, fuhr er fort: »Ich brauche Männer, die den Wald durchkämmen. Du bleibst hier bei den Kids. Geht nach drinnen.«

»Ich komme mit dir«, sagte Rafe.

»Wenn du unbedingt willst.« Devins Augen glitzerten kalt, als er seine Waffe zog und sie entsicherte. »Aber er gehört mir.«

Cassie versuchte nach Kräften, Joe zu behindern, wo immer sie konnte. Sie schlug um sich, biss und kratzte wie eine Wildkatze. Die Zeiten, in denen sie ein passives Opfer gewesen war, waren für immer vorbei.

»Du hast wohl vergessen, wer hier der Boss ist, was? Hast du gedacht, du könntest mich einlochen lassen und selbst draußen ein lustiges Leben führen?« Fluchend schob Joe seinen Revolver in den Hosenbund, damit er beide Hände frei hatte, um sich gegen ihre Attacken zur Wehr zu setzen. »Na, keine Angst, du wirst dich schon wieder an alles erinnern.«

»Sie werden dich schnappen, Joe. Du bildest dir doch wohl nicht wirklich ein, dass sie dich durchkommen lassen?«

»Vielleicht, vielleicht auch nicht. Wer kann das schon wissen? Hauptsache, ich kann meine kleine Rechnung mit dir begleichen.« Während er sie hinter sich her zerrte, wurde ihm plötzlich klar, dass er die Richtung verloren hatte. Gingen sie im Kreis? »Ich hatte eine Menge Zeit, mir einen genauen Plan zurechtzulegen, und ich habe Freunde. Aber als Erstes müssen wir uns eine Karre beschaffen.« Er verfluchte sich, dass er den gestohlenen Wagen zurückgelassen hatte.

»Devin wird dir nachkommen, Joe, er wird alles daransetzen, dich zu schnappen.«

»Devin, Devin!«, äffte er sie wütend nach. »Devin liegt auf dem Rücken und verblutet, falls du das vergessen haben solltest.«

»Du wirst schon sehen«, beharrte sie. »Nichts, was du mir antun könntest, könnte dem nahekommen, was er mit dir anstellt, wenn er dich zwischen die Finger bekommt.«

»Du hast was mit ihm, stimmt's?« Joe blieb stehen und zog ihren Kopf an den Haaren zu sich heran. Er glaubte, Stimmen zu hören, Stimmen in seinem Kopf, die das Wort sagten, bevor er es selbst aussprach. »Du Hure, du bist immer noch meine Ehefrau. Du gehörst mir, vergiss das niemals. Mir gehörst du, bis dass der Tod uns scheidet.«

»Du jämmerlicher, versoffener Schläger!« Heißer Trotz stieg in ihr auf. »Dir gehört überhaupt nichts, nicht mal du selbst. Du kannst einem ja leidtun.« Sie zuckte kaum zusammen, als er sie erneut an den Haaren riss. »Du traust dich nur an Schwächere ran. Nur zu, Joe, mach schon, schlag mich. Ich weiß, du musst es tun, weil es das Einzige ist, was du kannst. Doch diesmal hast du Pech gehabt, diesmal wirst du dafür bezahlen.«

Er ließ ihr Haar los und schlug ihr so hart mit der Hand ins Gesicht, dass sie zu Boden stürzte. Der Schmerz verlieh ihr nur noch mehr Kraft. Ihre Augen sprühten zornige Funken, als sie, die Hände zu Fäusten geballt, wieder auf die Beine kam.

Er machte einen Schritt auf sie zu, und sie erhob die Fäuste gegen ihn, bereit, sich zu verteidigen.

»Wenn du ihr auch nur noch ein Härchen krümmst, puste ich dir das Hirn aus dem Schädel.«

Joe drehte sich langsam um. Devin stand weniger als fünf Schritte hinter ihm und hielt ihn mit seiner Waffe in Schach. Rafe MacKade gab ihm Rückendeckung. Etwas weiter entfernt trat Shane aus den Bäumen. Und Jared kam vor Cassie den Pfad herauf.

Er war umstellt.

»Lass die Waffe fallen, Dolin, und heb die Hände.«

»Du bist ja wirklich mächtig mutig, MacKade.« Joe leckte sich über die Lippen, während er seine Pistole langsam senkte und sie schließlich fallen ließ. »Vier gegen einen – pah.«

»Stoß sie mit dem Fuß weg.«

»Ein richtiger Held, MacKade. Ehrlich.« Joe gab der Pistole mit dem Fuß einen Schubs. »Du hast dich die ganze Zeit über, während ich im Knast war, an meiner Frau schadlos gehalten, stimmt's?«

»Du hast schon lange keine Frau mehr.« Devin wandte sich um und gab Rafe seine Waffe. »Geht zurück«, forderte er seine Brüder auf. Als er Cassie einen kurzen Blick zuwarf, sah er die blauen Flecken, die langsam hervortraten. »Geh zum Blockhaus, Cassie. Savannah fährt dich zu den Kindern.«

»Ich will nicht, dass du das tust.«

»Oh doch.« Er lächelte. »Wenigstens dieses Vergnügen gönne ich mir. Also los, Joe. Fangen wir an. Es wird wirklich höchste Zeit.«

»Und wer garantiert mir, dass mir nicht einer deiner Brüder in den Rücken schießt, während ich dich zu Brei schlage, MacKade?«

»Niemand garantiert dir das. Mit dieser Unsicherheit musst du leben.« Devins Lächeln wurde jetzt wild und ungezähmt. »Mach schon, Dolin, es ist deine letzte Gelegenheit, mich zwischen die Finger zu bekommen, du Dreckskerl. Also zeig, was du kannst.«

Joe stieß einen hasserfüllten Schrei aus, als er sich auf Devin stürzte. Devin drehte blitzschnell eine Pirouette und landete einen rechten Aufwärtshaken, von dessen Wucht Joe zurücktaumelte.

»Macht Spaß, gegen jemanden zu kämpfen, der stärker ist als man selbst, stimmt's?«, spottete Devin. »Frauen und kleine Jungen zu verprügeln ist doch öde, findest du nicht? Komm schon, du Bastard, versuch's noch mal.«

Cassie befahl sich, genau hinzusehen. Er tat es für sie. Jeder Schlag, den Devin einsteckte oder austeilte, war für sie. Da war es das Mindeste, dass sie sich nicht angsterfüllt abwandte.

Doch Devin, obwohl kein Schwergewicht wie Joe, dominierte. Er war deutlich wendiger, und seine Fäuste waren hart wie Stahl. Sein Gesicht war so konzentriert, dass Cassie sich sicher war, dass er keinen der Schläge, die er einstecken musste, wirklich spürte. Alle seine Sinne waren darauf gerichtet, den Kampf zu gewinnen.

Sie wandte sich angesichts des Blutes, das in Strömen floss, nicht ab und hielt sich auch nicht die Ohren zu. Das war das Ende, das endgültige Ende, und sie musste Augenzeugin dieses Endes werden.

Devin raste so vor Zorn, dass er außer Joes Gesicht überhaupt nichts mehr wahrnahm. Jedes Mal, wenn er einen Treffer landete, verspürte er heiße Genugtuung in sich aufsteigen. Seine Knöchel waren aufgeplatzt, und sein Hemd war blutbeschmiert, ebenso wie sein Gesicht, aber er konnte nicht aufhören zuzuschlagen.

»Das ist genug.« Als Dolin schließlich zu Boden gegangen war, trat Jared vor und zerrte Devin zurück, wobei er sich um ein Haar ebenfalls einen Faustschlag eingehandelt hätte. »Es ist genug«, wiederholte er mit Bestimmtheit, doch allein schaffte er es nicht, Devin zurückzuhalten. Erst zu dritt gelang es ihnen, Devin, der auf Joes Brust hockte und noch immer wie ein Berserker auf ihn eindrosch, hochzuziehen.

»Sieht so aus, als hätte er sich seiner Festnahme widersetzt, Jared, oder was meinst du?« Shane schulterte sein Gewehr und kratzte sich am Kinn.

»Das ist zumindest das, was ich gesehen habe. Auf, Devin, lass uns den Kadaver einladen. Du brauchst ein Bier und einen Eisbeutel.«

Devins Zorn war immer noch nicht restlos verraucht. Ungeduldig schüttelte er die Hand seines älteren Bruders, die auf seiner Schulter lag, ab. »Lasst mich allein. Bitte geht jetzt.« Er wandte sich um und sah Cassie, die totenbleich und mit vor Schreck weit aufgerissenen Augen dastand, an. »Ich bin fertig.« Er nahm seinen Sheriffstern ab und ließ ihn zu Boden fallen. »Nimm ihn. Ich gehe nach Hause.«

»Devin.«

Als Cassie Anstalten machte, auf ihn zuzugehen, hielt Jared sie zurück. »Gib ihm ein bisschen Zeit«, sagte er leise und sah Devin hinterher, der sich durch den Wald in Richtung Farm schleppte. »Er ist am Ende.«

Sie versuchte es. Sie kümmerte sich um ihre Kinder und tröstete sie. Regan und Savannah kamen vorbei, um ihr beizustehen, und sie telefonierte kurz mit ihrer Mutter. Als Cassie erfuhr, dass Constance nichts Ernsthaftes geschehen war, fiel ihr ein großer Stein vom Herzen.

Am Abend vor dem Zubettgehen nahm sie ein Beruhigungsmittel und schlief die ganze Nacht hindurch wie ein Murmeltier.

Doch am nächsten Morgen war ihr klar, dass ihr noch ein schwerer Gang bevorstand. Sie ließ es zu, dass Regan das Frühstück für die Gäste bereitete, und machte sich zum Ausgehen fertig. Sie musste zur Farm und Devin gegenübertreten.

Die einzige Sache, die sie mitnehmen musste, steckte sie in die Hosentasche.

»Du gehst zu Sheriff MacKade.« Connor stand auf der Schwelle zu ihrem Schlafzimmer. Unter seinen verschwollenen Augen lagen tiefe Schatten, an den Wangen sah sie Blutergüsse, und er war noch immer erschreckend blass. Cassie wünschte sich schmerzlich, ihn in die Arme schließen zu können, doch er stand so steif da, als hätte er einen Stock verschluckt, und sie wusste, dass er es nicht zulassen würde.

»Ja. Ich muss mit ihm reden, Connor. Ich muss ihm dafür danken, was er für uns getan hat.«

»Er wird sagen, dass es sein Job ist.«

»Ja, das wird er. Aber das heißt nicht, dass ich ihm nicht trotzdem dankbar wäre. Er hätte getötet werden können, Connor. Für uns.«

»Ich dachte im ersten Moment schon, er sei tot.« Seine Stimme war brüchig. Er holte tief Atem und räusperte sich. »Da war so viel Blut. Ich hab uns schon alle tot gesehen.«

Sie erschauerte und wartete einen Moment, bis sie ihrer Stimme wieder trauen konnte. »Ich muss mich bei dir entschuldigen für das, was ich dir angetan habe, Connor. Und für das, was ich unterlassen habe. Ich hoffe, du kannst mir eines Tages verzeihen.«

»Ach, Mom, du konntest doch nichts dafür. Ich weiß das doch, ich hab's immer gewusst. Ich hätte das gestern nicht zu dir sagen sollen.«

Er wäre ihrem Blick gern ausgewichen, aber er tat es nicht, weil er nicht feige sein wollte. »Es war gemein. Und es war nicht das, was ich wirklich empfunden habe. Ich hab's nur gesagt, um dir wehzutun, weil ich so verzweifelt war.«

»Connor.« Sie öffnete ihre Arme und schloss die Augen vor Glück, als er auf sie zugestürmt kam und sich hineinwarf. »Dieser Teil unseres Lebens ist vorbei. Ich verspreche dir, so wird es nie wieder werden.«

»Ich weiß. Du warst sehr tapfer.«

Zu Tränen gerührt, küsste sie seinen Scheitel. »Du auch, mein Kleiner.«

»Diesmal«, er holte tief Luft, »hat Sheriff MacKade seinen Kopf für uns hingehalten. Emma und ich wollen mitkommen. Wir haben darüber geredet. Wir wollen den Sheriff sehen.«

»Es ist vielleicht besser, wenn ich erst mal allein mit ihm spreche. Er ist ... aufgebracht.«

»Ich muss aber mit ihm reden. Bitte. Lass uns mit dir gehen.«

Wie konnte sie ihrem Sohn etwas abschlagen, wonach es sie selbst verlangte? »Na gut. Wir gehen alle zusammen.«

Devin, der auf der Veranda saß, sah sie aus dem Wald kommen. Er überlegte schon aufzustehen und hineinzugehen, doch dann entschied er sich anders. Auf diese Art Rache zu nehmen lag ihm nicht.

Er hatte noch immer Kopfschmerzen, und seine Fingerknöchel waren geschwollen und brannten wie Feuer. Doch das war nichts, verglichen mit dem Schmerz, der durch seine Eingeweide raste, als er jetzt Cassie und ihre Kinder über den Rasen auf sich zukommen sah.

Sowohl in ihrem Gesicht als auch dem des Jungen sah er Blutergüsse. Heißer Zorn stieg in ihm auf. Dann machte sich Emma von der Hand ihrer Mutter los und rannte auf ihn zu.

»Wir sind gekommen, weil wir uns bedanken wollen, dass du den bösen Mann weggejagt hast.« Sie kletterte völlig selbstverständlich auf seinen Schoß. »Du hast ein Wehweh.« Sie spitzte das Mündchen und presste es feierlich gegen den weißen Verband an seiner Schläfe. »Ist es jetzt besser?«

Er wurde einen Moment lang schwach und drückte sein Gesicht in ihr Haar. »Ja, danke, Emma, Süße.« Bevor Cassie etwas sagen konnte, schob er Emma von seinem Schoß. »Falls es dir noch niemand mitgeteilt hat – man hat ihn ins Staatsgefängnis gebracht. Da er sich jetzt auch noch einen versuchten Mord aufgeladen hat, wird er bestimmt nicht so schnell rauskommen. Du und deine Familie habt also bestimmt nichts zu befürchten.«

»Bist du okay?«, war alles, was Cassie herausbrachte.

»Mir geht's gut. Und dir?«

»Auch.« Ihre Finger öffneten und schlossen sich unablässig über Connors Hand. »Wir sind gekommen, weil wir uns bei dir bedanken wollten ...«

»Ich hab nur meinen Job gemacht.«

»Ich sagte ihr, dass Sie das sagen würden«, schaltete sich Connor ein, was ihm von Devin ein mildes Lächeln eintrug.

»So berechenbar bin ich also.« Devin wandte sich wieder Cassie zu. »Du hast dich gut gehalten, Cass. Erinnere dich immer daran. Ich habe jetzt zu tun.« Als er Anstalten machte aufzustehen, hielt Cassie ihn mit einer Handbewegung zurück.

»Warte noch.«

»Er hat dir wieder wehgetan«, brach es schließlich aus ihm heraus. »Er hat euch allen wehgetan, und mir ist es nicht gelungen, euch zu schützen.«

»Um Himmels willen, Devin, er hat dich doch angeschossen. Du warst bewusstlos, was hättest du denn da tun sollen?«

»Der böse Mann wollte noch mal auf dich schießen«, mischte sich Emma ein, »aber Mama hat dich beschützt. Sie hat sich auf dich draufgelegt, sodass er nicht an dich rankam.«

Angesichts dieser Vorstellung wich ihm alles Blut aus dem Gesicht. »Verdammt noch mal, Cassie, bist du des Wahnsinns? Wie konntest du nur?«

»Ich musste dir doch helfen. Du warst ihm ja vollkommen schutzlos ausgeliefert.« Sie kramte aus ihrer Hosentasche den Sheriffstern, den er im Wald weggeworfen hatte. »Wirf nicht deinen Job hin, Devin. Ich bitte dich, tu's nicht.«

Er starrte erst auf die Dienstmarke in ihrer Hand, dann in ihr Gesicht. »Kannst du dir vorstellen, wie das ist, wenn man etwas, das man unbedingt haben will, Tag für Tag sieht und weiß, dass man es doch nicht haben kann? Du willst nicht, dass ich ein Teil deines Lebens werde, du willst mich nicht heiraten, und ich kann einfach nicht mehr zu dem Punkt zurück, wo ich mich bemüht habe, dein Freund zu sein und nichts anderes.«

»Ich will dich heiraten.« Emma war wieder auf seinen Schoß geklettert und legte ihre dünnen Ärmchen um seinen Hals. »Ich hab dich lieb.«

Sein Herz zersplitterte. Er drückte Emma kurz an sich, ganz fest, und stellte sie dann sanft auf den Boden. »Ich kann damit nicht umgehen, Cassie.« Blind stand er auf. »Geht jetzt nach Hause. Ich will allein sein.«

»Sheriff MacKade.« Connor machte sich von seiner Mutter los und ging mit hocherhobenem Kopf auf Devin zu. »Ich möchte mich bei Ihnen entschuldigen. Es tut mir leid.«

»Du hast ein Recht auf deine Gefühle«, gab Devin ruhig zurück. »Du musst dich nicht dafür entschuldigen.«

»Sir, ich habe Ihnen etwas zu sagen.«

Devin fuhr sich mit der Hand übers Gesicht und ließ sie dann müde wieder fallen. »Okay, dann schieß los.«

»Ich weiß, dass Sie wütend auf mich sind. Ja, Sir, das sind Sie.« Connor hielt seinen Blick unverwandt auf Devin gerichtet. »Aber ich war auch wütend, und zwar deshalb, weil ich mir eingebildet habe, dass Sie nur wegen mir so oft zu uns kommen. Oder zumindest meistens. Und dann fand ich heraus, dass es wegen Mama war.« Jetzt redete er sich alles vom Herzen, seine Angst und seine Befürchtungen, die sich bei ihm angestaut hatten. Er holte tief Atem. »Gestern, als Sie uns in die Blockhütte bringen wollten und wir uns weigerten, waren Sie wütend, stimmt's?«

»Das ist richtig.«

»Und Sie haben gebrüllt.«

»Ja, das habe ich.«

»Das war immer der Punkt, an dem er sie dann geschlagen hat. Und gestern habe ich gedacht, jetzt ist es wieder so weit, aber es ist nichts passiert. Da hab ich gesehen, dass Sie nicht gelogen haben, als Sie damals zu mir gesagt haben, dass Sie ihr nie wehtun würden. Sie haben sie gerettet, aber das haben Sie nicht wegen Ihres Jobs gemacht, sondern wegen ihr. Wegen uns.«

Er nahm seinen ganzen Mut zusammen und stieg die Treppen zur Veranda hinauf, bis er Devin direkt gegenüberstand. »Auch nachdem sie Sie weggeschickt hatte – weil ich es so wollte –, haben Sie ihr nicht wehgetan.«

»Ich könnte ihr niemals wehtun, Connor. Lieber würde ich sterben. Es ist eben so, wie es ist.«

»Ja, Sir. Und sie hat geweint.« Den Protest seiner Mutter überhörend, fuhr er fort: »Nachdem sie Sie weggeschickt hatte, hat sie genauso schrecklich geweint wie früher, wenn er sie geschlagen hat. Aber ich wusste genau, dass ich es diesmal war, der sie zum Weinen gebracht hatte, und ich wollte mich dafür auch bei Ihnen entschuldigen und Ihnen sagen, dass ich keinen Vater will. Ich kann einfach nichts dagegen machen.«

»Okay.« Devin glaubte, jeden Moment in seine Einzelteile auseinanderzufallen. »Schon in Ordnung.«

»Ich will keinen Vater«, wiederholte Connor. »Es sei denn, Sie werden mein Dad.«

Die Hand, die auf Connors Schulter lag, krampfte sich zusammen, sodass es schmerzte. Aber es war ein gutes, sicheres Gefühl, das ihm den letzten Anstoß gab, den er benötigte, um das, was er begonnen hatte, auch zu Ende zu führen.

»Bitte, ich will, dass Sie zu uns ziehen und dass wir alle eine richtige Familie werden«, brach es aus ihm heraus. »Vielleicht wollen Sie ja jetzt nicht mehr, weil Sie mich nach dem, was ich getan habe, nicht mehr mögen, aber ich schwöre Ihnen, dass so etwas nie wieder vorkommen wird. Ich werde mich nie mehr zwischen Sie und Mom stellen, das verspreche ich. Ich war blöd und egoistisch und alles, und Sie können mich ruhig bestrafen, aber gehen Sie bitte nicht weg. Sie müssen mich ja gar nicht mehr mögen, aber ich will nicht, dass Mama wieder weint, und Emma und ich brauchen Sie …«

Dem Jungen ging der Atem aus, und dann stürzten ihm heiße Tränen wie Sturzbäche aus den Augen. Devin zog ihn an seine Brust und legte die Arme um ihn. »Du bist zu intelligent, um so dumme Sachen zu sagen«, murmelte er zutiefst gerührt. »Du glaubst doch nicht wirklich, dass ich jemals aufgehört hätte, dich zu mögen.«

»Bitte gehen Sie nicht weg«, flehte Connor erneut, als ginge es um sein Leben. »Bitte verlassen Sie uns nicht.«

»Nein, ich gehe nicht weg, und ich verlass euch auch nicht, okay?«

»Ja, Sir.«

»Dann könntest du aber jetzt verdammt noch mal endlich damit aufhören, mich ständig Sir zu nennen.« Devin drückte dem Jungen einen Kuss auf den Scheitel und wischte ihm sacht mit dem Daumen die Tränen ab, als Emma sich zwischen die beiden drängte.

»Halt mich auch fest«, verlangte sie. »Ich brauch dich genauso wie Connor.«

So stand er da, das Mädchen in dem einen Arm, den Jungen im anderen. Jetzt brauchte er nur noch seinem Herzen zu folgen.

Cassie fühlte sich wie in einem Traum. Ihre Augen schwammen in Tränen, und sie umklammerte den Sheriffstern so fest, dass sich die Zacken in das weiche Fleisch ihrer Handfläche gruben.

»Es gibt keinen Mann, der dich mehr lieben könnte als ich, Cassie. Und deine Kinder auch. Ich bin bereit, alles dafür zu tun, dass ihr es in Zukunft gut habt. Dass wir alle zusammen es gut haben. Ich kann und will nicht ohne euch leben, ihr seid mein ganzes Herz. Um Gottes willen, Cassie, ich bitte dich, heirate mich.«

Er konnte nicht ahnen, was es für sie bedeutete, diese Worte aus seinem Mund zu hören, so klar, so schlicht, so eindeutig, während er die Kinder in den Armen hielt, als seien sie seine eigenen.

Natürlich waren sie das. Wie blind sie doch gewesen war, das nicht von Anfang an zu sehen.

Sie ging die Treppe nach oben und nahm Connor und Emma an die Hand. »Du bist der außergewöhnlichste Mann, den ich jemals kennengelernt habe, Devin. Ich liebe dich. Wenn du überhaupt einen Fehler hast, dann höchstens den, dass du manchmal zu geduldig bist.«

»Aber jetzt ist meine Geduld am Ende.«

»Dann will ich es kurz machen. Wir haben lange genug gewartet.«

Sie ließ Connors Hand gerade lange genug los, um Devin den Stern an die Hemdbrust zu heften. Dann ergriff sie sie wieder, stellte sich auf die Zehenspitzen und küsste den Mann, dem ihr ganzes Herz gehörte, vor den Augen ihrer Kinder.

»Wir sind glücklich, dass du uns heiraten willst, Devin. Lass es uns so bald wie möglich machen.« Sie legte ihren Kopf an seine Schulter und seufzte beseligt. »Ich denke, wir haben alle lange genug gewartet.«

Informationen zu unserem Verlagsprogramm, Anmeldung zum Newsletter und vieles mehr finden Sie unter:

*www.harpercollins.de*